梦患者中短篇小说选 2021

潜流

UNDERCURRENTS

A Collection of Stories by the Chronic Dreamers 2021

唐简 王婷婷 汤蔚 应帆 常少宏

易文出版社
I Wing Press

UNDERCURRENTS

A Collection of Stories by the Chronic Dreamers 2021

ISBN: 978-1-940742-64-9
Published by I Wing Press, Inc. New York
Iwingpress@gmail.com

潜流

梦患者中短篇小说选 2021

唐简 王婷婷 汤蔚 应帆 常少宏

策 划 人： 常少宏
装帧设计： 唐简

出版： 易文出版社·纽约
版次： 2021 年 12 月第一版，第一次印刷
字数： 205 千字
定价： $19.95

写在前面

唐代人贾岛在《戏赠友人》里说："一日不作诗，心源如废井。"我们几个人深以为然，写作于我们，是突破世俗生活种种桎梏，直达灵魂深度与精神宇宙的方式，虽然我们一时还做不到每天都写。

每个人都有自己写作的初衷、缘起，也有必须自己一步一步走过的只属于自己的那条路。我们几个人年龄相仿，阅历各异，都是身在异乡为异客，日久，他乡为故乡，但说到写作，我们始终对中文情有独钟。母语是我们永远无法割舍的表达方式。

因缘际会，我们决定同行，做彼此的见证者、批评者、鼓舞者，彼此扶持着，互相督促着。大约 2015 年底或 2016 年始，在海外文坛尚属新人的我们几个建了个小微信群"梦患者创意写作组"，定期分享彼此的作品，互相点评，一起学习。"梦患者"这个名字，是我们从英文"Chronic Dreamers"翻译而来，与直译的意思不同，大家都认可其中的含义：世道浮华，漂泊海外的中年人捡起少年时的梦想，竟像是这个时代的某种"患者"。我们这一群"患者"，直抒己见地讨论各种小说的好与不好，在工作之余码字，在养家带娃的空隙里写作，因为喜欢、热爱，竟觉得是一种幸福。

此书由我们自己编辑，自己设计封面，自己亲力亲为，更有一种自播自收的喜悦和成就感。

第一辑所选的十五篇小说，大多数在我们的小群里经历过批评和自我批评（当然也有赞美），最终达到我们较为满意的一种文字和故事的状态，甚至也获得一些传统意义上的肯定（获得海外的文学奖，发表于报纸或期刊，收录于选刊或其他文集等等）。因此我们怀着忐忑的自信把它们集结成册书，希望这些文字可以到达更多的读者。

时间过得飞快，我们这一群“梦患者”一起做着文学梦，也有五六年了。疫情期间，我们终于可以抽出时间，给这段路程和其间纷繁的梦一个交代、一个纪念，也算是一份礼物。于是，有了这本书。这是一个相对封闭的小群体。我们五个人，不增不减，一起写作、交流、发表，也许三年、五年，也许十年，共同见证彼此的成长轨迹。

我们希望，这只是一个梦开始的时间和地方。

梦患者

2021 年 10 月 16 日

目　录

唐简

曾用笔名“天问”，居纽约。偶然的机会，同文字结了缘，结了缘便不舍了，写作使人不断地接近自我，遂在工作之余码字。作品曾发表于《山花》《西湖》《文综》《青年作家》《海外文摘》《台港文学》、纽约《侨报》《世界日报》等，曾获北美《汉新》月刊征文短篇小说一等奖，以及短篇小说和散文佳作奖等。

《乔娜家的湖》（《海外文摘》2020 年第 9 期美术插图：曲光辉）

乔娜家的湖

唐简

一

乔娜家新搬的都铎式房子就在哈林湖边。哈林湖不大，东和北山连着山，是宾州西北部一个二三十平方英里的小湖。湖区树木繁茂，古树参天，从直升机上往下看，那一座座风格不同的房子、一个个大小不一的栅栏、游泳池，还有那些伸到湖中的木板桥和依在湖岸的船只，几乎都被树木遮蔽得只这里那里现出一隅，成了五颜六色、形状各异的一块块拼图。这情形不难推断，即便遇到薄雾，在空中肯定是什么也看不清的。

这地方一派幽静。从乔娜家的客厅，透过正对前院的大窗户往湖面看去，像是在看一片静谧如梦的风景。在这如梦的景里，乔娜身着一袭红色一字领短袖及膝连衣裙，手里端了个水晶花瓶，花瓶里插了十二支红色的郁金香，她把花瓶放到大窗户旁的条桌上，转身朝厨房的方向喊："艾伦，你在吗？来看看这些花儿！"声音传向过道和房子的另一端，没有人答应。她又喊了两声艾伦，喊声在偌大的空间回荡，还是没人答应。

她打开厨房的后门，光着脚奔出去，奔进雨中。雨下了好一阵，大雨和小雨交替，始终没有停过。她疾疾地穿过草地，跑进马厩，两匹马儿苹果和紫葡萄一匹也没少，鱼竿和背包好端端地挂在墙上，马厩里马厩外，到处都不见艾伦的踪影。

“艾伦！”她回到草地上高喊，没人答应。几只小泥蛙从藏身的地方钻出来，吧嗒吧嗒地跳过了她的光脚。她朝各个方向使劲儿喊了几声“艾伦”，还是没有人。林中倒是有只雄红雀，不知在哪棵树上回应了几下，在两声短促的“啾啾啾”之后，发出三声“啾”的长音。雨淅淅沥沥的，淋湿了她浅褐色的头发、她的红裙，顺着她的鼻尖和下巴滴落，眼线和睫毛膏经了雨水，弄花了她漂亮的中爱混血儿的脸。她抹了抹脸，拨了拨头发，像是要哭，没哭得出。雨水，湿衣服，脚下的草地，没有艾伦的空间，风来了一阵，又来了一阵，一切那么真实，明明身临其境，又好像置身于外，置身于一个接一个疏离、迷乱的影像。

她无助地将手臂交叉抱在胸前，肩膀紧缩，腰略弯着，整个人不自禁地颤抖起来，竟没听见身后艾伦的脚步声。正恍惚间，艾伦柔声问道：“娜，你怎么了？是不是冷？”艾伦淡蓝的衬衣和黑色的便服西裤干干净净，新崭崭的。他们刚从一家音乐咖啡屋返回不久，艾伦说要进家去用卫生间，她说想待在湖边等他。一时之间，她没反应过来，美丽的深褐色眼睛紧盯着湖水，脸色发白。艾伦轻轻扳过她的身子，低下头，将她的脸捧在手中。天气好得很，太阳高高挂在天上，鹭鸟们飞过来飞过去的，湖水清幽幽，她的红裙格外的亮丽。她站在木桥尽头，脚光着，有细石被风卷入水中，水面起了一圈一圈的涟漪，她直直地看着艾伦，目光散碎。

“娜，怎么回事？”艾伦又问。

阳光下，他注视着她，眼眸的褐黑色跟他的头发一样深得发黑，俊朗的脸蓄了黎巴嫩男人极短而齐整的络腮胡，神情疲惫而略带不安。她眨眨眼，一抹忧伤从嘴角荡漾开去。

“哦，你在这呀，亲爱的！”她说，紧紧抓住他的手，话音刚落打了个寒颤，似乎全身湿漉漉的感觉还在，旁边躺着脱下的深咖啡色长靴。她意识到她刚才走神了，完全被带回了凌晨的梦境。很久了，她一直心绪不宁。

“你在想什么？唔，你的手好凉。”艾伦说，抽出手，将她拥进怀里。

她什么也没说，两个人之间出现了短暂的沉默，彼此都感觉到了彼此这段时间以来埋在心里的担忧和焦虑。他把她搂得更紧了。

终于，她说：“没什么的，我想我是走神了。我在这站了多久？”

“十来分钟吧。”他叹道。

“我的脸花了吗？”

“没有。”

“嗯。孩子们呢？”

“他们不在家。”

“他们上学去了吗？”

“不，亲爱的，今天是星期六，你忘了吗？尼娜在芭蕾学校，埃隆在踢足球。是帕特里克送孩子们去的，他晚上带他们在他家过夜。高兴起来吧，让我们尽情享受今天！”

“嗯，是的，我们的结婚纪念日。”乔娜说，转头去看湖水，像是要逃避这个话题。湖里恰巧飞落一群鹭鸟，水波泛动，两人依偎的倒影瞬间变得凌乱和摇摆不定。就在鹭鸟落脚的地方，有什么在闪闪发光，亮光折射过来，刺得她睁不开眼，她本能地向后靠，身子晃了晃。

“你怎么了？”艾伦问。

“没什么。”她说。

“别担心，帕特里克会把孩子们照顾好。”

“你是指给他们想方设法地找乐子，把他们当小猪似地喂吗？”

“娜，他是你老爸，他很爱你和孩子们。至于官司，抱歉，我是说别的事情，请至少今天不要去想！”

“我没有想。”乔娜说，“我们走走吧，我不冷了。”

乔娜套上靴子，两人牵了手往回走。正是暮春时节，纯蓝的天幕看不见一丝云彩，太阳的光芒白得发亮，眩目又漫不经意，除了风声、水声和鸟叫声，只有他们的脚步声。新近翻修的木桥被晒得热烘烘的，空气中涌动着无形的气浪，风挟了南方黄松木和油漆的味道，淡淡的，似有若无。他们走着，脚下的桥基越来越低，“咯噔”“咯噔”的脚步声越来越实，似乎不再空洞，不踏实。

下了桥，两人相视一笑。

“还记得你那时说，这就是我们一辈子的家了，我们会住上五十年六十年吗？”艾伦问。

深秋时，他们从镇上搬来了湖区，这里应有尽有，都铎风格、游泳池、马厩和马，草地和树林……乔娜第一眼就看上了。

“是，我记得的。我还请人给地板打了蜡，油漆了孩子们的房间，还在木桥上费了不少功夫呢。”乔娜回答。

“我一直，呃，在想你说的话。”艾伦小心地说。

“是吗？”她说，瞥了他一眼。

“我在想，你一定对这里的一切很有感情吧？孩子们也很开心。”

“是的，孩子们和我都很开心。这里很完美，嗯，我是说很美。”

“对，的确很美。”他附和道。

“美就够了，不需要完美。有什么不对吗？”

“不，没有什么不对，我很高兴你这么想。”

她说归说，面色凝重起来，过了片刻，忍不住说：“不过，当时还是希拉里告诉你这座房子要出售的。她可是你儿科专家诊所的另一半合伙人呀，艾伦·罗伯特·哈利勒医生！”

艾伦停下脚步，显然被她的口气击中了，而且她还称呼他的全名。

乔娜只顾看着地面，被压制不住的烦躁弄晕了头。

“唉！”艾伦叹口气，“她很快就不是了。请别提她，今天别提跟她打官司的事好吗？她家离这不远，她每天开车打这经过，当然知道有哪座房子要出售。”他说着，凑过去挨挨她的头，她顿觉自己不对，说：“啊，对不起，我不该提她的！”

“好吧，如果你不高兴，我们再搬个地方。其实不管在哪，我们都会一起度过五十年六十年的。”艾伦说。

乔娜皱皱眉，不吭声。

艾伦见状，说他也喜欢这里的，只不过是说说而已。

他们这时松开了手，不紧不慢地走上岸边细石子和棕红土的缓坡，一条柏油路出现在坡顶，临湖的一侧视野毫无阻碍，另一侧悠然地挨着绵延、高大的行道树从林荫下经过——行道树只在经过各家前院时中断。眼前的这一小节路，对面是一片开阔地，四十码开外立着他们家的大房子，两旁的大树枝繁叶茂，在高处自得地撑着巨大的树冠。

乔娜露出小姑娘似的笑容：“我总是喜欢房子的塔楼和尖顶，还有那深色的外露木构架和白色的墙壁！”

“这我知道！”艾伦微微笑，“还有尼娜和埃隆，他们可是对那个砖石砌的大烟囱很着迷，成天盼着过圣诞节，圣诞老人从烟囱来到家里。”

“他们一个才七岁，一个才五岁呀，不过他们对苹果和紫葡萄更着迷，总喜欢跟它们说话来着。”

“可不是嘛！所以他们把马儿的名字改成了这样。”

“是的。哦，你说我们是不是找人来砍掉房子两边的那几棵大树？它们离房子六十来英尺远，是不是不够远？”

“它们是两百多年的古树了，好些人家都没砍。”

“也砍掉后院草坪和游泳池两边的大树？”

“你最近问过好几次了。如果你真想砍，就砍吧。”

“嗯，我再想想。”

“好，你想想。”

“也许找个风水大师来看看？”

“只要你高兴。”

“我高兴的。不过现在很难找到这样原汁原味、理想的都铎式房子了！”

“的确不容易找。”

“算了，我们不说这事。”

“对，我们不说！晚餐预定的八点，现在十二点半。这会儿想做什么吗，骑骑马，还是去找梅花鹿？下午晚些可以到花园喝鸡尾酒，就我们两个。”

乔娜说等她洗洗脸，换身衣服，然后骑马。艾伦也去换了衣服，先到后院等乔娜。

方圆十来英亩，包括木桥和周围的林地都是乔娜家的地盘。林地一半平缓，另一半延展进山峦，随山势起伏。从后院望过去，各种树木的叶子还没褪尽初长时花青素浸染的色彩（前不久的寒流延缓了叶绿素生成，消融花青素的过程），呈现红绿、淡紫、紫蓝、黄绿、浅绿，在风中轻叹、摇曳，绿茵覆盖的草地上，两匹马儿在木栏里各忙各的，它们弄出的声响，艾伦可以清楚地听见。

艾伦正在游泳池的围栏前踱步，从游泳池走到后院另一头的花园，再倒回来。池水蓝莹莹的，泛着碎纹般的光波，池水加热器正在平稳地运转，也有几缕阳光穿过树叶间的缝隙，照在围栏的门上，风一吹，蛇信子般妖异地跳跃和舞动。门开着，在微微摇晃，他走过去扣上门，转身一看，乔娜出来了。她一身利落的打扮，白色的紧身短袖，米色的紧身马裤，黑色的短筒系带平底马靴，勾勒出她全身的曲线。他扫视着她的胸部、腰部和大腿，当她来到他跟前时，他说："你真美！"

乔娜报以微笑，拢了拢头发，看看游泳池，问："一会儿游泳？"

"好主意！"艾伦说，以为她在询问他的意见。

她"嗯"了一声，有点儿疑惑地仰头看他，他正觉得奇怪，却见一道亮光逼得她转开了头，而她举起手遮住前额，身子发抖。

"太阳光而已啊，你怎么了？"他问。

"没什么，就是树顶射下来的阳光。"她低声说。

他们走过后院，踱到草地。七八棵苹果树散布在木栏周围，一两棵高大早熟的竟有些许果实在开始长。木栏里，紫葡萄一身的毛皮黑得泛紫，起劲儿地吃着嫩绿的草尖，有枣红毛皮的苹果，奋力咬扯着离木栏最近的那棵苹果树的一根枝条，枝条的中间刚结出两个还没进嘴的小小青果。马儿不小心一松口，枝条弹回去了，哗地一下，马儿不耐烦地撅起前蹄，打了个响鼻，黑色的鬃毛甩得飞扬扬的。乔娜说还是去找梅花鹿吧，艾伦说好。

二

日头下，两人快速往林地走去，乔娜走在前面。“快，”她说，“二十分钟远的地方有一片野浆果灌木，最近在正午到两点之间，白尾鹿们喜欢去那里，不然我们就要等到四点去山那边的小溪找它们。你知道的，它们喜欢在林子里转悠，从一处跑到另一处。”

“明白，我们的梅花鹿追踪专家！”艾伦说，“听你说了两次，今天终于可以去看了。”

“带你来看看也好，也许以后，嗯，我们以前住在镇上，没有自己的林地，自然没机会。”

“也许以后什么？”

“也许，以后鹿群会改变习惯，去别的地方。天暖了，我们下周带孩子们来看。”

“好主意！你一周来好几次吧？”

“是的，前天才来过，我想为孩子们制作一些录像保留下来。”她说，瞥了一眼艾伦的短筒马靴，“我的靴子正好是橡胶底的，鞋底的印模比较浅，你的马靴也还好。我们轻点儿，脚步声不会重的，鞋底也不会留下什么味道。记得那会儿帕特里克总说，‘不，乔娜，你得站在下风口，可不能站在上风口的地方，否则梅花鹿会闻到你的味道。’”

“你老爸真是个捕猎专家，把你训练得这么出色！”艾伦说。

“嗯，我从小到大跟着他追踪梅花鹿，可从来没有开枪打过一只。它们那么可爱，为什么要打死它们呢！”

“我完全明白。他跟我说过，你看他射杀过一只鹿以后，就不准他射了，但他还是喜欢带你去野外享受美好的景色。”

"想想看，我十一岁就跟着他打猎了。"

"没错。他很爱你，他到今天都把你当作宝贝，就你一个孩子嘛。"

"是吗？你一有机会就跟我说这话！也许我妈的死让他明白了什么。"

"好吧，那么我就多说两句，他为什么一直没再结婚？"

"谁知道呢！他跟每个女朋友都从来不说结婚的事，跟现在的这个也不说。那个周日他出去钓鱼，忘了把家里的车修好，第二天我妈只好搭朋友的车去中文学校教课，路上出了车祸。"

"对，你跟我说过，你那时才十岁。你有时跟他发火，是不是怪他？而且你一直叫他的名字帕特里克，不叫他爸爸。你应该对他好一些，亲爱的。"

"我没有怪他，也没觉得他不该享受生活的乐趣！我叫他帕特里克叫习惯了。你不是也叫他帕特里克吗！"

"你跟你妈姓，也是这个原因？"

"不是，我的名字是我妈取的，中文名字当然得跟她姓。"

"他是个聪明有意思的人，直爽、霸气，我喜欢他的爱尔兰名字，也喜欢他。他当过兵，做了几十年的机械师，退休了还常常帮我们做事，我们有他很幸运呢。我的家人都在佛罗里达，帮不上忙。"

"这我知道。我只是不大喜欢他有时唠叨和溺爱孩子们。你叫我别提官司的事，你干嘛提这些，是他叫你说的吗？"

"他没有。抱歉，我只是顺便说说。"

"嘘！不说了，免得惊动白尾鹿们，它们可机灵得很。"

"好吧。"艾伦说，几乎是在耳语。

乔娜领着艾伦，绕道走一条逆风的路径。这条路径，是寒流过后的几天她拾掇好的，几百码以内的叶子、枝干和碎片都被她事先用耙子清除了。每隔一段距离她就停一停，给艾伦打手势，用树枝轻巧地拨开前方显然是在过去一天掉落的叶子和碎片。她小声地解释说这是为了避免行走时发出噪音。

他们一点二十几分到了那片野浆果灌木的附近，挨着对方，蹑手蹑脚地躲在一片野花丛中伏低了身子观看，同那片灌木隔了三十几码远，比平时乔娜潜伏的地方要远。微风中，花香四溢，鸟儿鸣啼，乔娜的发丝时不时骚弄着艾伦的脸。有两次他拨开她的头发，凑近她的后颈，而她举起右手食指，放在唇边，示意他安静。

时间一点一点过去，没有鹿群出现，连一只也没有。他们待在那儿，乔娜有一回掩住鼻子，向右边斜前方的小土丘指指，悄声问艾伦有没有闻到什么味道。艾伦耸耸肩，摊开手掌。小丘一带地势稍高，小丘从地面微微隆起，刚好处在野花丛和灌木接壤的地方。又过了一会儿，乔娜看看表，一点五十了，丝毫不见鹿群的影子。

“今天怎么回事？难道白尾鹿们改变了习惯，不来了？”她说，皱起了眉头。

“也许它们今天早来过了。”艾伦说。

“不可能的。它们喜爱这些野浆果和野浆果的叶子，浆果才开始长，它们就来了。这个时间段它们总是来这里，除非它们嗅到了危险的气息，不再来了。”

“没关系，我们以后再来。”

“不是的，你不明白，它们肯定是受到了惊扰，到别处去找野浆果了。”

“也许它们远远就听见了我们的脚步声，也可能是你上一次来不够小心，它们在你离开后或者昨天发现了你出没的迹象。”

“不可能，我小心翼翼的呀，再说我又不是猎人，我不会伤害它们的！”

“它们不懂得分辨，是不是？”艾伦笑笑。

“你对了，它们不懂。”乔娜说，也觉得好笑。

“我们因此欣赏了一路的景色，难道不好吗？”

“也好的，如果你这么认为。我们其实是一路赶来的，没顾得上好好欣赏。我前两次来都是阴天，今天不同。”

他把她拉起来，轻轻搂了搂她。

“那么我们现在好好观赏吧。”他说。

她挺直了背，仔细打量起景致来。他们潜伏的地方是好大一片花草，红的、白的、黄的、紫的花朵在绿茵中星星点点，一路香气馥郁地袭向几十码外一簇簇的野浆果灌木，视野之内，枫树、松树和白蜡树随处可见，偶尔也有榛树、多花蓝果树和花楸树，展露着缤纷的叶子和喜人的姿态。鸟儿们自在地发出一声声啭鸣，清风徐徐，树影婆娑，在视觉、听觉和感觉的冲击中，光线变了颜色，幻化成一派金辉映照林间，明净满盈，恢弘满眼。

“多么美呀！”她赞叹道，同时展开手臂，向前跃出，左腿绷直，右腿向后抬平，做了个优美的芭蕾舞姿阿拉贝斯克，迎风展翅。

“你更美呢，亲爱的！”艾伦说，眯起了眼，你每天在家练习芭蕾锻炼身体，真为你骄傲！”

“谢谢你，亲爱的，你嘴真甜！不过我现在不是每天都跳。”乔娜说，大眼睛里闪过一丝柔美的光泽。

艾伦微微笑，不说话，跟过来双臂环住她，吻她。她僵了一下，也回吻他，抱住他结实的腰板。他把她搂得紧紧的。

“现在好吗，娜，宝贝儿？”艾伦喘息着。

“我们回家去吧。”乔娜说。

“我们有一阵没做爱了，你总说累。这里没人。”

“我每天在家要打理很多家务，钟点工一周只来一次，我还得照料苹果和紫葡萄。”

“为什么非得按计划等到今晚呢，宝贝儿？求你了，今天是特殊的一天！”

“嗯，好吧。”

两人找了个地势低平野花较为稀疏的地方，脱掉衣服，艾伦把他们的衣服铺在花草上，搂着她躺下。他的舌头柔润而灵活，在她身上随性游走。她开始呻吟，一面抚弄他的头发，却突然瞥见小丘那依稀有一只梅花鹿倒在地上，一动不动，像是死了。小丘这时在他们的正前方，她从这个角度刚好可以看见小鹿的头颈耷拉在小丘外的凹陷处——大概它的身体掩在小丘之后。

她打了个寒颤，惊呼道：“天啦，那边有只死鹿！”

“别去管它！刚躺下时我也看见了，本想等会儿告诉你。”艾伦急切地说。

“天啦，一定是什么人干的！”

“真的？你就不能等一等，这可是我们的浪漫时刻！”

“亲爱的，真对不起，我没心情了。”乔娜说，推开艾伦，开始抓衣服穿。

“你总是没心情。”艾伦嘟哝道，慢慢站起身，不情愿地把衣服穿好。

“好吧，”他说，“我们就过去看看。”

三

他们走过去，在小丘的背面，在绽放的野花和野浆果疯长的灌木之间，躺着一只小白尾鹿，地上浸了一滩干了的血。小鹿的颈部有一个血乎乎的小洞，身体已经僵硬，皮毛微润，沾了夜来的露水和潮气。

“就是这股味道！”乔娜泪光闪闪，“可怜的小鹿被人射杀了！谁会跑到我们家的地盘干这种事？”

艾伦略一思索，欲言又止。

“你知道的，是不是？说呀！”乔娜问。

“你见过他的，我想，是里奥！”

“里奥，”她惊呼道，“你是说希拉里的老公吗？就是那个闯进你办公室，把你推到桌角的大块头恶霸里奥？”

“对，多半是他。”他担忧地看着她。

这时乔娜变得像烦躁的小猫一样，不安地来回快速走着，双手抱头，放下，再抱头，艾伦没办法使她好受一些。他不得不提高声音：“娜，听我说，我想起来了，游泳池的池水加热器是你打开的吗？围栏的门也是你忘了扣上？”

这立刻获得了她全部的注意力，但弄得她更加紧张了：“不是我，天啦，我还以为是你！”

艾伦也着急起来：“不是我，我以为是你打开池水加热器的，以为你想喝完鸡尾酒后游泳。”

“我今早就没去过后院！”

“也许是孩子们，他们出门前去过游泳池？”

“根本没有，孩子们就没去游泳！天啦，是里奥，一定是他杀了小鹿！他杀了它！”说到这，她突然打住了，像是在思考着什么。她看着小鹿的尸体，胸膛起伏得厉害，脸色变得煞白。

“我的上帝，”她叫道，“前天我来的时候，有两次是觉得听到了脚步声，我停下时，那个声音也停了，我以为是什么小动物弄出的声音。现在想起来一定是里奥，一定是他一路跟踪我！天啦，他一直跟踪我，一直跟到了这片野浆果灌木！”

“嘘，亲爱的，我在这，别怕！也不一定是他。”艾伦说，搂着她走出了那片花草。

“我们得报警，马上报警，让警察来查里奥的指纹，让警察来！”她嚷着，声音里有焦躁在燃烧。

“肯定要报警，我们没带手机出来，得先回家去。”艾伦说，“但里奥不会留下证据的，他是民事和刑事律师，懂得这个道理。那次他推我就是因为无法证明是他干的，他反而向警察诬赖是我自己转身不小心，髋骨才撞上了桌子角。再说，你是学法律的，你懂得的。”

她当然知道无赖里奥的厉害，为了帮希拉里争夺诊所利益，包括设施、股权和盈利分配，他无所不用其极，谎言、欺骗、恐吓、污蔑、捏造，什么都干。

“他想干嘛？”乔娜挣脱他的怀抱，隐约感觉到了事态的严重。

艾伦知道里奥要什么，不敢说出口。里奥已向他的律师发送了上百封邮件，向法庭提交了几十个五花八门的动议，诸如详查诊所过去五年的营业情况，反对艾伦的律师和会计师查询希拉里的出诊记录，要求艾伦提供由于他的关系滋生的“有限的”诊所业务，等等。对里奥的每封邮件和每一个动议，艾伦的律师都必须回应，否则就会在官司中失利，这样一来，律师和会计师的工作量不断加大，费用不断攀升，应了一开始里奥威胁他的话：“哼，跟我斗，我要在经济上拖死你，要你得不偿失，要你一辈子的努力都化成为希拉里免费打工！”形势很不好，里奥的阴谋正一步步得逞，艾伦的债台一步步高筑，如果万不得已，只好选择破产。而且就在这周二，他的律师已经为他向法庭申请了破产。

乔娜看着艾伦，在等他开口，心里很后悔法律学校毕业后，止步于协助艾伦创业，放弃了法律实践，也未考取律师执照，否则在这个紧要关头便可以鼎力相助艾伦了，但说来说去，如果艾伦那时听从了她的建议，另选合作伙伴，就不会出现现在的困境。一想到这，对他的怨气再一次袭来。

“说话呀！”乔娜提高了声音。

艾伦没立刻回答。风中刮来了死鹿的味道，他垂下头，摇了摇，似乎要把过去摇开了去。给希拉里百分之五十股份，使自己失去控股权的人正是他，是他酿成了今天的祸端，他依然清楚地记得在诊所开业第四年，他邀请来自医生世家，同为儿科专家医生的希拉里合伙时，她骄傲地说，得给她一半的股份才能表明对她的公平和尊重，而他却没能洞悉暗藏的危机。而且在接下来的五年中，每当听见她半开玩笑半认真地说，诊所业务的强势增长多亏了她，他也仅仅当作是她喜好邀功的表现，未加深思。结果年初时他被希拉里惊掉了下巴，她宣称她已经完全证实了，诊所的病人比她刚刚加入时增加了七倍多，这全都归功于她，她应该得到至少百分之六十的股份，她必须作为负责人全面管理诊所。艾伦不同意，战争就此打响。希拉里借口艾伦几年来多分了利润，派里奥作为她的律师来调查取证，尔后艾伦因拒绝提供电脑上的资料遭到了里奥的袭击。僵持一段时间后，艾伦采纳了乔娜的建议，两人挑了个周末，架好摄像机对现场录像取证，搬走一半的设施，在几条街外另开了个诊所。

乔娜等着，过了一分钟，艾伦说："里奥很恼火，他这是为了发泄不满。"

"他把你害成这样，他还要发泄不满？"乔娜又气又困惑。

"娜，相信我，没什么大不了的。我们明天再谈好吗？我不想毁了今天。"艾伦神情严肃。

"可是今天已经被毁了呀！"乔娜沮丧极了。

"让我们暂时忘掉这事，求你了！明天再谈好吗？"他拉住她的手。

"不，"她甩开他，"我再也受不了了！你知道自从打官司以来，特别是两周前我们接到那张巨额的账单，我是怎么过来的吗？二十一万五千美元啊，你的律师，还有注册会计公司的人，一个个都是，嗯，吸血鬼——我真不喜欢这个字眼，可是不得不说！"

艾伦来回踱起了步，脸上的凝重渐渐加深。打官司的这三个多月，乔娜的精神不大好，不怎么笑也不大说话。两周前的那晚，乔娜说胃不舒服，没吃晚饭就睡了。之前收到的账单加起来有五万多美元，他们已经付清了，可这一次，没想到会猛增到二十一万。现在，如果不动用孩子们的教育基金，他们只能凑出十五六万，眼看账单就要到期了。

两人此时陷入了深沉的压抑中，很不痛快。乔娜忍不住哭起来。

艾伦看看她，既难过，又感到疲累和无能为力。

乔娜抽泣着说："很遗憾，我再也不能装做没什么事一样，你知道我心里一直不痛快，我一直睡不好。我总是在担心，先前在湖边时我就走了神，我的意念中出现了梦里可怕的景象。我想我们的幸福生活就要毁了，就要毁在里奥和希拉里手上！"

艾伦几次抬头看她，终于停止了踱步：“请冷静些，亲爱的，我们不会被毁掉！如果你现在冷静下来，今天也可以不被毁掉。但是，如果你非要谈这事，那就如你所愿吧。”

“现在谈！”乔娜态度坚决。

艾伦试着平和地说：“当时是你建议我聘请镇里最好的律师，你也同意了不管产生多少费用，你都会接受。”

“不过我怎么知道会有这张巨额的账单！”乔娜很懊恼，“想想看，上帝啊，按这样来推算，不是又要弄出个五六十万的账单！”

“请不要夸大其词！不会有五六十万的。我的律师必须雇佣镇里最好的注册会计师事务所来审查诊所五年的账务，包括每一笔明细账，此外他还得应付里奥无休止的邮件和动议。如果他坐视不管，法庭就会判我赔偿希拉里提出的所有损失。你明白吗？”

“可你从没跟我说她提出要多少赔偿！”

“她索要四百五十万。除了起诉我多拿了诊所的利润，她还起诉我私自搬走设施的行为严重损害了诊所的利益，尤其造成了她的巨大损失，包括对她的精神伤害。”

“真是天理不容！”乔娜气得发抖，“你是诊所的创始人，是她像强盗一样来抢夺属于你的东西！你根本就没有多分利润，而且，我们搬走的仅仅是一半的设备，并没有多拿任何一样不该拿的，我们还全程摄像取证了！”

“没有用，那恰恰成了他们攻击我的理由之一，里奥更是歪曲事实，把白的说成了黑的，我的律师已经被他烦透了。”

“他真是个地道的无赖！”

艾伦决定等她静一静，但等来的是乔娜的指责。

“也许我们将不得不卖掉房子，卖掉我花费了无数心血打理的美丽的都铎式房子！这都是你的错，全都是你的错！”

艾伦看看她，眼神黯淡下去，两颊微红："你终于忍不住说出来了！你一直就想说的，是不是？"

"对不起，也许我不该说！可是，我说错了吗！"

"好吧。没什么不该说的。"艾伦又开始踱步了。

"请你停下来好吗？"乔娜请求道。

艾伦没有停。风大了些，乔娜再次哭起来。

"你真想知道我的想法是吗？"过了两三分钟，艾伦说，脸色有些发青，口气有些冷漠，"那我告诉你吧，你一味指责我，难道你就没有过错？"

乔娜圆张着嘴，不敢相信她的耳朵。

艾伦没理会她，继续道："你忘了是谁说，艾伦，我研究了法律，你可以搬出一半的设施，只要把整个过程录像并留作证据就没问题。那个周六，也是你协助我录像和搬运设施的吧？我是不是应该谢谢你给希拉里制造了要求巨额赔偿的绝好的理由？"

这一下，乔娜被击中了要害："我都是为了你，再说你完全可以不听我的建议！"

"是吗？你是学法律的，你一副不会有问题的样子，难道我就该死死攥住我的一点疑虑不放，该拼命反对你吗？"

"那么当初我建议你不要给希拉里百分之五十的股份，你听从了吗？你如果听了，就不会有后来这些事！"

"喂，娜·乔，听听你都说了些什么！你当时是同意我那么做的，你也认为她很合适。"

"艾伦·罗伯特·哈利勒，你根本就不该邀请她合伙！"

"如果你那么正确，那你为什么不坚持反对我？"

"我坚持你就会听吗？"

"你没坚持怎么知道？"

"那么这一次，你完全可以坚决反对我的建议呀！"

"你那么肯定，难道你看不出你影响到我，阻挠了我独立判断吗？如果我没有采纳你的建议，希拉里也无法告我其他的几条，官司也不至于这么复杂！"

这话一出，乔娜收住了泪，不说话了。艾伦也就不再说什么。

风大了起来，树枝被刮得东摇西晃，天上这时竟有几片流云在飞，飘飘渺渺的，下一刻不知风云如何变化。

过了好一会儿，乔娜问："就没有任何办法吗？"

"也许破产吧。"艾伦说，语气恢复了平和。我的律师周二向法庭提交了破产的动议，很有可能最低限度达到赔偿减半的目的，并结束官司。他也按程序给了里奥一份动议的复印件。法庭批准提案的几率有六七成。

"破产？"乔娜很吃惊，盯着他看。

艾伦知道她想说什么，其实已经没有了商量的必要，别无选择，跟她商量无非是徒增两个人的烦恼。他安慰道："破产会对我将来二十年的信誉造成影响，带来很多不便，但难道会比现在的处境更糟吗！到了这个地步，无所谓了。还好你的个人银行信用度不会受到影响。"

四

现在，乔娜明白里奥恼火的原因了，一旦法庭批准了破产提案，希拉里就得不到索要的数额，里奥是想吓吓他们，想搅扰他们的生活，可这吓吓是违法的，而且多么可怕，叫人没办法不担忧。

"你说里奥会对我们造成人身伤害吗？他会伤害我们的孩

子吗？”她问。

“他不敢！”艾伦说，“但我想，从现在开始，我们得格外小心，你暂时不要一个人到树林里去。我们回去吧。你可以睡会儿觉，我会检查游泳池一带和各处门窗，找警察交涉，让他们调查是谁射杀了小鹿，希望能查出是里奥，然后再把死鹿弄走。”

返回的路上两人都没说话。一点没耽搁，没多久就回到了家。

家，那座美丽的都铎式大房子的家。

艾伦让乔娜休息，他去忙该忙的事。乔娜上楼来到卧房，进卫生间把白净净的大浴缸洗了又洗。终于洗够了浴缸，放上热水和柠檬露，脱了衣服，把自己泡进去。水的温度不低，水凉了又换，凉了又换。她的脸逐渐红润，开始出汗了，她这才慢吞吞把水放掉，裹了浴袍下楼来，坐到客厅的沙发上。

艾伦还在忙。

她从茶几底层抽了本书，躺下，半看不看的。也不知是睡着还是没睡着，她被一个人影吓了一跳，她感到了那人满脸的恶意，却看不清那张脸。那人在房子外面，正从一扇窗户的一角晃到另一扇窗户的一角，黑色长风衣的下摆荡来荡去，每次当她就要看清那人是谁了，他总是移动得太快，她的视线总是被拢到那一角的窗帘挡住。她惊出了一身汗，拼命地扭动身子，挣扎着去抓茶几上的手机，好打艾伦的电话。就在这时，她看见一个威武的男人出现在前院，满头的银丝，脸膛红润，是帕特里克。老头儿怒气冲冲地盯着那人，手里操了家伙朝他冲去，那人撒腿就跑。说来也怪，他跑，帕特里克追，但不管他出现在哪扇窗子角，帕特里克立刻就到，如影随形。终于，他不知在哪消失了，帕特里克一声怒吼：“去，狗娘养的！”老头儿随即转头对她笑眯眯地招招手，飞了个吻：“甜心，别怕，我爱你！”她心里一热，却装作没注意。

又过了不知多久，四周一片漆黑，什么也看不见。她伸出手，摸到了一个开关，拧开了，是盏带明黄灯罩的台灯。乳黄的光晕里，她躺在一张宽大的床上。床在湖畔，挨近木桥，水面起了薄雾，薄雾下有东西在闪光。一个裸体的男人睡在身边，背对着她。她搂住他的肩，把他翻过身，男人真的是艾伦，怀里拢了一束红色的郁金香。

郁金香的花瓣红得要渗出血来，紫黑、润泽的花蕊浓稠欲滴，浓稠得有了热度；鲜红的激情浓缩成紫黑色，正一股股呈漩涡状翻滚。

“噢，我亲爱的，”她喃喃道，流着泪，“你去了哪里？我一直找不到你！我多么想你啊！你好吗？”

对方不语。

“你怎么不说话？你累了吗？”

男人无声地笑。

她把花拨开，起头亲他，男人发出轻微的呻吟。她受到了鼓励，继续亲他。她从他的前额一寸一寸地，亲向他的全身，亲了又亲，亲了再亲，一边亲，一边默默地掉泪；似乎每一个吻都是最后一次亲他，似乎过了此刻就再也没有机会亲他，就再也触摸不到他热血的肌体。

他呻吟着，她的唇亲到了他的小腹，这时他低呼一声，呼声里似乎透着痛楚。她用指腹轻抚了一下，入手处有些肿。

“这里痛吗？”她低柔地问。

男人“嗯”了一声。

“怎么了，我亲爱的？”她更低柔地问。

淤肿消失了，男人爆发出几声狂笑，两颗虎牙变得又尖又大，阴森森的。

“请别这样，艾伦，你吓着我了！”她闭上眼。

“好吧。”男人说，止住了笑。她睁开眼，看见的是里奥，而不是艾伦。

里奥张开双臂，从床上升起，大蝙蝠一样扑向她，肩胛处长出了黑色长风衣变化的巨大翅翼，“飕飕飕”威猛地扇动着，郁金香被吹得一瓣瓣零零落落。与此同时，他的五官扭曲得变了形，眼珠发出瘆人的红光，强劲的风呼呼而过，红光近了，更近了……

她尖叫起来，醒了，额头汗津津的。阳光从大窗户斜射进来，她身上盖了张薄毯，手里的书被搁在了茶几上，空气中有股薄荷茶的味道，艾伦端坐在她脚边正看着她。

“娜，你梦到了什么？”艾伦问。

“我在哪里？”她一脸茫然。

“在家里。你做了个恶梦，是什么呢？”

“噢，我这是怎么了！不是走神就是陷入了恶梦！”她说，烦乱不已。

“想喝一点薄荷茶吗？”他低声问，眼神深沉得像他此刻的男低音。

她“嗯”了一声，鼻翼在翕动，眼底贮满忧伤，终于掉下了泪。

“亲爱的，别哭！”艾伦说，坐过来搂她。

她坐起身，把头靠在他的胸口上，哭出了声，肩背跟着颤动。

“不哭，不要哭，我知道的。”艾伦喃喃道，轻拍她的背。

“我以为你不肯抱我呢！”

“傻瓜，怎么可能！我以为你还在为账单不高兴。”

“账单是让我不高兴，可是已经过去了。我连做了两个梦，梦到了里奥。”

“唔，别怕！它们只是梦而已，他不敢伤害我们。”

“我知道。但是我伤着你了，我从来没有对你这么不好！”

“别哭！我知道的。我知道。”

“想想这一段我都对你干了些什么，多么可怕！”

“不，是我不好，我不该责怪你的。”

“你能原谅我吗，我亲爱的？”

她说我亲爱的。

“当然，亲爱的！”艾伦说，语速稍快，”我给你拿块湿毛巾好吗？该办的事我已经办好了。等会儿给你爸打个电话，他来过了，刚离开，孩子们要他马上回去。别急，他来的时候，他女朋友在陪孩子们吃东西。”

她慢慢平复了情绪，问艾伦是什么事。

“我打电话让他来的，”艾伦说，“我们已经制定了计划，明天中午他会来帮我们加装十个监控摄像头，林地里也会装上七八个。他担心你，想听到你没事。”

“嗯，我晚些再给他打电话。我们不出去了好吗，就在家里？”

“为什么不呢？那可是几个镇最好的餐馆，我让我的助理提前三个月预定的，别为了任何事情毁了我们的约会吧。现在我们还有时间听听音乐，放松放松，七点半开车去那家餐馆。别怕，都处理好了，警察已经来检查过后院、马厩和各处门窗，都没问题。他们会调查小鹿的死因。帕特里克帮着我把死鹿拖去埋了。”

“好，我不怕。不会有什么的。”

“对，亲爱的！也许你就穿早晨那条红裙？你穿它很好看。”

“好的。谢谢你的礼物！”

五

太阳西下了，贴近远方的湖面掩在一溜一溜云絮之后放出霞光。晚霞，他们的夜之前奏。

两人到达餐馆时，就餐的人们正陆陆续续地出现，多数成双成对，着装适宜。来这里，是要优雅闲适地度过一夜——序幕不过早拉开的夜，不被催促的夜。一张张的餐桌，桌布雪白，摆放着鲜花、漂亮的餐具，和在花型烛台中燃放的蜡烛。他们报了名字，被安排到角落的一张坐下，在那可以从侧面看见入口和进出的人们。餐馆只在各个角落供了柔和的灯光，质朴、复古的天花板上垂下几盏铁质圆环灯饰，蜡烛点在每个圆环的八个烛台上，烛辉莹莹，另有木质、本色的细巧圆柱将不大的空间隔成几个区域，每根圆柱上在一人多高的几个挖嵌之处，各各悬吊着一盏小玻璃罩灯饰，内有烛光点缀。整个地方只见格调，不显拥挤。

餐馆叫做“波莱特之家”，以法菜大厨老板的姓氏命名。地道的精品法国菜，老板的创新理念和坚持——自从十年前嫁到当地开始，独一无二，极受远近好几个镇的人们喜爱。

乔娜和艾伦相邻而坐，轻声交谈，总算暂时放松了。他们跟高高瘦瘦、白衣黑裤的男侍应生点了两道头盘和两道主菜：酿法国百合、鹅肝酱饼、普罗旺斯炖菜和勃艮第红酒炖牛肉，酒水点的是两杯纳帕谷哈兰酒庄五年前出产的赤霞珠红酒。

气质优雅的女小提琴手应客人之邀，从一桌演奏到下一桌。穿着讲究，样子精于餐馆业务，操法语口音的经理一直在关注各处的动静，不失时机地跟客人点头打招呼，跟找他的客人或侍应生说几句。

头盘和主菜鲜美、可口，火候刚刚好——乔娜和艾伦一致赞赏。乔娜吃的普罗旺斯炖菜，香嫩美味，甚至无需使用餐刀。

“我很高兴我们来了。亲爱的，谢谢你！”乔娜说。

“我很高兴你喜欢。你真美！”艾伦说。

“谢谢你！”

“如果时光倒退，我还是会找你。”

“我也一样，不过我可能会选择工作。”

“唔，你呆在家里不是很开心吧？”

“我开心的。我是说也许工作会带来更多的乐趣。”

“我们认识的时候，你在读法律学校，我刚刚拿到医生执照。后来你嫁给了我，再后来生孩子，为了孩子们和我，你一直待在家里。没有你，我们就没有今天。谢谢你，亲爱的！”

“我们是一家人呀，没有你，我们的生活也没有保障。”

“如果工作能让你更快乐，我们可以商量，只要你高兴。”

“嗯，我都高兴的。”乔娜说，抬头搜寻那个高瘦的侍应生。

侍应生在另一边看见了，过来麻利地收了盘子。艾伦告诉他等会儿再点甜品。

乔娜坐的位置，角落的光在身后播散，整个人嵌入了淡柔的光辉，连秀发边缘也光彩熠熠。烛火映照在她的脸上，每一次她垂下眼睑，长长的睫毛便投下迷蒙的阴影。而她的手，来回地摩挲餐刀。那手姣好纤柔，刀腹正受着它的摩挲。艾伦握住那手，十指相扣，和她对视。他们的眼底有了一丝亮，嘴唇都动了动。

“说吧，我们有一阵没说这三个字了。你先说还是我先说？”他笑了，有调侃的意味。

“你先说。”她也笑。

“好。稍等一等，说的时候我得有东西献给你。”他说，转过头，向餐馆的经理打了个手势。经理略一点头，招手叫过去他们的侍应生，跟他交代了两句。

两三分钟后，侍应生过来了，手里抱了束红色的郁金香，小提琴手跟在后面拉着克莱斯勒的《爱之喜悦》。

艾伦接过郁金香献给乔娜，温情地注视她：“你瞧，今年的花和去年的不同，红色的郁金香代表真挚热烈的爱，我爱你，我亲爱的！”

他叫她我亲爱的。

她没有伸手，脸上的神采凝住了，定定地看着他手上的郁金香。

郁金香。红色的郁金香。红得要滴出血的郁金香。

艾伦端详着她，有些诧异。小提琴手见机地中断演奏，退到一旁等艾伦发话。

乔娜没说话，却突然移开了目光，像是眼角的余光警觉到什么，非得瞧个究竟，移回时，眼里满是惊悸。艾伦顺着她移开的方向看过去，里奥正站在入口处和经理交谈，还跟他挥了挥手。

果然，经理手里拿了张打印的字条走过来。“哈利勒先生和哈利勒太太，你们的好朋友想为你们点一首曲子，”他说，低头看字条，“想点塔尔蒂尼《G 小调小提琴奏鸣曲》的第一部分，祝你们结婚纪念日快乐！”站在一旁的小提琴手不易察觉地摇了摇头。

“不，不要看见他，不要看见他！”乔娜喊道，捂住了脸。

艾伦靠过去搂她，对经理冷冷地说：“请叫他走！他不是我们的朋友。这首曲子也叫《魔鬼的颤音》。”

经理连忙道歉，讪讪地走了。小提琴手拿到艾伦给的小费，也走开了。那边，在经理转身之前，里奥朝艾伦做了个怪脸，得意地一笑，扬长而去。

“里奥不在了，亲爱的。”艾伦对乔娜说，掰开她的手。

乔娜的手在抖，眉头紧皱，身子发凉。

“别怕，亲爱的。我们走吧，我带你回家。”艾伦说。

结账时，侍应生说经理为表示歉意，鲜花和两杯红酒算是餐馆赠送的礼物，艾伦只付了菜品和侍应生的小费。餐馆向花店订花，向小提琴手预定独奏曲子的费用——包括预订的服务费，艾伦在就餐前两周就已经按餐馆的要求通过信用卡支付了。有这些服务要求的客人，每周的名单都是经理在管，由他具体操办，艾伦明白，经理实在是尽职尽责，不是他的错，是里奥。

外面有些凉，他给乔娜披上他的夹克，安慰她说：“我们很快就会回到家，亲爱的，回到家就好了。”

“家……下雨了，是不是下雨了？”乔娜问，神情委顿。

“没下。怎么回事？你走神了吗？”

“我在哪？”

我们现在就开车回家。

“嗯，带我回去！”乔娜嗫嚅道。

“是，我正在带你回家去。”

艾伦为乔娜打开车门，扶住她亲亲她的额头：“亲爱的，里奥是想毁了我们的今天，但是他已经用尽了招数，别怕，别上他的当，不会再有事了。”

“嗯，我好些了。走吧。”她说，若有所思。

一路上，艾伦开着车，右手握着乔娜的左手，跟她有一搭没一搭地说着话。

“娜，愿意告诉我怎么回事吗？郁金香有什么问题？”车子上了高速一会儿后，艾伦问。

乔娜不语。

“娜？”

“该做的事你都做好了的，为什么他来了？”乔娜问。

艾伦捏捏她的手，说道：“三个月前，我让我的助理帮我订位，订鲜花和曲子。我想，可能是她打电话的时候，被里奥偷听到了。里奥那天刚好在诊所。”

“紧要的事你都做了，对吗？”

“对，在家里我已经和你说过了。警察还说目前没办法立案调查里奥，但暗示我可以找私家侦探。我在网上找到两个不错的私家侦探，给他们打电话留了言。”

“是。”

“亲爱的，我很担心，告诉我好吗，为什么你会吓成这样？”

她伸过右手，盖在艾伦的右手和她的左手上，用力握着，慢慢说出了她梦境和意念里的景象。

听完后，艾伦明白了：“亲爱的，我很抱歉你经历了这些，真对不起！这些都不是真的。你要知道，这是压力和担心导致的，你可以试试去看心理医生。”

“我知道不是真的，可是一切感觉真实极了！我到处都找不到你，我好害怕失去你！我相信在意念和梦境里的有些景象，一定有特别的意义，不然的话，郁金香怎么会反复出现！郁金香就是个不祥的预兆。”

“这是碰巧了，再说我在这好好的，不是吗？”

“那我看见有东西在闪光，又怎么解释呢？它出现了两次，就连后院树顶上射下来的阳光都让我想起它！”

“那道闪光到底是什么？”

“我不知道。我使劲儿看，可怎么也看不清！”

“亲爱的，梦境和意境常常没有道理。我们天天都做梦，如果每天都得去分析梦境，会搞得自己很悲惨。”

“嗯。”

“别怕，里奥如果要害我们，早就动手了，他就是想吓吓我们。”

“嗯，你说的也有道理。”

“睡一觉你就会忘记这些不愉快的事。”

乔娜舒了口气，抽回了右手，神情有所放松。

两个人的车里，蓝牙电话响了，是孩子们打来道晚安的。两个孩子听起来很兴奋，乔娜和艾伦轮流祝他们睡个好觉。挂电话前，乔娜让孩子们把电话拿给帕特里克。

“孩子们为什么这么兴奋，又嚷又叫的？你带他们做了什么，去了哪里？”她一连串地质问。

艾伦捏捏她的左手。她甩开手，拿出手机，切断了蓝牙。

电话那头的帕特里克说了几句，这头她说：“我昨天就跟你说过，别带他们去坐过山车，可你还是带他们去游乐园了！埃隆才五岁，他闹着要去也不行！”

大概那头说埃隆一点儿没事，乔娜说：“一点儿没事也不行，你就不该带孩子们去！你还不跟我说实话，有意隐瞒！”

等那头回话后她说：“你说你非常爱我，是真的吗？那你把我想要的给我！”她越说越快，挂完电话低下头，叹了口气。

余下的五六分钟车程，两人都没说话。

六

车子进了车库。“到了。”艾伦淡淡地说，先下车进了家。乔娜跟在后面，不知道该不该伸手去拉他的手。

“都累了。休息吧。”进了卧室，艾伦说，略抱抱她。

“艾伦，你不高兴吗？”她小声问。

“明天说吧，好吗？”

“我们发过誓，无论任何情况，我们都要关爱和支持对方的。”

“我需要时间想想该怎么说。”

“你是指我对帕特里克的态度吗？”

“我是在想，你为什么就不能让过去成为过去，我想这背后的原因你已经意识到了，但不愿去面对。你真的应该寻求心理医生的帮助。”

“我并不想抱着过去不放。”

“那这么多年过去了，你应该学着去接受和原谅。他非常爱你！”

“嗯。”

“相信我，我是对的。”

“其实，我跟他发了火，也后悔的。我担心他年纪大了，这么跟两个孩子坐过山车，怎么受得了！”

“傻瓜，”艾伦笑起来，“你关心他就该告诉他，而不是去伤害他，还弄得你自己很不开心。”

“好吧，你对了。请相信我，给我时间，我向你保证我会努力去尝试的。”

“好吧。我爱你！”艾伦说出了那三个字。

“这也是我欠你的三个字，我爱你！”乔娜说。

“我知道。累了吧？”

“你累吗？”

“你不累吗？”

“嗯，你希望我累吗？”她开始笑。

“当然不是。那就按原计划吧！”他立即说，笑得一派阳光。

很快，他们洗漱好溜上床。

他们做爱了。她亲他，亲得像在梦里一样专注，一样投入，而他也对她轻怜爱抚。喘息，呻吟，扭动，高潮，夜有夜的声音和节奏。半个多月来，他们第一次做爱，第一次这样相拥。

早晨，乔娜起床时艾伦不在卧室，她打开窗户张望，又一个好天，听起来苹果和紫葡萄已经在光顾草地，艾伦跟它们说话的声音从那传来。两人昨夜约了去教堂前先骑骑马。

新的一天。

她飞快地沐浴，穿衣，下楼去厨房。新煮的咖啡还热着，香气四溢。吧台上斜放着一支娇艳的红玫瑰，花枝上横了张纸条。她拿起纸条，草书字迹斜斜飞舞：昨夜无限美好，我亲爱的，等你赴约，我爱你！署名A，艾伦的缩写。

她在上面印了个吻，拿起玫瑰亲一亲，找了个白色细颈瓷瓶加了水插进去，倒上咖啡站在那边喝边看，静逸地微笑。

咖啡这就被她喝完了。

走过花园的两丛玫瑰时，她脸上还挂着笑：玫瑰，艾伦爱的使者的玫瑰，所有的玫瑰加起来，都不及她那一支甜美。

草地那，苹果和紫葡萄的马具已装好，艾伦骑在紫葡萄上，一手牵了苹果在木栏外遛弯，看见她来，他止住马，下了鞍，把缰绳一一拴在木栏上。这一来，苹果得暇搞起了老名堂，轻易就够着了一颗苹果树任意折腾，大约心花怒放。

“你骑得真不错！早上好，亲爱的！”乔娜走近艾伦，挂着同样的笑。

“早上好！看来骑马课没白上。”艾伦愉快地说，和她接吻。

“谢谢你的花和纸条，还有咖啡，很甜蜜！”她说，眼里波光流转。

“睡得好吗？”他问。

“睡得很好。”

“我六点多就起来了，一直在等你。我正想打你的电话，看你起来了没有。”

“我七点多醒过，又睡着了。我们昨晚说的是九点骑马，十点去教堂呀。”

“对。我想和你先聊一聊。”

风把乔娜的头发一丝丝撩到脸上，艾伦为她拨开，似乎欲言又止。

“想聊什么呢？”她问。

“我想请你原谅我，没和你商量就申请了破产。”

“我理解的，还要说吗？”

“对。我还要请你原谅，由于我工作上的错误抉择，害得你经受了许多压力和不快，使我们家蒙受了巨大的经济损失。这让我感到很痛苦。”

“不，亲爱的，别说了，都是我不好！”乔娜说，“昨天是我口不择言，我不是真的要怪你，请你原谅我！”

“我知道，不用担心，那些话再也不会使我难受了。”艾伦温和地说。

“哦，亲爱的，我昨天真的伤到你了，我难过极了！”乔娜已经泪盈于框。

“不，先别难过，听完我要说的，你就会明白。”

停了两秒，艾伦郑重地说：“让我坦白吧，请别打断我。我心里很清楚，一切都起因于我的过错，但是男人的骄傲让我开不了口。我心里的痛苦也因为同样的原因让我无法述说。昨天我听到你说那句话时，的确是受到了刺激，所以我用指责你来掩盖我内心的难过，这其实都是我的错。”

“别说了，求你！”乔娜伸手盖住艾伦的嘴。

“不，不要担心，”艾伦拿开她的手，为她擦擦泪，“我现在不再为我的过错而烦恼了，我已经越过了那个坎，所以我的过错不再令我痛苦。让我说完吧。在年初我是不会说这番话的，在昨天我也不会说，但是这一段时间你为了爱我，一直隐忍和压抑自己，经过昨天下午，特别是昨天晚上，现在在你面前，我感到我可以说出来了，我具备了说出来的勇气。我很高兴我全都说了，你就知道我有多爱你了！”

“我也多么爱你，我亲爱的！可我终究是伤害了你！”

“宝贝儿，我想你还没有完全明白我的话，是你的爱使我有勇气面对我的过错，难道经过了这一切，我还领会不到你有多爱我吗，从来没有任何人这么包容我！既然我的过错对于你，不存在原谅不原谅，难道我连放弃愧疚和痛苦的勇气都没有吗！你知道我会进步，会做得更好的，不是吗？”

这一次，乔娜明白了艾伦的意思，眼里涌出更多的泪。

“我亲爱的，我……”

“不要哭，宝贝儿，不用说什么，我知道的。我知道。”艾伦搂住她。

他把她抱得牢牢的，她的头刚到他的下巴，身子完全在他怀里——就像昨夜，全身的平衡依附于他，受他的庇佑，也给予了他实实在在，如此爱他的她去拥抱，去拥有。

不同的一天。

过了一会儿，艾伦说：“我们这样很好。不管遇到任何困难，一切都会好的。相信我，好吗？”

“是，我相信你！”

“还想骑马吗？”他问，亲了下她的额头。

“我们说好要骑的。”

“那我们骑马吧，苹果快要把那棵树拱翻了！”

乔娜不禁莞尔。

紫葡萄大约吃够了草，不声不响地待在那，偶尔动动马蹄。苹果这会儿撒着欢，乔娜走近时，凑上来蹭蹭乔娜。

“好女孩儿！”她说，拍拍马颈。

艾伦解开苹果的缰绳，扶乔娜上马。

“苹果喜欢你，亲爱的。记住苹果的头习惯往左转。”艾伦说。

“嗯，我知道。”她说，把脚套进马镫，握住缰绳。

天气好极了，一切显得很美好。就在那时，在一百码开外的空中有声音炸开，发出巨响。砰！是枪。

事情发生得太快。苹果受了惊，前蹄腾空高高扬起，乔娜不由得身子后仰，紧拉缰绳，在艾伦徒劳地试图救她之前，苹果已经撒腿狂奔。

风呼呼响，苹果四蹄如飞，艾伦在后面拼命跑，声嘶力竭地喊：“放松缰绳！往左边拉，让马转圈！让马转圈！……”

转眼间，苹果奔到了草地边缘。多姿的树林正静静地沐浴阳光，在那，有无知的大树、灌木、草和碎石，马儿猛地转向，乔娜像在冰面倒地滑翔的舞者，失控地扑向那里。

七

直升飞机起飞时，乔娜费力地往下看，眼皮垂下去，又半睁开来。

原来起雾了。“好大的雾呀！”她说，嘴唇无声地蠕动了几下。

雾气似拔地而起的龙卷风，“砰”地一声从草地上乍然腾起，升空的速度快得惊人，几乎和直升机一样快，一样垂直而上。空中，雾气急剧地扩散，直到彻底包裹住直升机，弥漫整个天际。

迷雾下，湖面有亮光射到空中，刺得她睁不开眼。她半躺在直升机里，秀发散落下来，搭在托住她后脑的男人手上，整个人精疲力竭。

“娜，你醒醒！亲爱的，醒醒！”男人在喊她，听声音像是艾伦，又好像不是。

“快！能再快些吗？”男人对飞行员说，焦急不堪。

“艾伦，你在哪？”她说，却发不出声。眼睛半开半闭间，天空像幕布一样拉开了，现出一道漂浮的门。门是红色的，没有门把。门忽近忽远，从底端的缝隙透出强烈的白光。

“娜！”男人的声音到了门那边。

有人在掀她的眼皮。

“娜！”门那边，男人又喊。

那个人还在掀她的眼皮。

她推开门走进去，门在她身后自动关闭。

门内，木桥、死鹿、里奥、亮光、郁金香……飘过一幕，又飘过一幕。扇动巨大翅翼的里奥，当他的毒爪划过，郁金香一片片中毒粉碎。餐馆经理躲在角落阴险地笑，小提琴手的弓弦化成尖刀迅捷无比地冲破了屋顶。桌上的酒杯，倒出的是死鹿的血，而不是赤霞珠干红。烛火点燃圆柱，聚合的正是那道亮光。她走过去，总也没办法靠近；她在走，亮光在退。亮光引她来到木桥，穿透雾气，在湖面击出一条路，她紧紧跟住，亮光收进了湖中，就在那一群鹭鸟飞落之处，不再移动。她逐渐走近了，使劲睁大眼睛看，亮光里的东西到底是什么呢？还没看清究竟，苹果驮了她凌空而去。天下起了雨，大雨变成小雨，小雨又变成大雨。马儿跑啊跑，跑得真平稳啊，那把尖刀飞来砍断了马腿，马栽倒了，她从半空直直地坠落。

“打开门！我要出去！”她喊，还是发不出声。她挣扎着，失去了知觉。

凌晨三点，乔娜第一次醒来。医院的病房里，几个仪器监测着她的重要指标，她的左手插着输液管。艾伦一直陪着她，从联络急救直升机，到她被送进手术室，之后又送到术后观察室，始终没离开过医院。

“啊！”艾伦发出一声欢呼，“你醒了！”

“我在哪？”她问，声音含糊不清，说完又闭上了眼。

医生进来掀她的眼皮，拿小手电晃她的眼睛，告诉艾伦如果要完全清醒，大约得一到两天。

手术后，医生对艾伦说，乔娜很幸运，颅骨竟然未裂。总算抢救及时，颅内出血不严重，手术很成功，不会有后遗症，不过她的脚踝和肋骨要好几个月才能恢复。

幸运的乔娜第二次醒来，是第二天晚上八点多，但很快又入睡了。她第三次醒来，已经是夜里两点，艾伦坐在椅子里，趴在病床边睡着了。

“是枪管！”她说，睁开了眼，折断的脚踝处打了石膏，两根断裂的肋骨无石膏可打，大约一动就痛苦不堪。“噢！”她大叫一声，眉头紧皱，立即凝住不动。

旁边伸过来一只手握住她的右手，艾伦醒了。

“亲爱的，你回来了！”艾伦哽咽着，眼里布满血丝。

“我怎么了？我失去知觉多久了？”剧痛过去后，她问。

“你受伤了，麻药和止痛药让你睡了一天多，只要好好养着就没事。你的两根肋骨断了，行动时得格外缓慢和小心。”

“嗯。是苹果！”

“是它。欢迎回来！”艾伦动情地说，在她手上吻了又吻。

值班医生进来检查乔娜的状况，跟她解释她经历的手术、断骨、多处擦伤和恢复期的注意事项，她这才知道她的头发被剃掉了。离开前医生说她的情况不错。

“告诉我，我是不是很丑？”医生走后，乔娜着急地问。

“是的，我还给你拍了张照片。”艾伦眨眨眼。

她知道他在逗她：“好吧。告诉我，我会好起来的！”

“你一定会的，我保证！”艾伦严肃地说。

“你再说一遍！”

“我保证，你一定会好起来！”艾伦信心十足。

她长长地呼出一口气，问：“又是里奥那混蛋吗？”

“不是他还会是谁！”

“孩子们呢？”

“他们很好。帕特里克的女朋友在照料他们。”

“报警了吗？帕特里克呢？”

“我等会儿告诉你。你肯定又饿又渴，我先喂你点儿吃的和水吧。”艾伦说。

“他怎么了？”

“他没事。”

“你先告诉我！”

“好吧。送你到医院后，我报了警，这次警察立案了。我通知了帕特里克。昨天晚饭时他来看过你，待了好一阵，说有可能会跟一个老伙计朋友去南方待上半年，可能是南美洲的什么地方。这个老伙计前几天来宾州访亲，昨天去找过他。他让我好好照顾你，说他非常爱你。”

“他怎么突然这样打算？他没生我的气吧？”

“没有，他来看你时拉着你的手老泪纵横。他说他非常爱你。他也知道你爱他的。”

“嗯，可是奇怪，噢，不好！”乔娜叫道。

“怎么啦，有什么不妥吗？”艾伦吓了一跳。

“你难道不觉得怪吗？那亮光下是一支发亮的枪管，是枪管啊！”乔娜着急起来。

“什么枪管？”艾伦问。

“湖里出现的亮光呀，我终于看清了，枪管被太阳照得闪闪发亮！”

“你是说他可能会……？”

“难道没可能吗？快，打他的电话！”

“可现在是半夜。”

“快！”

艾伦赶紧拨打帕特里克的手机，打不通，又改打座机，打通了，是他女朋友接的电话。她说她也不知道帕特里克去了哪里，从今早到现在一直都没有消息，不过她叫艾伦别担心，因为帕特里克是这样的，失踪一天两天不在话下。

“赶快查新闻！”乔娜喊。

艾伦跑去等待室取来几份日报和晚报，却什么也没查到。

乔娜松了口气：“还好！”

艾伦笑笑：“就是嘛，别担心！”

却听乔娜哽咽道：“我一直只顾着自己的痛苦，我把我妈的死全都怪罪到帕特里克头上，我连一次也没有宽恕过他呀，更别说主教诲的宽恕人七十个七次之多！我现在细细来回想，帕特里克对我的爱无处不在。爸爸，我是多么的不好！”

“他知道你爱他呢，娜，一切都会好的！”艾伦说，目光温暖而坚定，“发生了这一切，我们的内心都经历了不曾经历过的冲击，我们或多或少都会被改变。至于这些事会对我们造成多大的影响，只有将来，可能多年以后我们才会意识到。但是不论怎样，每一步我们都会在一起，这一点绝不会改变！”

“是。但愿他不会干傻事！好吧，给我点儿水和吃的。”

艾伦说好，亲了亲她。

（原发于《西湖》2020 年第 5 期，《海外文摘》第 9 期头条转载，双月刊《台港文学》2020 年第 6 期转载。）

创作谈：走进“乔娜”的家

唐 简

这个故事的原型来自一个客户的朋友，后来我们成了朋友。在此就叫她“乔娜”吧，就是这个中篇的第一主人公，一位法学院毕业的家庭主妇。第二主人公叫“艾伦”，是一位儿科医生，在镇上有一个诊所，诊所有一个合伙人，是在诊所开办后几年加入的。我到“乔娜”家去吃过饭，他们一家住在一个景色宜人的小镇，漂亮的一家人。

她带我参观了她家的每一个地方，她说：“这是我和孩子们刷的墙，漂亮吧？”“这是我轧边的窗帘，美不美？”“看，孩子们画的画！”她的眼睛闪亮闪亮的，充满着幸福的光，我被她感染了，为她的幸福而高兴。接下来，她把我带到二楼的主卧，指给我看一个又大又舒适的按摩台，“我和丈夫累的时候，就在这做按摩。”她说，轻声的，几乎是无限眷恋的，一边摩挲着按摩台。我被感动了，被触动到了，我想，她和她丈夫是多么的恩爱，多么的珍爱对方，这多么美好，美好到如果有一丝一毫的破坏，都会令人心痛。

但不幸的事还是发生了，“艾伦”的合伙人想独占诊所，就是小说中的情节，合伙人的丈夫是一位民事和刑事律师，是只要能打赢官司，撒谎、捏造、中伤、威胁什么都干得出的那种，而且他还利用熟知法律、打官司经验丰富的优势规避法律后果。这件事对“乔娜”夫妇是一次重大的打击，使他们遭受了严峻的考验。另有一个小支线，就是“乔娜”对她父亲怀有的心结，笔墨不多。

小说正是在这样的基础上构建起来的，小说中的细节，有真实的成分，主要是想象的填充。主人公生活的波折，也是对他们心灵的洗礼。希望读者们喜欢。

潜流（插图由网络图片合成制作）

潜　流

唐　简

一

凌晨两点，醒了，又是从那个梦里咳醒，一头的汗。抹抹汗，伸手去摸，没摸到什么，入手处空落落的，没捏着利兹的光屁股，记起来妞儿上个月搬去新男友家了。男人一年答应给她多少美刀，除了学费，还有生活费？算了，管他呢。总是梦多，睡不踏实，好像有三年了？医生说得吃药，吃，吃，那就吃半颗安眠药吧。感觉又做梦了。

纽约一场暴风雪后，白色宝马埋在了雪下，起床一看，街上的雪被铲雪车推到路的两边，在车的左侧筑了道矮墙，车门被堵得死死的，根本打不开。车的一头一尾又拜自私的车主所赐，塞了老高两堆他们刨过来的雪。天很冷，雪下结了冰，硬邦邦的，手里的硬塑料铲撼动不了。麻烦事。只好到大楼地下一层找楼管路易斯。

也许是公牛与公牛之间的敌意，二公牛相对，即便是敷衍一声“你好”，他扬起鹰钩鼻，撇撇看似有裂痕的嘴角，二逼的样子（自打见他第一面起，就厌恶他）。一直不把厌恶放在脸上，仅在肚里做文章，但厌恶像只跳蚤，近距离一接触，就不声不响地叮咬了对方，所以他知道。

路易斯不在。抓了他放在角落的长木柄铁锹回到街上，先铲掉左前门处的雪，打开门，启动了引擎和前后窗的热风。看情形，怕是得半个小时，没别的办法，干吧，无奈卯足了劲，大刀阔斧，狠铲猛砸，把铁锹摔打得像是在对付狂躁作死的野狗。野狗嗷嗷叫，蹂躏之下，利兹呜呜地哭，脸丑得变了形，毫无俏丽可言，而且面目可憎。不一会儿，大汗淋漓，有股听到妞儿求饶的快感，"嗷"，"嗷"，她发出两声低低的哀鸣。

就在那时，"咔"的一下，木柄齐根而断。恰巧路易斯从旁经过，一眼认出了他的铁锹——头和柄分家的铁锹。正要解释，二逼已拉长马脸，眼神冷冰冰，口气居高临下："你拿了我的铁锹？你怎么有权利不打招呼？还弄断了！你知不知道我的工作很繁重？你怎么可以给我添麻烦！"

遂眯起眼看他。真冷啊，空气都冻僵了，四周一片空白似的寂静，只见他逐渐从公牛蔫巴成一只喋喋不休讨人嫌的斗鸡，嘴壳兀自机械地吧嗒个不住。呱唧呱唧，斗鸡埋怨开冬天除雪秋天除落叶之辛苦，清洁大楼之费劲，修缮之不易，无人赏识他付出之不公。这份薪水不菲，医保、养老金齐全，外兼住宿免费的工作，斗鸡甚感委屈，但是新年收小费，隔年涨工资，一样不拉，呱唧呱唧，斗鸡叫嚣道："我有劳动工会撑腰，你能怎么样！"

是啊，谁又能拿他怎么样，拿纽约愚蠢的合作公寓的管理规定怎么样，好端端的，非得花大价钱雇来一名楼管，永久地供养他，除非他犯下蠢到了家的错，否则休想甩掉他！谁会需要这样一个不知感恩的家伙，一只斗鸡！

本来怀了一丝的歉意，现在，早就被火速升温的烦乱取代，斗鸡那一副讨打的样子，显然是在邀请人给它脑袋上来个几下，它才会立刻停止聒噪。也许在那么想的同时，手中的木柄自动飞过去，照准它的脑袋来了一下、两下……

心里有个声音说，这不是真的，是梦！

但是，这却是真的，千真万确，而且就发生在两周以前。不过，确定不了如果事情再来一回，能否忍住不砸斗鸡的脑袋？想来想去，不得而知。好在法律是人性的，人性的法律把这个袭击斗鸡自卫的人交给了律师，如今律师要他扮演这个角色，要他看心理医生。是的，医生，十点钟看医生，看一个女人。

老样子，七点后再也睡不着。冷，这个冬天雪可真多，又一场雪，下得很大，风吹得浮浅无依的东西发出各种声响。原来，纽约的冬天可以猛烈至此，除了冷还是冷，除了雪还是雪。这没什么不好，可也没什么好，冬天就是冬天，夏天就是夏天。有人搬走了，有人去看医生。有人去看德妮丝·雷恩。

出门前，仔细地刮了胡子，戴上新配的隐形眼镜。镜子里，一个陌生的男人站在那，不过就是镜子成的虚像而已，他那张黝黑的方脸算得上英俊的吧，算得上有吸引力，他和她就要见面了，他和她相遇会是怎样的光景？

没开车，坐的地铁。坐地铁的好处就是，有充足的时间想东想西。某天在网上搜索，竟发现了她。照片里的她三十多岁，给人亲切的感觉，她的眼睛灰蓝灰蓝的，亮，很清澈，毫不晦暗，一点儿也不冷。这样的人心里应该是有温度的。她肯定是一个合适的金发美女，而且还是一个好医生。医生嘛，就该是个女人，还该是漂亮的女人。脑子里储存的图像很清晰，人生的经历以及经历转化而来的信号都在警示，丑陋的女人会让人焦躁，让人窒息。而老女人，老女人脸上有很多的皱纹，同她讲话时，她额头、眼角、鼻子和嘴巴的皱纹会让人分心；皱纹会像一条条的裂纹，裂纹渐渐放大，就聚成了血淋淋的伤口。所以丑与衰老是致命的。

所以医生不能是丑女人或者老女人。否则如何享受到生活的乐趣，如何葆有创作的灵感？

在德妮丝·雷恩的工作室，坐在沙发上等她。心跳得有些快，忐忑。

二

等了二十来分钟，门开了，德妮丝·雷恩走进来，光彩照人，比照片上的还要亲切……见到她了，啊，啊，她就站在眼前。

“郭先生，你好！”她说，远远就伸出了手。白皙没有血色的手。想起了那个梦。但她的手看样子是多么灵巧，也许是激情的，也许善于传播理解和同情，也许它的主人与别人不同。它在两个人的房间里无声地穿行，空气轻柔而挑逗地从它的指间划过，她的手又像是逡巡在温柔的水中，正在一点点靠近。奇妙的令人兴奋的感觉。忍不住盯着她的手看，直到它到了跟前。握住它的体验会是怎样的呢？它的温度、力度、持久度如何？握一秒，还是两秒，还是更久？但终于握了握它，也不知道握了几秒。而它正如想象的，一点儿也没让人失望，它符合全部的预期。遗憾的是，它的主人随即挤了泡沫洁手液，在手上揉搓，同其他的医生并无区别。为什么她闻不到他手上橘子味洗手液的香气？他在她的工作室坐下来之前，才在卫生间洗了两遍手！这一下，他咳嗽起来，咳得全身颤抖，脸红了吧。她又伸出手，只是很快缩了回去，连声问你怎么了，有没有生病。嗯，她的确还是与众不同的，有点像母亲和丽莎。好吧，没事，没有关系，不要紧的。德妮丝·雷恩，毕竟是德妮丝·雷恩。

德妮丝·雷恩递过来一杯水，问：“我可以为你做什么？”

当然可以。她蓝灰色的眼睛在镜片后温情而闪亮，贴身的黑色套装和白色低领口衬衣被挤擦得发出阵阵温热。近距离看她，所有的细节皆尽收眼底。肯定的，她肯定可以做点儿什么，那袭击斗鸡自卫的角色正站在角落里召唤。角色说："我不知怎么开头。"

"想到什么就说什么。"对方回答。

真的？真的吗？在人的梦想和现实中间有一段空间，借用纪伯伦•哈利勒的诗句，"只能靠他的热望来通过"。

"我真不知怎么说。为什么你不问我？"角色以退为进。

"好吧。"她说，"你的基本情况这里写着：32 岁，单身，网络游戏设计师，住在曼哈顿华盛顿高地的城堡村。"

"对。"

"工作压力大吗？"

"还好。公司同意我有时在家工作。"

"喜欢你的工作吗？"

"还好。"

"喜欢城堡村吗？"

"嗯，对也不对。我睡不好觉。"

"说来听听，怎么对也不对？为什么睡不好觉？"

在一串干巴巴的问与答之后，角色发出了种种暗示。是时候了。他深吸一口气，试着去深思。每个空间的最深处均有潜流在冲击神经，像地表下的水循隙而流，奔流不息。累，疲累。有一头动弹不得的公牛，地上的四个深洞陷住了它的腿，一块钻了四个洞的木板横亘在牛腹和坑洞之间，四周围满虐食者，屠夫举起尖刀，一下一下蛮横地切割，公牛一声一声惨烈地嘶鸣……

这很不好！不，难道就这样服服帖帖被医生切割？律师怎么说的，不管医生问什么，你都得去回忆，并说出实情。

实情就是，自己对被捕的那一幕仍心有余悸：路易斯前额的那道伤口像条血色的蜈蚣，鲜血一滴滴坠落在雪地。咳嗽，咳个不住，感觉额头的青筋在皮肤下发胀和鼓凸。到底做了什么出格的事吗？没有，但是警察来了，两个腰里别着枪的警察，一个白人，一个拉丁裔，凶巴巴的……无处逃遁，时间凝住了，却看见丽莎突然从街口跑来，金色的长发被风吹得零零乱乱，仿佛听见她喊："明，抓住我的手！"多年前的情景又回到眼前，两个人紧紧拉着手，迈开腿往前奔去，像一阵风似地朝中学门口的母亲奔去，把几个追赶的校园恶霸甩在身后。母亲神色紧张，不停地喊着："快呀，孩子们，快！"她伸出双臂，无比焦急也无比慈爱地等待着。就要碰到母亲的手了，就要碰到了。终于，在温暖、喜人的日头下，摔倒在地——被警察掀倒在地。丽莎不见了，母亲一脸揪心的痛苦，空中突然传来父亲的一声冷笑，那么冷，那么刺耳。有一样冰冷、坚硬的东西锁住了双手。是的，手铐！

"你怎么了，郭先生？"德妮丝·雷恩的声音打断了回忆。静默，暗流涌动。眼睛紧闭，内心无比沮丧。没有光，没有花香，什么都没有。一切都不再重要了，不重要了。整个世界充斥着防腐剂的味道，有一只巨大的怪兽，把周遭的物事统统吞进肚里，然后吐出一团黑雾，那个梦就从黑暗中跃出，迅速地弥漫和膨胀，同现实发生了交汇：深圳，一个人，四周都是水，水的颜色是黑的。有一只手破水而出，像是在吸引人注意。有点紧张，又有点好奇，但是那只手不断地灵巧地晃动，遂踏水而去，拉住那手。一个陌生女人从水里冒出来，她面色苍白，眼睛红肿，嗫嚅着要说什么。惊骇！等她完全从水里升起，样貌变得再生动不过，竟然是死去的母亲！"小明，"母亲的嘴唇终于张开来，声音微弱得像在叹息，"去把你爸叫来！他在哪？去叫他！"她飘过来，伸出手，充满爱怜的，轻轻的。遂迎上前，心里一阵温暖一阵愧疚，眼里有泪流出。她说："傻儿子，妈妈知道，妈妈知道！"儿子泪眼模糊，一句话也说不出，母子手拉手在水面上滑行，有风吹来，黑水被吹得哗哗响，她白色的长袍被风撩开，露出肩膀以下的身体。浮肿而灰暗的身体。防腐剂的味道里夹杂着一丝不易察觉的腐臭。脚下前行不止，腐臭味却越来越浓，哦，她正在变样，正在残忍地失去人形。怕她变了，闭眼不敢再看，待睁开眼，她的身体变成了一具骷髅，头在慢慢地转动，带着躯体越退越远。怎么喊她，怎么追她都没有用，喉咙被硬块堵着，两腿被什么牢牢拖住，胸口压抑、憋闷得喘不过气来。咳嗽，直咳到醒来。

角色的确是在咳嗽，咳个不停。德妮丝·雷恩塞给他几张纸巾，她好像伸出手，轻拍了拍他的背。

"你不舒服吗？要不要休息一下？"她问。"我会一直在这里。我会帮助你。"她补充道。

胜任不了这个角色！为什么不能是平日那个郭明，将那些梦和影像分隔在它们应该被闭锁的空间！但德妮丝·雷恩的脸多么柔美，那是一张带有关切和母性的脸，始终是和利兹不同的脸，长着这张脸的人应该不至于背叛人，为哄人付学费和人睡觉，为勾搭上肯出更多钞票的男人而忘恩负义。如果有人能提供有力的帮助，如果有可以与之建立一种可靠关系的人，这个人也许就是德妮丝·雷恩。目前而言，她难道不是基本上印证了先前的预想？对，德妮丝就是德妮丝，她应该是独特、独一无二的。她的善意应该得到回应。微笑吧，露出牙齿，露出经过矫正并且光洁的牙。她注意到了，因为她也笑了："你想躺下来吗？为什么你不躺下呢？"

“靠着这个枕头，”她发布命令，“我数一二三四五，你试着慢慢吸气和吐气，把注意力放在呼吸上。”

两三分钟后，竟像是被催眠了。感觉很好，房间里没别人。她就在身旁。闻得到她身上的味道。迷迷糊糊的，记不清和她说了些什么。

三

雪已经停了，天空竟有放晴的迹象。回到城堡村，去花园的小径散步。小径的雪显然已被清理过了。路易斯在远处忙着什么。不得不按人身限制令要求的，避开他。但有阳光，可以看到冷冽空气的颗粒浮在空中。无人的花园是好的。鼻子边儿若有若无的是什么气息，是德尼丝的吗？很庆幸去看了她。

被捕后，很快保释。提审已过，上庭时间定在三个月以后。检控官竟如此起诉：恶意殴打受害者及拒捕。实际情形是，警察来的时候，丽莎和母亲的出现是那么真实，之所以才情不自禁地追赶她们，追随过去。那时常常和丽莎手牵手地奔跑，从操场一路跑到中学门口，跑到母亲身边。记得丽莎的金发是有幽香的，隐隐若现的樱草的香味。喜欢贴近她。当她的发丝拂面而过，一股热力就从小腹升起。是的，很奇妙，被热力不断揉搓的感觉新奇又令人担忧，直到有一天懂得了自慰。也记得丽莎的脸，她蓝灰色的眼睛纯净如海水，她长大的模样应该是像德尼丝。那时的天空湛蓝极了，夏日里蜻蜓们到处乱飞，但丽莎父亲的公司把他调到香港，她不得不跟父母搬去了那里。

是的，香港，金利之地。那里有个男人被称作父亲。他从那里发出冷笑，他冰冷的眼神直抵深圳——母子曾生活的地方，也是母亲去世的地方。母亲和儿子的家就是母亲和儿子的家，只是母子的。每天放学回家，儿子进厨房吃母亲备好的水果。儿子每天也吃鸡蛋，喝母亲煲的汤。儿子吃，母亲看。空气中，只闻得到母亲中药的气味，分辨不出食物的香气。母亲一直病着，她的脸色慢慢变得又黑又黄，但她的五官依然清秀。母亲给儿子买他喜欢的东西，她自己的衣服却总是旧的。她不让儿子洗菜或洗碗，他手上的皮肤比女人的还要细腻。十多年的时间——从儿子记事起，母子的家里偶尔飘进父亲的烟味。当他坐在饭桌对面看儿子，他的神色阴晴不定，即便挤出笑容，也伴随尴尬。儿子不笑，儿子有时同他对看，眯起眼看他在他面前千变万化：毒蛇的冷漠，狐狸的狡诈，黑熊的贪婪……不知道他是什么，看到最后，额头的青筋往往发胀，心里升腾起莫名的烦躁。他的烟味持续几天，他一离开，立即便被中药味淹没。夜晚和清晨，母亲喜欢打开窗户，在窗边倚望。听不到父亲和他女人来自香港的笑声，也许他们的浪笑母亲听得见。母亲的眼底蓄着忧伤。儿子最终靠奖学金来了美国读书。母亲最终在三年前患了肺癌。

坐在城堡村的单居室里，咳嗽，没完没了。后来应该是跟德尼丝谈到了那个梦，那个关于母亲的梦。依然听得见母亲微弱的呼吸。她就躺在那，在病床上，嘴巴和鼻子被氧气罩盖住，左手背打着吊针。氧气罩上端是一根半透明的软管，软管穿过病床垂到地面，与几米远的氧气瓶相连。灰色、笨重的金属瓶立在地上，里面的气体使细长的软管有了生息。母亲的胸部在白色的被子下一起一伏，一丝丝的氧气正流进她的体内。那一刻，不敢拉她的右手——毫无血色的手，可以活动的空有自由的手，但还是握住了它，握住它说："妈妈，我来了！"她慢慢睁开眼，眼里满是笑意。不敢同她对看，不敢。只好低下头跪在床边，泪流满面……

有谁愿意伸来她的手？德尼丝，可愿伸过来你的手？母亲的容颜和朝气就是那样被病痛夺走了，她像断水的植物，在垂死之时衰老及丑展露无遗。母亲不在意那些肤浅的东西，但它们和她的生命自始至终不可分割，在它们被抽离的瞬间，公牛被推向了遭切割的境地。

突然，母亲气喘吁吁，急切地说："小明，是妈妈不好！"不知她哪来的力气扯下氧气罩。痛，心里惊痛。想立即给她戴上氧气罩，她说："让我说完！妈妈对不起你，你这些年寄的钱都用光了，没能给你留下。你是不是借钱了？""怎么会！"当然不可能，绝对没有。即便有，也不能让她知道。

忘不了。无法或忘。如果还有谁能明白，也许就是德尼丝。

等，飘忽的夜，来来去去的风。等德尼丝。

四

再见面时，她还是远远就伸出手。手在孤独的海里穿行，抵达彼岸，握住一只无助的手。

"这一次，郭先生，让我们谈谈你的母亲。"她的声音温暖而柔软，如何能抵抗，也不想抵抗。好，自然好，但她为何不喊"明"？

"你可以喊我'明'吗？"

她似乎一愣："我认为你对你母亲的死感到内疚。我需要问你一些会使你痛苦的问题，可以吗？"

"嗯。"

"好吧，明。"她笑了，好看。她有一张姣好的脸。一张悲悯的脸。

"好的。"

她开始问："明，你母亲哪年去世的？她得的什么病？"

"三年前，肺癌。"

"真抱歉！是你照顾她的？"

"是。"

"你父亲呢？"

"他不在。"

"他在哪？"

在香港，和他的女人在一起。母亲让儿子去找他。她不是真的要他去找他。她拉着他的手，目光闪乱，吃力地呓语着说老郭，老郭你来了。一个多月里，母亲有几次神志不清。药物毒害她的身体，疼痛损伤她的心智。白天不是白天，黑夜不是黑夜，母亲不再是她自己。一次次同她握手的，是死亡本身。死一次已足够，母亲却遭受极刑，死过去又活过来。每天，每一天，心向泥土靠得更近，无法解脱。

"明，你父亲呢？"德尼丝又问。

既不想抗拒，自然该和盘托出，也该把一切告诉她了。毕竟一份关系需要有人开始。也许可以得到她的允许拉她的手？不知她对自慰怎么想，对着她的照片自慰会使她感动吗？

没办法对母亲说不，还是为她去了一趟香港。那个被称作"父亲"的男人打开保险柜，取出三叠港币扔到桌上，他说，哼，你的来意我懂，你把钱拿去，告诉你妈我祝福她。他终究不愿看望母亲，他的女人在客厅等他去英国度假。客厅角落的大花瓶看起来重量足够，事情以花瓶飞向他，他躲开了告终。

关于那个男人，就此画上了句号。母亲呢？医生给她换了固定的呼吸机，她再也无力扯脱。病房中，只有母亲和儿子，只有母子两个，就像从来就只有母子两个。他小的时候她为他做的，现在反过来，他为她做。她好的时候，儿子给她读书，给她讲故事。她不好的时候，儿子替她擦汗，握紧她的手。她看着儿子，专注地看他，眼里又是欢喜又是求恳。她的意思，他懂。为母亲做某件她想要的事，是一份罪恶。是的，软管和氧气瓶延续母亲的生命，把它们切断，砸碎，把它们彻底摧毁，亲手杀死自己的母亲！他高兴。他悲伤。他痛恨。他不敢想。他做梦。他做了好些奇怪的梦，梦见金属瓶里的氧气耗尽，梦见连接它的软管破裂。母子两个耗着，终于到了那个夜晚，那个给他噩梦的夜晚。

一周三四个晚上，他在医院陪床，白天抽空回家冲澡，吃东西。家里的中药味已淡了许多，有一天会完全消逝。以后呢？那晚，闻着母亲身上的怪味，他坐在母亲的病床边陪她，她睡着了，眉头紧皱。也许是过度疲倦，也许是眼睛花了，他看到一张陌生人的脸，一张痛楚的脸，渴求解脱的脸。那张脸上，遍布的皱纹正在裂开，血淋淋的伤口正静静翻涌，一道接着一道。他就那样看着，像梦游一般，直到他的椅子压住那根软管，直到他顺势枕在床上睡去。半夜里，查夜的护士推醒他，连喊你妈死了你知道吗，你知道吗。一个儿子就是那样杀死了自己的母亲。他，自己，自我，他没法在叙述中称自己“我”。他是杀人犯。

现在，有谁可以救他，救这个杀人犯？殡仪馆的工人给母亲的遗体抹了很多防腐剂。防腐剂的味道连同她的中药味最终消散殆尽。天地间什么都没有了，有的只是梦。但是德尼丝——那个长大的丽莎，她会明白吗？

那根软管的确是被椅子压在了下面。他是有意还是无意的，想了三年，想不清楚。静寂，又感到了公牛的痛，来吧，切割吧，该来的终究会来，在两个人的房间里，等待命运对被告的裁决。

“明，”过了几秒钟，德尼丝终于开了口，“如果你睡着时移动了椅子，根本不能怪你。如果是睡着前移动的，你仔细想想，是不是无意中压住软管自己却不知道？另外，你母亲很可能是因为呼吸衰竭而死。”

德尼丝在给被告“benefit of the doubt”，“假定我无过失”。他的眼底开始潮润，她的确是像丽莎一样维护自己。但凶手还是凶手。

凶手喊道：“在护士推我，在我还没听清楚她的话之前，我已经知道母亲死了！”

“我这样问吧。你马上哭了吗？”

“应该是。”

“你马上就被悲伤填满了，还是悲伤中夹杂着很多混乱的情感？”

“我不知道。不知道。”

绝望，濒于狂乱，公牛气息奄奄。德尼丝，快，快啊！不要等，立刻说出来！

她像是听见了，眼睛一亮，提高了声音：“那么你的悲伤是压倒其他情感的。请仔细听我说，我可以判定，你母亲的死根本同你没关系。护士一推醒你，你就知道她死了，那不是你的认知，而是你心理本能的反应。你事先已有预期，预知你母亲会去世，所以你一被叫醒，这个预期就立即浮现。你明白了吗，明？”

真的吗？但愿是真的！脑子里嗡嗡响。可事实是，压住软管，割破软管，自己的确想过。罪恶的事不是自己干的，谁能断定，有何凭据？

“你必须相信我，明！”德尼丝坚定地说，“即使你想过要帮你母亲解脱，在那样的情形下，并不是罪恶。由于复杂的根源，人们偶尔会有恶毒的想法。想没想过并不是判断好人坏人的标准。想过，没有做，但是发生了悲剧的事情，不等于你的想法造成了悲剧，两者没有关联。你懂了吗？你要学着接受自己。明……”

明，明怎么了。她说明，喊着“明”的名字。难道这还不够吗？三年来，有人第一次明白自己，也许明白了我，是的，我。是我。这是一种不同的感受。我咳嗽起来，身体发抖，德尼丝轻拍着我的背。我又学会了哭。我开始痛哭，沉闷地抽搐似地哭。我捂着腹部，疼痛感正从那里向四处放射，从里面一个带血的肌体放射，流遍全身。是我允许一切负面的情感内化的，我就是允许这个肌体生长的人。但是现在，这个带血的肌体正从里面被生生地剥离。痛，感到了剥离的切肤之痛，也经历着失去和成长的撕裂的痛。痛像是毛毛虫，身体长期被撑开到最大限度，被针刺每个细微的间隙，猛然间解脱，万痛齐发。这个新我渐渐软倒在地，几乎晕厥。

“明，好些了吗？”不知多久，也许一两分钟，也许一个世纪，给我自由的人说。

冷天，大风，天色暗沉沉，远处的地道口透进了亮光。有人逆光而来，女人，女巫，还是德尼丝？

回家时在电梯里碰到了路易斯，我避开了。心里的跳蚤已不知去向。

（北美《汉新》2016 年小说征文一等奖，6000 字。新版 1 万字。《山花》2021 年第 12 期。）

创作谈：写完这篇，我也陷进去了

唐简

写这个短篇，是因为两个场景。

那天，是夏天的一个下午，他坐在我对面，在我办公室，我问，他答，说他母亲的事，我一边听，一边在电脑上做记录，以便根据他提供的信息为他写一份口供，是为他的移民案件之需。他来自深圳，清瘦，脸色黝黑，戴眼镜，神情抑郁，说到他母亲罹患癌症，在上海做手术，父亲却在香港跟一个女人打得火热时，他额头的青筋暴起，整个人像是要失控了。那是一种深重的痛苦，深重得令人喘不过气，我看到了，看得清清楚楚，一颗裸露的血红的心因为这痛苦收缩成紧紧的一小团，几乎没有了充氧的空间。我站起身，递给他两张纸巾，拍拍他的肩，什么也没说。外面窗台上有只鸽子"咕咕"叫了两声，踱了几步，似乎在好奇地看着他，对面楼顶上的天蓝蓝的，蓝得有些虚幻。那一刻，他，鸽子，窗外，窗外的天空，构成了一幅画面。

另一天，是一个冬天的早晨，一夜风雪过后，人们停在街边的车被雪埋了，有个黑人拿了把塑料铲子去挖他的车，但雪下结了冰，挖不动。他跑回大楼，很快肩上扛了把铁锹出来，估计是从地下室弄来的。他甩开臂膀，大刀阔斧，一会儿功夫就把他车子周围的雪铲开了，就在那时，铁锹的木柄齐根而断。男人拿着铁锹头和木柄左看右看，有点儿着急忙慌的样子。偏偏这个时候，有个拉丁裔男人出现在他的车旁，跟他发生了争执，从两个人连说带比划的情形来看，铁锹是这个男人的。

我后来想，他们如果大打出手，发泄愤怒会是什么样的？假如弄断铁锹的是那个抑郁的客户呢？一个人，在长期的抑郁之下，碰到令他气恼的突发事件时，这个事件也许就成了一个发泄的窗口。于是，就有了这个短篇。

写这篇很不容易，难就难在我必须去体会主人公的心理与痛苦，我要写出主人公的情感，要听从他的内心。写完这篇后，有将近两个月的时间，我陷入一种低落的情绪中，出不来。基于这一点，我想，我的创作是严谨的，是认真的，我尽了最大努力去呈现一份真实。

这篇获得了2016年北美《汉新》文学征文小说一等奖，《汉新》评委石文珊教授（圣约翰大学的文学教授）的评论：透过一个半疯狂、半清醒的叙述者的内心剖析，展现家庭悲剧带来的创伤。主角有鲁迅式狂人的机敏和病态，像个定时炸弹将随时爆发。反映时代疾病的心理演剧。

云朵朵，一朵朵（由网络照片合成制作）

云朵朵，一朵朵

唐 简

一年四季，风从未断过，风不停歇地从一个时空吹到另一个时空。呼啦，呼啦啦的。

似乎就像是在昨天：每一个见到美美的人无不触动于她的美，“真是个美丽的孩子，美得惹人怜爱！”人们在心里发出这一类的感叹，一边把目光粘在她脸上。她的皮肤是细白的，像她戴眼镜、读书人模样的爸爸。她随便站在哪儿，那文弱沉静、形单影只的样子也像他。不过，她的眼睛倒是比他的大，比他的黑，比他的亮，它们亮得像是在流眼泪，当它们望着你时，你的心里便一阵发紧。要知道，上天赋予美美的还不止于此，这孩子拥有远超一般人的卓越的色感，而且她的这一天赋，在她六岁时由于某个缘分，有幸得到了良好的系统训练和开发，一位在纽约中央公园看见她用彩铅画天鹅的惜才的老中国艺术家免费教了她一年，这让她的色彩分辨力和调色能力好上加好，就跟大量程、高精度的传感器精密捕捉最细微的温度变化一样，哪怕有一丁点儿色度的差异，都逃不过她的眼睛。那些个眼花缭乱多得不得了的颜色在她脑子里井然有序，它们仅仅就是原色混合成间色，间色与原色混合成复色，然后相互搭配来搭配去而已，她甚至记得各种颜色的名称，就像理解每个数字字面上的含义那么简单。虽然她画的小动物、花草、昆虫、人，还有景物，比例不一定很准，可每一张的色彩都饱满而逼真，都高度地协调。她的画与她的美同行，无不得到每个身边人的喜爱，也许除了她妈妈因她弟弟嚎哭而冲她发火的时候，她和她的画便不那么受欢迎，不过，这并不妨碍她的画在她六岁那一年，也就是她从福建乡下爷爷奶奶家回到纽约的同一年，始终留在她家客厅油漆剥落的墙上，成了唐人街地下室一道悄无声息的亮丽风景。

早晨时分，美美得知爸爸要来看她，她那会儿刚从胃造口进完食，等着护士回到病房帮她翻身，换个卧姿。如今，美美九岁，一点儿也不美，自从七岁时颅内出血，她的样子完全变了，就好像时间伸出魔力的手，捏住她一阵野蛮、恶意地乱揉乱搓，把她硬塞进另一个小人儿的身体，而这个小人儿很不幸，碰巧失去了相当一部分脑力和大部分肌体的自主功能。如果说她身上还遗留下一点半点动人的地方，就只有那双走形得不太严重，如果用心去看，依然算得上明亮，仿佛会说话的眼睛。无论如何，她是无法再用彩色铅笔画画的了，颅内出血和为期三周的昏迷损伤了她，经过两个月的积极治疗，她倒是恢复了自主呼吸，医生来测试她意识度时用一张打印纸盖住她的脸，她还懂得缓缓举起右手去拨开它，但这在医保公司看来没什么大不了，她的状况达不到医保公司宣称的“有意义的改善”，没有哪个医生能预测她可以恢复到何种程度，又或者延续目前的治疗方案还能不能使她进一步获益，这些很成问题，当然就不再有必要继续治疗。这么一来，她爸爸给逼着签字让她转院，她被转出纽约市那家专科治疗中心，送到纽约上州这家儿童脑损伤护理院，从此长住在这。

窗外雨过天晴，春天的风轻轻地，从纱窗钻进来，夹了股淡淡的草香拂过她的脸。喔，风，呼呼，呼呼啦啦，她感觉到了。

喔喔，湿湿的绿。

“好了，安静点儿！不管你是不是在看我，我可不乐意看你的眼睛！”红头发的护士玛丽莎返回了病房，美美听见她说。她接收到了她说的每一个音节，就像她能接收到别人说的每一个音节，只懂得玛丽莎时常挂在嘴上的“安静点儿”。不过，她条件反射似地感觉到了玛丽莎在做什么，因为玛丽莎正在给她接上脑电波和心电图监测仪，一根根导线末端的电极片贴在身上凉飕飕的。喔，凉凉的，美美觉得鼻子也发凉（空气正缓而深地被她吸入鼻腔），呼呼，呼啦啦，云朵朵飘呀飘，鸟儿飞飞，大大的，小小的，红红的，褐色、灰色、黄肚子，老鼠（松鼠们）跳呀跳，蜘蛛、蚂蚁、小虫子，火车在天上，啊，真好。美美笑起来，她的嘴角轻轻牵动了两下，眼珠微微转了一转。

“你翻什么眼睛，笑什么！”这一次，玛丽莎不耐烦的嘟哝没起什么用，美美自顾自忙她的，根本没听见，即便听见了，也不会懂。天晴了，天上（天花板上）有太阳，云一朵朵飘在天空中，它们有的像碎甘蔗，有的像蒲公英，它们像什么的都有，一片片装饰在她的空间，那些白团团的云簇放着，那么的光亮，每一块的边缘都镶嵌着金黄的光辉，风吹呀吹的，云朵朵的后面露出一道又一道碧蓝的天幕。啊，好看，美美喜欢。鸟儿们啾啾叫，它们落脚的树梢弓着腰，轻轻晃呀晃，松鼠妈妈在叶子密集的树桠上搭起了窝，中央公园的花儿都开了，空中飘着带香气的蜜糖，如同苹果叶或女贞叶揉碎了弥散的味道。好闻呢。美美爱这种白花（白玫瑰）。

“美美，美美！”她听见一只黄肚子鸟（雄知更鸟）一个劲儿地喊她的名字，鸟儿的肚腹在阳光下近似橘红，它铁锈色的翅膀张开来露出了内层灰白的羽毛，美美又笑起来。她以为这是一只聪明的会说话的鸟，但是不，是社工黄小姐打断了她有限的意识活动，因为这只鸟也在喊玛丽莎的名字，连连跟她们打招呼，对她们说早上好。美美记起了这是黄小姐的声音。她是记得黄小姐的，她爸爸来的时候她也会来，她来看看他是否需要她的服务和援助，顺便为他做翻译。喔，爸爸，爸爸。

真的，黄小姐提到了爸爸："美美，昨天你爸爸给我打电话了，他说今天下午来看你。高兴吗？你爸爸要来了！"

"得了吧，她怎么会懂！"美美不明白玛丽莎的意思，只管喊着"爸爸""爸爸"，发出两声低低的模糊的什么。

几乎就在同时，一声"安静点儿"爆开在她的头顶上，这一次，玛丽莎的声音像是爸爸讲的故事中那只巨鹰，啁——，啁——，巨鹰得意地叫着，在空中盘旋，吓得小松鼠们一个个躲进了树洞。

可是，是爸爸呀，美美搞不懂玛丽莎为什么会这样。

"爸爸！爸爸！"她叫着。喔，爸爸！太阳暖暖和和的，爸爸、美美和弟弟暖暖和和，还有爷爷奶奶，还有妈妈，妈妈不见了，蜘蛛，大蜘蛛，爬得好快，爬去哪儿了？天黑黑的，天红红的，云朵朵，一朵朵，红色、黄色、蓝色呀，绿色、紫色、橙色呀，红橙、黄橙、黄绿、蓝绿、蓝紫、红紫呀……美美脑子里不受控制地冒出一系列色彩，就跟点燃的长串鞭炮似的，要从头噼里啪啦炸到最后一个，但却受到了两个女人声音的干扰：

"你看你都干了些什么，医生晚些要来评估她的状况，她需要安静地待着，请你出去！"

"呵，对不起！我刚好过来给两个病人家属做翻译，我只想让她高兴一下。好的好的，我先去办事！"

"得了，省省吧，她怎么可能懂那么多！嘘，安静点儿，别闹！我已经超时工作了一小时，精疲力竭，你干嘛要让我为难呢，不是现在，下午，下午，下午！”

美美不懂“精疲力竭”，也不懂玛丽莎是不是或者为什么“精疲力竭”，不过，此刻她明白了爸爸要“下午”才来，不是现在。“下午”，多久才是下午呢？白天天是亮的，太阳和云朵，花、树、鸟儿、蝴蝶和壁虎，还有雨，晚上天是黑的，它们全都不见了，它们被黑色裹住了，下午是多久呢？喔，天黑着的时候爸爸不来，天没黑的时候爸爸来，爸爸来的时候天没黑，天没黑的时候是下午，喔，下午的时候爸爸在，爸爸在的时候是下午，喔喔，下午的时候，爸爸和美美头挨着头，下午的时候，在公园玩儿，在公园，下午爸爸抓鱼，鱼的味道，下午爸爸和美美开火车，开到天上，下午的时候，爸爸在哭，哭啊哭，下午的时候，喔，一个、两个、十个下午，下午的时候……美美想来想去，来来回回地想，颠来倒去地想，没办法把零散的记忆碎片整合到一起，它们同她的想象和画里的情景混合、交织着，无声地浮在空中，形成一个个大小色彩不同的漩涡，风一吹，漩涡飘动和碰撞着，一个推挤一个，一个穿过一个，最后逐渐聚拢，汇集成一簇巨大的星云。她分不清地点和时间顺序，也分不清真实发生的和意识产生的。

喔，风。喔喔，风。风吹着，星云在转。

那一个“下午”，美美刚满六岁的第二天，跟着一位表姨经过十几个小时的飞行抵达了纽约。她想要爸爸来福建接她，可他和妈妈一直是非法滞留在美国，没身份，来不了。美美很想见到爸爸妈妈和弟弟，她从三个月大被送去爷爷奶奶处抚养，已经和爸爸妈妈分开了五年零七个月，还从未见过四岁的弟弟。她背了个粉红花的小书包，有些兴奋又有些胆怯，手牵在圆圆脸的表姨手里走出机场，大眼睛望着如约而来的爸爸——他答应过她，不管他在阿拉巴马她叔叔开的超市收银的工作有多忙，他都会赶来纽约接她。这时猛然见到他，她觉得他跟照片里的不太一样，跟视频里的也不太一样，他像个陌生人，她不好意思叫他。

“叫爸爸呀，美美！”她不开口，默默地看着他蹲下身，她注意到了他神情的变化，从喜悦逐渐变成惊叹和怜爱，眼镜片下，他的眼里有泪花在闪，于是她低下头，避开他的注视。喔，下午，爸爸要哭了，爸爸在哭，爸爸哭了，雨啊雨，下午。

“让爸爸抱好吗？”

她还是一声不吭。可她打开书包，取出一幅画拿在手上，头依然低着。那是一幅火车图，背景是雨后清朗的天和迷幻的彩虹，红色的子弹头火车正飞向天空。画的色彩运用自然一体，惊艳夺目，尤其是火车，鲜活，立体感极强。火车的反光区域以鹅黄色稍微涂抹，车轮区域以浅蓝打底，完成铺色后，美美给车体涂上一层罂粟红，再用正红加强一部分车身，用橘红在其余的区域恰到好处地罩上一层，而车体的阴影部分，是以深红画出的，这还不算完，她又佐以白色来突出反光，以鹅黄色涂在先前橘红的部分，使这部分的色彩递减晕染地变浅，最后，她给车头和车顶添上钢青色的线条作点缀，用笔擦对整幅画进行抛光，打磨出平滑有光泽、融合过渡的效果。后来，她又画了一幅火车，画得更好了，爸爸把两幅火车图都用图钉钉在她家客厅的墙上。

喔，红色的火车，红红的火车，一节，两节，十节呀，美美和爸爸开着它，跑在彩虹上，呼呼，呼呼呼，火车快得像飞，开火车，满天都是火车呀。

“你给爸爸画的吗？”爸爸打开画，啧啧啧赞叹。

美美点点头。

“画得真好！”

她这才仰起头，静静地，瘦瘦小小的，似乎不足一捧，黑亮的大眼睛像在流着泪。爸爸把画递给身边的表姨，头轻轻凑上来，美美犹豫了一下，也把头轻轻凑上去，爸爸取下眼镜，鼻尖轻擦她的鼻尖，嘴里呼出的一丝丝热气喷到她脸上，暖和，又有点痒，她忍不住咯咯咯笑，他伸臂一捞，抱她在手。喔喔，热痒痒，热丝丝的，痒痒的。他们之间就此建立了亲密的联系，从那一刻起，爸爸成了她最亲近的人。她心里明白，爷爷奶奶很是宠爱她，因为她是他们唯一的孙女，叔叔家的两个孩子都是男孩，但爷爷奶奶不是爸爸妈妈，他们不是，尽管爷爷奶奶什么都陪着她，他们和她玩儿捉迷藏，抓住她就挠她的手心和脖子，挠得她咯咯笑。喔，爷爷奶奶，痒痒的，下午的时候，下午的时候呀，美美和爸爸头挨着头，痒痒的，阿嚏，阿嚏，妈妈在哪？风吹来，吹乱了她的短发，爸爸为她拨开脸上的发丝，她闻到了他手指头上的鱼腥味儿，她立刻记住了这个味道，还小声说出了口。他跟她挨挨头，悄悄说这一次手没洗干净，让她别告诉妈妈他在叔叔的超市干的是砍鱼的活儿，不做收银，他把鱼砍成小块，一盒一盒包装好。他们于是结成了同盟。喔，痒痒的，爸爸和鱼，鱼有爸爸的味道，爸爸有鱼的味道，鱼味道，美美和爸爸说悄悄话。

美美也送给弟弟和妈妈一人一幅画，是月夜的星空和花上的蝴蝶，三幅画全被爸爸用图钉钉在墙上——每两个月当爸爸从阿拉巴马回到纽约度周末，美美都会拿出一叠画让爸爸看，然后美滋滋地看着爸爸把挑出的画钉到其他画的旁边。实际上，美美同样不好意思叫妈妈，妈妈不怎么笑，也不逗她。从一开始她就对妈妈又爱又怕，她不知道妈妈的心情几时好几时不好。美美天天上幼儿园，学英语，回到家照看弟弟，带他画画带他玩耍，让妈妈腾出手来做家务，只要弟弟不哭，什么都好，弟弟一哭，她就要挨妈妈骂“不乖”，就分不到巧克力，有几次她还挨了打。不乖，美美不乖，没有巧力（巧克力）吃，没有巧力，喔，妈妈呢，妈妈在哪？美美想爸爸，想爷爷奶奶，爸爸在家时，妈妈如果跟她发火，他总是巧妙地护着她，美美心里甜甜的，爸爸可是她的同盟。每一次爸爸离开纽约，美美望着他，忍不住眼泪汪汪，她不希望他再去阿拉巴马，虽然她明白他反复提到的理由，因为他在纽约找不到合适的工作，挣不到足够的钱，因为他得在叔叔的超市帮着叔叔，爸爸便和她挨挨头，温和地逗她笑。喔，热痒痒，痒痒的，阿嚏。她不敢说什么，她怕妈妈生爸爸的气，怕她更加不高兴，她可是爸爸的同盟。喔，爸爸！

“OK，终于可以回家休息了！懒得换你那恶心的纸尿裤！”又是玛丽莎，美美被她猛地推到右侧卧位，面朝窗户，仪器的导线还被她不小心重重扯了两下。美美吓了一跳，爸爸被赶走了，爸爸不见了。爸爸，爸爸！

“安静点儿！”美美的耳膜甚至感到了空气的振动，接着她听见玛丽莎使劲儿拍拍手，推着收拾好的器械用品小推车踢踏踢踏走出了病房。踢踏踢踏，喔，大鹅们踢踏踢踏（电影《快乐的大脚》中企鹅跳舞），踢踏踢踏，跳呀跳，老鼠跳呀跳，小鱼跳呀跳，云朵朵，一朵朵，一朵朵的云，一朵朵的花，一朵朵的鸟，一朵朵，喔，下午，下午。

纱窗的左下角不知几时破了个洞，从那儿钻进来一只大蜘蛛。大蜘蛛走走停停，然后落脚在窗框的左下方，美美瞧见它了。来呀，蜘蛛，蜘蛛！

蜘蛛是她的小伙伴，她喜欢它来，还有鸟、蝴蝶和壁虎，它们在她意想不到的时候来看她，给她带来意外的惊喜，壁虎有时候会爬进来，一动不动地看着她，鸽子有时候会降落在纱窗外的窗台上，在那儿踱步，咕咕咕叫。在她的想象中，蝴蝶和鸟儿有时候停在天上，扑闪着翅膀，天上有太阳，有一朵一朵的云，它们的颜色和形状变来变去，有各种各样的影像、图画和色彩，可以像积木一样随意地拆分、组合——如果另一个护士凯特、理疗师马修和医生“梵高”不来打扰她，愉快的时光可以延续好一阵呢。蜘蛛走一走，又停下，走一走又停下，它是土黄色的，它不是黑褐色的，爷爷奶奶家屋后的蜘蛛全都是黑褐色的，美美喜欢看它们结网，看它们抓蚊子和吃蚊子，想看多久就看多久，她画了好些爷爷奶奶陪她看蜘蛛的画，两个笑眯眯的老人和一个笑眯眯的娃娃，画面明丽温暖得得叫人没办法不开心。喔，大蜘蛛跑了，它在跑，它要去哪儿了？蜘蛛跳起来，弟弟在哭！唐人街的地下室也有蜘蛛，蜘蛛躲在墙上干裂的油漆后，躲在卫生间的洗脸池下，美美有时带弟弟玩找蜘蛛的游戏，找到蜘蛛后，他们用小棍子轻轻碰蜘蛛，赶着蜘蛛往前爬，弟弟总是又害怕又兴奋。弟弟喜欢玩这个游戏，直到那一天，蜘蛛突然跳到弟弟手上，弟弟吓得嚎啕大哭，妈妈从厨房跑过来，很生气，美美被妈妈猛的推开，咚地一下撞到了敞开的衣柜门角，美美觉得好晕呀，好累，后来她听妈妈的话去睡午觉，再后来就怎么叫也叫不醒。喔，天黑了，天好黑呀，美美睡觉，一直睡。美美不知道也不会明白，救护车和妈妈把她送去医院，医生叫来了警察，警察抓走了妈妈，后来妈妈被判刑，坐满一年半监狱后，又被移民局递解回中国了。而且，刑事法庭的法官还不准妈妈在美美和弟弟年满十六岁前同他们见面，连通话和视频都不允许。

呀，蜘蛛还在跑！热啊（尿液流出来，把湿湿的纸尿裤弄得更湿），暖暖的黄色，越来越大，飘呀飘，下雨了，冷，冰冰凉，下雨，下没下呢？

“美美，我得给你换洗了。”蜘蛛不见了踪影，美美被小个子、雀斑脸的护士凯特拽回了病房，她被掀过来仰躺着，一股风刮过，云朵在变化和翻卷。

“又是玛丽莎，导线掉了两根也不管！”美美听见凯特在说什么，感到凯特把导线接了回去。她听懂了“玛丽莎”的名字，接下来还听懂了“该死”，因为凯特说：“该死，玛丽莎又没给你换纸尿裤！噢，上帝，真难闻！”

喔，该死，玛丽莎，该死，不乖，没有巧力吃。

“好了，美美乖乖的，不吵！玛丽莎最近给离婚搞得心烦死了。我知道你不舒服，没人愿意这样生活，唉，可怜的孩子，真不知这是人道还是残忍！”

等凯特给她擦洗完，换上干爽的纸尿裤，她感到天气真好。喔，暖和，好暖和，云朵朵飘在天上，多久才是下午呢？美美想啊想，觉得睁开眼睛天就亮了，天亮的时候就是下午，于是她闭上眼，又睁开来，一会儿闭，一会儿睁，在她半睡半醒的时候，她看见了爸爸。爸爸习惯性地把墙角的椅子拉过来，坐在病床边，但是爸爸伤心极了，哭得好像马上就要晕过去，他的眼镜不知掉在哪儿了，他的眼泪像雨一样嘀嘀嗒嗒落在她手上，雨啊雨，下雨了，爸爸的心断了，她觉得鼻子发凉，慢慢吸，慢慢地，云朵朵呀，一朵朵。那些个时日里，爸爸来一次哭一次，总说“爸爸对不起你”。爸爸乖，爸爸吃巧力。后来爸爸不哭了，再后来，一下子爸爸就领着她和弟弟到了中央公园，他们玩得开心极了，花园、草地和湖美极了，她把那些花一丛一丛看了又看，闻了又闻，和弟弟在草地上跑过来跑过去，围着湖边看鸳鸯和天鹅，看个够，然后架好画架，画天鹅。天鹅多好看呀，它们在波光粼粼的湖面嬉戏，优雅地拍打着翅膀，它们自自在在、无拘无束，假如爸爸和她变成天鹅就好了，她给画里的一只大天鹅画上爸爸的眼睛和笑容，给一只小天鹅画上她的眼睛，那个教她画画的老艺术家爷爷对她竖起大拇指，夸她画得好。这一下，爸爸和她飞起来了，他们一起越过湖面，越过树林，飞向天空，喔，爸爸和美美飞呀飞，呼呼，呼啦啦。可是，一只巨鹰突然飞过来，在她脸上猛啄一下，爸爸消失了，天鹅也消失了，全都不见了，该死！美美睁开眼，看见肥肥胖胖、蓝眼睛的理疗师马修，马修正在捏她的脸。

美美不喜欢马修，因为他话多，还要捏她的脸。喔，该死，马修。什么都没啦。马修不乖，没有巧力吃！爸爸来不来呢，来不来呢？

马修呵呵笑，唠唠叨叨说个不停，说今天的按摩先从脸开始，然后再从哪到哪，说为什么要按这里按那里，一边停下来比划几下。美美的脸被他搓来搓去，没办法进入她快乐的时空。喔，爸爸！她慢慢举起右手，想拉开他的手，马修一阵笑，等她快碰到他的手时，一把拉开她的手。

“得了，小女孩，你平时都不捣乱，今天怎么啦！”马修嘴巴里喷出的气一阵风似地吹到她脸上，呼呼拉拉，喔，爸爸。美美想要马修离开，固执地一次次举起手，每一次都在马修的笑声中被拉开。

她跟他斗着，没完没了。来呀，爸爸，爸爸快来！终于，马修按摩完了，又开始捏她的脸。喔，马修不乖！

“嗨，马修，你好吗？她今天怎么样？”长得像梵高的医生走进了病房，嗓音嘹亮得像天上的雷。美美也记得医生的声音，不明白两个人要做什么。马修说“看”，又捏了一下她的脸，喔，马修不乖！医生“咦”了一声，也捏了她的脸，跟着又捏了一下，喔，不乖，爸爸，爸爸！美美已经很累了，依然吃力地慢慢举起右手，试着去拨开医生的手。

“嗯，有意思。好吧，你现在条件反射的能力提高了，有一定的改善，但算不上大的改善。”医生说，美美还是不懂医生说什么。风吹啊吹，呼呼啦啦。

总算他们不再捏她的脸了。什么时候才是下午呢？医生给她做检查时，因为疲累，她迷迷糊糊睡着了：爸爸一会儿坐在病床前，拉着她的手，一会儿又和她坐在公园的湖边。爸爸给她讲故事，讲到那只凶霸霸的巨鹰，因为自私冒犯了其他的同类，受到白头巫师鹰的惩罚，从此声音变沙哑了，爪子也变秃了，再也神气不起来，小松鼠们再也不怕它了。“呱呱”“咳咳”，“呱呱”“咳咳”，爸爸学它叫真有趣，美美忍不住咯咯咯地笑。喔喔，云朵朵呀，一朵朵，一朵朵。有一只癞蛤蟆，爸爸接着讲，和一只青蛙是好朋友，癞蛤蟆总是懒洋洋的，青蛙叫它到林子里捉虫子，它说不去不去，待在床上等青蛙捉虫子来喂它。下雪的时候，青蛙叫它起来去玩雪，它说不去不去，床可比雪好多了。青蛙叫它做什么，它都说不，这也不去，那也不去。不乖，不乖。啊，最后癞蛤蟆饿得奄奄一息，哀求青蛙给它机会改正懒惰的毛病，“呜呜”，“咕呱”“咕呱”，它边哭边叫，爸爸学得真像，爸爸学着学着，就和美美头挨着头，鼻尖碰鼻尖，对她哈着气。喔，热痒痒，痒痒的，美美笑个不停，很开心。美美喜欢让爸爸学巨鹰和癞蛤蟆叫，他带她去买彩色铅笔的时候，一路上他还“呱呱”“咳咳”“咕呱”“咕呱”的，陪他们一同去商店的老艺术家爷爷看着他们，微微笑。美美不怕巨鹰，美美乖，一点儿也不懒，美美每个星期天都乖乖地到她家附近老艺术家爷爷的画室上课，每天都画画，每天都玩用各种线条、各种色彩构造出这样那样图画的游戏……喔，柠檬黄、土黄、铬黄呀，赭色、焦赭、浅赭呀，朱古力、栗色、深褐呀，爸爸！喔喔，爸爸！

“美美！”“梵高”医生一声喊，轰隆隆，打雷了，“美美！”又是一声，雷声好响，美美醒过来，晕晕乎乎中，听见黄小姐和医生在说话，旁边还有一个人，但不是爸爸，是表姨。喔，爸爸，爸爸！到没到下午呢？爸爸来了，来没来？

医生已经做完检查，告诉黄小姐和表姨说，美美情况稳定，基本没什么变化。

美美不记得表姨了，不知道他们在说些什么，不明白表姨声音中的悲切。表姨神色黯淡，说她爸爸今早中风了，正在抢救，来不了。

黄小姐“啊”的一声，接着又“啊”了一声，像黄肚子鸟叫。医生“噢”“噢”了两声，倒有些像猫头鹰了。

“可怜的孩子！”表姨拉着美美的手哭起来。

下雨了，雨，湿湿的。喔，风？风吹呀吹，吹呀吹。美美不懂他们怎么了，但她不喜欢下雨。雨被黑色裹住了，美美不要看，美美不看！云朵朵，一朵朵，美美乖，美美乖的，来呀，爸爸，爸爸来！“呱呱”“咳咳”“咕呱”“咕呱”，爸爸和美美飞起来，在云里飞，他们的翅膀张得大大的，又稳又有力，美美笑起来，嘴角牵动了好几下，眼里竟闪着亮亮的光。

“唉，美美！”黄小姐说。鸟儿飞飞，飞飞。

“唉，美美！”表姨叹口气。鸟儿飞呀飞。

美美觉得好奇怪，她们都是鸟儿吗？“美美”，“美美”，鸟儿们说着她的名字，喔，风，喔喔，风，吹呀吹，一朵朵的云，一朵朵的花，一朵朵的鸟，一朵朵的星星，转呀转，美美待在美美的地方，花、鸟儿和小伙伴们，云一朵朵的，一朵朵，每个每一个飘在空气中，像鱼儿游水一样游来游去，每个每一个暖暖和和，说悄悄话，一点儿也不吵，天空的颜色讨人喜欢，好看呢，太阳跑进云里来，又跑到云外头，一会儿出太阳，一会儿下雨，可雨不会从头顶上落下来，美美一会儿跑进来一会儿跑出去，远处有一片湖，一片水，一片亮闪闪的什么？鸟儿们满湖都是，满天都是，爸爸牵着美美飞呀飞，风吹过美美的头发和裙子，啊，弟弟、爷爷、奶奶全都变成了鸟，妈妈也在飞，云一朵朵，两朵朵，美美待在美美的地方……

这时，脑电图检测仪的波幅大起来了，没人注意到。

呼啦，呼啦啦的。风在房间里和房间外，从一个时空吹到另一个时空，一刻也不停歇。

（原发于北美《汉新》月刊 2020 年第 1 期，2019 年《汉新》征文小说佳作奖。）

创作谈：就让她拥有一点点美好吧

唐简

这个短篇与我的第一篇小说有关。

2015 年年底，我第一次尝试写小说，写了《灯光》，《灯光》也是个短篇，写完后，至今未拿出来投稿，因为始终有不满意的地方，想多沉淀沉淀，尽量写好，倒不是说要一举拿下这个那个的奖项，但至少要达到令自己比较满意的程度，真的是不情愿浪费任何好的题材。那么话说回来，《云朵朵，一朵朵》发表了，获得了 2019 年《汉新》文学征文小说佳作奖，并不是我对小说有多满意，小说存在一些难以处理的问题，我拿出来投稿，是觉得相对而言，它基本完整地呈现了主人公不寻常的某一天的某个时刻。

故事的起源是一个家庭悲剧。一家非法移民，女的在纽约带两个年幼的孩子（5 岁的女儿和 3 岁的儿子），男的在外州工作，每个月回纽约一次与家人相聚。某天，小女孩午睡不醒，女的叫来救护车，把她送进医院急诊。原来小女孩颅内出血，午睡前可能被女的推了一把，撞伤了头。医院立即通知了警察，警察随后逮捕了女的。男的闻讯后从外州赶来，女儿在医院昏迷着，太太在警局拘押着，儿子已经被儿童保护据送到一个不认识的人家代为监护，在儿童保护局眼里，他怎么可以不负责任，把孩子留给有暴力倾向的太太独自照顾呢！

那段时间，我陪着他上庭，上家庭法庭，陪他去见家庭法律师，为他做翻译，他必须打赢与儿童保护局的官司，才能要回儿子。我也陪他去他太太刑事庭的庭审，见他太太的刑事律师。他面色苍白，文质彬彬，内向，不大说话，或者说灾难使他缄默如鱼，我相信如果他是鱼，他的眼泪流在水里，没人看得见，这让我面对他时惴惴不安。我更不敢去医院看小女孩，不敢看她的惨状，我一次也没看过她受伤的照片。这就是他家的悲剧给予我的冲击，并且，这个冲击持续发酵，从来也没有停止过对我的影响。

一年后，他带着儿子搬去外州（赢得了儿子的监护权），每隔两个月来纽约的医院看望女儿。三年后，有一次他来纽约，我请他到我办公室聊一聊。他更苍白更消瘦了，是他脖子上挂着的相机让我稍微放下心来。这一次，我们谈到了他的女儿，我发现，他甚至满足于女儿的小小进展，“女儿会笑了！”他说，嘴角微微上翘，眼睛在镜片后一亮。他活过来了，我对自己说。经他同意后，我录下了我们的谈话。我将重写《灯光》，将把它扩写成中篇，为他一家，为了他们的命运曾深深地牵动着我。

自始至终，我没见过他女儿。我在脑子里构想她的日常，我想，如果她的灵魂有一丝尚存，她是怎样感知外界的呢，她残破的世界是怎样的呢，我愿她忘掉那残酷的不幸，我宁愿她拥有一点美好，哪怕一丁点。在苦难发生后，如果沉溺于苦难，成为苦难的囚徒，被苦难吞噬，是不是就更为不幸？因此，我在笔下给了她一点点冲破苦难的力量，这就是《云朵朵，一朵朵》的来历。

我必须说，小说中有不少场景令我感动，我被自己笔下的故事感动了，我轻轻地读出声，眼底是潮润的。后来，在《汉新》征文评选结束后，跟石文珊教授谈到过这篇，她说她看哭了。

《汉新》评委石文珊教授（圣约翰大学的文学教授）的评论：

这是一篇文学佳作。以抒情风格处理底层的新移民悲剧，将虐童事件的沉重化作一首温柔凄美的诗歌。文字细腻灵动，贴近残障小女孩仅存的认知、感受和盼望，将想象与真实交融、对照。行文哀而不伤，没有控诉或滥情的呼喊，也没有神迹出现，只有孺慕的童真和对爱的企盼，禁锢在过早折伤的小生命力。同时运用了许多大自然的意向（风雨、云彩、花卉虫鸟等）衬托女孩纯美的初心，令人叹息天地不慈，反思人世无辜。

王婷婷

明清小说研究专业。旧居北京，文学编辑。2011 年移民加拿大，2015 年开始写作，有小说、剧本、杂谈若干。

新移民老王去世了（由网络照片合成制作）

新移民老王去世了

王婷婷

一

“老王去世了。”

江晓霜是宁波人，比四川人都爱吃辣，刘哥家的火锅宴从来都是正宗重庆风味儿，她在蘸碟里又加了二大勺香油，还有花生碎和小葱，满意地放下筷子，等待下一拨肉菜。她看看大家，一边用纸巾细细擞擦嘴角，唯恐 YSL 的 17 号口红缺一块儿，一边整理了一副严肃的表情，做一个大家请注意的手势，慢慢地抛出来这个新闻。

老曹刚才说了一个烂俗的双关黄色笑话，七八个中年男女笑到东倒西歪，趁乱把笑话的片段添油加醋，放在嘴里咀嚼反刍。听到这个消息，他们突然蜕掉了原本油腻腻的脸和时不时挨蹭一下女性身体的轻浮，把讲到一半的情色词语生生吞了回去。

年纪最大的老张把已经送到嘴边的一筷子羊肉放回碟子里说：“啊？怎么会？很久没见过他了，去年底在超市碰到，他好好的，我们俩还聊了一会儿。最近没听到消息，还以为他拿到执照已经自己开业了。太可惜了，老王好像才四十多岁。他儿子还那么小。怎么说没就没了？什么病？多好的人，厚道勤劳还努力。哎！太突然了。”

老张五十岁左右，来加拿大差不多八年了，是他们这个新移民圈子里来加拿大最久的，他一开始就目标明确：只是为了孩子。所以他没花功夫去学英文，就在华人圈子里找一些接送飞机，修理电器的活儿，认识很多刚从国内来的人。过来时间久了，藏着的雄心壮志打磨殆尽，表面上的苟且变成真的随遇而安。前几年好像身体查出来点问题，他讳莫如深，保温杯不离手，关心各种养生理念，对生老病死尤其敏感，也格外感同身受。

他似乎联想到自己，脸色灰败。

刘哥问："你说的是哪个老王？"

江晓霜擦完了嘴角，又擦擦手，才慢吞吞地软糯糯地说："你们怎么忘记了？是山东人老王，他太太卖保险的。咱们英文五级同班，老王刚刚 46 岁。对了对了，淑丽，就是对你最好，给你针灸的老王。"

江晓霜揪一颗葡萄拿在手里，重重地叹口气道："我也是刚刚听说。我不是在他太太那里买了份保险嘛，就加了微信。她在朋友圈发了一个讣告。我不知道怎么安慰她，就只在下面留言节哀顺变什么的。安慰什么都没用。儿子刚十岁，这娘俩以后怎么过日子？"

老曹问："老王得了什么病？怎么那么快就走了，去年不是还和咱们一伙人去海边烧烤的吗？"

江晓霜说："具体的我也不太清楚。淑丽，你知道吗？你们俩熟。"

秦淑丽还没从震惊中回过神来，她是真的一点都不知道，也没听谁说起，包括老王生病的消息。换做平时，她不会任由别人讲七讲八，今天也顾不得了。她一脸的难以置信，只是摇摇头。

有人轻笑："老王没有告诉你，可能是怕你担心吧？"

秦淑丽最反感几十岁的人开这种荤玩笑，她假装没听到，对着晓霜说："我都忘记最后一次看到他是几月了，最多半年？"

刘哥说："我和老王不是太熟，同学一年多只见他忙着上课、接送孩子，不爱说话，就没看到他的脸舒展过。他刚刚过来的时候可不是这样，小伙子挺精神的，总是笑，后来就成天苦着脸。我个人觉得啊，老王这个病可能和心情不好也有关系。我听说他老婆很厉害，俩人过来后经常吵架，前两年他老婆做的不错了，经济压力小了点，还是天天吵架。看看，把老公给逼成癌症，死了男人，她一个女人带着孩子就好过吗？到哪里再去找肯给她养儿子的男人去？老王这个人太老实，所以才被老婆欺负。哎！可惜，可惜，英年早逝！"

做东的刘哥是投资移民，孩子刚刚拿到多大录取信，还挺满意。前几年，他的生意下滑，经营力不从心，索性止损，工厂卖了个好价钱，来这里享受生活。忙惯了的人，青山绿水新鲜了二年，就时常感慨起好山好水好寂寞。到底不甘蛰伏，在 ESL 认识结交了几个志同道合的人一起钓鱼、出海、烧烤、聚会，寻找合作发财的机会。他在家自然是一家之主的地位，看不惯女人泼悍。

几个和老王不大认识的人兔死狐悲，各有感触，聊起平日里不肯承认的苦楚，说他们移民过来犹如扒掉一层皮，进退两难，来回折腾，还不是熬着熬着就过来了。

兔死狐悲，物伤其类的感慨，引来一阵彼此宽慰和鼓励："现在都好了，将来会越来越好，想想孩子的未来，怎么样都值得了。人啊，看开一点，会找乐子，别跟自己过不去。"

中国人最善于自我安慰，安慰别人，可能是经历过太多苦难，眼前这个消息算不得什么。有人说："快捞虾，煮过了不好吃。"

食物是抚慰中国人灵魂的仙丹。况且国人不讲究沉溺于悲痛，总会想起自己有义务也有必要让大家高兴，听到招呼，五六双筷子齐齐插进锅里扒拉肥圆的老虎虾。

咕嘟咕嘟翻滚的红油发出正宗牛油火锅底料浓烈的香味儿，刘哥看看捞的差不多了，又放一拨荤素材料。不知道谁先提到上次这班人喝酒时的趣事，几个人跟着笑起来，一会儿工夫，话题就换了三四个了。

老王去世的消息就此翻篇了。

二

秦淑丽想起老王就这样没了，眼眶子会有些湿润。

老王是新移民，过来不到五年，年纪有点大，英文一般交流可以，再去拿一个本地教育的证书就比较困难了，只能做一些华人圈子里讨生活的打算。前年，老王打听到学针灸一年就可以拿到执照，如果在家里给人推拿按摩针灸，既不用出去租房子，也无需出外奔波，赚的是现金。他说干就干，去一个 college 报名读了针灸课程。

他们这些人前些年都在政府提供的免费 ESL 语言培训中心里读英文。课后，很自然就扎一堆聊天，整个机构里不同班级里的国内移民都混成脸熟，有爱热闹的就组织各种名目的聚会，逐渐形成一个相对固定的圈子，是寂寞、单调、乏味的海外生活中的主要社交活动。

有一次聚会，秦淑丽说起自己腰痛，阴雨天气就犯病，行动困难，算是痼疾。有人说："这种病适合针灸。你问问老王？"秦淑丽和老王也是熟脸，就问："针灸推拿对我这个毛病管用？"

"我认为有用，所谓腰痛就是经络不通。我还没拿到执照，这里的法律规定我不能营业。要是你不介意，我可以试试。我没执照，不收你的钱，算是朋友之间帮忙，你别举报我就成。”

老王又补一句：“你不用担心。我在诊所里做义工扎过好多病人了。你免费，我练手，咱们俩都合适。你觉得行咱们就试一次。”

秦淑丽知道外面的持牌中医馆一次针灸是 50 刀，对他们这种没什么资产和家底的技术移民来说，几十块钱是一周的菜钱。既然有这样两便的机会，还有两个朋友撺掇，就点头答应试试。

秦淑丽第一次去老王家针灸时，看到他正在拆理疗床的包装，床单、针、酒精等东西也都是新的，她就笑：“哎呦！我是你诊所的第一个病人哪，荣幸之至，荣幸之至！”

老王误会她怀疑自己的技术，急急解释：“按照规定，我们得实习 400 个小时才发执照，我去一个中医馆做义工，干了一百多个小时了，已经熟练掌握技术。只是在自己家里还是第一次，你放心吧。”

秦淑丽不好意思了：“我不是不相信你，我是惊喜第一个用你的新设备。”

老王搓着手，眼睛里都是感激，淑丽想，大家都不容易，男人怎么看起来更脆弱些。老王行针谨慎，手稳，扎完也不走开，坐在旁边细细问秦淑丽的感觉，一边询问一边记录，时不时调整针的深浅，看到秦淑丽紧张的肌肉逐渐放松，他这才吁了一口气。

再去的时候，秦淑丽带了点自家做的点心，儿子用过的玩具图书说是再次利用，环保节能，拎去两瓶红酒说朋友送的，家里没人喝。一连去了六次，腰痛好了许多。最后两次，秦淑丽要给老王钱，他坚决不收，说一开始说好他是练手，怎么可以又收钱？

看秦淑丽为难，他挠头：“等你找到工作我就收钱。现在咱们都算是实习期。”

秦淑丽知道，像老王这样学过却没拿到执照的人，有些人私下里要收费的。收现金，没收据，都在同胞之间，大家约定俗成彼此帮衬，一起省钱。

这也是老王的善意，他以一个艰难谋生的新移民立场体谅同为天涯异乡客，初来乍到还没站稳脚跟的她。

秦淑丽也认识他太太的，有时候他们这些同学聚会是携家带口的形式。

前面几次去，老王太太都不在家，做保险的人得往外面跑，经常和人聊天喝咖啡，积极参加各种聚会。

后面二次去，老王的太太都是在家的，看到她过来，冷冷打一个招呼。老王行针的时候，她不是进来问老王什么东西在哪里，就是进来交代一点什么事，说话的时候，眼睛盯着她裸露的腰部，目光凌厉，带着很多情绪，一脸的不善。老王在旁边就有些难堪。

女人对这些特别敏感，那之后，秦淑丽就说腰已经完全好了。

不久后的一次聚会上，老王和秦淑丽遇到，俩人多聊了几句，老曹在旁边阴阳怪气的说：“你们俩关系不一般啊，毕竟有过肌肤之亲。”

老王这个人嘴笨，一五一十地解释针灸推拿时，一个是医生，一个是病人，没有什么男女关系。秦淑丽假装听不懂，与别人聊天冷着老曹，她讨厌这种一大把年纪热衷于低俗玩笑的男人。老王太太也听到了玩笑，在一边横眉竖眼，一堆人见此情景，纷纷借故走开。

秦淑丽带着儿子上游泳课的时候碰到了老王，俩人的儿子那个月恰巧在一个班里。她问：“拿到执照没有？”“还没有，还有几十个小时的义工，我最近没有太多时间，诊所夏天生意淡，我申请了养老院的义工，听说等待轮候就得好几周。”“慢慢来，总会等到的。”老王点点头，勉强笑了下，侧脸瘦削的厉害。

秦淑丽理解一个肩负着养家糊口责任的中年男人心理上身体上承受的压力。去年她考幼教牌照，白天打工、带孩子，深夜念书，困得想哭。好多次想放弃，想到开门七件事的开销，两个孩子，房贷车贷，怎么辛苦都不敢任性。正在发呆的时候，老王问她：“咱们这里好招寄宿学生吗？”

秦淑丽立刻明白他在琢磨着招寄宿学生贴补家用，赶紧说：“应该可以的。附近的中学挺有名，很多国内的孩子过来读书。高中生的孩子大多数都有妈妈陪着过来，寄宿生也有，你可以分租房间，也可以给寄宿孩子做饭，两手准备吧，你托人到处发广告，网上多发帖子吧，只要有两个学生，一个一千，家里的生活费就够了。就是每天做饭辛苦一点。你会做饭最好了。厨艺不好的家庭留不住学生。”

老王晦暗的脸色亮了，他好像看到希望，问她：“真的？有朋友这样建议，咱们附近没大学，我还担心招不到。做饭没问题，这个我不怕，家里的房间多，我们只用一间就够。要是你听说有找寄宿家庭的，麻烦你介绍一下。”“一定一定。你还能帮国内孩子补习，我听说这样的家庭更受欢迎。”

老王咧着嘴笑了。

秦淑丽给很多同学朋友打招呼给老王介绍寄宿学生或者租客。有一个关系不错的朋友告诉她：“老王的太太跟好几个人说过你想勾引老王。他老婆嫌弃老王总也赚不到钱，想离婚，各种捕风捉影的找事，想让老王成为过错方，让他净身出户，你别淌这个浑水了。”

秦淑丽气得嘴唇哆嗦，半天挤出来一个词：“有病。”

秦淑丽心里同情老王，老婆逼着他辞职，说要为了孩子的未来技术移民，出来的时候年纪已经不小了，社会学副教授，过来根本找不到工作。赚不到钱的男人本来就抬不起头，老婆再闹离婚，日子还怎么过？

新移民里的技术移民，刚开始谁不是艰难度日？日子总会慢慢变好，一家人在一起同心协力，总会熬过去。中年人活着已经很累，怎么会有闲心搞男女关系？干干净净的同胞、同学关系非要扯上污浊不堪的揣测。出了国还是没走出那种圈子，越想越泄气。

这次是刘哥生日的由头召集一些熟悉的旧友，她抹不开面子才答应。

三

老王去世的消息过去几天后，刘哥在他们这帮同学微信群里说：

“我找共同的朋友打听核实了一下。现在沉痛地通知大家：咱们曾经的同学老王是得了重症肌无力去世的，查出来到离开不到十个月。他想回国医治，最后几个月都在老家，他老婆中间带着儿子回去陪了一个月。上个月，老王在老家医院医治无效，不幸去世。他儿子今年才十岁。我号召同学们各尽所能捐一点钱给他儿子作为教育补贴吧？我来张罗。我听说，他在加拿大的这几年都不开心，希望他在天堂里过得顺心一点。大家保重身体，健康第一，想开一点，有什么大不了的？神马都是浮云，好好活着。”

群里一片安静，微信图标里的祈祷、蜡烛、祝福等小设计瞬间刷屏，熟悉的不熟悉的朋友一个个点几个图标出来，就像在殡仪馆排队鞠躬。

老张插了一句："说到底，还是得好好活着。大伙儿及时行乐吧，别亏待了自己，该吃吃，该喝喝，别留遗憾。"

"是啊！"

"大家都注意身体健康吧。咱们这个岁数正是关键时刻，多运动、保持心情愉快、放下心理负担、学会享受当下。"江晓霜说。

很少冒泡的 Juliet 接了一嘴："对，该泡妞泡妞，该出轨出轨，别等不行了后悔。"

"Juliet，咱们俩先出个轨吧，别留遗憾。"老曹就喜欢这种玩笑，正经事不爱掺合，看到 Juliet 的话就蹦了出来。

"好啊，你说是去钻小树林还是来个车震？随你，姐都行。"

"那先去小树林吧，单约一个。"

"姐奉陪。"

老曹骂："TMD，早知道我多睡几个女人。"

"现在也不晚，你还行。"

"你怎么知道我还行的？你要不要试试？"

"你们都是些什么人？平日里净说些黄段子也就罢了，你们在这个时候开这样的玩笑是不是不尊重人？"秦淑丽再也看不下去，说完这些话还是气不过，愤然退了这个同学群。

"我 TMD 就是开个玩笑，人都死了，虚伪吧啦的在这里说这个那个有用吗？活跃一下沉闷的气氛怎么了？心里哀悼嘴上不说不行啊？她不开玩笑就高尚了？爱退不退，咱不稀罕，玩不起就别玩了，什么人啊。"Juliet 发了火。

"她是不是真的和老王有一腿？要不然她急个什么？她为

老王吃素禁欲表达哀思没人管。她管得着我说笑？”老曹说。

老刘出来打圆场：“好了好了，大家都在为咱们身边出现的坏消息表达可惜。秦淑丽这个人比较直，东北人嘛，火爆，说完就没事了。和气生财，和气不生病。身体好的关键在心情好，大家开开心心才能健健康康。”

江晓霜也附和：“据说80%的癌症都是心情引起的。男人为什么得癌症的比例高？他们爱面子，不倾诉不抱怨不吐槽，还喜欢吹牛逞能逞强。顺利的时候得意忘形，失意的时候郁闷发愁。有钱的时候当大爷，没钱被老婆骂的时候都不好意思还嘴。哎！男人们挺不容易的，女同学们回家对老公好一点。”

“晓霜，你回去好好侍寝，让老公满足了，自然心情舒畅，马力十足，延年益寿。”老曹故意继续他段子王的路线，大家不好说什么，有人沉默，有人哈哈几下和个稀泥。

老曹移民过来有七八年了，老婆带着双胞胎非要离婚，办完手续就去了东部，据说差点闹出人命。他是清华的，在国内就怀才不遇，移民后是虎落平阳，始终自命不凡，最瞧不起小地方来的。这两年离婚失业，索性破罐子破摔，成天讲话不离下三路。可也奇怪了，什么聚会都爱叫上他。

江晓霜的先生到了这里就炒房子，几次进出，白赚回来一套，人顺脾气好。

在本地如鱼得水，享受清静优美缓慢富足生活的富贵闲人与落魄闲人活跃的群格格不入，低调地潜入水下。

不知道谁发了陈思诚出轨的八卦，几个女同学吐槽男人找小三和老婆美半点关系都没有，只要是野花，蒲公英都比自己家院子里种的玫瑰强。

群里的哀思图标被打断，老王去世的消息再次湮灭。

四

秦淑丽在游泳馆碰到老王的太太送儿子来游泳，她好像不认识淑丽，自顾自坐下来拿出手机。秦淑丽一边玩手机一边后知后觉老王太太肥圆的身材好像瘦了，本来到处圆鼓鼓的五官看起来清秀了，化了精致的妆，和以前不大一样。老王的太太感觉到她的目光，转头对她笑笑说："淑丽，你最近怎么样？你还记得我吗？我是 Lisa。"又把手机递过来："咱们加个微信吧，以后多联系。你看，孩子们都差不多大。"

孩子们下课了，水淋淋地各找各妈来了，Lisa 离开前特意过来说："我们先走了啊。再见。"秦淑丽仓皇挤出一个笑，对着她袅袅婷婷的背影说："啊，再见。"

老王太太以前都是假装没看见她，这样亲切的笑，是从未有过的。秦淑丽好奇心起，翻看 Lisa 的朋友圈，每天好多条信息，都是各种直销保健品，九宫格图片也和产品有关。间或有一次二次孩子的活动，一些表示美好生活的朋友聚会美颜大头照，美食美景照片。她翻到老王去世那段时间，有几天是空白的，就好像她以前是一个人岁月静好，如今还是现世安稳。她是个不会轻易表露情绪的人，这种人坚韧，也或许只是要面子。

秦淑丽带着儿子走出社区中心的时候，晚霞满天，杜鹃花剪成树墙，开满红艳艳的花朵，看起来格外壮观。紫藤花一串一串嘟噜下来，香飘四溢的甜味儿不知道是什么花。

"老王的儿子不至于过得太惨，有这样强悍的妈妈，到底是女人能屈能伸，韧性十足。"她心想。

老王说过，他不算被逼着移民的，为了儿子好也是他的心愿。

（原发于《香港文学》2018 年第 10 期）

春天在哪里（由网络照片合成制作）

春天在哪里

王婷婷

一

“我失骄阳君失柳，这是老天爷的安排，爱媛，咱俩知根知底的，以后在一起互相做个伴吧。”

许爱媛看着微信里姐夫发过来的这句话，久久回不过神。

她心里算了算，姐姐去世刚 11 个月零十天。不到一周年。

像是很久很久之前的事，久远到她差不多忘了大姐的音容笑貌。

时间是一把锉刀，不停歇地一层层地锉磨、冲刷着生命停留过的痕迹。

她也想起了爱人，去世才 83 天。

如今的人，不论老少，一个一个染发、去皱、健身，都要追赶岁月，生怕落伍，不留空白，恨不得把日子填满塞紧，毫无缝隙，过出无数花样不算，还要比别人好。

就像如今的世界，什么都要重口味，要新式口味，要日新月异的口味。80 岁的老头儿也不例外，不肯例外。

许爱媛是皇城根下土生土长的第五代人。真正的老北京人。

小时候，谁家炒个鸡蛋，整个院子的人都闻得到，小孩子出门会被调侃：“哎呦，下巴上都是油，别哈气，当心香味儿跑没了。”谁家孩子几岁才不尿床，谁打小就蔫坏，哪家的孩子长大了去了哪里，邻里街坊熟悉得跟自家兄弟姐妹差不多。

那才是知根知底。

姐夫是 1964 年从福建山区考进北京的大学生。家里很穷，人很土。姐姐没考上大学，哭着进了工厂。总有同事往家里跑，姐姐一个都没谈，她只说自己年纪还小，说了好几年。后来，一个同事要给她介绍个大学生，姐姐没再说她不着急这种话。她满心欢喜去见人，一脸怒火地回家说她不同意。左问右问才说，听不懂他说的怪腔怪调子话，个子又矮，黑黢黢的脸快赶上锅底了。妈就心红大学生，觉得承了人家老大的人情，叫她请媒人来家里认下门儿。

一边吃西瓜，媒人一边啧啧嘬牙可惜没缘分，男人不看长相，就冲着大学生、干部身份、工资 48 块就是难得的好姻缘。妈只能陪着笑，拉些家常。聊着聊着，媒人又说起那个人在的是中央直属单位，打结婚报告就给分个单间，妈听到这里，不由自主地“哎呦”一声，又拍了下大腿，忍住了到嘴边的话，站起身就去和面包饺子。

姐姐答应结婚，妈高兴坏了，路上见了哥哥的女朋友非要拉着她来家吃面，又拿了姐夫给的 50 块钱聘金去请木匠来家里打了个双人床和一个中间带镜子的大衣柜。

他们俩这辈子就那样吧，那个时代的人都那样，生儿育女，上班下班。

姐夫口音重，大家听的费劲，又口拙嘴慢，扯大天的时候只能旁边坐着，时不时笑笑。照顾到他的时候，他把普通话讲的费劲吧啦，好不容易说完一句话，俩小舅子的话题早就换了仨。双关语歇后语老梗新词他一个都听不懂，接的话茬总是牛头不对马嘴。一开始大家还礼貌地解释一下，照顾一下他，时间长了，看他的脑瓜子总赶不上趟，一直压制着儿子们别呲嗬女婿的丈母娘偶尔也挤兑他一句半句的。大姐回娘家一般不带着姐夫，逢年过节必须走动的时候才一起过来，来了也总支使他去做这个弄那个，一是不让他被人调侃，二是让大家更放松些。后来，他的单位搬到南城三环外，那边只有一路公交车，进一次城不容易，他也不太愿意多来丈母娘家走动，逐渐变成了一门亲戚，还是被捎带上的姻亲，不太亲热那种。

他们算是至亲，但是许爱媛不觉得他们知根知底。她和大姐差着十岁，她上小学后，大姐经常不在家，不是去支农就是去乡下锻炼，没资格上大学，街道上给了个区属厂子的名额当了工人。她和姐姐也不太亲，和姐夫更生，也就是大姐十几年前得病之后她经常过去看看，顺便给大外甥补课，才和姐夫一家子熟了。

这都罢了。

你今年都要过 80 大寿的人了，孙子都老大了，老伴儿才走几天你就想二婚了？还把心思动到自家小姨子身上，咋不嫌寒碜？

许爱媛越想越生气，越想越堵心，索性披一件外套出去走走路。

心里有事，闷头瞎走，不知不觉走到家附近菜市场那条路上了。

她在这个菜市场买了快 20 年的菜了，这 83 天她一次都没来过。

爱人韩卫国就是倒在石潭市场里面的，没人为他急救，也没人扶他。有二个摊主一个买菜的姑娘打电话叫救护车，谁都没到跟前看看他到底怎么了。

这世道变了，越变越冷，人心越隔越远。

那是 2019 年 10 月初，韩卫国吃早饭的时候心情挺好，说他心里踅摸着去买个蹄膀，剩饭煮的粥竟然吃出了红烧蹄膀的味道。她笑他：“别人都说年纪大了味觉就差了，也就不那么馋了，你的味觉先返老还童了。蹄膀多腻啊。”

“我昨天研究了好几个抖音小视频，博采众家之长，琢磨出来一个肥而不腻的菜谱，你就等着多吃一碗饭吧。”

后来，她蒸好的那锅米饭长了绿毛，被她连锅扔掉。

许爱媛和韩卫国同岁，都是 63。

古人活的短，四十多岁白了头，活到 50 岁就算命长的。

他们俩 50 岁左右开始互相染头发，她还说过一句：“咱俩已经算是白头到老了吧。”

卫国喜欢和她逗贫，接嘴道：“古人还举案齐眉呢，那桌案够沉的，古代女人的臂力真行，你就端不动吧，举不到眉毛不行，那是不尊重夫君。”她戴着手套胡乱抓一下卫国的头发，啐一口：“你有本事你穿越回古代去。”

许爱媛站在通往石潭市场的马路上呆呆地看着看不见的远处，站的腿软脚麻，一腔子气，找不到具体的人撒出来。那个市场里咋就没一个好人？

年纪大了，眼窝子一会儿深，一会儿浅。北风吹一下会流泪，阳光出来眼睛会湿润，这会子想象他难受地倒下，无助地趴着，想喊却喊不出来，那是几秒还是几十秒。

一个好好的人，说没就没了。

许爱媛擦了擦眼角，肚子里又升腾起一股火。姐夫这个人是老糊涂了吧？你都要进土的年纪还不安分，还能活几年？这个岁数的人了，活一天是一天，行将就木地安静过日子，别给孩子惹麻烦。这把岁数的人还能折腾的起吗？

你比我姐大好几岁，我姐比我整大十岁，咱俩几乎差一个辈分，都不是一个时代的人。这么老的牛还想吃嫩草，看不出来你这个南蛮子鬼心眼还不少。

姐姐身体一直不好，多年前得了胃癌，两个五年过去了，又检查出肾癌。姐姐还有高血压，时不时的低血压，十几年病病歪歪的，大家早就忘记了她的癌症和她曾经有过的泼辣，记忆中她一直是个灰扑扑的冷冰冰的中年妇女和老太太。

她大外甥十一年前移民澳洲，自从远走高飞后，三二年才回来一趟，呆不了几天又走。

养儿育女有什么意思？老两口孤孤单单的过了十年，现在，留下他一个人在这里。他可能是太寂寞太冷清了吧。也怪可怜的。

但是许爱媛却不爱听人说自己可怜。

合唱团有个老姐妹，一儿一女三个孙辈都在身边，总觉得她一定很孤单，日子没滋味，她有一次没忍住，呛回去一棵软钉子："孩子过的好就行。不在身边有不在身边的好。我可自由了，想去哪里去哪里，不用给孩子当保姆。"

虽然这样说，自从大姐走了，她对姐夫不是没有点同病相怜的。大姐虽然是个病人，好歹是个大活人，家务活指不上，可以说说话，互相提醒着点。

如今只剩下一个留守老人，自己出门，自己吃饭，偌大的几千万人口的城市里并没有可以说话的人，日子不过是混吃等死，的确活的没滋没味。

姐姐是在家里去世的。姐夫说，他早上起来煮好了牛奶鸡蛋，看姐姐还没出来，他就去阳台上的茶台边喝茶。他们福建人早起不喝茶就跟没抽鸦片的鸦片鬼一样，不算真的醒了。熟普泡过三巡，通体酣畅淋漓，他推开老伴房门，人是朝着墙睡的，被子盖的好好的，侧躺。他走过去问她："你要不要起来先吃点饭？"

他说自己问了三次才觉得不对劲，摸了摸她的头，冰凉的。

林永旺先给许爱媛两口子打的电话。一大家子人里面，他们两家还算走得近些。他们俩着急忙慌就赶了过去，甫一进门，许爱媛径直去姐姐床前看，不知道是人死了真的缩小还是心理作用，看着小了二个号的姐姐背对着她，不由自主跪下哭了。韩卫国鞠了三个躬，伸手拉她起来，姐夫在旁边扎了一双手劝她："起来吧，起来吧。"林永旺有点呆滞有点混乱，但没什么悲戚。

几个人在沙发上坐下，林永旺说了下大概情况，接着呆看面前凌乱的茶几，过一会儿，用手抹了抹眼角，去屋子里把户口本、身份证找出来交给他们说："你们看着办吧，我都没意见。越简单越好，别给大家添麻烦。你大姐也说过这个话，她不要什么形式。"

北京人办事讲规矩，人情往来不能让人挑出理儿来。

但那都是过去。过去的人，一辈子只忙活着吃饭穿衣、婚丧嫁娶。如今的人不一样了，升官发财、乔迁买房、金榜题名才是事儿。

自从上一代人纷纷去世，从许爱媛他们这代人开始，老规矩，老礼儿步了旧式什物的后尘，成为博物馆展览的古董，是冥顽不化的老古董之老古董。

许爱媛叹气："咱们名不正言不顺的，他说怎么办就怎么办吧。我大姐一辈子没享过福，也没受过什么罪，最后一件大事还凑合。"她心里埋怨姐夫太过平静，就要在她本不在意的地方挑点理出来。

韩卫国到底是真正了解她心思的人，宽解道："人死如灯灭，没了那口气，什么肉体什么灵魂统统没有了，办也是做给活人看的。她自己儿子不说什么，老伴不说什么，你就别瞎操心了。”停顿几秒，又说：“你姐的情况，姐夫早有思想准备，就只差不知道哪一天哪种情况。他都那么大年纪了，对生死没什么感觉了。大姐积德，自己走的好，也没折腾人。”

许爱媛性子柔和，知足，乐天，过日子难免有糟心的时候，男人劝慰几句，她嘴头上叨唠叨唠，再烦心的事，叹几口气就过去了。何况，她自己也没什么眼泪。这个年纪的人，病病歪歪多年的人，走了就是解脱了。

大姐的丧事办完后，许爱媛和韩卫国找了个日子去看望姐夫。

“家里收拾的挺干净的。”许爱媛不是不惊讶的。

“我收拾的。”林永旺难得脸上笑嘻嘻的说话。

韩卫国做人活泛，竖起大拇指夸道：“姐夫能文能武，以前没机会发挥。您这个精神状态，可以活到 100 岁。”

“活那么久做什么？我现在争取活的好一点。每天早上我都出去快走，有时候我还慢跑一段，路上的人都说：这个老爷子厉害。”

许爱媛也只好跟着他们俩打个哈哈。

但是她心里有点不舒服。以前的林永旺总是没精打采的，睡眼惺忪的，心不在焉的，不爱说话也不爱说笑。除了出门散步，他这辈子没有任何爱好。

以前他散步就是散步，现在他怎么散出好心情了？老婆在的时候生无可恋，老婆死了倒复活了似的。

许爱媛毕竟是个厚道人，她不想说出这种话，那样有点挑理儿，有点事儿。她不愿变成她妈那种凡事太多讲究的人。她自诩是新时代知识分子，是明事理的中年人。她姐姐那个人性格清冷，脾气有点古怪，她俩没共同话题，一向并不亲密，只是姐妹俩毕竟比兄弟们亲热点，来往方便点，加上她和大外甥从小亲厚，算是看着晚辈的面子做点哀戚表示而已。何况是日日相看、早就厌倦的老伴儿。

许爱媛附和道："对。多出门走走路挺好，在电视机前呆久了容易老年痴呆。"

林永旺答："我现在想看哪个台就看哪个台了。"

韩卫国顺着他说："就是就是，想放多大声儿就多大声儿。"

林永旺鼻子里哼了一声，调整了一下脸色，扯扯嘴角："我现在可以把声音调到 28 了。你姐姐不许超过 20。"

韩卫国在回家的公交车上撞了下许爱媛的胳膊："你大姐够厉害的。"

许爱媛白了他一眼没说话。

人都没了，说那些没用的做什么？

许爱媛记得大姐刚得癌症的时候，一个劲儿哭，姐夫在旁边愁眉苦脸，一言不发。这些年都是姐夫陪着姐姐去医院，该做的都做到了。儿子只回来几次，好像没怎么陪他妈去医院看过病，回国就惦记着去看丈母娘、约同学朋友喝酒，游山玩水的。

她这个当长辈的，想说外甥几句，又怕说出来就生分了，到底还是算了。如今的孩子，不都那样？就顾着自个儿舒服。独生子女这一代人没几个像话的。她也不敢说自己的女儿，怕说多了人家烦。

大姐生病后脾气更臭，动不动朝男人发火，姐夫总是皱皱眉头不回嘴。他退休后就不怎么说话，也不大笑了，动作很慢，说话很慢，带着点漫不经心，心不在焉，还有一种无所谓的态度。

他这辈子一直被霸道的大姐压制，他习惯了，别人也习惯了。

现在回想起来，姐姐走了，姐夫心里多少是有点解脱和解放的双重喜悦的。

许爱媛觉得很可笑，“我失骄阳君失柳”，亏他想得出来这句话，我是丧偶，他是重生，不一样。

许爱媛的身上冷了。

她看看远处那个她目力不能及的石潭市场，叹一口气，转身往回家走。

她的步履比她以为的轻快。

她穿着韩卫国去年给她买的绛红色长款羽绒服戴着毛线帽子，远看显得很年轻。

以前她都是自己染发，有时候染点淡酒红色，前面几缕头发挑染成深酒红色，卷发在后面挽一个发髻。她这辈子没胖过，年轻的时候清瘦，中年后略丰腴，加上文化人气质不一样，她一直招人喜欢，老了也是颇受老头儿们喜欢的那种老太太。如今，快两个月没染的头发，挨着头皮的一圈是花白的，胡乱扎起来的头发杂乱毛糙。她没心思收拾。她也不想收拾，恨不得更邋遢点，好让自己破败的样子承担点心里的空和虚。

她又想着：自己就算想找个人，也要找个差不多岁数的。何况她并不想找。

一大把年纪了去谈恋爱，臊的慌。起码她觉得臊。虽然自诩开明，前几年还劝了一位 42 岁的单身女同事去享受一下爱情什么的，把人家给劝的真的闪了个婚。

不谈谈就在一起过，那不越活越回去了吗？起码要自己谈的吧。

她和韩卫国是自由恋爱的，不能过了几十年却倒退回去。

二

她这些年过的有多满足多幸福，骤然失偶就有多痛苦多悲伤。

那天，11 点前肯定到家的爱人还没回来，她的心跳有点乱，就想在屋子里找活儿干。爱人很勤快，两个留守老人的家里找不到活儿。

女儿韩晶大学后两年去英国读的交换生，毕业后自己跑去美国又读了一个 MBA。她属于运气好的不像话的孩子。别人读学位被导师剥削，毕业后想方设法留在美国而不得，她不知道怎么混的，和老师关系特别好，俩人一起合作的项目拿了个小奖，还没毕业就有公司给她 offer。

他们俩都是循规蹈矩的性格，一辈子踏踏实实在一个单位干到退休，女儿相反，特能折腾也特会玩，从小就特有主意。他们一直不支持她留在美国的，希望她回北京找个外企，待遇好，机会多，在自己身边还能照顾她。

韩晶不但不听父母的话回国，还先斩后奏和一个北欧后裔注册结婚，俩人跑到北极在极光下拍了一组婚纱照发给亲友们，就算是广而告之了。许爱媛看到女儿发来的结婚照顾不上问她结婚的事，先问她有没有冻坏。小时候的街坊翟大妈家的老二去黑龙江插队时冻掉了二根手指头，回城后只能去街道小厂子，下岗后在胡同口卖卤肉，靠着残缺的手掌博同情招生意。去北极穿婚纱拍照，这肯定是北欧那个疯子的主意，这丫头本来就野，跟着海盗后裔果然更不着调。

据说女婿会说四种语言，却只学会说怪腔怪调的“谢谢”，“你们好”，“这个好吃，我要。”

他们俩气的鼻子都要歪了，隔着千山万水，只能见到视频里的女儿，俩人把不满意、不高兴、不痛快努力地藏起来，只是眉花眼笑说他们很好。要不是女儿没屏蔽她的微信朋友圈，他们不会知道女儿放了假都在什么地方撒野。

195 公分的健壮的白人女婿自从女儿生完老大就辞职回家当起了全职爸爸。韩晶说人家在家里做什么基金和股票，他们俩听了更是心惊胆战，心里盘算女儿的血汗钱被女婿败光怎么办。

那一年，韩卫国正式退休，立刻办了去美国的旅游签证。

他们过去还有一个不能说出来的目的：许爱媛负责带孙女，韩卫国做饭，全面接手家务事，既然用不着女婿了，他自然会去找工作了吧。一个大男人让女人工作养家，在地球上没一个地方说的过去。

没想到，他俩在女儿家里插不上手。

女婿和孙女的早饭很简单，冰牛奶泡麦片加点水果坚果就是一餐饭。吃完饭，女婿把孙女送去社区中心和一大堆小孩子们玩二个小时，然后带孩子去图书馆听一个小时的故事。女婿和外孙女午饭后一起睡会儿，醒来才让姥姥姥爷带去社区公园和小孩子们玩到傍晚。

晚饭后，俩人一起给小孙女教中文，孙女不愿意学，要缠着爸爸一起拼乐高，或者是女儿陪孩子玩。他们列了好些学习计划，女儿说他们拔苗助长，不到三岁的小孩子只要运动听故事玩玩具，哪里就要读书学习了？

女婿大部分时候只是礼貌性尝一口他们俩精心烹制的中华美食，说四五个谢谢，转身去吃他自己做的所谓低碳轻食。女婿和孙女吃的很简单，披萨汉堡热狗，各种沙拉，鲜榨蔬菜水果汁。除了喜欢他们的包子饺子。但是女婿分明爱吃广东早茶，偏偏不吃北京美食。女儿比女婿还讨厌，戒碳水戒糖戒汤，把他们俩搞的神经衰弱。

俩人带着女儿离家多年积攒的爱心去奉献的，最后，他们俩精心烹饪的健康美食大部分都倒进了老两口的肚子里，吃的快抑郁了。

住够五个月终于盼到回国，女儿提议有些衣服别带回去了，反正以后还要过来。他俩收拾行李时很默契，一双袜子都没留。

回来后，遇到询问的亲友，倒赞扬起美帝的天很蓝，花草很美，空气香甜，孙女可爱，女婿贴心，问起要不要出国定居，异口同声回答我爱北京天安门，北京就算有雾霾也比外国人的地方好。

那次回来后，韩卫国就迷上了做菜。本来是弥补在美国没吃痛快的遗憾，没想到朋友圈的点赞让他越发来了劲儿。后来他还开通了抖音小视频，也是一个有好几百粉丝的人。有了粉丝就有压力，偶尔创新容易，每天出新菜可不容易。

许爱媛正在心里暗骂韩卫国这个爱好既贴钱又耗时，还吃出了三高，这时，她的电话响了。

当她魂不守舍赶到附近的宣武门医院急诊室的时候，韩卫国孤零零躺在靠墙放的一张床上，护士正在整理呼吸机和心肺复苏器。她一把推开护士，扑倒在床头。她想喊“快救人啊”，可是她突然失音，嘴巴空张着，世界好像突然消音了，她听不到自己的声音，也听不到周围的声音。很神奇的是，护士说“心肌梗塞，送来已经太晚了”，她不知道自己是听到的还是看口型猜到的。

她没有晕过去。那是电视剧上的桥段。

她突然腿软，一屁股坐到了地上。护士们很忙，急诊室里还有活人需要救命，没人顾得上管她，只能绕着她奔走抢救还活着的病人。车祸的家属在一边吵架，有人哭有人喊，她的悲伤匍匐在地上，很安静，却慢慢弥散开来。

有个同龄女人过来搀扶她起来，她呆呆地配合，用手撑着地，麻木的腿不听使唤，站了几次站不起来。女人招手叫她儿子过来帮忙，俩人半扶半拖着她坐在靠墙的椅子上。女人一下一下抚摸她的肩膀，也不说话，只叹气。许老师这辈子没当着人面嚎哭过，在这个时候也发不出多大的声音，憋了好久好久，终于哗啦决了堤一样，她用手捂着飞溅的眼泪，呜呜地哭了起来。

许爱媛打电话通知了双方家人，下意识地没有告诉女儿。

他们的女儿韩晶本来计划三年抱俩完成生育目标，身体没自己以为的那么强壮，流掉一个，好好养了一年多，在老大快五岁的时候才生了老二。她最近正闹奶疮，每天睡不着觉。女儿倒还撑的住，听说女婿太过担心，得了产后抑郁症，每周定时要去见二次心理医生。

他们俩本来打算女儿生产前去美国的，体检的时候医生说韩卫国的血压太高，发现了好几处血栓。韩晶不让他们过来，让她爸在家调理身体。她说人家美国父母没有照顾生孩子的，她不需要帮忙。许爱媛不喜欢美国，她担心老伴在美国生病不方便，也不同意他去。再说，韩晶那个丫头打小就能干泼辣，他们不去添乱也好。

韩卫国心疼女儿，想看孙女，心里头着急，嘴头上不说，索性沉迷抖音小视频，说要转移注意力。谁知道天降横祸，出门的时候还活蹦乱跳的一个人，大半天功夫已经在太平间里冻上了。

在告别厅里，她站在遗属的位置上哭的站不住，比她大十几岁的大姐夫倒要扶着她，安慰她别太悲伤，人死不能复生，这种话她不爱听，面子上还得点头。

女儿的小姑姑哭的最大声，一边嚎叫一边说：“我哥哥太可怜了，女儿都不回来送送你。”

许爱媛不许任何人告诉女儿的。她女儿刚生完老二，还在月子里，伤了心回了奶，小孙女没母乳吃怎么行？老伴儿已经走了，女儿回来有什么用？别人爱怎么说怎么说，她心里只想着女儿生养的辛苦。

韩卫国疼女儿疼到骨子里，要是泉下有知，一定不同意让女儿知道这事。那些虚头巴脑的礼仪，比活着的人重要吗？女儿回来奔丧就能减轻她的悲伤吗？小姑子哭她哥哥，她不但哭自己老伴，还要顾着自己孩子。

她经常想，可能是这辈子太顺了吧，所以晚年丧偶。她和韩卫国结婚这些年一直被他宠着惯着，俩人越过越甜蜜，是不是因为这样遭了忌讳？她睡不着时就这样想。

大姐夫辗转了好几趟公车来看她。

许爱媛看到姐夫很感动，眼睛里濡湿濡湿的，俩人一个站在门外，一个站在门里，倒有点无语凝噎的味道。好在不过几秒钟的惆怅，她伸手请姐夫快进屋。

她用心做了几个菜留姐夫吃饭。想着他成日里混一天是一天，难得有机会穿过大半个北京城串个门，好歹算是自家人惦记她，她领这份情。

反正她也是一个人看着日出日落数着又过去一天。

自从卫国走后，她几乎没下过厨，在超市熟食部随便买点什么，一天二餐，吃不了几口。厨房里都是韩卫国置办的东西，哪里都是他的身影。

许爱媛抱歉菜烧的不成功，大姐夫不同意，他牙不好，吃的有点慢，红烧肉最后剩下的汤汁他又添了一碗饭。烧的有点干，酱油有点多的一碗红烧肉让这个老头儿吃的眉花眼笑。

两个人东一句西一句的，故去的人不好提起，家长里短的事不适合与一个男的说，聊聊两家人的孩子最合适不过。林永旺从来没去过澳洲。她去过美国。都说英语国家差不多，想来她说的情况也差不离。大姐夫问了很多问题，她知道不知道的都给他细细解释，这是当老师的通病。

几十年的亲戚，他们俩倒是第一次好好的聊了很久。

许爱媛现在回想起来，兴许是自己的同情心和对年长亲戚的热情招待让姐夫误会了吧。她刚刚丧偶，还不习惯避嫌。可谁会对自己姐夫避嫌？

微信消息如果太久不回复，对方以为她在犹豫，更要误会了。

“卫国刚走，他走的太突然了，我过不去这个坎儿。再说，咱们本来就是一家人，以后也是一家人。我以后打算一个人过。”许爱媛打了好半天字回复。

“活着的人还要继续生活。以前的日子回不来了。你有没有听说闹瘟疫？听说咱们老年人最危险，也许活了今天没明天，咱们要珍惜还能活着的日子。”林永旺微信上说。

许爱媛这一次生的是自己的气。就不应该回复，假装没看到，让他自己理解去。

“你考虑考虑。你了解我的，我的退休金多少你也知道，不会拖累你。人的一生太短暂了，这辈子的遗憾太多了，余下的日子好好过。再说，咱俩本来就是一家人，亲上加亲多好。我对得起你大姐，我也会对得起你。”

许爱媛好奇姐夫怎么打出来这么多字，他不会拼音，难道是手写？士别三日刮目相看，怎么说话进步这么多？

她从来没想到 80 岁的人会说出这种话。在她这个 63 岁的人眼里，80 岁是行将就木，等着离开这个世界，没有什么未来，也不应该还有什么可能性。

“姐夫，您比我大这么多，我即使以后再走一步，也不想找一个走在我前面的人。再说，我早晚要去和晶晶一起过的。”

“媛媛，孩子有孩子的生活，咱俩都指望不上孩子们，外国再好也不是咱们的地方。你知道我的身体很好，什么基础病都没有。你放心吧。”许爱媛几乎忘记了这个称呼。这是她爸妈对小女儿的爱称，韩卫国习惯叫她全名，也喜欢跟着学生们叫她许老师逗她。这个称呼让她想哭又想气。

换了别人这样纠缠她可能就翻脸了，到底是亲戚，她只好说：“姐夫，你多保重身体。清明节咱们一起去看看我大姐。”

这话说的很不好听了。

他对不起姐姐这种话过时了。他不替自己想，也应该替儿子想想。都老成这样了，成天想着再婚，这像什么话？

老年人再婚的纠纷太多了，没几家过的好，为了财产，为了子女的面子，谁该照顾谁，谁没安好心，净为了这种破事闹别扭，还有打架的，闹去法院的。

年纪大了，安静的过日子，别生病别折腾，争取多活一天是一天，争取没病没灾、无疾而终。何必呢？想想孩子们忙事业忙孩子，还要为父母操心，这多不懂事？

三

许爱媛是办完告别式一个多月后才不得不告诉女儿她爸爸心梗去世这件事的。本来还想继续瞒着。

他们固定在每个周日上午和女儿视频，前面几次她都提前发微信说他们要去吃喜酒要去郊游，赶上同学聚会什么的。韩晶生孩子坐月子顾不上多说什么话，问过两次她爸怎么老不在家，她解释解释就过去了。这一次，她说你爸有事出门了，她假装自己没精神是因为小感冒。她举着手机说话，没讲几句喉咙干的冒烟，下意识走到餐桌旁边倒水，她忘了餐桌正对着的边柜上摆着的大大的遗像。韩晶本来在讲小女儿能吃能睡，说到一半突然喊起来："妈，妈，我爸的照片上怎么有黑纱，我爸的照片怎么那个样子摆着？妈，我爸呢？我爸到底去哪儿了？"

女儿当时就要订第二天的机票，许爱媛不同意。她在电话里对着女儿哭："人走都已经走了，你在那边给你爸爸做一个相框，照片前面摆点鲜花水果，和他说说话就行了。孩子还没断奶，哪能抬腿就回来。你爸爸不在乎形式，他以前说过：好好活着每一天，死了骨灰撒大海里去，如果想念他就看看照片，墓碑都不要立。"

女儿不答应，说她安排好手里的工作就带着老二回来，孩子不能断奶，她要带回来给爸爸看看小孙女。她又担心雾霾，前两年他们带着大孙女回来过年，孩子发烧咳嗽进了一次医院，回到美国检查，医生说是空气污染造成的咽炎，果然没几天好了。过两天，她又听说国内有传染病，赶紧让孩子退机票，说你不能回来。女儿说她危言耸听，哪有的事儿，别信谣言。

后来，还是她侄女打电话过来说韩晶大年三十下午到北京。

这个年不寻常，人都苦着脸，没一点节日的喜庆气。

许爱媛本来没当回事，发生在她这辈子没去过的、遥远的武汉，和北京有什么关系？北京是首都，是党和国家领导人居住的地方，不会发生什么事的。再说，真有点什么也不怕，当年的SARS闹腾的人心惶惶，后来很快就没事了。

超市里很多人，大红色的春节装饰物挂满了店堂，背景音乐是欢快的民乐，可就是感觉不到欢乐气氛。

“拿那么多干啥？超市不关门，吃完了再来买。过年前价钱贵，过了初五什么都便宜点。够几天吃就行了。”

一个外地口音的女人在她左近处压低声音呵斥她的儿子，离的近，就像在数落她。

“妈，过几天有没有菜吃都说不定，要是疫情蔓延了，哪儿哪儿都关门了，你到哪里买？再说出门就有风险，为了买个菜你出来送死？咱去多买点可以储存的。”

那娘俩一边说一边走开去挑咸鸭蛋，他们在说着什么医院爆满，接触一下就会传染什么的。许爱媛听的冒出一脑门虚汗，她把手里拿着的一把菠菜扔进篮子里又拿出去，想想又拿几把进去。刚往水果区走了几步，她突然很决然的拐回到蔬菜区，装了两只易于储存的白萝卜，又抓了二盒蘑菇。

她娘家侄女去机场接人，车子不大，还要放韩晶带回来的婴儿提篮，让她别去。她在家里等的坐立不安，看着下午四点多就掩映上来的夜色，嘴里不由自主的叹两声气。她看向客厅角柜上卫国的遗像，对他说：“你没赶上瘟疫，可能也是好事吧。我不是担心自己，咱闺女和孙女别有事就行了。”

女儿刚刚进单元门就哭了起来，篮子里的外孙女也跟着大哭，只好先把孩子抱着。许爱媛一直在等电话，听到门外的哭声打开门，看到一个稀疏黄毛小婴儿扎着手哭喊，她伸手过去抱孩子，自己的女儿倒先扎进她怀里一只胳膊搂住她哭了起来。侄女特意穿一身黑去接人，她推着两个大箱子一只手拿着提篮，眼泪流了出来，腾不出手来擦眼泪，歪过身子俯在胳膊上蹭。

卫国只见过大孙女，那个孩子不像混血儿，和女儿小时候一个模样，只是头发黄黄的，脸蛋很亚洲。他喜欢的什么似的，喜欢得意孙女的中国人基因强大，没有洋鬼子女婿毛茸茸的野蛮样儿。用他的话说，混血孙女综合了两个种族的优点，漂亮、甜美，犹如芭比公主，人见人爱。

她想着卫国如果还在，看到小孙女活脱脱是个外国洋娃娃会说什么。他一定也喜欢，绞尽脑汁也要找出另外一套不会自相矛盾的说辞来夸奖小家伙。

韩晶祭拜过父亲，抱着母亲哭了两次，昏睡了两天，半夜爬起来化妆，躲在小书房里开视频会。小孙女除了吃母乳，刚刚开始添加一丁点果泥。过年期间赶上疫情，快递不上班，超市不敢去，许爱媛用过去的老办法给孩子做果泥蔬菜泥，给女儿煮三餐，忙的脚不沾地。

新闻里说，美国去武汉撤侨了。

家人群刚建的几个月热闹过之后就只有过年过节表情包纷飞，里面有老的有小的，还有各家的女婿儿媳妇这些外人，平日里不好聊什么。这个除夕变得不一样了，几个侄子侄女总是转发各种关于疫情的新闻，帖子，截图，视频，分不清谣言还是新闻，一会儿让人愁闷，一会儿令人愤怒。许爱媛每天都睡不好，从最初的难以置信，震惊，慌乱，到分不清是因为担忧同胞还是忧虑自己。

有一天，她看午间新闻播报各地疫情，余光瞥到遗像上的卫国好像在皱眉头，眼神关切。

许爱媛觉得自己可能是老眼昏花了，又不能给女儿说，就去了厨房，一一清点冰箱里和厨房地下堆放的食物，心里计算可以吃到什么时候，哪天必须出门买点菜，去哪里买，一边后悔囤积的太少，没考虑周全。恍恍惚惚收拾了半天，一直到天黑透了，女儿抱着孙女过来打开灯问什么时候吃晚饭，她这才发现自己在厨房里摸来摸去一下午了，一根菜都没准备。

许爱媛不敢出门，听说空气中都会有病毒，不小心按了电梯都有可能沾染上病毒，一旦病毒侵入，会迅速在体内繁殖寄生，再寻找更多宿主，全家人一个都跑不掉。如果体弱的有基础病的被攻击，会破坏五脏六腑，最后不能呼吸，整个肺部感染发炎后像溺水者极其痛苦极其无助的死去。

不得不出门买菜的时候，她用牙签戳电梯，戴双层口罩，回家后消毒鞋底，换衣服沐浴。她用酒精把手上的皮搓的皱皱巴巴，粉红的，极薄，碰到会痛。她怕自己出门带了病毒传给女儿，小孙女。她们是她在这个世界上最亲的人，她余生的寄托，生命的意义。她好几次都要和女儿拼命，不许她出门买菜，她嘴上说她更仔细，心里想的是要死也是她去死，好歹要保全孩子们。

她总感觉病毒无处不在，环伺左右，随时都要扑过来害人。她怕。怕的要死。老伴没有了，她得活着，女儿需要她帮忙。

每日忐忑不安的煮饭吃饭，心神不宁的睡觉，惶惶不可终日般一日捱过一日，从来没有觉得一天 24 小时这样漫长，第一次觉得北京的雾霾如此压抑。

小孙女的英文名许爱媛叫不来，阿莫瑞拉、阿布杜拉，她每次都叫的很困难，没一次叫对过。韩晶就给许爱媛说："妈，你说不来英文就别叫她英文名了。我爸说过，要是女孩儿就叫悦悦。就用我爸给起的这个名字吧。"

韩卫国知道女儿又怀孕后说：要是女孩儿就叫悦悦，男孩儿就叫强强。他们和女儿视频的时候被一口否决，韩晶不满意地批评她爸说："名字像柴火妞，忒土了。我小学的时候，我们班有三个悦悦。"韩卫国不以为然："喜悦的悦，意思好，叫着就高兴，重名的多了去了。”

“妈，我爸的遗像收起来吧。”

许爱媛想了一会儿，点点头，拿出她的一条丝巾裹好相框，放在自己卧室的大衣柜最上面。果然，遗像收起来后，她觉得这件事和相框一起束之高阁了，变得遥远，恍惚，不再真切。

柜子里有很多韩卫国的物品，她们清理了几个纸箱，趁着晚上没人偷偷放在垃圾桶旁边。做完这一切，她的内心空了一片，悲伤也扔掉了一块似的，孤独和寂寞掩隐上来，令她真的明白了丧偶之后的那种空虚寂寞冷。

“妈，我没别的意思，我是希望您过好当下的日子。我爸如果在天上看到咱们，他不会反对的。我爸是一个特想得开，特明白事儿的人。您被我爸保护了那么多年，以后只有您一个人了，我又不在这里，您要自个儿学会坚强，学会享受生活。”

“你放心吧。你妈没那么笨。再说，还有你两个舅舅在，你哥你姐都知道想着我。”

即使亲生女儿，也不会懂得母亲的悲欢，没时间照顾妈妈的心情。她肚子里出来的生命，那又如何？自己的日子依然是自己去过，谁都代替不了谁。孩子有那份心就够了，她不愿意成为孩子的负担。

借着春节和疫情，有个离婚的老同学每天给她转发一些关于健康或者时事的文章、帖子。

许爱媛礼貌性回复几句，话说的投机，不觉得多聊一会儿。开始还手写，后来索性发语音。有一次，同学说：“咱俩视频聊聊吧，我想看看你现在的样子，当年你多漂亮啊，咱全班的梦中情人，现在还是。”

许爱媛第一次听到这么赤裸裸的语言，虽然自己在 Wi-Fi 的另一边，无人知晓，她还是被惹恼了，出去问晶晶怎么拉黑别人。韩晶奇怪她妈人缘特好、脾气特柔，咋会和同学不愉快呢？许爱媛脸红了，不肯说，韩晶就不问了，一步一步教她。许爱媛看着同学进了黑名单，有些不忍，说算了吧，我不理他，冷冷他，自己想去吧，一大把年纪的人了，说话还那么轻浮。

又扭扭捏捏的不起身，一五一十的把前因后果给女儿讲了。

“妈，你是怕自己老了，没以前年轻漂亮吧？”

“胡说，谁还不老呢？他还比我大一二岁的，我在班里岁数最小。他是离过婚的人，谁知道为啥离的。以前挺老实一个人。”

晶晶摇头晃脑，那种美国鬼子的表情里写满了反驳，许爱媛不服气：“我还说错了吗？谁没事总离婚去？谁知道他有什么丑事被老婆抓住了？他现在嘴皮子油了，不像老实人。”晶晶笑：“没想到我妈挺受欢迎的。妈，和老同学多来往挺好的，省得你一个人在家里闷得慌。”

许爱媛有点不好意思，她怕孩子心里不舒服，偷瞄她的脸色说：“谁都比不上你爸，脾气好，勤快，细心，特别顾家。”

韩晶全副心神都在二宝身上，才满三个月的孩子一错眼神都不行。父母家里没婴儿用品，淘宝京东买的东西没送到几样，她重新回到几十年前带孩子的模式，搞的精疲力尽。她一边逗弄孩子，一边对母亲说：“您要是愿意，找个老伴互相作伴也行。您身边没个人我也不放心。”

许爱媛啐道：“瞎说什么？我一个人挺好的。外面有什么像样的人。”

外面总是雾霾重重，气压低沉，鳞次栉比的楼房密密麻麻的看不到头，宽阔的马路上偶尔开过去一辆车，看不到一个行人。

这个场景平生未见。

一家三代人蜷在一个房子里闭门不出，这种日子里，时间显得很慢，团聚的快乐需要很刻意的一次一次重新提起。二个人都觉得自己孤孤单单，明明是至亲，每一代的孤独并不相通。唯有小婴儿无知无觉，憨吃憨睡。

元宵节过完几天了，韩晶到底担心了："不知道这个航班会不会取消。"

"谁知道。别多想了。大不了多住些日子。"许爱媛呆了一会儿，叹口气答。

电视频道不约而同的都在放文艺节目，电视剧里的天空蓝的陌生，场景更陌生。从前，抬脚就出门，外头永远熙熙攘攘，那种日常像是上辈子的事儿。

韩晶和她的洋鬼子先生总在北京时间的下午美国时间的清晨视频，许爱媛第一次觉得英文听着比中文欢快活泼，洋人喜欢说话抑扬顿挫，表情夸张，让她们的日子多了点人间烟火气和男人的阳刚味儿。

许爱媛以前不太喜欢歪果仁女婿，主要是因为不能聊天，她也看不懂他的表情。和孙女朝夕相处之后，她才从心底里接受了这个金黄头发的毛茸茸的北欧后裔。

许爱媛在同学群里看到有人调侃离异男同学的女朋友是武汉人，他应该在危难时刻赶赴灾区陪伴，男同学没否认，哈哈一笑说："我还是别去灾区添乱了，有咱人民子弟兵和最美逆行者，还有啥不放心的？再说了，人家老家是武汉，这些年一直在北京，今年幸亏没回去过春节。"有个同学说："你说你们不能见面，我以为她回去了。你俩就是隔壁小区都得当牛郎织女。"几个男同学互相挤兑，贫嘴寡舌，似乎返老还童回到他们十几岁同班同学的那时候。许爱媛心里骂了一句："老不正经。"一把关了手机屏幕。

怀里的小孙女软糯软糯的身子蠕动几下，把头拱进她怀里，她冲着主卧室喊："晶晶，孩子饿了。"

晶晶小时候饿了也是这样拱她，这个黄毛蓝眼珠的小娃娃皮肤雪白，好些动作表情和她妈一个样儿。要不是有这个天使一样的洋娃娃把人支使的团团转，恐怕这段时间更不好熬过去。

外面的世界被门窗挡在了外面，屋子里的日子一天天要过下去。

没多少喜悦的团聚也是团聚。许爱媛每次吃饭的时候都会说一句："幸亏你回来了"，晶晶一开始会笑笑，好几次之后她重重叹气，抿一下嘴角，抬抬眼皮，怏怏的扒拉面前仅仅盖住碗底的米饭。她看到就忍不住生气，都两个孩子的妈了，不管孩子的奶够不够吃，就想着自己的体脂不能超过多少多少。

许爱媛给女儿说，没想到你大姨父微信用的很溜，时常转发一些关于美国的消息，她最关心美国的事，都会打开认真读。有时候心里的疑惑不能跟晶晶说，也不方便和姐夫讨论，她就转发去自己的老同事群里，看看别人怎么说。

网上说，美国政府要撤走整个中国的美国侨民。晶晶说她没收到消息，她是绿卡，女儿是美国护照，光在北京的美国人就好几万，这不太可能吧。

韩晶很笃定，说美国政府不可能不管他们，虽然武汉比较危险，北京很安全。许爱媛心底里不那么信任美国政府。不过，她相信女儿的判断。以前，这些事她都听韩卫国的，现在她都听韩晶的。他们都比她懂，女儿说政府不会不管她，她也就相信吧。

疫情的第一个十四天封闭完又接着第二个十四天，电视上说还要接着严控，再来一个十四天。小区管理逐步加码，还要求住户办理出入证，非本小区人员，一个都不许进入。包裹在小区门外堆积如山，翻腾好久才能找到，许爱媛去找社区提意见，问这样隔离还有什么意义？保安能不能给包裹分类？

社区工作人员戴着大口罩安抚她，答应招募志愿者来做这些事，许爱媛觉得自己身为曾经的人民教师不能出力挺不好意思的，就给她们解释自己要照顾美国回来的女儿和小孙女，下次有机会当志愿者。

社区工作人员当天晚上就过来敲门，说是登记一下外来人口，特别是外国护照人员。韩晶配合社区填完表走了，许爱媛心里后悔自己不该给外人说，让女儿成了归国华侨。孩子只是住在美国，不还是中国人吗？怎么就不一样了？

韩晶呆的烦闷，说她不管了，要趁着更严格的隔离措施还没实施，偷偷去看看亲戚，也去大姨家祭拜一下。她不让她们娘俩出门，疫情期间一切从简，没有人会怪她，再说还有小孙女，吃奶的孩子经不起风险。

韩晶说："你们不懂科学，出个门就传染了，地球没法住人了。我让人来接我，不接触外人。"

她就是不同意。

韩晶索性算了，不再提出门的事。许爱媛一向有点讨好火爆脾气的女儿，怕她憋坏了，也怕女儿生气，就在她旁边坐下，东一句西一句，绕了好半天，隐晦中带着故意做出来的坦荡说了姐夫追她的事，她想着转移下女儿的心情，也是憋在心里难受，还想让女儿冷淡着她姨夫，要是去看望他，或许给了他一点幻想。

韩晶张大嘴巴，用手捂着，大声喊着"My God，O，My God. So funny"，抱着肚子笑倒在沙发上。卫国走了之后，这个家几个月没一丁点笑声了，没想到 80 岁的老房子着火惹得女儿乐成那样。

晶晶拍着沙发乐：“妈，没想到你这么受欢迎，没想到第一个追求你的是我大姨夫。他太搞笑了，但是他真的很勇敢，我以前小看他了。我觉得他就是一个土土的老头儿，一个南方的小矮个，口音很重，特别老实。也没想到我大姨才去世不到一年他就想再婚。”

“他今年满 80 岁了。”

“妈，你年龄歧视，80 岁不是问题。问题是他不是你的菜。”

“他怎么会是菜？”

“我的意思是你即使要找男朋友，也不会喜欢他那种类型的。妈，你以后会喜欢我爸那种暖男型的还是传统的大男子主义的很男人味儿的男人？”

“我不会喜欢谁的。你爸爸才走，不许说这个话。”

“妈妈，我爸希望你过得好，他不会介意的。我更不会。”

“别胡说了。我告诉你就是让你别在这个时候去看他。你给他打个电话就可以了。政府不允许出门，这谁都知道。”

许爱媛和姐夫本来不算太亲近，因为这个老头儿发昏对她表白，她不再和他同病相怜。她一方面生气男人到底薄情，老伴儿去世不到一年就动这个心思，一是生气自己被那么老的人表白，摆明了低看她。

一会儿她又想着，瘟疫来了，能不能活下来要看运气，人这一辈子啊，年轻的时候不觉得，养孩子过的最快，孩子终于大了，却又飞那么远。

人这一辈子，来到世上的时候有父母姊妹们迎接，离开的时候有儿孙环绕才好。就怕孤孤单单的死了，临走时一句话都没机会说，闭上眼睛之前看不到留在世上的亲人。

也不知道姐夫这个年是咋过的，他哪里会采购年货，囤积食物，这把年纪一个人住，想着都凄凉。她又心软了，觉得他晚景凄凉，实在可怜。

她打了好几次电话才有人接，那边有气无力的说："煮粥是会的，也会煮挂面，因为没有口罩，外面的超市不让去，家里橱柜里搜吧搜吧还是有吃的东西，饿是饿不着的，非常时期，凑合吃饭没问题。"

电话里，他没话找话的、啰哩啰嗦的说起当年干校时吃什么，困难时期吃什么，那个混乱的年头怎么过来的，本意是让她宽心，她听的烦心。

说了一个多小时，挂了电话她的心又软了，给女儿埋怨大外甥媳妇儿只顾自己父母，回澳洲时路过北京只去家里坐了一下就走了，也不说帮着快 80 岁的公公料理点家务事，压根没把公公当成自家人，当成父母。说完叹口气："他要是能找到人照顾，也挺好的。要不然头疼脑热的倒杯热水的人都没有，哪天死在家里都没个人知道。劝他去养老院他不肯去，怕没自由。"

韩晶只是点头，没听进去多少，她心里想着自己母亲不也要一个人过日子，万一和她爸一样突发个什么病，不一样是死了多少天都不会有人知道。她眼窝里蓄满眼泪，不想让她妈看到，站起身去厨房，冲进厨房里却忘记进来干嘛，看到一只用过的玻璃碗在台面上，顺手拿去水龙头下冲洗，人没走到水池，碗先飞了过去，咣当咣当在池壁来回跳，吓的她啊的尖叫一声。

许爱媛说的是她姨夫，心里也想到了自己，想到卫国在人来人往的菜市场倒下尚且没人帮他，要是换了她在家里有个三长两短的呢？她说着说着也想掉眼泪，怕女儿看出来，极力忍住了。

一只碗算什么。这种日子要是熬过去，都砸掉也不要紧。

四

专家说再熬十四天。哪怕还有好几个十四天，只当是画地为牢，到底是有数的。

许爱媛好多天睡不好觉了，她爬起来找卫国以前没吃完的安定吃了一片，不一会儿就迷迷糊糊头晕晕的，她听到女儿房里传过来的咿咿呀呀的声音越来越远，意识飘飘忽忽，忽然觉得就这样死了倒是好事。就这样死了，还有女儿在身边送终。

睡到半夜她又醒了，梦里的她孤孤单单坐在什么地方，周围没有人，她等了好久好久都没看到一个人。她不害怕，好像魂魄已经离开，她的肉身茫然四顾，无喜无悲。但是心里很凉。不是身体感受到的冷，是心。她的被子放在双人床正中间，左边右边空空落落，弥漫着寒气，她觉得自己是被冻醒的。枕头一会儿就湿了一大片，她翻了个面儿继续躺着。

许爱媛第一个发现她女儿退群的，她说："说美国坏哪里不对了？自己的国民都不顾了，航班取消了一次又一次，别人骂骂怎么了？再说你大舅骂的是美国，又没针对你。美国人不是讲言论自由吗？你大舅自由言论一下你就退群？你一个晚辈，忍一下就过去了，他那个脾气你又不是不知道，以后咋见面？"

韩晶不搭话，垂着眼皮一脸的不耐烦，抱着悦悦进了卧室，嘭地关上门。许爱媛知道女儿心焦，不知道事态怎么发展，赶上她大舅一天到晚骂美国不要脸，群里就韩晶有美国护照，他又不是不知道。

大舅初中毕业就去了云南插队，好不容易找到门路给弄回来，招工结婚生子，每个人的日子都在一点一点变好。那十几年，一大家子其乐融融，当下一代考学，隔阂就出来了。大姐的儿子读的是北邮，计算机专业，大舅家的儿子只考上一个印刷技术学校。紧接着韩晶读了清华，二舅家的侄女也一般，读的是首都经贸。但二舅那个人知足常乐，不像大舅从小就嫉妒心强，总说全家人就他去插队，因为他积极响应号召，弟弟妹妹们才有机会留在城里。心里本来就不平衡，孩子既不会读书也不敢闯荡，工作差收入低，越混越胆小。读了好大学的俩孩子，都是毕业就出国了，兄弟姐妹之间的经济能力和观念很快显出了差距，他的愤世嫉俗从家庭扩展到外面，全方位的、国际化的、从古到今都有他嫉恶如仇的人与事。

许爱媛心里生大哥的气，一把年纪了不好好颐养天年，成天看了新闻就骂这个骂那个，越骂越没威信，晚辈们不爱去看他，搞了这个家人群之后，躲都躲不掉了。

从前，长辈再混蛋，晚辈该有的礼儿一个不能少，如今早就颠倒过来了，做长辈的得哄着晚辈，不但态度要好，话语要甜，还要识时务有眼色，一家只有一个，得罪了人家，从此不上门，反正现在都是小家庭，一辈子不搭理你，你有意思吗？现如今，长辈们什么事都得仰仗晚辈，父母都得小心做人，只有大哥这个二愣子，净给她找麻烦。

许爱媛叹口气，追进去柔声问女儿晚饭想吃什么。韩晶哄睡了孩子，正在电脑上忙什么事，头也不抬，甩了一句：“随便，您看着办。”

她是替女儿担心才跟着大哥骂美国政府的，也没在群里说，就私下里叨唠几句，女儿就不干了，不但退了家人群，还把气都撒到亲妈头上。换了护照就换了心吗？拿着绿本本你就不是中国人了？许爱媛当然只是心里念叨，多少年的职业训练，她早就练出来避开刺儿头的锋芒，只在关键时刻敲打的下意识反应。

但她毕竟老了，没斗志了。她想，算了。一代人管一代人的事。这个世界早就变了。她顾不得那么多人。家人群里，她从此默默潜水，不再操心活跃气氛。

她姐夫时不时私信她点消息，文章什么的。有时候也聊几句饮食起居，她怀疑这是老头儿的迂回策略，真的死心了就不会没话找话总和她说这个说那个。她不能理解林永旺：都什么时候了，疫情还不知道会咋样，武汉那边形势那么严峻，全国都在支援，全国人民都揪着心，咋还有心思考虑个人问题？不知道能不能活着走出疫情，谁还顾得上男女关系？再说了，80 岁的人了还想再婚，他有脸说，她可没脸听。

许爱媛突然想到自己也 63 岁了。这么一比，她倒是有资格考虑这种事。虽然她还不愿意考虑。

女婿和女儿视频的时候叽里呱啦说的英文她一句都听不懂，但是女婿的焦灼和担心她看得懂，他在那边抱着大孙女和小孙女视频时疼爱孩子的表情她看得懂。这一天，俩人不晓得在说什么，女儿哭的稀里哗啦的，那边的洋鬼子女婿一直陪着她，叽里呱啦轻声说着她不懂的语言，似乎是在安慰晶晶。她在旁边看着，俩人的感情真好，比她和韩卫国这对公认的模范恩爱夫妻还要好，心里高兴，眼睛却迷了，抹一次又一次，眼泪越抹越多。

她想念起卫国。不过她结婚后没在卫国面前哭过，他们那代人不兴这样喜怒哀乐随便表达，他们夫妻俩问问你想吃什么，看看我给你买了什么就已经算是甜言蜜语了。

第二天，韩晶才说：“菲比生病了，每天说想妈妈。大熊担心我回不去。妈妈，我想尽快回美国，我不放心菲比。我也不能再请假了。中国很危险，我也担心你。但是美国拒绝外国人入境了。”

许爱媛和韩卫国聊过这些事。女儿有自己的家，还有两个孩子，嫁个男人靠不上，靠女儿养家糊口，他们心疼有什么用？卫国多少次恨恨不已的骂洋鬼子女婿就会占女人便宜，说他这辈子没想过要依赖女人，老婆女儿都是他的责任，吃苦受累本来就该男人承担，在家里看孩子算什么男子汉，读过世界排名前十名的藤校生算什么？还不是前一百名的清华生养着他？

女儿的名字是卫国起的，说她是爱情的结晶，幸福的结晶。晶晶从小和爸爸更亲，有点怕她这个老师动不动讲道理、一点点小错揪住不放，她连泡面都不会煮也都是她爸惯出来的。在事业单位做了一辈子小科员的卫国对事业没追求，就爱在小小的家里鼓捣，一颗心全在她们娘俩身上，他不让女儿做家事，希望女儿这辈子不做家务活。他如愿以偿实现了目标，女儿的确没变成流行的全职主妇，但是成了家庭的顶梁柱，这让卫国心里骄傲，也让他心疼委屈。

说大熊没出息这种话女儿可不爱听，她说带孩子比上班辛苦，她没耐心留在家里带孩子，出国的时候她连苹果都削不好，在外面那么多年，会做的中国菜不超过十样，大熊都学会红烧排骨了，她还是只会西红柿炒鸡蛋，肉丝炒芹菜这些。要她留在家里陪孩子，三天就会崩溃，大熊愿意在孩子们小的时候回归家庭，对家庭做的贡献一点不比她少，应该尊重他的付出。韩晶强调，他在家里炒股票赚的钱不比她少多少，这些话韩卫国是不信的。许爱媛劝他：“过两年孩子大了他就出去工作了，北京不也有全职爸爸吗？咱别惹事，他们俩过的好就行了。”

许爱媛有时候也庆幸卫国没赶上这场瘟疫，他那个人爱操心，心还重，不定会着急担心成什么样。

2020 年伊始，就像开启了潘多拉魔盒，接二连三的糟心事，不知何时到头。许爱媛替远方的人担心，也替眼前的人操心，每天都不由自主问好几次航班的消息。

熬到二月底，家里的存货吃的差不多了，武汉那边的数据总算下来了，北京的紧张气氛略微好了点。三月底飞回纽约的航班一直没消息，这是最好的消息，意味着可以如期起飞。

小悦悦睡着的时候，娘俩翻看卫国亲手编排好的家庭相册，许爱媛又掉了眼泪。韩晶忍着眼泪，不肯哭出来。许爱媛想到又要分别，这一次不像以前，忍不住埋怨："跑那么远，生了你有什么用？好几年回一次家，还就是赶上了这个事儿才在家里住了一个月。你上次回来在家只睡了三四天。"韩晶低头不说话，许爱媛又心疼了，补了一句："只要你们娘仨好好的就行了。别担心我。我在这里生在这里长，将来……将来我两个外国孙女长大了我带着她们去逛故宫。"

韩晶上飞机这一天，许爱媛坚持要去送她们娘俩。路上，开车的小侄女感叹她这辈子从来没见过这么空旷的北京，她说她活了 63 年也没见过。

机场如临大敌，测了好几次体温才可以进关。小孙女不肯戴口罩，到了机场看到所有人都戴，瞪大了眼睛乖乖也戴上了。才几个月大，竟然懂了这事。她的小脸蛋几乎被口罩全部覆盖，两只溜圆的眼珠散发着委屈和不解。许爱媛哭了，她侄女也哭了，哽咽着说，姐，你放心回去，小姑这边有我。

韩晶低头照顾孩子，不敢抬头看母亲和表姐。她这样逃跑，留下母亲在这里担惊受怕，心里愧疚。但是，她更牵挂大女儿，也不忍心让一个多月没出过门的小女儿继续憋在狭小的单元房里。她还得工作。

在她的人生排序里，母亲不得不越退越后，顾不上，顾不得。

许爱媛跑了好多家超市才买到两个一次性雨衣，韩晶嫌丑，不肯套在她的名牌大衣上面，她气的哭出来，鼻涕擦都擦不干净，女儿才不情愿的穿上。侄女戴的是防毒面具，她打手势让小姑不要摘掉口罩，不要在机场多停留。

兵荒马乱，或者说是世界末日一般的场景里，许爱媛安慰她们："比这还乱的时候我都经历过，也都过来了，你们别担心我。"

回家的路上，许爱媛终于可以垮下脸对侄女叹气道："还是你爸妈有福气，一家子住在一起。"

"我爸妈可烦我了，巴不得轰我出去。为了我出租自己房子的几千块租金，我忍辱负重。"许爱媛被逗笑了："他们就嘴头上说说，心里不知道多美。我身边哪怕有一个人……哎，不说了。人老了，就那么回事吧。熬着。"

三月底的时候，北京松动了很多，外地人可以回来了，只是要求居家隔离 14 天。许爱媛憋坏了，看到外面的人多了起来，她迫不及待下楼去散步，去四处逛逛。人们脸上戴着口罩，神情悠闲，八方支援的医护人员和部队战胜了瘟疫，控制住了蔓延。虽然还没彻底结束，到底有政府强大的管控，医疗系统充足，社区管理细致入微，没什么好担心的。

春暖花开的时候，外甥从澳洲给许爱媛打微信电话，问候的话重复来重复去，她和大外甥关系不错，说："你是有事说吧，别跟老姨客气，说吧。"（北京人把小姨叫老姨）

"老姨，我爸病了，我也回不去，我知道您身体也不好，不该让您劳累。"

“别说了。你不找我，你还能找谁？我明天就去看看。你放心吧。澳洲也有疫情，你们要照顾好自己。听你妹说给你们寄口罩去了，再有需要就说话。”

许爱媛拎了好些蔬菜水果过去，大姐家小区门口的社区工作人员在门口检查出入证，不让她进去的，许老师说道：“疫情再严重，咱们只是防，他一个孤寡老人在家里病着，出了事怎么办？现在是死是活也不知道，要不，你们去看看？我在这里等消息？”

社区工作人员去门口的小帐篷里简单交换了下意见，摆头示意她填表签字，递给她一个出入证：“要是人不行了，你出来告诉我们一下，现在上面要求严，必须登记每个人的情况。”

大姐家不小，但是被他们几十年只添不扔的家具堆积得很拥挤。没有了女主人的家少了成堆的药瓶子，比以前整洁。病床上的老人发烧到 38 度多，没精神，脑子倒清楚。她对照着手机里保存下来的新冠症状一条一条问，除了发烧无力，其他症状都对不上，许爱媛这才摘掉口罩，松了一口气，去厨房烧开水。

她说，“姐夫你发烧了，多睡觉、多喝水，这个时候去不成医院，你千万养好身体。”

林永旺摇摇头，有气无力，却精神不垮：“咱们什么没经历过？这点瘟疫算什么？我相信政府相信国家，你看看是不是，咱们第一个抗疫成功。”

许爱媛叹气：“听说美国那边又开始了，好多人感染，情况可严重了。”

“晶晶回去还好吗？她没事吧？”他的口气是真心着急。

许爱媛这一个多月没见过任何人，独自憋在家里对着电视手机电话，线上的关心哪里比得上面对面的关心？她有点动感情，心里的苦和积压的愁压都压不住，哗啦啦想往外喷。她拽了几张纸巾捂住眼睛，哽咽着说：“那边也爆发了，据说挺严重的，晶晶公司里已经有人确诊。网上说那边还不封城，人可以到处乱跑。晶晶两个孩子还那么小，她还要出去上班。”

林永旺咬牙切齿的：“澳洲都封国了。欧洲已经沦陷了，美国咋就不知道吸收教训？我就说川普是个大坏蛋，你还不让我说。”

朋友圈里总有人转发美国要完蛋的消息，说纽约死了不少人。许爱媛又犯了失眠症，睡不着吃不下，成天抱着手机看新闻。

有段时间，女儿说她去乡下躲避，然后就没了音讯。中国的乡下都有网络，美国的乡下不可能没信号，是不是家里出了什么事，是不是她染上了病毒？她忍不住胡思乱想，急的血压升高，头晕目眩，好多天昏昏沉沉地躺着。

她央求大外甥想办法联系到晶晶或者女婿，帮她问问什么情况，他们表兄妹一直有联系。

过了好几天，外甥才回话说，他打通了歪果仁的电话，妹夫说，他们一家四口人去乡下租了个房子，那边好多设施不齐全，晶晶在家办公比上班都忙，太忙了，就忘记回复妈妈。他们都很好，请妈妈别担心。晶晶公司因为疫情每天加班开会，下班后是北京的半夜，发微信过来怕吵醒你。许爱媛放心了。她知道韩晶忙起来六亲不认，十天半月想不起来找爸妈说话是常有的事。

五月下旬，北京终于解封，出门不需要戴口罩了。许爱媛隔两三天收到一次女儿报平安的微信，隔着千山万水，既然他们说没事就没事吧。只要他们一家子没事就好。

她不再关心美国的数字了，每天爆炸式增长，她已经麻木了。再多的数字都是别人的，女儿没事就好。她认识的人没有感染的，她熟悉的人没有去世的，外面的世界每天都是坏消息，她不看就不算。

卫国离开的悲痛在这件大事之后被稀释了，许爱媛觉得无论是卫国离开还是疫情，都已经消散在北京突然热闹起来的春天里。

她说不上来自己哪里变了，总之她有点不一样了。或许，经历过生死的人会看淡俗世间的很多事，除了活着，其他都是小事。

她并不知道，五月初，韩晶全家先后都感染了，她公司有个同事先发病，然后她和几个同事先后出现症状，后来是大熊和两个孩子。她打电话给家庭医生，建议是轻症勿需检测，做好居家隔离和充分休息就行了，只有危重到必需要呼吸机才能去医院。歪果仁网上咨询了医生，只说多休息，不出门。

韩晶回想起来，很可能是带小女儿去医院时不小心给感染的。每个人的潜伏期不一样。但她一定是自己家人的 0 号。她很内疚，恐惧让她呆滞，病痛让她没力气没精神，她在浑身剧痛的间隙还要照顾两个一前一后也被传染上的女儿，她机械地煮鸡汤榨果汁，拼命喝水，吃药，睡觉。她怀着巨大的恐惧强迫自己爬起来照顾孩子，观察孩子的病情发展，不小心就忘了妈妈。

那些天的经历仿佛在地狱里走了一趟。两个女儿先后发病，尤其是大女儿高烧腹泻的那几天她浑身痛像被满清十大酷刑伺候，到后来喊痛喊口渴都没有力气，只能躺在床上无能为力。大熊有几次差点要呼叫急救车，她拼尽全力摆手。她脑子里残存的意识是留在家里，熬过去，不能孤孤零零一个人死在医院里。

家里两个轻症，大女儿略重，韩晶很严重，但是医院没有床位，她直到好转都没等到住院，幸亏她吃的大剂量药物把她从鬼门关口扯了回来，她差不多有十天失去了味觉嗅觉，呼吸困难，浑身好像被痛打八十大板之后的那种痛不欲生的痛。网购的血氧仪到了，有几次快接近急救的数值，一会儿又下来了。大熊打了无数电话，医生都说没床位，不到最后关头别去急诊室，吃他说的那两种药，你们不符合住院的条件，不见得是坏事。他们一家四口只能在家里和病毒搏斗。

韩晶心里恨美国草菅人命，医生不负责任，她没力气表达她对美国的失望，大熊虽然着急，可他丝毫没有怀疑过医生的建议和他的国家的医疗体系，他把这一切都看做是命运的安排，他既不急躁也不抱怨，痛苦但不怨恨，而他的轻症加上他的轻松也给韩晶不少信心。

大熊只在小时候跟着父母去教堂礼拜，平日言谈从不聊信仰这个话题，从小给孩子们读的圣经故事和读迪士尼公主故事的口气态度一样。韩晶病到没力气照顾孩子的时候，他害怕了，给父母打电话讲了很久，放下电话他去地下室找出蜡烛，书架里找出《圣经》，跪在她床脚小声读。在痛苦中煎熬的韩晶无力说话，第一次在心里祈祷上帝。小女儿什么都不知道就渡过了危机。那几天轻症之后，睡眠特别多，醒来吃点东西就迷迷糊糊睡，脸色一天比一天好。大女儿生病后变了，平日里爱嬉闹爱撒娇，看到妈妈病的厉害，爸爸也没力气的样子，她一个人在角落里玩玩具看书，不再奔跑，也不再叽叽喳喳，总是用忧郁的眼睛默默观察，跟着爸爸读经文的时候不知是不是读懂了，才念两三句，瘪瘪嘴大哭了起来。

韩晶默默流泪，她连歪过脑袋看看孩子的力气都没有。听着孩子哭的凄厉，她拼了命伸出手去摸女儿，她在心里祈祷了上帝也求了菩萨，两个女儿还小，不能没有妈妈。又想起爸爸刚走，自己的妈妈再也经不起失去她这个唯一的女儿。她必须活下来，活下去，有一丝丝力气都要爬起来吃药喝汤，积攒反击病毒的力气。

韩晶吃了一周的瑞德西韦和大剂量维 D，两周后，她熬了过来，可以扶着墙壁下床，甚至去浴室里刷了个牙。看着窗外郁郁葱葱的花草树木，蓝天白云，街道上的行人，世界从来没有这么美这么好，活着从来没有这么好这么美，哪怕虚弱无力，哪怕她瘦的几乎脱形，活着就好。

韩晶挪到书房的地上睡下，给大熊发信息，让他用紫外线灯给房间彻底消毒，喷高浓度消毒喷雾。她在二楼的楼梯扶手上看着楼下的大女儿在围栏里陪着刚刚能坐的小女儿玩，那一刻她想哭，又想笑。大女儿感觉到什么，抬头看到她，展颜笑了，喊她："妈咪。"她指指自己的喉咙摇摇头，表示还不能说话。大女儿懂了，还是仰着头叫妈妈妈妈，她一个劲儿点头，竖起大拇指，挥手，恨不得突然生出力气，去抱住孩子们。

她终于有力气给表哥发信息说了她中招的事，嘱咐他一个字都不许透露。林志强说他知道老姨受不起这个惊吓。

许爱媛并不知道女儿一家中招的事。韩晶刚刚感觉到症状来袭时，先是给公司请假说明情况，然后给她妈微信留言说她们全家人要去朋友在乡下湖边的度假屋躲避疫情，很可能没网络没电话，让她别担心。许爱媛不知道会是哪种房子，女儿一家人躲出去总比在纽约那种大城市好。虽然有些七上八下，却没多想。

北京的六月已经酷热，知了啾啾叫，树叶被晒的蔫头搭脑，许爱媛趁着早上还不太晒，去找社区中心的服务站，请她们帮忙找个保姆。中午，她刚到家歇下腿，社区打电话让她说个时间过去和人见个面，合适了签约带走。

林永旺第一次主持自己家的事，少不得问一些问题，想了半天想不出来更多问题，摆摆手说："你先干着吧。咱们试试再说。"

保姆五十出头，脸上笑吟吟的，手脚挺麻利的，二话不说挽起袖子就去洗厨房水池里泡了不知道多少天的碗筷。

许爱媛不懂茶，林永旺一口闽北普通话说他这个茶怎么样，那个茶怎么好，非要她坐在茶台旁边品尝。招呼完她喝茶，他像待客人似的站在厨房门口又去和保姆拉家常，俩人一递一声互相了解情况，有问有答，笑眯眯的。

许爱媛看看时候不早了，她的任务完成了，就说要回家了，再晚就到高峰期了。保姆在厨房里一边烧菜一边笑眯眯的说："您慢走"，林永旺让她吃过饭走，她不肯，执意走了。

许爱媛在路上一边走一边生气，差点坐错了班车。

小侄女打电话和她扯东扯西，贫完她爸妈，拿她大姑父开涮说："大姨夫找的保姆年龄正好，是传说中单身老男人最喜欢的年龄段：不算太老，也不年轻，配七八十岁的老头子正合适。如今的保姆最喜欢独居老人，搞不好两个人没多久要去领证，我人哥知道了可不得了。"

"不可能吧，都多大岁数的人了。"

"那谁知道，齐白石 87 岁还又娶一个，还生了孩子。我大姨夫还有机会。"

小侄女许芸芸不小了，快四十岁的人了，单身，别人看不上她，她也没看上的人，就这样蹉跎岁月，让所有人死了做媒的心。未婚未育也没正经谈过恋爱的女人，从小就一股匪气，和胡同姑娘混不吝的痞气，大大咧咧男人婆似的。这些年越发地时而贫嘴寡舌，时而忧郁文艺。男人们普遍比较脆弱，喜欢内敛含蓄低头笑的单纯点漂亮点的女人。十几年前，她走的是职业女性的飒爽路线，仗着年轻看着顺眼有点机会，这一晃都 36 岁了，突然穿起了改良中式大褂，挽起头发，戴着手串，一会儿像个女艺术家，一会儿像个江湖女侠，学那些个过尽千帆的中年妇女。嘴皮子功夫见涨，时不时说点真话扎人，身边的男人不是哥们儿就是弟兄，没人对她有邪念。

许爱媛平日里挺喜欢芸芸的豪爽活泼，这一天她很不喜欢，她不喜欢年轻人用这种瞧不起的口气，当笑话看的语气说老年人，她忽然改变立场，没好气的对侄女说："我们还能活几天？真有这个机会也是好事，也不算白活了。我们这代人吃太多苦了，没过过几天好日子，能享几天福是几天福。"许芸芸机灵，听她认真生气了，嘻嘻笑着敷衍她："也是，也是，小姑说的对。人这一辈子，谁知道明天和意外哪一个先来？活在当下。没错。老姑，您好好保养身体，想吃什么吃什么，想去哪儿玩去哪儿玩，有需要就使唤我。咱要过好每一天。"

许爱媛见好就收，不好为难晚辈，假装被哄的高高兴兴。但她还是被刺痛了。

这个世界鄙视衰老，忽视老年人的需要，甚至有意无意的在遗忘他们的存在。似乎寻找陪伴这种事都要得到年轻人的允许，接受他们的批评或者嗤笑。物伤其类，许爱媛觉得自己得为失语的老年人辩白几句。

微信叮一声，提醒她有信息。她看到女儿韩晶给她发来一段话："妈妈，我很好，别担心我。我希望妈妈快乐健康。爸爸已经离开我们了，不能陪您，要是有合适的人，您可以再走一步。只要妈妈过的好，我就放心了。"

许爱媛奇怪女儿没头没脑的怎么突然来这么一句，她回了一句语音："你这个孩子瞎说什么？妈妈一个人过的很好，我不找。"

说完她有点后悔。

五

北京的夏天总是突然而至的。最多有过一个月，多数不过七八日春风拂面，还没等你从嫩绿的色彩、微醺的温度里回过味儿，毫无征兆地，某一天早晨就突然跌进酷夏。而后，不定哪一天，春意带着半老徐娘式妩媚又来撩扰一次半次，等垂柳芽儿的浅绿变成深绿，又倏忽滑走，一去不回头。

许爱媛尽量避免大夏天去地铁公交和年轻人抢位子。加上这几个月的疫情控制的好是好，也还有零星病例出现，说不好就撞上了。大热天的戴口罩多难受啊，都说人多的地方最好少去，作为退休老人，少出门，少见人就是为社会做贡献了。

可是，大外甥的确是没办法才又来麻烦她的，她要推脱，那真的就没人管他爸了。人老了真可怜。

两家人的骨灰盒都寄存在昌平殡仪馆。许爱媛他们俩以为还有二三十年退休生活，从来没想过买墓地这种事。大姐当年得病后，他们几个兄妹私下里感慨过北京的墓地贵的离谱，都不是闲钱多的人。现实面前的观念不堪一击，几个人不约而同地表示将来随便把骨灰撒到什么地方就得了。墓地这种事，除非人家自己提，谁能在大活人面前问这事？

况且，晚辈们早就把清明节过成了春游，独生子女这代人，爹妈都是看着孩子的脸色说话，不想去扫墓，那就不去。几个人在父母墓碑前解释：他们平时太忙了，年轻人贪玩。一辈人管一辈人的事，等到自己入土时再说吧。也别入土了，找个好山好水的地方撒了，别搞这形式主义。几万块半平米，比市中心楼房都贵。

林永旺其实也想过这个事，但他不敢提。自从结婚，家里的大事小事都是老婆做主，从来不征求他的意见，他知道抗争只会惹一肚子气，也必败无疑，何必去找事。墓地的事，老婆不提，他更不敢提，儿子不问，他也不答。火化之后，顺便办了寄存业务，没人问过他墓地在哪里。

北京人就这样。从前住大杂院的时候，人杂嘴杂，但是有分寸。都搬进单元楼里后，至亲之间的话题也不过是“以前的北京哪儿有这么热”“这一家的涮羊肉有咱小时候的味儿”这种。听起来热乎，实际上隔着十几层肚皮。

不怪人心不古，也不是世态炎凉，几十年折腾完，谁都怕不小心得罪人，自己不琢磨人，就怕没注意到得罪了人。在外面活的小心谨慎，习惯成了自然。时间长了，发现淡有淡的好，少是非，少麻烦。

也好，自个儿想怎么活就怎么活。也有不好，无论死活，都不关别人的事。哪怕是兄弟姐妹。

除了儿女，都是亲戚，都是别人。城市扩大了七八倍，哪里都挤的水泄不通，人却越来越孤独。无论年轻人还是老人。

林永旺没约小姨子。他俩刚好碰上了。许爱媛特意带了一盒湿纸巾，把韩卫国的骨灰盒慢慢地，仔仔细细地擦干净，又细细地擦小格子，她在心里给他说孩子回美国了，孙女长的挺好，比老大爱哭，比老大挑剔，也很可爱。疫情没事儿，控制住了，北京恢复正常了，保险起见，她出门都戴口罩，老年人容易感染。她说，最近被人叫了好几次老太太，不习惯都不行。这里太挤了，我回家再跟你说话。想着想着，身旁来了几堆人，有人安静地放一小把鲜花鞠个躬就走了，有的人叽叽喳喳，故意大声说给旁人听似的。

许爱媛又去找大姐的小格子，她不记得号码，只记得位置，正觑着眼看，余光看到走过来的大姐夫。大姐的格子在最下面一层，得蹲下去。老年人的膝盖都不行，他们俩没办法，先撑着地，再膝盖着地，只能跪下来。瓷砖地又硬又凉，才跪了几分钟就要了老命，林永旺先一点点扶着墙站起来，再搀着她胳膊帮她起来，俩人的膝盖都疼的走不动路，出了肃穆的寄存室找地方坐一下，光秃秃的，只能往外走。林永旺说："咱打一辆车吧，我家近点，先到我家。"

许爱媛没理由推辞。到了大姐家小区外，他叫许爱媛吃口饭再走，她推让不过，也好奇姐夫路上夸奖保姆的手艺到底有多不错。

看到他们俩进门，保姆放下拖布去煮了两碗馄饨端过来，说米饭蒸熟菜就好了，你们先垫一口。清汤寡水里几颗小馄饨，没想到一口下去，许爱媛这个只会欣赏浓油赤酱口味的老北京人都觉出来味道鲜的不寻常。林永旺不无得意地说这是燕皮馄饨，皮是用猪肉和糯米粉砸成纸一样薄，再晒干剪裁成小方块，汤用火腿和鸡架炖完再加柴鱼片。这是阿姨自己在网上学的福建做法。

她有点不相信姐夫的运气这么好，特别仔细地环顾四周观察，不需要的杂物清走了，东西归置的井井有条，茶台干净清爽，旁边添了两盆兰花草。家里没有了老人和病人的杂乱暮气，林永旺不知道是吃胖了还是衣服整洁了，看着比以前年轻。

她对大姐夫晚年终于过上点讲究的日子说不出是欣慰还是酸的复杂滋味。又想到人生短暂，大姐粗糙，性情寡淡，儿子对他们不过是责任，也不亲热，他这个一只脚进了坟墓的人突然过上了像样的日子，还是依赖不靠谱的保姆，未见得是好事。

许爱媛又担心大姐夫贼心不死，观察他说起保姆的口气，得意也满意的，看不出来什么暧昧。这是她从社区服务站带过来的保姆，路上说过她男人在老家打工，一儿一女都在老家结了婚，应该不会惦记着给老人当床伴骗钱。要不是姐夫给她发微信说要不咱们在一起的话，俗话说七十之后无性别，她从来没有想过七老八十的人还分男女。

希望这个老头从此死了心，别再折腾出什么麻烦惹儿子儿媳妇烦。

北京城里的保姆越来越难找，价格越来越贵，好点的保姆一个月要一万块了，来京城时间长的机灵点的还挑客户，人多事多的不去，照顾老人孩子不去。四十多岁都算年轻的，六十几岁的农村老太太出来做保姆也有人请。找到聪明能干的保姆比找对象难多了。

没想到林永旺的好日子一共才三个月就结束了。这个阿姨的儿媳妇怀了二胎，不回去帮忙说不过去。许爱媛那边的社区中心帮不上忙，林永旺就去中介公司交了几千块，一连换了三四个人，没一个满意的。大热天的，有个保姆吃坏了肚子，还是林永旺伺候着吃了胃药修养，他和保姆都不会用手机点外卖，只能自己顶着毒日头去超市里买菜回来煮饭。因为第一个保姆做了标准，林永旺一连试了五六个保姆都不满意，气的他不找了。

大外甥的意思是让老姨劝他爸找个养老院，好保姆可遇不可求，比买彩票还悬乎，这么大把年纪了，碰上黑心保姆的概率倒更大点，他一个人在家被虐待怎么办？林永旺还是想继续找合适的保姆，说他在国外净看一些抹黑中国的特例，保姆虽然各有各的不合适，坏到那种程度的人，新闻里才有。

林志强不以为然，给他爸算经济账，说你在家请保姆，管人吃管人喝，一个月付 5000。你把房子租出去，一个月房租六七千块，够你去高档养老院享受生活了，里外里自己根本不掏一分钱。但林永旺怕出租了房子再也没有家，从此他要在养老院里被人管被人限制，保姆不好能换，没了家去了养老院，被人用铁链子锁住都没人搭救。

许爱媛是全家最年轻的老年人。大外甥也是没法子，除了她，还真的没人能求。别看他们老北京一大家子人，真的有点什么事，膝下没有子女，下一代血亲也才俩。大哥家的大侄子日子艰难，脾气暴躁，不爱和亲戚们来往。二哥家的小侄女许芸芸收入不高，眼光很高，36 岁还单着的女人，能指望他们俩吗？

许爱媛不想造成她姐夫家里的事都是她主持的局面，特意去找二哥二嫂说下情况，请二哥拿主意。二哥二嫂又说起念叨了十几年的话题，他们四个兄弟姐妹，每家都是一个孩子。八个老年人剩下六个，四个孩子两个在国外。自己的儿女都指望不上，侄子外甥女至亲晚辈，除非是住院这种大事，也不好总麻烦孩子们。孩子们也不容易。大哥的儿子如今在开滴滴，为了多赚点钱，渴了只喝一口水润嗓子，为了多拉一单活儿，午饭都是自己带的包子饺子馅饼，方便一边开车一边吃。赚的钱永远不够花，媳妇儿常年不高兴，孙子的花费全靠老两口微薄的退休金里抠出来点钱补贴。二哥的闺女在文化单位上班，时间自由，但收入不高。年轻的时候傲气，现在业余时间给人校对书稿，近视眼看到 800 度才买了一个小房子。装修好只住了一年多，灰溜溜又搬回父母家里住，把自己的房子租出去补贴贷款。都不容易。谁都不容易。二嫂说：“小强子咋回事？他接丈母娘去澳洲，怎么不能接他爸去？他是儿子，给父母养老不是天经地义的吗？”“小强子也难。人家娘家爹妈帮忙带大了俩孩子，大姐身体不好，从来没去过澳洲，两个孙女和他们没感情。再说，他能做得了媳妇儿的主？现在哪里有伺候公公的儿媳妇？爹妈有用的时候去帮忙，没用了自个儿呆着。”二哥为人厚道。如果是大哥，话会更难听。

许爱媛跟着叹气，她想到自己的晚年，虽然女儿贴心，可女婿是洋鬼子，俩孙女也是小洋鬼子，她将来能去国外跟着女儿过吗？女儿肯，她也不肯。她不舍得女儿辛苦。工作养家，带大两个孩子，再被父母拴住，一辈子短短几十年都耗在老的小的身上了，他们两口子倾尽全力培养女儿，不是想使唤她压榨她的，是希望孩子比他们这代人过得好，充分享受人生的。

但是，她总有无能为力的那一天，总有不能自理的时候，那时候怎么办？算了算了，不想了，还远。说不定像卫国这样突然就走了，谁都不拖累。

二嫂这么多年被两个出国的孩子压的没痛快过，突然发现自己是最幸福的人，愉快地叹口气道：“孩子还是要在身边的。人啊，普普通通的日子最好，老了身边有人才好。等人老了，钱就没用了。有钱还招祸，请个保姆来虐待自己，不就是有钱闹的吗？”

许爱媛只好不接茬儿，这话没法接。二哥也假装不懂二嫂的话，说：“我的意思，大姐夫还是找个养老院吧。他们老家也没人了，他叶落没处归根，北京才是他的家，找个附近的，方便咱们去探望。别说今年澳洲封国出不去，以后解封了他那个岁数也去不了。他一个人在家里没人照应会被保姆欺负，去养老院吧。”

林永旺听到养老院就摆手：“我不去。哪里都不去，我就在家里住。养老院里住着，大门不能随便出，那是大监狱。我现在身体挺好的，想吃什么买什么，不找保姆也饿不着我，超市里什么吃的买不到？小区门口那么多馆子，我想吃哪个吃哪个。家里这么大不住，我给别人几千块住个小单间，吃食堂，还被人管着？我不去。”

许爱媛劝他去亲眼看看，许芸芸在网上找了四五家口碑不错、价格合理的养老院，香山那边的，顺义的，涿州的，还有酒仙桥那边一家都说好，周末的时候芸芸开车带着咱俩去考察考察？

林永旺到底拗不过擅于做思想政治工作的许老师，只好答应：“我知道你说的也有道理。行，去看看。我保留决定权。”

酒仙桥那一家主要收生活不能自理的老人，算是护理院类型的，看到头脑清楚生活能自理的林永旺倒挺热情的，但是他们这里目前没空位，可以先交三万块登记排队。林永旺转头就走。许爱媛觉得这里最近，三万就三万，万一将来没位置怎么办？这么多人排队，肯定不错。林永旺一个劲儿摇头，她不好多说。许芸芸一个晚辈，没资格讲话，她只说自己在小区健身房买的卡，几个月前半夜搬空了，大家成立了一个维权群，至今还没说法。她损失了几千块，被爹妈成天念叨的要疯了。林永旺倒替养老院说话：“这个是公家的，跑是跑不掉，这里不是养老院，到这里的人都是不能下床的病人，我来这里干嘛？”

涿州的养老院在南六环外的丘陵，没有山区的阻滞，比平原多了起伏蜿蜒，一片仿园林建筑稀疏地建在繁茂的花草树木之间，花园型养老院的宣传不是骗人的。许爱媛远远看到就喜欢，连说这个地方好。

接待员帅气年轻，特别亲切，特别有礼貌，搀扶着林永旺的胳膊一口一个大爷您看看这里，您体验体验那边，阿姨您在这里能琴棋书画还能跳舞瑜伽，来了我们这里的老人没有不喜欢的，有集体生活也有私密空间，24小时医疗服务随叫随到，二十多种活动，每个月组织一次旅游，您看看房间，呼叫系统，智能马桶，所有的家具都是根据老年人需要特别设计特别定制的，您喜欢了早点登记排队。

许爱媛纠正了好几次她不来这里，只是这位大爷自己过来，年轻人把介绍内容背的滚瓜烂熟，张口就来，她说的话就是耳边风，吹一下记住三分钟，转头就忘记不是她来住，又弯腰询问她的意见，问她喜欢不喜欢，说您喜欢，您老伴儿肯定没意见。林永旺气呼呼道："好不好我说了算。"接待员好脾气地哄他："大爷真厉害，您在家里说了算，您有福气，阿姨尊重您的意见，不操心所以显年轻。"

许芸芸在旁边听着好笑，故意当着人面问她："您是不是喜欢这里？"

等年轻人留下他们一家在接待室里商量，许芸芸贼忒兮兮说："老姑，你气质这么好，看起来这么年轻，你要是来这里，老头儿们还不排着队献殷勤啊？没准儿在这里可以找个老伴儿结伴养老，互相提醒吃药，一起散步，我看挺好的。"

林永旺木纳了一辈子，突然机灵了，在旁边说："咱们参观的那些活动室里哪里有什么老头儿，都是老太太，这里女多男少不好找。"

许爱媛啐道："你这个孩子越大越没正形，你咋不操心操心自己谈恋爱的事？一天到晚让你妈发愁还不知道急。你还来得及，现在净有四十岁才生孩子的，你上点心赶紧找一个，明年这个时候你爸妈就抱上孙子了。我们老了有你，你老了有谁带着你去考察养老院？"

许芸芸苦着一张脸："小姑，我上哪儿找像样的男人去？扶贫吧，我不是富婆，向下兼容吧，我这么点身家，我养得起男人养得起孩子吗？门当户对最好不过，但是都有主儿，您这是让我当第三者去撬别人老公吗？我肯，就怕男人不肯，白陪人家玩出轨游戏。"

许爱媛被她的扑哧笑出来："总有单身又合适的，你不出去找，就守株待兔怎么行？"许芸芸乐："您看看这男女比例，养老院里更是女多男少，那么几个老头儿好像都是有老伴儿的。我看大姨夫应该来，男人 80 岁单身都有机会。大姨夫，您会被很多老太太追求的，做好思想准备。"

"那也要找志同道合，聊的到一起的。"林永旺的闽北普通话说的很慢，很认真。

许芸芸就是习惯性贫嘴，她以为也会被长辈啐一句，没想到大姨夫这样回答，吓的一时不知道怎么接茬儿，偷偷看一眼小姑，找了个话题岔开。

许爱媛又好气又好笑："想不到这个 80 岁的老头儿贼心不死，还有再找一个的心思。人不可貌相，亲戚几十年，根本不了解他原来是这样的人。"她自然不敢给人说大姐夫想和她一起过的话，更不敢再提起，只当没发生过。要不咋办？想不来往都做不到。

林永旺对这家养老院基本满意，他挑不出毛病，说回去想想再说。许芸芸用胳膊肘偷偷碰一下许爱媛，俩人都懂了林永旺压根不想进养老院。看起来像是三口之家的三个人其实算是三个家庭凑成的，轮不到许芸芸这个晚辈说什么，许爱媛只是林永旺的妻妹，也没资格多嘴，何况大姐去世了，要不是外甥是血亲，他们之间就是陌生人。

回北京的车子上，三个人都有点累了，两个老年人习惯午睡，上车就一边一个歪着头睡着了。

临下车的时候，林永旺醒过来，悠悠叹口气说："辛苦你们俩了。养老院不用再考察了，大同小异。钱多的条件好点，钱少的条件差点，该有的都有。我想好了，我自己能行，等我动不了的时候，脑子不管用的时候，再送我去吧。我能动的时候想自己生活。我还有自己想做的事。我会给强强说的，以后不许抢救我，也不要动手术，不行的时候给我打点什么针让我不受罪就行了。我还能活几天？想干嘛干嘛不行吗？非要管着我？"

许芸芸打个哈哈道："大姑父，您这个身体挺棒的，您能健健康康活到一百岁的。"

林永旺终于找到机会撒气，鼻子哼一声道："这可不是什么好事。活那么久干嘛呢？我只希望像你大姑那样善终，自己什么都不知道，谁都没折腾。也没遭人嫌弃。"

许爱媛想说诸如"你放宽心，不会的，你身体挺好的"之类的话，她或许是沉默久了嘴皮子粘住了，张不开嘴，或许是她心里同意姐夫的话，不想帮着年轻人给老人安排个地方只为了不再给他们惹麻烦。

林永旺从前很少有机会表达意见，没想到他什么事都清清楚楚，也说的明明白白，既没赌气也不是气话。许爱媛也算是老年人了，她也是这么想的，有一天也会这么说。年纪越大，日子过的越快，不知不觉就一年，她想着自己不一定能活到 80 岁，到 80 岁不见得有林永旺这样的身体，心里也有一点点茫然，她不是怕老，是怕有一天成为女儿的包袱，累赘，不得不安排好的活物，所以她不愿意把自己纳入老年人行列。

她也摸不准姐夫说他还有想做的事是不是指找老伴儿。但愿不是。

林志强对这个结果无奈地说："那就这样吧，混一天算一天。"

他忍不住说出来他失业了，公司倒闭了。他没告诉他爸，说了也没什么用。老父亲的年纪大了，既不能安慰他，也不能帮助他。老头儿生活还能自理已经谢天谢地了。他的邻居，一个湖南农村出来的，母亲住院了，好不容易拿到人道主义签证，单程机票五万块一张票飞回国了，还不知道要花多少钱，不知道能不能救得回来。他们这个年纪的海外游子，别看每家都是大房子大花园，平日里租游艇出海，放假去欧洲度假，看着都是中产阶级精英似的，其实都是付完帐单后剩不下多少钱的月光族。谁也不比谁强多少。国内爹妈好好的，他们的日子就好好的，要是父母住院或者卧床，还不是一夜就返贫？小时候觉得独生子女好，没人跟自己抢吃的，等到父母老了，最羡慕人家有兄弟姐妹可以分担。

林志强和邻居一比，这个黑暗的 2020 年里，自己并不算倒霉蛋。想到表妹韩晶春天得新冠，刚刚从死亡线上爬回来，公司就倒闭清算，也嘱咐他给谁都别说。这样一比，他觉得自己还算幸福。

韩晶和他视频了一次，他看到表妹脸上皮贴着骨头，发际线后退，瘦了十斤不止。曾经的天之娇女，时髦的曼哈顿金融圈女强人看起来老了十岁。遽然失业，纽约女郎的精英范儿变成普通中年妇女的贫乏，他心目中最优秀最成功的女性被新冠和失业打的面色暗淡，看的他这个理工男都快要落下泪来。

韩晶刚刚经历过生死劫，她从前不化妆绝对不视频，如今她和表哥视频连睡衣都不换，也不再忌讳给他说自己失业在家，失业补贴金没以为的多这种事了。他们以前聊哪里旅行，回国要吃什么玩什么这些话题，现在他俩讨论父母的养老，疫情的发展，孩子们在家会不会憋坏。

聊来聊去，他们只是充当了彼此的倾听者，谁都做不了谁的主。他们丧偶的一方父母无论 80 岁还是 64 岁，都是他们的牵挂，是他们的责任，养老送终是他们必须面对的事。

这个 2020 年改变了很多。他们再也不能只负责过好自己的小日子，得随时准备面对父母的病或者死，再也没有人替他们挡在前面。

他们第一次像真正的兄妹那样坦诚直接，也第一次像中年人那样乏味沉重。

（原发于《广西文学》2020 年第 3 期）

爱丽丝的天堂（由网络照片合成制作）

爱丽丝的天堂

王婷婷

一

Tom 和 Alice 的初夜几乎让他白了头。

到底是他睡了 Alice 还是 Alice 睡了他？他不是想不起来，而是搞不清楚，当时的情况复杂倒不复杂，谁先突破界限的实在不好说。但裤子肯定是自己脱的。

他的脑子本来就不擅长深度理性分析，反复回放昨夜深紫色夜灯的光打在女人汗津津的大腿上、白腻的肌肤在昏暗里放肆地摆动的情景非但没能理出头绪，反而让他更迷糊，索性随他去。他的大脑放弃追寻真相，瞬间被几个小时前身体跟随本能试探着胶着纠缠较量高潮的过程再次覆盖，记忆回放起往复冲撞、一下下送抵、一次次实践早已生疏的技巧和道听途说的经验的滋味，反刍着胯下娇小的身躯时而扭动、时而静止，忽高忽低的叫声听不出来是满意还是抱怨，他的身体再次颤栗酸爽。

他有点意外，即使在那样迷乱的时候，他也知道应该坚持久一点会让这个女人高兴。他再次懊恼昨夜的女人意犹未尽地扭过身体示意换个姿势的时候他因为被需要被魅惑受到强大刺激突然爆破、痉挛几下竟然放了。昨晚，头脑抽空后，他收回了控制身体的权利，不敢继续缠绵，抽出身体想逃离，又不敢让女人不满。直到女人伸手拽过被子盖住腰肢，头埋在枕头上闭目喘息。

他才慌乱地爬去床尾捡起衣服。

“我先下楼了，你好好休息。”Tom 不想留在现场。

糊里糊涂从二楼回到地下室床上的 Tom 拼命回想这到底是谁先动的手？

Alice 上吐下泻折腾了一天，半夜的时候她说胃痛的厉害，他好不容易说服她试试他用来对付头痛的止痛胶囊，吃完药她就哭了，好像刚才咽下去的不是止痛片而是害她命的鹤顶红。哭什么？不就是跟人出海吃一肚子生蚝螃蟹闹肚子吗？又不是得了什么绝症，哭的鼻涕眼泪使劲往他身上蹭，哭的凄凄惨惨拼命往他怀里钻。

他独身十几年了，早就绝了男女之事的念头。刚离婚的那些年，四处打零工，朝不保夕，这些年在一个郊区餐馆里做后厨，从早站到晚挣的钱是从汗珠子里捞出来的，请女人吃份冰淇淋都觉得浪费，那个事就更不想了。他接到天上掉下来的馅饼给富婆 Alice 当司机助理，哪怕莫名其妙又兼了保姆和园丁也还是比餐馆轻松，住在这么好的房子里，抬头就是远处的大海，绿油油的山，出门是花园草地，生怕这种好事不长久，万万不敢打老板的主意。

Tom 很沮丧。他来加拿大二十几年，别说独立屋了，公寓都买不起。这些年住过各种地下室，从来没进过豪华装修、专业设计的房子，就连他一个人享用的所谓的地下室，其实一大半在地上，可以看得到山景，有独立洗手间，家庭影院、台球室、健身房、酒吧都在这一层，老板很少下楼用，地下室的起居室里三米多宽的壁炉前那张按摩椅他天天用。他只想在这个天堂一样的地方永远做饭剪草。

他刚刚习惯睡在标准双人床上，刚刚学会把鼓捣院子当作运动休闲，他第一次知道在宽大的中式西式双厨房里用大马士革刀具准备精致餐点是一种无以名状的享受。

或许他要从天堂坠落了。古人说色字头上一把刀，果然是至理名言。哪怕是顺水推舟也不应该。大概是鬼迷心窍扶着 Alice 吃药、看她哭的厉害时下意识拍她后背让她误解了。

Tom 愁闷的一夜没睡着。

天亮了，他才迷糊着，梦到呆了七八年的餐馆后厨，闻到餐馆老板家地下室常年弥散的潮湿阴冷的气味。是的，阴冷是有味道的，像峭壁背阴处混杂了腐烂的树叶与土壤岩石透出来的那股闷气里的阴冷腥臭。餐厅后院上空，那一小片冬天总是浑浊阴沉的天空像是他人生的底色，在睡眠中卷土重来，企图把他偶尔逃脱的魂魄拉回去。

Alice 显然睡的很好。她看到 Tom 上楼，说："止痛片起作用后我就睡着了，日上三竿才醒。"她坐在主层起居室的沙发上看连续剧，说完顿一下嗔怪道："已经快中午了才上来，人都要饿死了，看看什么东西可以煮的快一点，随便什么吧。"

Tom 偷偷观察她的脸色，一如往常，一点不像昨夜曾经被侵入过，在他身下呻吟过的样子。他在楼下洗漱时演练了好几次怎么样笑着亲昵地表示关心，以免被人以为他睡过不认账。看 Alice 的表情，她根本不当回事，更没改变两人关系性质的打算。Tom 只得低着头小跑着去厨房里夸张地拿出煎锅煎蛋。

Tom 和 Alice 见面才十分钟就交代了他 56 年的简历和基本技能。Alice 一开始带着客气的微笑，听到后面眉头紧皱，没掩饰她的失望，Tom 本来就觉得自己不可能太幸运，没想到她重重扬一下眉说："那先试一个月吧。最好搬过来住，跑来跑去怪麻烦的。地下室两间卧室你随便用，日常就是开车做饭搞一下院子，有时候帮我看看信件邮件打个电话什么的。”

介绍他过来的老何只说给老板开个车，出门办事当个翻译，办点大宅子的杂事而已，没说还要做饭剪草。Tom 本来就不相信世间还有那种好事，即使煮饭剪草，也比后厨舒服十倍，何况讲好的收入比他打的任何一份工都要多。这么好的地方管吃住，他这是走了什么好运。

Alice 家的主层足有二千尺，从他坐的外间起居室往里看不到头，只觉得阔绰豪华精致的像走进了偶像剧片场。她家只有她一个人，能有多少活儿？说到剪草，他也不怪自己刚才说了曾经做过草地维护，要是会干的少点，老板凭什么雇他？管吃管住有部车子用，一个月 3000 刀，比餐馆挣得多。他努力掩住欣喜，答应第二天就搬过来。

春天到秋天，庭院里花木葱茏，Alice 一会儿让他在这里挖坑种树，一会儿要那边种一排绣球，带着他去苗圃一买就是一车，挖坑浇水施肥、清理残枝败叶，没有他以为的轻松。Alice 吃饭讲究，让他多上网看看教做菜的视频，他照着视频学着做了不少广西菜，得了几个笑脸。他学会了用中央吸尘器和蒸汽拖把保持地面如镜。他还担心老板读完 ESL 就不需要他那蹩脚的英文当翻译。他没想到她一次就通过了驾照考试，而他却考了四次才拿到驾照。她拿到驾照后就自己开车出去见朋友了，只有去超市或者园艺店里搬东西才叫他。

他担心她回国过冬，明年再过来的时候会不会继续雇佣他。他不知道哪里的夕阳最美，老板瞪他：“你不会搜索一下吗？”他就后悔自己怎么那么笨，非说不知道，说我去查一下多好。

老板让他开一下保时捷跑车的天窗，他鼓捣半天找不到按钮，还差点出了车祸。回到家后，老板在书房里翻箱倒柜找出来车子说明书扔给他。

一开始，老板对朋友说他是助理，后来说他是男保姆，园丁。有一次，她给朋友说："温哥华只适合养老，雇不到合适的保姆。要不是我一个人住着害怕，我也不用请个男助理。就为了家里有点阳气。"

他平时总在厨房里烧饭洗碗，擦地吸尘，整理杂物。老板独自在起居室、家庭室、书房之间无所事事，他们俩的活动空间很少有交集。除了需要他开车出门，平日里，他只是远远看到大概才 155 公分的她蜷缩在巨大的沙发靠垫上翘着滢白如玉的脚丫子。她脚趾上的几粒鲜红蔻丹一下一下在他心头蹦蹦跳跳，赶也赶不走。

1999 年，他和老婆带着才满一岁的儿子登陆蒙特利尔，政府出钱供他们读法语，半年之后他说他宁可去洗碗也不想继续读书。一开始出去打工，想着不过是暂时在超市搬货切肉，等熟悉了再换一份办公室工作，后来才发现，就连最基础的水暖工也需要考个执照，四处认识人，留张名片等着电话。一来二去的，连考份执照的心也淡了。

后来，实在受不了东部漫长的冬季，听说中部草原省机会更多又跟着人去拓荒，到了才发现他根本既吃不了体力劳动的苦，也受不了广袤无际荒凉的寂寞和无聊。等他折腾大半年再返回东部的时候，老婆说他如果不签字离婚，她就抱着儿子跳楼。他一个大老爷们哪里受得了这种话？二话不说就签了字，拎着一只箱子拿着最后的一千加币来了西岸。到处打零工，付赡养费，忙着活下去，好几年了，他搬来 Alice 家，还是那只箱子，还多了几个超市购物无纺布袋子装杂物。

这些年也不是没遇到过女人，温哥华最不缺富豪和单身女人。只是天下女人都想找有钱人。偶尔有几个肯搭伙供楼的女人，别人不嫌他穷，他倒说人家丑说人家没文化。餐厅老板娘气的骂他："挑三拣四的活该一辈子光棍。"

他以为自己旷的太久失去了某种与生俱来的能力，早就熬干了那点激素，没想到那天做成了。沉睡的能力被他无数次的反刍激活了，偷偷昂扬，无声地锤炼、淬火、再冷却。

二

"Tom，一会儿能给我做一下足底按摩吗？我这两天睡不着。"

他面试的时候说过他曾经在一家东北女人开的店里当过足疗师，被钓鱼执法的警察带去警局询问后，他再也没挣过提心吊胆的钱，他本质上非常胆小，只能过遵纪守法的日子。Alice 问他的经历问得很仔细，他看出来她在考察他的可靠程度，也带着来到温哥华后闷极了打发时间的无聊，他不善说谎，觉得多讲点经历可以显示出他什么都会干，没想到又给自己增添了工作内容。

心里这样嘀咕，他的身子骨却发了飘，朱红蔻丹的脚趾头像是已经揣进他的怀里，捏也不好，不捏也很好。

Alice 的主卧太大了，偌大的一张床，靠落地窗的地方摆一只大大的贵妃榻，另外一边还有一对欧式椅子带一个茶几，高的矮的卧室柜，窗户外面还有一个大露台，上面摆放了一堆躺椅一只茶几，她曾经换了两套裙子在上面拍照，平日里没见到她在上面坐。她的屋里点了熏香机，他不熟悉的味道，甜腻腻的，像她卧室里的一切，每一件东西都透着奢华和性感，让人联想到肉体还有肉体的触感。他在这样的空气里骨头酥软，手指头没力气。

更要命的是他憋了好多天之后的条件反射。

当 Alice 让他往上捏捏，不等他思考一下要不要拒绝，她已经趴着躺下，头发盖住了整个脸，睡袍提的很高，看得到黑色蕾丝内裤里面的皮肤比大腿还白。他哪里懂按摩大腿该按哪里，他做了大半年都是捏各种脚丫子，都是男人的大臭脚。

“你轻点捏，往上点，再往上点。”她的声音从鼻腔里哼唧出来，他听出这是她的暗示，本来没着没落的双手似乎一下子有了方向感。

他一把揉捏住女人真空吊带里的胸，听到从乳房深处的胸腔里发出的呻吟，他跨着跪在她身后双手动作，又俯下头去啃噬舔咬窄小柔腻的肩背，155 公分的小骨架在 180 公分的怀里像是案板上的嫩鸭，只是这只好像刚从烤箱里出来，滚烫，鲜美多汁。

他用心地卖力地开垦耕耘。

狂泻一次后，他颓然倒在她身边喘气。她背朝着他睡着，屁股朝他这里挪两次，贴上他的肚皮才浑身舒泰地睡。他很快就缓过来，一只手又伸到前面去揉捏，熟睡的面团让他有些不服气，另一只手伸到下面去揉捏，才几下子就占了上风，颐指气使消失不见，婉转娇喘着任由他放肆，平日里的颐指气使再也找不到半分。他喜欢这种颠倒，越发得寸进尺。等这个玉娇龙柔软地睡着后，他舍不得浪费这样的良辰，摸索到她的小脚丫，想起好多次瞥到这几粒朱红时的澎湃，他趴过去含住最大的那颗朱砂红，贪婪地吸吮轻咬，被侵犯的人浑身颤抖，软如面团。

他从来不知道自己竟然可以这么威武，这么老练，他诧异自己的武功好像是被武林宗师传导过来一世的精气，让他一夜之间变成高手。

Alice 招呼他：“过来一起吃饭吧。”

“不用了。哦，行。”他这些天始终找不到合适的姿态和Alice说话，这令他很烦恼。

Tom想不出好话题，又不能沉默，就问她：“油爆虾不好吃吗？你怎么不吃？”

“我不喜欢剥壳。”

“这个很容易剥。”

“哦。”

Tom过了好一会儿才醒过味儿来，他剥了两只虾，放在她碟子里一只，像是分享，而不是服侍。他可以煮饭，那是工作，剥虾不是。

Tom在餐馆养成了五分钟吃完饭的习惯，他假装了几分钟的细嚼慢咽就装不下去了，三两口扒完饭用手抹抹嘴去后院假装散步，从口袋里摸出香烟，闭着眼睛享受了一根。他来这里工作后才终于舍得去网上找了个卖香烟的帖子，开了十几公里从一个女人手里买了一条。

Alice一边挑拣不甚可口的菜式，一边懊悔不应该让他同桌吃饭。但她的心情不错，有个活人在身边晃，说几句无关紧要的闲话，比刚来时屋子里除了自己的脚步声静的可怕那种寂寞好多了。偌大的美轮美奂的屋子，传说中犹如人间天堂的城市，如果没有这点子人气，她就要得抑郁症了。

他们谁都没提起过发生在黑夜里的纠缠，就像梦游的人不记得睡梦中的一切。

Alice只在想按摩的时候才叫他上楼。

Tom做完后摸索着穿衣服，夸张地找来找去，一件一件慢慢套上，问她：“你要喝水吗？”

“不要。”

“那我下去睡了？”

“噢，晚安。”

Tom 有点惆怅，也有点惬意。不让他睡在主卧室，他还是这个家的保姆。真的让他睡在主卧，他会紧张。算了。他想。过一天算一天，想太多了没用。

Tom 独自去加油买菜，过了午饭时间，他还坐在超市门前的咖啡馆里一小口一小口啜饮早就凉透的摩卡。他就像是透明的，服务员视而不见，行人不看他，就连过来觅食的松鼠也不躲避他。以他在枫叶国居住多年的经验，他不得不承认这里的人和冬天一样清冷。无论在家里还是外面，他都像个透明人，偶尔会感到寂寞的透明人。

刚刚从国内来的 Alice 很快学会了冷冷淡淡，适应了冷冷清清，听到他进门，埋在手机上的头动都没动一下。他自己没沉住气，巴巴地过去问：“饿了吧？我碰到个朋友多聊了几句。我这就做饭去。”Alice 指指她面前茶几上的蛋糕点心包装袋继续玩手机，问都不问一下他遇到了什么朋友，男的女的。他心里有点生气，又怕她不高兴他擅自出门还这么晚回来，偷偷看她的脸色如常，这才松了一口气，又在心里偷偷叹口气。

第四次足底按摩后，Alice 说她下周回国，回去的半年里能不能继续请他看家？按照这边的规矩付一半工资，要不要去打工随便他。她可以给他买一辆二手车。说完解释一句：“哪里有开着跑车去打零工的。

他听到这个消息，说不上是高兴还是不高兴，只能也把自己放在保姆的角色上说：“好。行。”

Alice 微笑一下，转身说我要睡了，你也去休息吧。他又问一次：“要不要我再陪你一会儿”

她说：“不用。”

Tom 用手按住面前的租房合约和雇佣合约，抬起头问 Alice：“你这是搞什么？”

“没什么，走一下程序。又不是真的要你交房租。要付你工资的，不能让你白帮忙。没这个合同将来很麻烦的。”

“咱俩之间也需要这个？”

“亲兄弟还要明算账的。”

Tom 知道加拿大的法律，事实上的婚姻关系，男女朋友关系超过一年，将来分手或者一方死亡，另外一方可以索取赔偿、赡养费还能分财产。他没想到 Alice 也知道。心想，果然是做生意的，精明地很。如果自己有一天被踹了，得到点赔偿，不就是拿点你地主婆家里的蛋糕渣吗？何至于防他防成这样。

Alice 临上飞机前把未来六个月工资的现金拿一个很大的信封包好给他，他想做最后一次努力，坚决又豪爽地推开：“我自己有钱。我在这里看着家不花费什么。”Alice 看他一眼，把信封留在餐桌上径直走去车库。

桌子上的信封显得很大，很厚，拿出来是一大叠亮晶晶的粉红色。比合约里写的数字多了一倍，Tom 的心情一下子好了很多。他觉得房子太大了，大的瘆人，把信封藏在枕头下面，又放在床垫下，为了这沓钱心神不宁不敢出门，想起无数豪宅命案豪宅盗窃事件，再也忍不住，开着车子去银行存进户头里才放松地楼上楼下到处看，哪里都躺一躺，享受一把做主人的滋味。

三

温哥华的冬季总是没完没了的雨，下午四点就黑尽了。绵绵无绝期的雨水时而哗啦啦往下倒，时而淅淅沥沥缠缠绵绵。多少英雄好汉扛不住这种天气，抑郁了，消沉了，放弃了，离开了。

人间天堂只有半年美如仙境，Tom 想有钱人就是会享受，最好的季节过来住，天气不好的时候飞回国晒太阳。有钱人的毛病就是毛病太多了，他做的饭菜，Alice 除了喜欢吃他做的烤鱼，包的饺子，就没有称赞过其他菜式。有时候她让他准备好材料，自己下厨炒两个菜，把青翠的菜心举到他面前说："青菜不能炒久了，就清炒最好。"有时候她要他煲汤，写一张纸给他看，他还是要去问她薏米真的能放进排骨汤里？

Tom 一个人在雨季里无事可做，无处可去，想起这些年每天低头干活，从来不知道温哥华的夏天和冬天差别这么大，有事做的日子那么快，没事做的日子闷的人难受。他开着车子漫无目的地走，下意识里开到以前打工的餐馆附近，他突然很想见见熟悉的面孔。

芳姐看到他照例面无表情，放下他点的甜酸鸡块和鱼香茄子煲，撇嘴道："比比谁做的好吃。"

Tom 从来没觉得芳姐是个女人，尽管她胸大臀宽长头发，但她的面色五官让人看到会忘记她是一个女性。这些日子里，Tom 习惯了细嫩柔滑巴掌大的精致脸蛋，对这张臭脸更没耐心。他故意说："给我开听可乐，要不然还真吃不下。"

老板从后厨跑出来，拉着他在停车场里说话，啐他："你 TMD 走运了，都开上路虎了。我操，你 TMD 抽上中华了，你是不是发财了？"

老板娘和孩子在后院堆雪人，走过来问他的女老板多大岁数有多少钱，问为什么还是单身，是不是很丑，她不屑地说："温哥华哪有几个男的嘛，到处都是单身的女人，她一个人那么多钱有什么意思？又没个男人，一个人孤孤单单的。”

Tom 不同意：“人家有钱，有钱怎么会孤单？一大群富婆成天约着游山玩水吃喝玩乐，她们整天高兴的很。没钱咋样都高兴不起来。”

老板娘看看他开的路虎，又同意他了：“就是啊。你给她当助理都开着路虎，还有那么大一个豪宅，想买什么买什么，还有人伺候，要什么男人，钱比男人好。”

老板嘴角叼着香烟，下巴仰的高高的，他横了一眼老婆，又看看 Tom，专心致志吸进烟雾，缓缓喷出去，尽量拉长这个享受。他吸完这根烟，甩掉烟头，再噗地吐了一大口浓痰到几米远的水泥地上，骂道：“这个 TMD 鬼地方，香烟贵的要死，老子就没抽痛快过，你再给我一根。”老板娘张了张口，正担心刚才关于钱的论调会让男人不高兴，投桃报李，就没阻止男人抽烟。

出门一趟，让 Tom 的心情好了几天。他在温哥华天空网站上寻找零工信息，嫌弃这个给钱少，又骂这个老板黑心，找来找去没有中意的，口袋里有了点闲钱，找了几次找不到合适的，索性不找了。自己一个人住在这里，买点菜而已，一个月二百块就够了，犯不着去吃苦受累，有这个机会享福，干嘛非要去打工。儿子大学毕业了，赚的钱比他多十倍。爹妈都走了，正是一个人吃饱全家不饿的好时候。

Tom 借着除夕的热闹给 Alice 发去了拜年的图。Alice 很快回复：“过年好。”

他想了半天，回道：“谢谢。”

“我的机票改到了三月二十号。”Alice 补了一句。

Tom 的心情好极了，他才享受了十天半月的清净闲适就觉得日子漫长极了，吃了睡觉，睡醒了吃饭，没有他以为的那么舒服。

后来的这些日子，他觉得一天又一天的日子里，除了风暖口发出的一点点嗡嗡声，一个星期去山下超市里买点蔬菜水果，其他时候就像一个人住在一个孤独星球上。

去机场接了老板回家的当天晚上，Alice 好像时差错乱，精神好的不得了，看到 Tom 招架不住的样子，她从手包里拿出一个东西，捏住他的鼻子让他吃了这粒蓝色药片，Tom 不屑地说："我用不着这个。"

"你怎么知道这是什么？你还说你历史清白呢，哼。"

Tom 急了："这四个多月闲的要命，网上瞎看胡看，什么乱七八糟的事情看不到。我又不是傻子，现在的网上什么都有。别说，这个东西起作用了，你来试试。"

Alice 咯咯笑："你过来试试，我不过去，我累死了。你歇了几个月了你还偷懒。"

小蓝片也有不管用的时候。Tom 比 Alice 沮丧，他一边安慰自己怎么说都是刚刚过完 57 岁生日的人了，一边心情复杂地做一些弥补工作。他的手掌可以感觉到摩挲时皮肤散发出惬意的柔腻，烟熏火燎变成了小火慢炖，小母鸡在汤煲里舒展肉体，随着热浪轻轻翻滚，又缓缓摊开。

Tom 在这个贤者时刻里想起年轻时的生猛，粗糙，想起那个时候的女人不需要他小心翼翼，无需他观察琢磨，患得患失，却也少了这种用心呵护而得之不易的欢喜。

其实他的身体已经不喜欢太多惊喜了。有时候他需要特别小心地掩饰他的力不从心，Alice 不知道他越是虚弱的时候越耐心，对比其他人的简单粗暴和与生俱来的自信，Tom 在这方面的体贴用心弥补了他能力低下又性情沉闷的缺憾。

他刚来的时候，Alice 指挥他在花园四周挖几个深坑种玫瑰，他挖不了几下就气喘吁吁大汗淋漓，Alice 惊讶地问："你行吗？"

他表现出很随意轻松的样子说："没事，就是太热了，晒的。"

那天，他跳下坑用手刨几个石头的时候闪了腰，Alice 让他去卧床休息，Tom 怀疑 Alice 看他的眼神里都是失望，他撑着大理石岛台说他休息几分钟就好了，不影响做晚饭。Alice 说不用不用，正好可以约个朋友见面。她打扮好下楼，临走前问："要不要给你打包回来？" Tom 摆手："不要不要，我煮速冻饺子吃。"

Tom 回想她的眼神，客气里带着鄙视和轻视，好像也有点怜悯。

人在某种压力下会迸发出无穷的潜力，Tom 这些年清心寡欲独居的技艺生疏被炒鱿鱼的担忧冲刷地一干二净，他用不了几次就了解了这具娇小的身躯表达出来的意思，他感觉到对方允许他尝试，允许他摸索，也鼓励他探索。他怕回到从早站到晚的后厨和老板家地下室只有 10 平米的卧室，他本能地知道要再努力一点。

四

Alice 在美容院认识的新朋友要给她介绍个白人退休老头儿，说鬼佬会玩，绅士，家庭关系简单，那方面多老都行，Alice 动心了，她说她就向往英伦范儿绅士，要不见见？

绅士请她们俩在西温山下的一家日料店见面，Alice 最后到，她在狭小拥挤的店堂显得不合时宜，打扮过于隆重了点，全套珍珠首饰套裙，手里拿着LV新款皮包坐在服务员侧着身体走才不会碰到顾客后背的桌子旁，连她自己都尴尬。她不喜欢这种逼仄的环境，连带着也不喜欢粗糙碟子里的食物。她搞不明白为什么第一次见面选择这样的地方。

在新移民的ESL班里才学到二级，她觉得简单交往可能没问题，男女之间少说话多凝视才对。老先生显然不这样想，他很慢很慢地讲话，重复好几遍，Alice都是微笑，她的朋友做翻译，后来，老先生也只是微笑，除了说 great，good，不再讲什么了。Alice和她的新朋友Jane不好讲中文聊天，也想不起来几个单词，只好低头一小口一小口咬寿司，咬两口就散了，正好用筷子夹米粒。Alice抢着买了单，老先生震惊了一秒钟，满面笑容道谢，轻轻拥抱一下她，拍了拍她的后背，跟两位女士挥手告别，走到一辆古董老爷车面前弯腰打开车门坐进去再次挥挥手就绝尘而去了。Jane叹气："肯定没戏了。"

老头儿比她想象的显老，近距离看到一寸长的汗毛一根一根支棱着，那颗开洋荤的心很快熄灭。Alice备受打击的是她的英文。学了三个多月了，每天听到洋人老太太拍手："right，great，good，excellent"轮换着用，她以为日常对话问题不大的。没想到真的和洋人交往，场景和教室完全不一样。她觉得羞惭，不应该这么早就打起洋人的主意，起码再学个几年英文。

这个朋友是美容院里认识的，俩人彼此猜测对方和自己年纪差不多，经济能力匹配，相视一笑，说咱们微信加了好友吧。叫Jane的这个女人特别热心，躺在美容床上敷着面膜的时候就给她说做生意的男人走了好几年了，留下几栋房子给她当包租婆，儿子结婚单过去了，她一个人尽管寂寞可也不想带孙子，主要是儿媳妇不好相处。她说年轻的时候吃亏，跟着老头儿创业，明明知道他在外头勾三搭四也只能装不知道。他带女朋友吃饭遭遇车祸，她一肚子委屈没地方发泄，没想到自己找个男人谈恋爱就忘了那些苦日子。

谁知道还能活几天？你的钱不花，还等着别人替你花吗？老头儿万万想不到自己赚的钱给老婆养男朋友。想开了，人都年轻好多。Jane 好不保留地把她的人生感悟分享给 Alice，Alice 也只好报之以琼瑶，给她说自己离异多年，女儿在美国读书的概况。女儿在美国和男朋友住在一起，她只希望今年的男朋友还是去年那个人，别再换了，别折腾了，其他的事她早就管不着了。

俩人说起来情况差不多，互相观察了一下，一个移民二十多年的住在华人区，她这个新移民反而住在白人区。Jane 笑说西温被国内来的富人把房子炒起来了，十年前山上房子的价格不到现在的三分之一。她没否认自己是个富人的猜测，矜持地客气“没有，没有，就是有点运气”。

Alice 见到了 Jane 那个黑黢黢的老外男朋友。高鼻子深眼眶，皮肤快有印度人那么黑了，Jane 说他是塞尔维亚人，正宗的欧洲人，喜欢户外运动。Alice 没觉得 Jane 说的英文有多流利，看着两个人不需要聊什么，手拉着手不避人的样子很羡慕，说她也想有个老外男朋友。

她不希望 Jane 知道家里有个男保姆 Tom，邀请 Jane 来家里喝下午茶的那天提前打发 Tom 去机场附近给她买上次逛街时看中的风衣，叫他不用回来做饭，去华人区给她排队买网红蛋糕，回来晚点没关系。

Jane 和她的男朋友在她家里喝了下午茶，又提起红酒，Alice 打开一瓶很努力地听她男朋友点评，Jane 自来熟地去她冰箱里凑出来一个果盘，Jane 又好为人师地给她开采购单，交代她应该买什么什么搭配红酒，一副指点国内土鳖的表情，Alice 生意场上什么人没见过，笑眯眯地接过来，随手放在台子上，把话题扯到她熟悉的投资和股票方面碾压 Jane 只会收租的大脑。

Alice 在南宁算得上是成功女商人，国内的社交圈子比这边高级多了，她见过的世面是温村包租婆 Jane 这辈子都没见过的灯红酒绿和衣香鬓影。Jane 离开国内的时候，同胞们喝红酒流行掺雪碧，鸡爪鸡杂红烧肉的宴席摆一瓶长城干红洋气，她来这边二十几年的氛围也差不多，直到认识了这个男朋友才懂得红酒应该搭配山羊奶酪、火腿片生着吃，可以配牛排，但千万不要就饺子。她以为 Alice 要出丑，忙不迭给她讲自己经历过的糗事，一样一样写下清单注上中文。Jane 是真的热心，Alice 是真的没朋友，两个人都觉得自己必须向下兼容，要不然怎么打发在温哥华这个寂寞之城的日子呢？

Tom 拎着菜，抱着厕纸进来的时候，Jane 吓了一大跳，她没听到门铃声，Alice 给她讲过她是孤身一人在温哥华的，这个从车库门进来的男人又是谁？Alice 耸耸肩，小声给她讲："这是 Tom，我的助理，我不喜欢做饭，就让他兼了厨师，你们留下尝尝他的手艺？他是北京人，擅长北方菜。"

Jane 和她男朋友吃过晚饭才离开，临走的时候她偷偷对 Alice 说："有现成的先用用。再有合适的我会想着你。" Alice 打她一下："瞎说什么，我可是宁缺毋滥。"

Alice 在这里认识了几个木呆呆的家庭主妇，她们守着男人守着孩子，世界只有天井那么大，天井之外都是黑暗，是怪物和有问题的人类。

她们彼此之间有一种奇怪的直觉，离异的女人一眼认得出离异妇女，找了洋人的女人一眼看得出谁的男人也是洋人。守着一个男人过日子的女人更不用说了，她们仅仅凭借气味就可以搜寻到方圆三里之内的同类。

西温这边的单身女人可能是整个温哥华最多的区域，只是听说，绝对看不到人。街道上偶尔才有车子经过，路边的宅子寂静无声，有灯光无人声，所有的浪荡所有的寂寥都隐藏在高大的树篱后。

无论多少悲欢离合，不管多少爱恨情仇，花草树木都可以吞噬消化掉，悄无声息，无人觉察。或许她们有自己活动的场所，只是她还没找到。或许吧。也许她们只是在宽敞的豪宅里消磨时间，等着变老，然后，然后怎么样，Alice 想象不到。

在国内的时候 Alice 很谨慎的。她有钱，有貌，还有几家高级酒楼，惦记她的男人可以排到漓江边上，他们的心思隐藏再深都没用，离婚后这些年她没机会空窗，她经历过各种样本，心气从高到低，磨地她越发心灰意冷。找个综合条件好一点的男人怎么就那么难？她不断归纳总结，提纲挈领，洞察人性百态，越是见的多，越见不到好的，不是惦记她的钱，就是想睡她几次增加炫耀的谈资。她见的多了。也见烦了。

兴许都是钱闹的。越是这样她越想拼命赚钱。她要是没钱，没有金钱打磨出来的貌，她不会有机会被男人哄骗、算计、忽悠。那些年，男人从她手里骗走过房子、车子，她给人开过公司，怀过孕，打过胎，和七八个准婆婆打过交道，她见过的世界比 Jane 多多了，Jane 凭什么以为搞到一个洋人男朋友就有资格指点她？

Tom 敲门进卧室，给她端来一杯牛奶，轻声问她："一会儿要不要捏脚？"

"不要。我只想早点睡。"

"要不要泡个澡？我去给你放水。"

“不要。”

Alice 有时候很心烦，本来以为移民到了人间天堂温哥华可以开始新的人生，这边据说云集了全国的精英，或许有机会抓住个优质男人一起养老，过来一年多了，手里只有一个男保姆。更可怕的是她依赖上这个男人的照顾，陪伴，无论床上还是床下。

这太危险了。

Alice 见了几个婚恋网上推荐的男人，每次都约在购物中心的某个星巴克。这些男人的描述听起来都很像样，见了面才发现照片兴许都是一二十年前的，模模糊糊的都还顺眼，可是真人的皮肤无一例外松弛粗糙，脸上沟壑纵横，眼珠本来浑浊无光，看到她像看到煮熟的鸭子。也有相反的，有个男人看到她开着保时捷跑车过来，咖啡都不给她买一杯就说咱们不合适，我可不伺候富婆，掉头就走。

有个男人特别认真地不懂掩饰地看她的车子和包包，然后突然咧嘴对着她笑，跑去给她买了杯南瓜卡布奇诺，哈着腰给她讲星巴克只有南瓜季才提供南瓜口味。这个男人说他才 43 岁，离婚没孩子，因为自己条件不错，有些挑剔，拖到现在还没女朋友。

Alice 实在太闲了，只能放下自己的不耐烦，装作和蔼可亲地问他是什么样的条件影响了终身大事？他说我没小孩，前妻比他收入多好几倍，不需要他的赡养费，他有一套两房公寓，贷款不多。他说他没想到 Alice 这么漂亮显年轻，他可以不介意比他大几岁，也愿意放弃生孩子，两个人情投意合才是最重要的。

他把脸贴的很近，声音小小的，暧昧的，很亲密的口气问她：“你说对吧？咱们俩合适就足够了，反正在加拿大生孩子是给政府生纳税人，自己图个华而不实的冠名权，花好多好多钱养大，18 岁人家独立走掉了，还不是剩下咱俩过日子。”

小男人保养的挺不错，身材匀称挺拔，五官端正，除了眼神飘忽，Alice 觉得这个人算是她在婚恋网站里扫描的华男里面外表最顺眼的一个。她想，就当解闷吧，要不然呢？

小男人的公寓年头不短，楼道里一股子常年不见阳光的气味，大楼的保养不错，只是他房间里一股子浓烈呛鼻的炒菜味儿让她呼吸困难。他的床单颜色可疑，皱的不像话。她不愿意计较这些了，起码这个人的肉身是整个屋子里最美好的一个物体。

年轻到底不一样，她表示吃不消的时候，小男人会坐在她肚皮上一边晃一边得意地让她确认："我很厉害的对不对？你可以去打针，绝经也喜欢做爱的那种回春针，两个人没这点事就没意思了。你要是不放心我，咱们早点去注册，我可以忍的，你想要的时候才给你。你放心，我只给你用。"

要不要带小男人去她家里让她纠结了很久，打发走 Tom 很容易，以后打发走这个小男人会很麻烦。做了这些年生意，看过些男人，这点眼光她还是有的。

小男人送她下楼时，看到她的跑车眼睛亮晶晶的，拿过钥匙就去开她的车子，不由分说带着她去市中心找高级餐厅，吃完饭逛商场，专门找男装店逛，暗示她去买单。他的回报是鼓励 Alice 运动，捏着她的腰肢晃动时问了一次又一次："我很厉害对吧？你受不了我了对吧？你要多少我都能给你，你幸福吧？你说你是不是很幸福？"

Tom 有时候吃小蓝片毫无反应，有时候不太好使，不过 Alice 决定不再挑剔。她很烦小男人的啰嗦唠叨，还有那副软饭硬吃的理所当然。Tom 这个人老实巴交的，笨笨的，生怕惹她不高兴，一个月给他涨到 4000 块还要说是因为不想查看超市小票，多给了买菜钱以后少一道手续，他听了这个才收下钱。

Alice 不想承认她不是那么喜欢激烈的碰撞，Tom 对她的腿脚胳膊任何部位的皮肤索需无度，每一下摩挲里都听得出赞美赞叹。她很享受这样被珍重对待。但这个感觉她可不会说出来。

这很危险。

五

Alice 移民后第四年回国躲雨季，吃年夜饭的时候突然呕吐。

她还没来得及思考持续了好多天的胸闷气短恶心为什么突然不可抑制的时候，已经喷出了一大摊稠乎乎的黄色液体，酸酸的臭臭的，喷在她面前的一大桌菜上，喷溅到围坐的一大家子人身上。

检查结果很快就出来了：胰腺癌。

Alice 带着她嫂子不等春暖花开就回到了温哥华。她带着 Tom 去医院当翻译，发现他根本用不上，医生说的话他一句都听不懂。好在医院立刻安排了一个会说国语的实习生陪同她做所有的检查。Tom 问她怎么了，她只说胃不好。这是老毛病了，Tom 安慰她，可能你回国吃东西不注意，养养就好了。

Alice 的女儿从美国赶了过来，她开着跑车陪她妈去医院检查诊治，Tom 除了买菜做饭，有点空就要带她大嫂出去拍照。

Alice 吃不下饭，她女儿几乎不在家里吃饭，大嫂的口味每天不一样。这些都没什么。给她女儿洗内裤这件事很有什么。

他打扫房间时假装没看到扔在洗手台上的秋衣裤。这个叫美美的女孩子不怕丑，当着 Alice 的面问他为什么忘记洗内裤。

Tom 找到机会进她房间问她为什么瘦成这样，Alice 不肯说，被问急了只是哭。就像他俩的初夜，她生病容易哭，哭起来没完没了，他说又不是绝症，胃病靠养，一年半载的总能养好。Alice更哭的厉害了，Tom过去抱住她，像第一次那样轻拍她的背。

大嫂进来的时候他俩没听到声音，兴许大嫂没发出任何声音悄悄进来的。Tom不是粗心大意的人，他记得他特意关了房门的。Alice推开他，也不看大嫂，只是哭。后来，大嫂下楼给Tom说Alice是癌症，他张大嘴，大嫂瞪他一眼，什么都不再说了，一边走一边吩咐："炖鸡汤的时候记得放一根参，加几颗红枣。"

Alice只化疗了三次就瘦到了 80 斤，医生说只化疗六次，Tom 安慰她，化疗结束后不用戒甜点了，增肥的食物随便吃。Alice没精神给他笑脸，脸朝里面假寐。

没有监督Tom收拾花园，园子却比用心打理的时候争气，玫瑰开了一茬又一茬，中间一口气都没歇着。Tom经常剪了拿去她房间里插上，Alice不计较他胡乱搭配，长短不齐，看到娇艳新鲜的颜色，脸上略微有点笑容，也没批评他乱用花瓶。

枫树红了的时候，Alice把Tom叫上楼，从枕头下拿出一个小小的信封递给他："谢谢你这几年照顾我。现在家里人多，过几天我妈也要过来，美美的男朋友下周来，我这里不用人了。这个你拿着。"

信封里是一张小小的窄窄的纸，是一个转账凭证，Tom盱着眼睛凑近看，数清楚2后面只有4个0，他心里有点失望，也有点难过，还有点意外惊喜，有点如释重负。他这么多年也才攒了二万。

他突然哭了起来。几十年没掉过眼泪，他觉得很丢脸，低着头不好意思抬起来。Alice有点意外，后背靠着床头，下巴往上翘着，问他："你对我有没有过真心？"Tom没想过这个问题，他抬起头看着Alice枯瘦蜡黄的小脸，泪痕一下子被苍老干燥的皮肤吸收掉了，一副莫名其妙的表情，像是没听懂她的话。他其实想说：“我有过真心。”可是他想 Alice 不会相信的，她的表情不是在询问，像是在质问和拷打。如果他有过真心，看到转账凭证的小纸条不应该嘴角上扬，也不应该仔细数后面几个零。可他很想说“有”，却觉得很难为情，说不出口。

他一下子想起来很多很多。Alice 每年要求他签雇佣合约附带一个象征性金额的正式的租房合约，他知道她是担心事实婚姻关系超过 4 年之后就有资格分财产这个法律条款。他很生气。不知道初来乍到的新移民 Alice 是哪里知道这些的，怪不得这个女人能够成为大老板。他想起自己不管怎么讨好迎合，这个女人从来不让他在她的床上过夜，他后来想明白了，他就是一件床上用品，使一使就丢开了，哪能留下。每个月底，她给他一张支票，这是在银行留下记录，和雇佣合约呼应。他明白，他是 Alice 雇佣的男保姆兼男面首，不会变成她的男朋友或者男人。她在床上开心地呻吟喊叫，却从来不说话。呻吟不会暴露心意，不能增进感情，也不会留下把柄，或者幻想。

她的家人早就想把他赶走了，他看得懂大嫂和美美眼神里透露出的信息。

她也不需要他用肉体取悦她、讨好她、满足她了。他这个快 60 岁的老男人，不过是一堆药渣。还是已不对症的药。

六

2020 年是魔幻的一年，实在太过诡异。这一年里，人心惶惶，恐惧担忧，不知道未来怎么样，除了活着，安全地活着，再也没有不切实际的期望，幻想。

Tom 也不再抱怨后厨的活儿真不是人干的，不再骂老板工资这么多年不涨，他和所有人一样，只想安全的，平安的，活着。

餐厅撑到五月份才关门。老板说，这一关门，什么时候能开门就不知道了。他还住老板家地下室。

他怕外面疫情严重，食物匮乏，把冰箱里塞满了食物，买了一大堆可储存食品堆在床脚处，看着很安心。他睡的太多了，到了夏天已经睡烦了。吃饭也吃腻了，除了抱着手机刷新闻刷视频，他找不到任何事情做。

一直熬到八月份，外面逐渐恢复了正常，路上车子多了，行人多了。但是政府对餐馆的各种规定多的不得了，华人最怕死，老板一个人在店里，一天最多收几十块，菜钱都不够。他每个月可以领政府的 2000 块救济金，当然不肯去餐馆里累死累活只赚三千块。老板去开了几天门也不愿意干了，说保命要紧，乱七八糟的人那么多，他岳父母七十多岁的老人染上病毒在这里没医疗卡没买保险，万一需要自费就倾家荡产了。

Tom 在地下室里憋了几个月憋的难受，外面阳光灿烂，好多人在公园里日光浴，社交距离如同虚设，传说中杀人如麻的病毒他们谁都没见过，逐渐的也就不那么可怕了。

他把拉黑的 Alice 从黑名单里放出来，问她：“你最近好吗？”

他一连问了四五次，对方都没回答。没显示对方删除了他，Alice 的朋友圈也依然可以看到，但是发出去的问候像被吸进了黑洞，无声无息。

他到底没忍住，回到那栋熟悉的不能再熟悉的大宅前，花木如旧，草地如旧，门前的树木如旧，阳光铺满地，泥土香如故。他按门铃，听到里面咚咚的脚步声，不太像 Alice 走路的节奏，可能是她家人。

他摆出一脸的微笑。

开门的是个比他年轻点的华人男子，他差点暴怒起来。不是说不用人了吗？还不是找了人。

“你找谁？”

“我来看望 Alice。”

“谁？我们家没人叫 Alice。”

“去年这个房子的主人还叫 Alice 的，她不在吗？”

“不知道去年这里是谁住。我们刚买了这个房。”

Tom 不知道该怎么办，踯躅到路边，看看天空，浩瀚无垠和他没关系，他只看得到粗大高耸的松树围起来的这一小片。明晃晃的日头下，绿草格外绿，红花分外红，温哥华的夏天就是天堂的模样。院子东南角的白色拱门被玫瑰柔软的枝条攀缘覆盖住了，柔嫩重叠如丝缎的层层花瓣垂下枝头，开的还是那么恣肆又矜持。

他记得前年春天，Alice 不知道跟着朋友去哪里买回这两棵玫瑰，兴奋的在大门口拍着手叫他出来看只有几根矮壮枝条的老根，拉着他转遍温哥华买到这个白色拱门，又催着他连夜拼装起来，第二天，大日头底下非要亲眼看着他挖出来两个半米深的坑。

Alice 要他把整条的三文鱼拿去埋在龙沙老根附近，他不乐意，她偏不许，到底是拗不过一个女人。当年夏天到秋天，两棵粉红龙沙几乎没休息过，开了一拨又一拨，一年就爬满了拱门。Alice 每次路过都要说：“你看，三文鱼给你吃了什么都看不到，给花吃鱼我能看半年。”

他活了整六十年，那么多花，只记住了龙沙宝石。

（完）

创作谈：我只想写好看的故事

王婷婷

小说应该有娱乐精神，抑或小说属于文学分支，应该承担起教化功能责任义务？这是自从唐小说肇始就一直存在的两种倾向。

或许是中文系出身的缘故，读了太多正襟危坐、严肃认真的文论、诸子百家，当专业课终于学到唐传奇小说时，瞌睡虫飞跑溜走，精神一振。本来读得苦哈哈惨兮兮，变成了自觉自愿自主阅读。

还很沉迷。反复咀嚼“微型”（因为每一篇的体量最多算是微型小小说）唐传奇小说的词句、转折、反转和各种意想不到又顺理成章的结局。

唐传奇之后的明清小说，上百回的大部头好看，《三言二拍》和众多模仿之作也好看。晚清末世，谴责小说只是后来人的归类，在当时也不过是现实的写照，摹写当下而已。

民国小说已降，好看的故事从来都是好小说的首要条件。

而评论家们在乎的手法、形式、主义还有流派之类的，那是理论派揾食的领地。

写作者只管写好看的故事，写不一样的故事，写出抓住读者心神的故事，写出千百部中独特的让人一下子记住的故事。

我真的打算主业变成写作的年头并不长。在写作这个圈子里是崭新崭新的新人。但是，我从阅读当然要看好看的故事到写作当然要写好看的故事，我的趣味、初衷和追求从未改变过。

也不打算改变。

令我沉迷的作品，都是好看的故事。得以流传的故事，从来都很好看。

努力写出好看的故事，不去想流派、主义、模式、手法、古典还是现代，也不考虑庙堂风还是草根味儿，力求让每一个故事都吸引读者阅读，每一个人物都活生生蹦进读者心里，我的初衷和终极目标也就这样了。

汤 蔚

笔名含嫣；中国学士，美国硕士。任职于纽约长岛教育机构。所属团体：北美中文作家协会；纽约华文女作协；纽约华文作家协会。2010 年开始华语写作，作品发表于《青岛文学》《香港文综》《长三角文学》，世界小说，侨报文学时代等报刊杂志。作品被收入十余种文集，著有中国出版集团发行的中篇小说《弄堂往事》。十五次获海内外小说散文征文大赛奖。

女主播在纽约（由网络照片合成制作）

女主播在纽约

汤 蔚

一

丽俐走出美华职业介绍所，站在街口来回踟蹰：去还是不去？不去什么都没有，但是她实在不想看见地下钱庄的那伙乌合之众。

犹豫间，一辆黄色出租车驶近，丽俐连忙挥手拦下，拉开车门，又砰地一下关上："对不起，我不坐了。"

"你有病啊！"司机嘟哝着将车子开走了。

丽俐甩了甩头发，跨上人行道往地铁站走，心里感觉窝囊透了。今天她不是被人揶揄就是被人呵斥，简直是颜面扫地。在国内她算不上大明星，好歹是一个有点名气的电台主播。

三月里的纽约，立春已过，气温依然低冷，寒流突袭犹如"回马枪"，让人猝不及防。丽俐抬头看天，天色凄清，风声冷寂，没有一丝大地回暖的迹象。来纽约将近一年，如今她进退两难，一筹莫展，竟然和偷渡客混在一起找工作。为了省几个小钱，连出租车都不舍得坐。

刚才在美华职业介绍所，老板娘不听她的解释，一味劝说她回会计楼上班，一张红唇翕动着，推心置腹似的对她说道："丽俐，给会计当秘书不错的呀。人家迁就你没有经验，你就别挑精拣肥了。”

“我没有挑精拣肥。那个顾会计师，咳，我积点口德，就不说什么了，还是另外找工吧。”

“人家丽俐是跟大老总混的，哪能屈就小会计？”某人话音刚落，引起一阵哄堂大笑。

老板娘似笑非笑，目光掠过众人的脸，一本正经道：“大家都听着，不论你们从前有多么风光，来这里都是打工者。找到工就好好干，纽约不相信唧唧歪歪。”

众人纷纷附和，称赞老板娘有智慧，有魄力，是一个大能人。丽俐冷眼观视，这些人当面趋奉迎合，背后则说老板娘从前扫厕所，当杂工，如今开了个职业介绍所，还真把自己当成官了，颐指气使的。丽俐懒得搭理这些人，除了秋菊，虽然是从乡下来的偷渡客，为人厚道有义气。

这时候，门外走进一个衣着光鲜的女人，门内顿时一阵躁动。等工者嚷嚷着：“来了来了，雇主来了。”

雇主来找住家保姆，薪水出得高，要求应征者国语标准，能教孩子学习中文。等工的女人听见薪水数字，一个个围着雇主自吹自擂，在老板娘跟前使乖弄巧。

丽俐暗中扯了扯秋菊的衣襟，催促她上前自荐。秋菊说，惠姑来美国两个多月了，还没挣到一分钱，每天去救济所领免费午餐，被债主追得东躲西藏。她宁愿让惠姑先找到工作。

“惠姑一口闽南话，雇主要找国语说得好的人，属你最合适。快去！雇主在这里找不到满意的，就去别处找了。”

秋菊羞羞缩缩地走上前，还没出声，话头已被别人抢去。丽俐睨在眼里，掠了掠微卷的长发，施施然走到雇主面前举荐秋菊。

雇主打量了丽俐几眼，笑道：“哦，她在你家干过？”

丽俐含糊嗯了一声，对雇主说道：“秋菊是东北人，国语标准，老实勤快，你一定会满意的。”

雇主和秋菊单独谈了一会儿，当即与老板娘签下合约，将秋菊带走了。众人又惊又奇，直叹秋菊有傻福。

丽俐说：“这就是缘分。人生情缘，各有分定。”

老板娘说：“不是一家人，不进一家门，我看很好。大家加油。”

丽俐对老板娘说：“我也走了，有合适的工，劳驾给我电话。”

老板娘拖着长音说：“好，忘不了你。”

丽俐换乘了两辆地铁，回到曼哈顿的公寓已经是下午。她踢掉鞋子，光着脚走进浴室，躺进按摩浴缸洗泡泡浴。洗澡能清洁身体，似乎还能清除晦气，她顿时感觉神清气爽，浑身舒坦，肚子也饿了。

丽俐披着浴衣走出浴缸，从冰箱里取出一瓶果汁，又拿了几样糕饼零食，坐在沙发上边吃边看凤凰卫视美洲台，心中倒海翻江。

这套公寓是刘海成用现钞买的，每月还是需要交付四千多元地税和物业费。刘海成已经三个月没有给她汇款，也不回复她的短信，她咬着牙用积蓄付了账单。眼看手头的钱越来越少，不得不看招工广告，往职业介绍所跑，谁知找一个像样的工作还真不容易。

丽俐首先找到中文报社，递上闪亮履历，老板只瞄了两眼，差她走街串店拉广告，薪酬看业绩。她挨家挨户地跑，跑得腿脚酸疼，茧皮磨破，贴上创口贴继续跑，一个月只拉到三个广告，还不够她一个星期的用度。难怪人家杨澜拿到美国绿卡就回中国发展。

凤凰卫视正在转播江苏卫视的热门相亲节目《非诚勿扰》，她一边看一边给男女嘉宾打分，假设刘海成是男嘉宾，上场能得到多少女嘉宾的青睐？又有多少女人为他留灯？她一定留灯。她爱刘海成，无论别人怎么编排。但是，刘海成爱她吗？他们的关系还能维持多久？她心里越来越没底。

吃完零食，天色已暗，晚饭就算吃过了。丽俐经常拿零食当饭，懒得下厨房，一个人做多了吃不完，做少了浪费时间。有时候她在餐馆买外卖，拿回家已经凉了，比剩菜好不了多少。在国内，她赶场似的跑饭局，对各种应酬烦不胜烦，如今独自上餐馆，她又觉得嘴里和心里都不是滋味。

一年前，丽俐和刘海成的情事被刘夫人发现，刘海成受多方牵制疏离她。风波平息之后，刘海成又来找她重续旧情。丽俐心里五味杂陈，既为刘海成舍不下自己高兴，又为他不肯离婚难过。女人青春短，她已经给他当了三年情妇，还能有几个青春貌美的三年？即便整容化妆，容颜不老，心中的寂苦又与谁说？又有谁能理解？

刘海成答应为她办美国投资移民，她刚被提名升职，如果不去美国，又将濒临难堪……

丽俐噘嘴说："人家都说美国是好山好水好寂寞。"

刘海成搂住她说："我在纽约买一套公寓给你，曼哈顿比淮海路更热闹，哈德逊河畔的风景比外滩漂亮，你不会寂寞的。"

丽俐想起刘海成曾经说过，当年他怀揣一百美金赴纽约留学，住地下室，打餐馆工，省吃俭用过日子。某年暑假，刘海成在哈德逊河畔的餐馆当侍应生，金融家高兴时出手就给了一百美金小费。刘海成拿着钱，发誓将来要在哈德逊河畔买一套公寓，如今可算是夙愿实现。

丽俐噘着嘴对刘海成说："你不来，就我一个人住金屋也没趣。"

"小宝贝，我会经常来看你，等我们的儿子能蹦会跑，我带你们去全世界游山玩水。"

哪个女人不爱听甜言蜜语？丽俐心里受用，不禁娇滴滴道："就你会说话，那我问你，公司在德州我怎么上班？"

"公司的事不用你操心，我另外请人管理。对了，这人叫查理，有绿卡，占一个美国劳工名额。亲爱的，我为公司取名海丽，我的海，你的丽，你想我有多么爱你。你就安心当你的甩手掌柜吧。"

刘海成是场面人物，人红事多，诱惑也多，能对她如此温柔周到，她还想怎样？

暮色苍茫，晚风穿窗而入，冷嗖嗖、湿嗒嗒，丽俐想起了家乡。家乡的早春也冷得阴沉，老旧的工人新村外墙渗漏，寒流暗涌。她手上生出冻疮，又痛又痒，邻居小哥冲来热水袋让她暖手。待到春花烂漫时，小哥隔三岔五送她一朵白玉兰，一共送了十二个春天。她把花朵戴在衣襟上，佩在前胸，走到哪里，哪里的空气就是香喷喷的。她小猫似的在小哥跟前蹭来蹭去，说长大后要当小哥的新娘。

从阳台上望出去，哈德逊河流水微澜，河面倒映着天上的星星和月亮。丽俐想起在国内当主播时，曾经在节目中谈论过一首唐诗："微微风簇浪，散作满河星。"古人将微风、波浪以及星星月亮描绘得动静相宜，交相辉映。穿越时空，外滩与古河有异地同景之趣，与哈德逊河遥相辉映。大自然鬼斧神工，造就一幅幅天长地久的良辰美景，天长地久正是人心所向。

刘海成听了她的这档节目，找她当活动主持人，带她出入社交场合，把她捧得小有名气。她一介寒门女子得此光环算得上美梦成真。

当年她大学毕业，有门路的同学进电视台当主播，她被分配到电台当采访记者，整天忙着抢新闻赶稿子，四处奔波，通宵达旦，眼睁睁地看着业绩不如她的同事成为明星红人。某年，一位女同事移民外国，她暂任替补主持“伴你到天明”晚间节目，由此结识刘海成。刘海成对她有知遇之情。

二

夜色渐浓，星星隐没在云层里，一弯冷月孤零零地嵌在灰蓝色的天空。丽俐孤零零地倚栏而立，莫名的惆怅在心中涌起，膨胀，不断膨胀，无法排遣，马上又要付地税物业费了。

晚风吹得衣袂飘飘，丽俐打着寒噤回到屋内，一口气将所有的灯统统打开，落地灯，水晶吊灯，床头柜台灯，天花板上的吸顶灯。她受不了黑暗中的孤独，宁可在灯火通明中进入梦乡。

丽俐躺在床上，久久没有一丝睡意，索性打开手机看微信。刘海成还是没有回信，把朋友圈都关了。她辗转挪移，半晌，叹了一口气，起床换上一套“维多利亚秘密”的性感内衣，举起手机自拍了几张照片，有说有笑地录了一段视频。她先看了一遍，觉得自己够美，够性感撩人，于是把照片连同视频一起发到刘海成的微信和电邮中。刘海成喜欢她的容貌，迷恋她的身体，她回味着刘海成欲火喷涌的模样，身体一阵酥软。

两天过去了，刘海成没有回信，一个字都没有。她的照片和视频兀自杵在屏幕上，孤独得像空气，空气还有人呼吸呢。刘海成经常看微信，为什么不回复？从前再忙他也会写几个字的。难道出事了？为他开车的司机年纪太大，他就是不肯换新司机。刘海成在其它国家也有资产，所有种种都可能是爆炸的引火线。

或许刘海成有了新欢？丽俐想起接替她担任电台主播的小女生，刚出校门就沾染上风尘气，涂脂抹粉，低胸露背，当着她的面向刘海成撒娇调情。

丽俐被此起彼伏的思绪搅得心烦意冗，忽见秋菊来短信说："周末需要我们陪你去钱庄吗？"

"不，嗯，也许……"丽俐含糊不清。秋菊在长岛做保姆，周末也不闲着，和惠姑一起在法拉盛街头摆摊兜售小百货。

初到纽约时，丽俐用刘海成给她的信用卡买了很多名牌包，如果请秋菊代卖掉一个，卖包钱够她应付一阵子的。但是，卖哪个包呢？她喜欢橱柜里所有的名牌包，古驰，爱马仕、香奈儿，路易威顿、还有最近买的蔻驰斜挎手提包，有些包是限量版。她不时地摆弄这些包包，仿佛爱抚小贝贝。

丽俐决定继续等待，或许刘海成的汇款正在途中。

秋菊打着哈欠说："有事吱一声啊，我睡了，你也早点睡吧。"

丽俐没吱声，也没睡，从酒柜里拿出一瓶波尔多红酒，打开瓶塞直接往嘴里送。半瓶酒下肚，她的身体暖融融，睡眼朦胧，于是躺回床上。半醉半醒中，一个念头从她脑海冒出：既然自己经常去法拉盛，何不在那里找间房子住下，把曼哈顿的公寓出租？按行情，这套公寓每月可收租金约六千，付了税金和物业费，剩余的钱用来支付法拉盛的房租，也够她吃喝了。丽俐这么一想，又兴奋得睡不着觉，决定明天早晨向门卫约翰打听租售公寓的规则。

公寓大楼 24 小时有门卫轮流值班，其中约翰为人最热情，有事相求不厌其烦。约翰是鳏夫，高中毕业当了一名警察，五十岁退休不甘罢休，通过考试当大楼门卫。约翰腰板挺直，仪表堂堂，虽然是门卫，穿着西装走在街上，整个儿高富帅。

约翰问她说：“你打算出租公寓？”

“是的，我在法拉盛找到工作了，想搬过去住。”

“租售公寓需要通过大楼董事会批准。我给你一个地址，你去咨询下。”

“谢谢你，约翰。”

“不用谢，很遗憾以后难得见到你了，但是我必须祝贺你找到工作。”

“谢谢你，约翰！”丽俐又说了一遍。

“你搬走前请允许我请你吃顿饭。曼哈顿也有唐人街，你去过吗？从这里步行十分钟就到了。我们小意大利区就在唐人街的隔壁，意大利人和中国人合得来嚒，我们的饭菜都好吃。”

“是呀，我很喜欢意大利海鲜饭和奶酪焗面。”

“我喜欢中国的炒饭炒面，还有左宗鸡。”

约翰说炒饭炒面时带着广东腔，丽俐听得忍俊不禁，想必约翰经常去曼哈顿唐人街的中餐馆，那里是早期广东移民的聚集地，基本用粤语交流。法拉盛曾经是台湾移民的聚集地，中国掀起出国大潮，大陆移民多半聚住在法拉盛。无论语言还是生活方式，丽俐更乐意往法拉盛跑。

“我会做炒饭炒面和左宗鸡，哪天做了请你吃，好吗？”丽俐对约翰说。

她打算找个日子多做几个菜，把秋菊和皮特也请来。他们俩为了给她壮胆，多次抽时间陪她去地下钱庄收取刘海成寄来的汇款，核查手续费。面对那伙乌合之众的克扣、赖皮和欺负，老实巴交的秋菊倒比她更沉得住气，坚持据理力争。

丽俐上楼换了一套香奈儿套装，拎着香奈儿皮包，袅袅婷婷地走进大楼管理处。接待她的是史密斯女士，黝黑，微胖，言谈爽利。丽俐吞吞吐吐地说明了来意。

史密斯女士淡淡地说道："请出示证件。"

丽俐递上驾照，暗自庆幸终于通过了难考的路试，拿到纽约市的驾照，有了合法的身份证。丽俐本来以为有了驾照就可以自由驰骋，却始终没能当上车主。刘海成说，住在纽约根本不需要开车。

史密斯女士找出808室的资料，先自看了一遍，对丽俐说道："租售公寓需要屋主填写申请表，然后由大楼董事会审核批准。你的名字在居住人员一栏，没有权利出租公寓。"

丽俐愣得眼睛发直。刘海成让她办理过购房委托书，还说凭这份委托书可以在买房签约时加她为户主，怎么没有她的份呢？丽俐定了定神，恳请史密斯女士再查看一遍，有没有其它文件显示她是808室的共同户主？

史密斯女士的回答是没有。丽俐仿佛被人一脚踢到地上。莫非刘海成签约时忘记加上她的名字？还是把委托书弄丢了？或许是缺少其它文件？

不，刘海成不会犯这种错误。这套公寓一百多万美金，对刘海成来说只是一笔小钱。当年他学成回国，正赶上中国经济改革开放，海归人才被委以重任，迅速升官发财。刘海成精于谋划，只是用表面的幌子打发她，哄得她如同飞蛾扑火，却让她到水中去捞月亮。

"我就是少一根筋。"丽俐暗自喟叹。闺蜜曾经提醒她，女人最靠得住的是钱，一定要守住钱和房产，她还不以为然呢。她以为刘海成不会骗她，她以为她爱刘海成这个人而不是其它，看来她是自欺欺人。

丽俐强作镇定说："那么，我想了解一下居住者的权利。"

"你是合法住客，无权租售公寓，但是你可以请朋友同住。"史密斯沉吟着说，语气比先前缓和。

丽俐似乎听出一丝希望，连忙谢过史密斯女士，心情阴转多云。她决定找人分租房子。

丽俐走出公寓大楼管理处，大街上阳光灿烂，咖啡馆溢出美食的芳香。她早上没有吃东西，此刻已是饥肠辘辘，伸手推开咖啡馆的玻璃门，刚进去又走出来。她的钱只出不进，工作没有着落，必须节省使用。在纽约她粗活干不了，又当不了白领，连秘书工作都没搞定。如果打道回府，还能重起炉灶吗？国内新秀后浪推前浪，她引为自豪的资历已经是过眼烟云。

丽俐回到公寓，煮了一碗方便面填肚子，一边看微信。刘海成还是没有只字片言。上回发出的照片和视频，她笑得甜中含涩，带着谄媚。丽俐喟叹着，转念又想道：刘海成虽然没回复，倒也没把她拉黑。她试着又给刘海成发出一个玫瑰闪图，怔怔地看着红色的花朵慢慢开放，恢复原状，又重新开放。

丽俐在房屋租售网发布了一条找室友广告："单房出租，合用厨浴，月租三千五。"

广告登出后，很快有人来看房子，愿意付定金者都是在华尔街工作的男士。他们早出晚归，超负荷工作，需要找公司附近的住房，来去便捷。丽俐犹豫不决，倒不是顾虑男士品行不端，而是担心万一刘海成不期而至，见此情景必定大怒，她跳进哈德逊河都洗不干净。

邮箱有来信，一封来自移民局的信件让丽俐触目惊心。移民局说，海丽公司第二期投资款尚未到位，为美国居民创造的工作职位的条约没有达标。移民局限令海丽公司履行合同，逾期后果自负。

丽俐的脑神经顿时根根绷紧。刘海成放弃了这项投资？还是查理运作不当？她立刻拨通海丽公司的电话，秘书小姐说查理在外地出差，不知啥时侯回来。

出差？是搪塞还是谎言？丽俐肠子都悔青了，早该去德州看看公司的运作情况，认识一下查理和公司员工，却听从刘海成啥都没干。

电话被挂断，再打过去已经无人接听，丽俐心乱如麻。她拿的是临时绿卡，如果投资项目半途而废，岂不成了非法移民？

猛地电话铃声响。史密斯女士说："哈啰！我刚才收到新文件，刘海成委托刘爱丽女士出售808室公寓。"

"什么？"丽俐惊呼一声。这么大的事怎么不告诉她，她还住在公寓里呢。刘海成为什么卖房子？破产了？筹款救急？还是彻底抛弃她了？刘爱丽是谁？

为了不给刘海成添乱，让他更加反感，丽俐忍住焦躁没给他发短信，自己上网搜索刘海成，在网上看见消息说刘海成被纪委查办。

三

丽俐蜷缩在沙发上，气息恹恹。室内空气冷寂，雨水滴滴答答地落在阳台上。恍惚间，大楼的内线对讲机里响起了约翰的声音："丽俐，刘爱丽小姐想上来看房子。"

简直逼人太甚，丽俐气得咻咻的，对约翰说："让她改天预约。"

打发了这次，打发不了下次，丽俐明白这个道理，不服气也得罢休。她跳下床，在屋内踱来踱去兜圈子，忽然感觉这间房屋像一个鸟笼，自己就是笼子里的鸟。她闷坏了，闷傻了。

丽俐进浴室洗了脸，也不化妆，穿上球鞋出门透气。

约翰招呼她说："外面凉，多带件衣服。"

"没事，我走路会暖和的。"

"还是带上吧。"约翰递过一件开衫毛衣。

丽俐心头一热，这是她遗忘在健身房的衣服，约翰帮她收藏起来。她知道约翰喜欢她。约翰外貌不错，文化程度虽低，却是土生土长的纽约客，谋生能力很强。如果嫁给约翰，她就不用为绿卡犯愁了，但是，她真的只是为一张绿卡吗？

向晚时分，雨过天晴，湿漉漉的马路像一条闪闪发光的河流。夕阳落在地面，落在哈德逊河上，把河水映成橘红色，犹如花瓣漂在水面。

"夕阳无限好，只是近黄昏。"丽俐的脑海中冒出这句诗，叹自己前阵子还扮嫩呢，此刻竟是又沧桑又迷茫。她沿着水滨大道往前走，不知不觉走进了哈德逊公园。

公园里面树木葱茏，空气清新，晚风送来了食物的香气。她循味望去，左前方有一些男人在野营地搭建帐篷，女人们在火炉上烧烤肉虾，野餐桌上摆着饮料蔬果，孩子们在浓荫草地追逐嬉戏。一个约莫三岁的小男孩跌了一跤，她奔过去扶他起来。小男孩咧嘴一笑，响亮地说了声谢谢，给她一个大拥抱，蹦蹦跳跳地找小伙伴们玩去了。

丽俐看着小男孩的背影，一瞬间心似乎化了，如果不出意外，她已经当上了母亲。当初刘海成给她办移民，买房子，是因为她怀上他的孩子。怀孕刚满六周，刘海成拿来美国新发明的"胎儿性别检测试纸”，亲自给她做测试，查出是男胎，喜得眉飞色舞。为了避免节外生枝，刘海成把她送到美国，让她为他生一个美国儿子。

父母将她拒之门外，任凭她在门前流连徘徊。临出国前她回家道别，父母依然闭门不见，小哥送她一对景泰蓝花瓶。她把花瓶带到美国，从未在瓶里插过花。丽俐走到梳妆台前，对着这对景泰蓝花瓶发愣，小哥温厚的笑脸从眼前晃过。

刘海成曾经让她去加州罗兰岗，被她一口拒绝。天下人都知道罗兰岗是二奶大本营，她不想归入其中。纽约二奶似乎不多，或许都像她一样隐居独处？然而，人是群居动物，她在国内厌倦人来人往，如今离群索居，又生出一种冷到骨髓的寂寞。

她带着三个月的身孕来到纽约，依然窈窕，依然自信，每天睡到自然醒。她懒洋洋地起床，梳洗化妆，穿金戴银，然后坐出租车到五大道逛商店，买名牌包和时兴服装，进高档餐馆尝美食，看百老汇听音乐会。九月份开学，她在城市学院修了一门“媒体传播艺术课”，又很快辍学，肚里的胎儿日长夜大。

在这期间，刘海成每天发短信叮嘱她多吃多喝，保证胎儿营养充足，发育完美。她遵旨把牛奶当开水喝，中午一块半生不熟牛排，晚上龙虾海鲜，吃得腰圆膀阔。万万没想到，胎儿长到六个月心脏停止跳动，医生诊断她感染了李斯特菌，为她施行了引产手术。

刘海成飞来纽约，进门撞见丽俐软绵绵地躺在床上，约翰为她盛饭递茶，顿时乌云满面。约翰离开后，丽俐解释说，因为她刚动完手术，身体虚弱，约翰帮她把外卖食物送上楼，就这么简单。刘海成认定她和约翰有奸情，导致胎儿流产。

刘海成淡出了她的生活，不再回复她，不再寄钱给她，甚至要出售公寓。她明白刘海成想要儿子不是件难事，也许都已经有了，而她窝囊至此还想讨刘海成的欢心，盼他回心转意。

“哈啰！我妈妈请你去吃烤肉。”小男孩笑嘻嘻地站在她的面前。

丽俐回过神，蹲下身子问道：“是吗？”

“是呀。我们一起吃烤肉，然后吃甜点。牙蜜！”

她笑了，跟着小男孩走过去，原来是教会组织的教友野餐露营。丽俐美美地吃了一顿烧烤大餐，跟着教友们做游戏，点燃篝火，一起开怀大笑，一起唱赞美歌：“义人的路像黎明的光，越来越亮；罪人的道像幽暗的火，随时熄灭。”

丽俐听从秋菊的建议，搬进法拉盛的一间地下室，每天看招工广告，往职业介绍所跑，曾经不屑为伍的打工者，如今成为她取暖的同胞。介绍所里人来人往，丽俐还是高不就低不成。

老板娘说：“文秘工作适合你，但是工作机会少，那个胡会计师倒还在招人，要不你再去试试？”

她即将山穷水尽，还能摆什么谱？于是谢过老板娘，说定第二天就去胡会计师办公室上班。

胡会计师还是不正经，一双眼睛滴溜溜，举止轻浮不着调。好马不吃回头草，她是一棵回头草，他越发轻待她，逮着机会就对她动手动脚，鼻尖碰上她的脸颊，扑鼻的古龙香水掩不住他的狐臭体味。

丽俐忍着委屈熬过半个月，胡老板给了她一个白信封，里面装着八张一百元美钞。胡老板说，干得好就给她加薪，还可以帮她办绿卡，她努力绽出一个笑容。所谓一钱逼死英雄汉，何况她是一介匹妇，举目无亲。

又干了半个月，胡老板给她的信封里装着十张一百元美钞，一张黑黄胖脸在她胸部蹭来蹭去。她竭力挣脱，却被胡老板紧紧地抱住。

丽俐上半身动弹不了，抬腿踢了胡老板一脚，又用力踢了他两脚。趁他打趔趄，她拎起皮包跑出门外。

天上下着毛毛细雨，微风吹得她的头发乱舞。丽俐掠了掠遮面的发丝，汇入熙攘人群中。

（此文荣获万维网成立20周年征文大赛二等奖）

创作谈：沧桑之后的幡悟

汤 蔚

《女主播在纽约》的创作灵感来自房客。我在纽约市的金融区有一间公寓，因为住在郊外，把公寓出租给一位女士，因而了解到女士的人生态度。我想通过这篇小说表达女性自爱自尊自立才有魅力，才能拥有真实美好的人生。

读者留言：

野草笔记：此文非常细腻地描写了女主播的生活缩影，心情低落，小三情节和中美两地的反差。人物刻画除了女主播本人之外，秋菊，约翰，刘海成，还有介绍所的老板娘，以及会计所的胡先生。这个以曼哈顿哈德逊河边公寓，对比华人移民集中的法拉盛，两地居民的勾画，使纽约的读者有身临其境的亲切感。故事留给读者诸多的悬念：反腐被捉的刘海成之下场如何？那个在德州的空壳公司被美国政府追查该怎么收场？离开了职场性骚扰的女主播该如何谋生？绿荷：当红女主播的赴美“绿卡”心酸史，读来令人唏嘘……带着美好的留美梦，凭借高美颜值，“红星闪闪”远赴重洋，受尽异国他乡职场情场之坎坷屈辱……梦醒，绿卡成泡影……全文丝丝入扣，引人入胜，读来心悬如情节……结局？最终会是流落黑户街头吗？悬念妙笔之处在此！

朱文炜：虽是短篇篇幅小，内容丰富分上下；美女主播被包养，住着豪宅把工找；四处碰壁求职难，男友为官又被查；曼城法盛风情美，折射官商贪腐疤。作者出生长大在上海，故以前的作品，多以描写里弄风情、十里洋场为主。后因在美生活三、四十年的积淀，又有了哈德逊河岸旖丽风光及法拉盛繁华景象生动描述。诗言志，文主题，不难看出，作者意在透过以上细致生动的刻画，折射出官场、商场的贪腐。贪，当然指的大陆贪官，腐，却是讲的老美一些商人，可能不是腐败，而是腐化，趁人之危，满足私欲。着笔不重，含意很深。

月下樵夫：小说写得水波不兴却有暗澜存焉，是含嫣一贯的风格。小说的主题时时发生在我们的周围，微信是联络的利器，同时也是催情的载体。人有悲欢离合，七情六欲，放在大时代小氛围里便是个人的经历，情节大致相同，却又独具一格，小说便是表达大同里的小异，写出人性。含嫣写出了做到了。于我，纠结的是：写出这样小说的人是怎样的一个人呢？熟谙人性，通熟风流，淑女焉？妇女焉？熟女焉？千万种疑思最后都终结到网络上由含嫣代表的两个字上。拭目以待含嫣的新佳作。

自在和上：我和樵夫有同感。丽俐面临生存的抉择，也许她会醒悟，但可能性不人，因为安逸寄生虚荣的生活过惯了，平时又缺乏反省和危机感，突如其来的变故令人手足无措。生活会迫使她走上艰辛的谋生道路(不一定是永远，如果有上进心的话)，也说不定她会朝着深渊更加堕落。所以结尾沐浴在早春阳光中的她，应该感到的不是温煦，反而倒是春寒。

罗汉钱（由网络照片合成制作）

罗汉钱

汤 蔚

一

汽车驶出高速公路，缓缓地行驶在铺着碎石子的小马路上。爱玛坐在车子的后座，脑袋里面晕乎乎。那一片片绿色的田野，被太阳染成红色的小河，那从重叠枝丫中漏下的鱼鳞似的云朵，那些穿过云层落在地上的细碎日影，既熟悉又陌生。

爱玛的左手边坐着玛丽，是她的新妈妈，前面开车的约翰，是她的新爸爸。

车子拐进一个小村庄，玛丽朗声对约翰说："达令，把车窗打开来，让新鲜空气吹进来，让我们的爱玛吹吹自然风，看看村里的风景。"

约翰按下了开窗键，爱玛连忙将脸凑近窗口，眼前是一片青草地，小牛低头吃草，尾巴甩来甩去。路旁那些说不出名字的大树，风吹过枝叶沙沙作响，爱玛闻到了熟悉的草木和泥土的香气。

车子拐了几个弯，在一栋灰色墙面的小房子前面停下。约翰跨出车门，打开汽车的后备箱，背起大包拎着小包走向房门。

玛丽在屋前院后检查草坪和花坛，嘴里说道："上帝保佑！花都开着，草也没事。天气预报说这里在下雷暴雨，看来没那么严重。"

爱玛背着书包站在停车道上，抬头看着尖尖的黄褐色的屋顶，明白这将是她的第二个新家。一只小花猫从屋前的冬青树里窜了出来，对着她“喵喵”叫。爱码吓了一跳，又笑了，蹲下身子逗小猫。小猫“喵”了一声，嗖地窜跑了。

玛丽摘下一朵小红花，笑吟吟地递给爱玛，说道：“甜心，拿着花，我们进屋去。”

爱玛拿着小红花，跟着玛丽走进新家的大门。迎面是小小的门廊，墙上挂着一幅画，画上是葱葱郁郁的草木。门廊的右首边是客厅，左首边的饭厅连着厨房，家俱和摆式都很简单。

玛丽带她爬上二楼，打开一扇房门，笑吟吟地说道：“这是你的卧室，往左是浴室，往右是我们的卧室，无论有事没事，你随时都可以找我们。”

爱玛的房间很小，窗前一张小书桌，右边一个三屉柜，左边的小床上有一个布娃娃。玛丽打开壁橱，指给爱玛看橱里的毯子、床单和毛巾，又指着衣架上的衣服说：“床单和毛巾都是新的，衣服是刚从店里买来的，你轮换着穿。今天坐车累了，你先休息一下，过会儿我叫你下楼吃晚饭。”

爱玛点点头，心里想说谢谢，张了张嘴却没有出声。

餐桌上铺着白桌布，摆着三套白瓷餐具。晚餐是蛋炒饭，蜜汁火腿和蔬菜浓汤。爱玛吃得很慢，吃到一半饭凉了。

玛丽说：“甜心，把你的盘子给我，我去热一热。”

爱玛连忙说不用不用，埋下头把盘子里的饭吃得干干净净，把脏盘子放进水池里。她要做一个乖孩子，少添麻烦少说话，以免说出不讨人喜欢的话，以免又要换新家。

一阵电话铃声响，约翰放下碗筷，大步跑过去接电话。约翰对着电话说了一些话，拎起工具箱往门外跑。

“爸爸是电力公司的机修工，村里邻居家的家电用品坏了都来找他修。”玛丽说，笑得很自豪。

爱玛回到卧室，从床上抱起布娃娃。布娃娃的手脚能动，眼珠子会转，头发和她一样是黑色的。窗外下着雨，雨敲打着窗棂，一会儿滴滴嗒嗒，一会儿噼里啪啦。爱玛听着雨声，想起了从冬青树里跑出来的小花猫。小花猫有家吗？它还在树下吗？爱玛打着冷颤，紧紧地抱住了布娃娃。

“笃笃，笃笃。”门外响起敲门声，爱玛放下布娃娃，小跑着过去打开房门。

“甜心，一切都好吗？”

“都好的。”

“那就好，哪里不喜欢一定要说出来，千万不要忍着。你去洗个澡，睡个好觉。明天我们一起逛商场，买你需要的东西。”

爱玛摇摇头说不需要买东西。

玛丽笑道：“那就需要时，我们再去买。”

爱玛看着玛丽走出房门，从壁橱里拿了一件新的睡衣，换上拖鞋往浴室走去。

浴室里面没有浴缸，淋浴池很干净。爱玛站在莲蓬头的下面，热水流过她的脸颊，顺着肩膀往下流。爱玛忽然觉得鼻子发酸，视线顿时也模糊了。她关掉水龙头，拿浴巾擦干脸和身体，穿上小拖鞋走出浴池。

浴室的门背后装着一枚穿衣镜，热水的蒸汽模糊了镜面。爱玛穿上新睡衣，看着镜子里的自己，模模糊糊，她的记忆又回到了五岁那年。

那天早上她睁开眼睛，听见肚子又在咕咕叫。姐姐们已经干活了，大姐砍柴，二姐割草，三姐扫地，妈妈挺着大肚子在黑灯瞎火中忙里忙外。

姐姐们干完这些活，一起结伴上山采蘑菇，挖竹笋，摘棠梨和野果子，然后挑到集市去叫卖，把赚来的钱给爸爸交罚款。

妈妈说："生三丫头的罚款还没还清，队长又提生四丫头的罚款。昨天妇女主任又来催我打掉胎儿，说如果不打胎，罚款加倍。"

"怪你这婆娘不中用，尽生女娃。这回你要多拜拜观音娘娘，给我生一个儿子，罚款再多我也认了。"

妈妈叹了一口气说："农田里的杂草长得密，庄稼到现在还没熟，家里又快揭不开锅了。"

爸爸低着头，皱着眉毛，蹲在地上抽草叶卷成的烟。去年庄稼收成不好，老鼠都溜走了，爸爸把小花猫丢到了邻村。姐妹们都很难过，小猫会抓偷吃的老鼠，小猫会让她们姐妹抱着玩耍。几天后，小猫自己找回家。姐妹们争着抱小猫，把碗里的食物分给小猫吃。

爸爸说人都吃不饱，养不了猫，干活有劲才是正事。爸爸将小猫丢到了更远的地方。

小猫再也没有找回家。

妈妈给她盛了半碗玉米粥。

爸爸说："招娣，把玉米粥留给姐姐吃，穿上最好的衣服，爸爸带你出门去找好吃的。"

招娣跟着爸爸走出村庄，走到汽车站。车站很小，没有站台，一杆站牌子竖在路边。爸爸抬头看站名，招娣踢地上的小石子儿玩，踢着踢着腿软了，眼中冒出金星。

太阳升高了，汽车还没到，妈妈挺着大肚子慢慢地走了过来。

招娣迎上前去把脸贴在妈妈的肚子上："妈妈，我们一起去找好吃的。"

妈妈摩挲着她的头发说："招娣乖，你跟爸爸去，吃饱饱的，长高长大。"

招娣抬头看妈妈，妈妈满面愁苦。妈妈匆匆地给她整了整衣服，转过身往回走了。

爸爸带她坐汽车来到一个热闹的地方，街道很宽，房子高大，红绿灯在街口闪着亮光。爸爸带她去小饭铺吃馒头，喝肉骨头汤，她吃得太急噎住了，喝了一口汤又吃了一个馒头。招娣咽下最后一口汤，牵着爸爸的手离开了小饭铺。

爸爸带着她在太阳底下走来走去，走进了一个玻璃大门。大门里面是一间又高又大的房间，房间里面放着很多玻璃柜，柜子里面放着很多好看的衣裳。招娣好奇地东张西望，脚下的地板又光又滑。她连着打了几个趔趄，站稳脚步时，爸爸不见了。

招娣高声喊爸爸，在柜台和人群中蹿来蹿去，哪里都没有爸爸的影子。招娣跑出玻璃大门，在大街上奔过去转回来，直着脖子喊爸爸，找来找去找不到爸爸。招娣双腿发软，身体抖得牙齿打架。

"爸爸，爸爸……"招娣一边喊一边哭。有人蹲下身子和她说话，她哭得喘不过气，出不了声，"哇"地一下把刚才吃下去的东西全部呕吐到地上。

"警察！警察来了！"有人嚷嚷着。两个警察来到招娣的身边，女警察为她擦眼泪，叫她别哭，说他们会帮她找到爸爸。

二

天晚了，风儿大了，警察没能找到爸爸，在她的衣袋里找到一个串在红线上的罗汉钱。招娣瞪大眼睛看着罗汉钱，这是妈妈的宝贝，大姐订婚妈妈都没给。招娣愣愣地站着，警察又从她衣袋里摸出一张纸条，一边看一边问她：“你叫招娣？”

“嗯。”

“几岁了？”

“五岁。”

“你和谁一起进城的？”

“和爸爸一起进城的。”

“爸爸还带谁出来？”

“就带我。”

“家里还有谁？”

“还有三个姐姐。”

“妈妈呢？”

“妈妈要生弟弟了，家里快揭不开锅了。”

“你家住在哪里？”

“住在村东头，门前有个大水塘。”

“村东头不是村名，你们坐几号车来的？”

“不知道。”

警察把她送进福利院。福利院的阿姨把她带进水房，帮她洗头洗澡，给她换上干净的衣服。衣服是旧的，但是没有补丁，比她身上的衣服好。

福利院有很多小孩子，有人领小孩出去，有人送小孩进来。老师教他们认字唱歌做游戏，学习礼貌。老师说这里是他们临时住的地方，以后会有新的家。

老师希望他们都能早点被人领养，新爸爸和新妈妈会爱他们，把他们养大，送他们上学堂。

过了一些日子，两岁的敏敏被人领走了。又过了一些日子，三岁的萍萍有了新妈妈。临走前阿姨让她们脱掉鞋子和袜子，光着脚丫子踩红泥，把留下的脚印做成脚模。阿姨说，这些脚模将来可能帮助他们找到爸爸和妈妈。

招娣盼望踩红泥，盼望被领走，但是没有人领养她。招娣发现客人喜欢小小孩，她已经六岁了，年龄有点大。招娣羡慕离开福利院的小朋友。

有一天，老师让她穿上连衣裙，带她去会客室。两个客人对她问长问短，夸她聪明。过了几天，两个客人又来了，老师说客人是她的新爸爸和新妈妈。

阿姨牵着她的手，带她去踩红泥。爱玛踩完红泥，新爸爸和新妈妈把她带出了福利院。

新妈妈很好看，穿着很好看的衣服。新妈妈给她穿上新衣服，叫她“爱玛。”

“我叫招娣。”

“不，你叫爱玛，你的名字是李爱玛。爱玛要爱妈妈，听明白吗？”

爱玛使劲点点头。

新爸爸和新妈妈带她坐飞机来到美国。新家外面围着石头墙，门口装着黑色的铁栅栏，屋顶盖着彩色的瓦。

爱玛跟在新爸爸和新妈妈的身后，走进屋内。屋内的天花板很高，屋顶下的玻璃球大吊灯金灿灿，亮晶晶，新妈妈说这是水晶球，千万不能用手去摸水晶球。

爱玛使劲点点头。

新妈妈拉开白纱帘，窗外是一大片青草地，草地的尽头是一座小山丘，小松鼠在山丘前面的大树底下窜来跑去。草地的中间有一个清水池，新妈妈穿着小衣服跳进去，在水池里面游来游去。

新爸爸在外面做生意，新妈妈在家里写字画画。新妈妈请中国大妈烧饭洗衣，墨西哥阿姨打扫卫生。每天大清早，一辆橘黄色大巴士停在铁栅栏大门口，接她上学，下午送她回家。爱玛喜欢上学，喜欢读书写字，老师夸她聪明，记性好，进步快。

客厅的墙里有一个壁炉，高高的烟囱通向屋顶。冬天的晚上，新爸爸在炉膛点上火，放入干柴。新妈妈和她坐在壁炉前的摇椅上，摇啊摇，摇啊摇。

一天晚上，窗外有月亮，新妈妈坐在沙发上看电视，爱玛隔着壁炉的玻璃挡板，看炉膛里的火苗噼里啪啦，越窜越高，射出一蓬蓬红蓝色的火光。

爱玛的脑海中闪现老家过年的情景，妈妈在灶头做饭，大姐切菜，二姐往灶膛添柴禾，三姐扫地。她小猴子似的四处蹦达，溜出去看烟雾从屋顶冒出来。天上刮着风，月儿亮晶晶，树枝在风中摇啊摇，往地上投下扭动的影子，很像爸爸放的皮影戏。

爱玛从门廊的衣柜里拿出外套，穿在身上。

新妈妈问："爱玛，你想干什么？"

"我想出去看看地上有没有皮影戏。"

"什么皮影戏？"

"我们乡下过年演的皮影戏。"

"谁演的？怎么演？"

"爷爷把纸板做成不同的皮影人，爸爸站在白色的幕布后面，用竹竿让皮影人演戏，妈妈打鼓代替皮影人唱戏。"

新妈妈立刻沉了脸："没有皮影戏，看电视。"

爱玛坐在小板凳上，眼睛看着电视机，心里想着皮影戏。她摸了摸胸前的罗汉钱，眼前又浮现妈妈愁苦的黄脸。新妈妈还在看电视，爱玛悄悄地回到了自己的卧室。

冬天过去了，园子里长出青青的小草，树梢上冒出细细的绿芽，新妈妈生了一个妹妹。妹妹有一张红嘟嘟的脸，一双胖乎乎的手，笑起来又抡胳膊又蹬腿。新妈妈抱着妹妹坐在摇椅上，摇啊摇。

爱玛爱逗妹妹笑，和妹妹一起玩玩具。

新妈妈让她离远点，别在她们跟前碍手碍脚。

一天夜里，爱玛被妹妹的哭声吵醒，翻了一个身继续睡，听见新妈妈说："都怪当时太匆忙，只见了爱玛一面就签下领养契约。七岁的孩子记事了，爱玛老是想着她的亲妈，跟我不亲。"

新爸爸说："让你别领养你偏不听。"

新妈妈说："你用我的钱发了财，跟别的女人生孩子，还不让我身边有个孩子？"

"我没跟你离婚吧？你领养了爱玛，现在又有了亲生孩子，还想怎样？"

"你，你这没良心的东西……"新妈妈呜呜哭了。

新爸爸说："我看你病得不轻，劝你多歇歇，少自寻烦恼。"

"你气得我生病，又来假惺惺，两个孩子一大堆事，我哪里歇得下来？"

"那你再去请个阿姨。"

"阿姨又不能为我治病，你不帮我找专家医生，只顾自己在外面找乐子。"

"你自己不能找医生？"

"我多动多忙血压会升高，头晕胸闷喘不过气。爱玛又不让我省心，一会儿皮影戏，一会儿小花猫，整天戴着她亲妈给的罗汉钱，就是不戴我给她的水晶坠。唉，养别家生的孩子，无论你对她怎么好，都不会和你亲，恐怕到头是一场白辛苦。"

爱玛仿佛又掉进了家门口结了冰的水塘里，又冷又怕。新妈妈不要她了，她是招人嫌的小孩，就像老家那个没人要的小猫。爱玛的泪水流出了眼眶，但是她不敢哭出声，咬住枕巾闷声抽泣，哭着哭着，昏昏沉沉地睡着了。

天亮了。爱玛睁开眼睛，看着天花板，告诉自己要讨妈妈喜欢，让妈妈知道她爱爸爸和妈妈，爱小妹妹。爱玛用废纸把罗汉钱包起来，悄悄地藏在抽屉的最底层，但是她不敢告诉妈妈，妈妈给她的水晶坠子破了一个缺口。

每天放学回家，爱玛先找活儿干，把饮料瓶和易拉罐放进回收篮，把脏尿片捡出来放进尿片桶。一块尿片掉到地上，便便弄脏了地板，爱玛赶紧拿纸巾擦，耳边响起了妈妈的喝斥：“我刚请人打过蜡，地板就被你弄脏，纸巾怎么擦得干净？要用抹布擦。”

爱玛找到抹布，沾上肥皂水使劲擦。妈妈更加生气了：“怎么可以用肥皂？地板被你擦坏了。”

爱玛低着头，听妈妈的脚步声远了，用清水洗了抹布，轻轻地把地板擦得干干净净。

每当妈妈生气，爱玛总是努力回想前年的冬天，新妈妈抱着她坐在壁炉旁的摇椅上，摇啊摇，摇啊摇，看炉膛里的火苗上蹿下跳。新妈妈喜欢过她的，她要爱妈妈，讨妈妈欢喜，让妈妈高兴。

爱玛讨不到妈妈喜欢，也没能让妈妈高兴，妈妈总是阴着脸。

三

自从生了妹妹，妈妈不再画画。有时候妈妈进画室，不一会儿就出来砸东西，发脾气，把刚才画的画揉成一团扔进垃圾箱。烧菜大妈为妈妈熬中药，妈妈有时喝，有时直接倒进水池里。

妹妹咿咿呀呀学说话，摇摇摆摆学走路，突然被门坎绊倒在地，哇哇大哭起来。爱玛赶忙跑去扶妹妹，妹妹趴在地上，哭声更响了。

医生说妹妹的胳膊脱臼。妈妈认定是爱玛使坏，故意让妹妹跌跤，对她更没好声气。

这天爱玛放学回家，客厅里坐着两个客人，年纪有点大，妈妈正在陪他们喝咖啡。爱玛在走廊上站住脚步，妈妈唤她道："爱玛，过来见见史密斯先生和太太。"

史密斯太太站起身，向她伸出双手："嗨，爱玛，你好！我是玛丽，他是约翰。"

爱玛抬了抬胳膊，又怯怯地放下，双手紧紧地抓住书包背带。史密斯太太对她微笑，眼睛里闪着柔和的光："没关系，你去忙你的事，我们等会儿见。"

妈妈说："爱玛没什么事，今天是星期五，她不用赶作业。"

史密斯先生说："没事，反正我们在这里度周末，有大把的时间。"

妈妈对爱玛说："那你去吧，别忘记洗手。"

爱玛洗了手，从饮水机里倒了一杯水，坐在餐桌旁慢慢喝。妈妈和客人还在客厅里说话，爱玛听不清楚他们在说什么。一个小鸟站在厨房外面的窗台上，尖尖的小嘴啄着窗玻璃，发出啾啾的叫声。爱玛走近窗前逗小鸟，小鸟扑闪着翅膀飞走了，一忽儿又飞回来，停在窗台上继续啄玻璃。

小鸟迷路了吗？还是找不到妈妈？爱玛打开窗，撮起嘴唇学鸟叫，希望小鸟飞进来，留下来。但是，妈妈会喜欢小鸟吗？会让小鸟留下来吗？爱玛还没想明白，小鸟又飞走了。

第二天是星期六，妈妈让爱玛陪史密斯夫妇游览小镇。

“太阳当头照，花儿张嘴笑。”爱玛在心里唱着歌，带引史密斯夫妇去她的学校，在校园和操场转悠，然后参观镇里的图书馆和博物馆，在主街的中国餐馆吃左宗鸡、西兰花炒牛肉和火腿蛋炒饭。

星期天早上，史密斯夫妇请爱玛带他们去大教堂做礼拜。这是一个晴朗的日子，蓝天上飘着白云，鸟儿在空中飞翔，唱诗班的歌声余音悠长。爱玛经常路过大教堂，第一次走进去，心里好奇，眼睛发亮，窗户是彩色的玻璃，墙上挂着很多圣徒的画像。爱玛认识耶稣和圣母玛丽亚，是从书本中看见的。

他们走出大教堂，走进一家华人开的杂货店。窄长的店堂里面商品琳琅满目，货架上放着瓷器花瓶、玉石雕画、珍珠耳环和水晶吊坠，吊坠的洞眼里串着红绳子。

“中国的工艺品真让人喜欢。”史密斯太太啧啧称赞，挑了珍珠耳环和镂花胸针，笑吟吟地对爱玛说：“你去挑一件喜欢的东西。”

罗汉钱上的红绳子断过两次，爱玛怯生生地问道：“我可以要一根红绳子吗？”

史密斯太太愣了愣，笑道；“当然可以呀。来，我们去找一根漂亮结实的红绳子。”

她们挑选了一根真丝编织的红绳。史密斯太太让爱玛取下旧绳子，把新的红绳系住罗汉钱，挂在爱玛的脖子上。

史密斯太太牵着爱玛的手走出店堂，来到鸽子溪边。史密斯先生买来一袋干面包，让爱玛把面包掰成碎块喂鸽子。鸽子扑扇着翅膀，一会儿吃面包，一会儿喝溪水，一会儿飞起来。爱玛来过鸽子溪，没有喂过鸽子，心里乐开了花。

史密斯夫妇送爱玛回家，和新妈妈聊了一会儿，告辞回家去了。爱玛看着他们的车子往南开去，扬起一片烟尘。

新妈妈说："史密斯夫妇喜欢你，喜欢女孩子。他们生了三个儿子，都已经长大成家了。"

爱玛低着头，捏着衣角一声不吭。

客厅里面静悄悄，空气似乎凝固了，爱玛深吸一口气，正想走开，新妈妈又开口说道："你坐下，我还有话对你说。"

爱玛低着眉，往椅子上坐下。

"我现在身体不好，精神很差，容易发脾气，你不要恨我。等你放暑假，史密斯夫妇会来接你去他们家，他们会待你很好。"妈妈对她微笑着说，笑得有点尴尬。

爱玛的心突突直跳。她张了张嘴，没有出声又紧紧地闭上。尽管史密斯夫妇很和气，爱玛不想去陌生的地方，不想再有另一个新家。爱玛希望学校不放暑假。

学校按时放暑假了。史密斯夫妇开着车子来了。四个大人带着爱玛跑社安局、律师楼、公证处等办公楼，忙了三天才办完领养手续。

爱玛乖乖地背起书包，坐上史密斯夫妇的面包车，往南方开去。通往南方的公路蜿蜒向前，一眼望不到底。爱玛安静地坐在车子的后座，偶尔翻一下书包。六月里的下午，阳光有点刺眼。车子开到另一个州的时候，天上下起了毛毛雨，淅淅沥沥落下来，落在车顶，落在爱玛心里。三年前的六月里，爸爸带她走出家门，妈妈挺着大肚子跟在后面，趁着帮她整理衣服，把罗汉钱放进她的衣袋里。

警察发现了罗汉钱。新妈妈把罗汉钱扔进垃圾箱。半夜里，她悄悄地从垃圾堆中捡出罗汉钱，把它戴在衬衣里面。爱玛摸了摸胸前的罗汉钱，似乎又看见了妈妈愁苦的眼神。

雨不停地下，一会儿滴滴嗒嗒，一会儿噼噼啪啪，敲打着浴室的窗门。浮在镜面的水蒸汽渐渐消失了。朦胧中，爱玛听见窗外响起猫的叫声，尖而细，“喵喵”地叫个不停。是小花猫在叫吗？是那个从冬青树中窜出来，对她“喵喵”叫的小花猫吗？

爱玛很想出去看一看，寻找那个小猫。如果淋湿衣服，弄脏地板，史密斯太太会生气吗？爱玛摸了摸胸前的罗汉钱，对镜子里的自己说：“不要乱说乱动，免得让人讨厌，免得又要换新家……”

爱玛走出浴室，在走廊上听见玛丽的声音：“爱玛又聪明又漂亮，但是举止畏畏缩缩，想来她小小年纪被迫东搬西迁，心里没有安全感。我想到她的不幸就难过，睡不着觉。”

约翰说：“你躺着，我去给你拿安眠药。”

“不用吃药，还是让我想一想，怎么做才能让爱玛高兴起来。”

“好好爱她就行。”

“百依百顺？”

“对，百依百顺，我知道她不会被宠坏。”

玛丽呵呵笑了：“我想你说得对。”

“爱玛的生日快到了。”

“你怎么知道的？”

约翰说：“办领养手续时，我看过资料就记住了。忘不了啊，你和爱玛的生日是同月，比你晚一天，换成美国时间就是同一天。”

“天哪，亲爱的，你可真有心，这可真是缘分。”

“我明天给儿子们打电话，让他们统统回家见妹妹，为你们母女庆祝生日。”

“嗳，我说还是专门给爱玛开派对吧，不要牵上我。”

“明白！那就照你说得办。”

“爱玛准是上帝赐给我们的恩典，让我们有机会爱女儿。”

“我也这么想。”

爱玛听着玛丽和约翰的对话，思绪仿佛是涨了潮的河水，感激和不安同时在心里翻腾。她愣愣地站在走廊上，眼前是陌生的过道，黑黝黝一片，墙角的一盏小灯泡闪着细微的光，这荧荧之光照亮了她的脚下。

日缓缓地，潺潺地向远方流去，把爱玛的思绪也一起带走。

爱玛鼻子发酸，眼睛发热，嗓子眼一松，哭出了声音。

史密斯夫妇的房内响起了一阵窸窣声。玛丽开了门，走到爱玛的跟前，弯下腰问她：“甜心，你怎么了？不习惯还是不舒服？”

爱玛哽哽咽咽，顿了半晌，伸手指了指窗户说道：“妈妈，外面有一个小花猫，雨把它淋湿了，猫猫在哭。”

“甜心不哭，穿上外套，我们去找小花猫，把它领回家。”

玛丽打伞，爱玛拿着手电，母女俩相依相偎着走进雨地。一束微光在茫茫黑夜中熠熠闪亮。

（刊发于2019年6月《世界日报》小说世界版）

创作谈：不忌血缘的爱

汤 蔚

《罗汉钱》的创作灵感来自中国弃儿被美国夫妇领养的报道。美国人不忌国籍和血缘的大爱情怀令我感动，不禁萌生以小说的形式把事件付诸笔端的念头。小说完成后，我投稿北美知名报刊《世界日报》的小说世界。

编辑回复：大作《罗汉钱》写大陆一胎化“超生”后遗症，是近来热门主题。您写来平淡节制，细节处幽微动人，《小说世界》想要留用。

娅米的围巾（照片作者：陈晨）

娅米的围巾

汤 蔚

一

挂钟的时针指在六点，她醒了。

自从丈夫去世，她总是在六点醒来。最初是梦醒的，后来记不清有没有做梦。无论做不做梦，六点醒来似乎已成为她的生物钟。

她从床头柜拿起手机看微信，微信群和朋友圈都没有新的信息，最后的发言人也都是她。

“看来我是最后离开，又是最先看微信的人。”她自言自语地说道，带着点失望，带着点自嘲。

微信是女儿帮她安装的。丈夫猝死之后，她被悲伤笼罩，不接电话不参加活动，整天窝在家里看电视，看完之后却不知道剧情到底在讲什么。

女儿说：“妈，你应该和人在一起。”

“那你快结婚，生个孙子让我带。”

“妈，你又来了，结婚生子这事能着急吗？”女儿嘟囔着，拿起她的手机一阵捣鼓，给她下载了微信聊天软件。女儿连哄带劝教会她使用方法，为她取了个昵称叫“娅米”。

“我怎么成哑谜了？”

“妈，你姓米，又老爱猜谜，娅米是哑谜的谐音。娅字多美呀，像我妈。再说你爱美食，娅米的读音在英文里是美味的意思。”

她想，哑谜就哑谜吧。人生不就是一个谜吗？丈夫平时没病没痛，鸡鸭鱼肉，青菜萝卜，连汤带卤一股脑儿咽下肚，健壮如牛。

平日里丈夫总是精神抖擞，干这干那，忙里忙外，谈笑风生。那天大清早丈夫出差赶飞机，半道上摔了一跤就走了。丈夫公司里的一大堆事，她和女儿毫无头绪，母女俩糊里糊涂地就把这公司拱手转让了。丈夫一走，把她爱美食的心也带走了，而她，顿时就哑了，迷糊了。

女儿离开后，她试着打开微信，屏幕上立刻跳出两条求加朋友的信息，一条是邻居刘大姐发的，另一条来自老同事吴颖。两个老姐妹一会儿蹦出一朵花，一会儿又是一个胖娃娃，真把她给逗乐了。

刘大姐说：“我拉你进夕阳红群吧。”

她懵懵懂懂地进了夕阳红群，眼前是满屏幕的信息。照片视频，家事国事天下事，老友们你方唱罢我登场。她很久没有出入热闹场合，尽管这是一个虚拟的网络世界，她的心开始活泛起来。

这天她做了一道砂锅狮子头，拍了照片发到夕阳红微信群，引来群友一片赞声。有人说既然大家都爱吃，哪天各带一个拿手菜，去公园聚餐吧。

聚餐的日子到了，她把一盒五香酱牛肉交给刘大姐，说她不参加聚餐了。

刘大姐诧异道：“早就说定的事，你怎么变卦了？”

“嗳，我不想和陌生人一起吃喝。”

“一回生，二回熟，再说咱俩不是熟人吗？”

她摇摇头，转身走了。

她人没去，心还惦记着这个聚会，不时地看一眼微信。果然，很快有人往群里发聚餐照片。她看着这个既熟悉又陌生的人群，费力猜测谁是谁，忍不住笑出了声音。

“薰衣草”穿一件紫色衣裳，还颇有一丝薰衣草的韵致。“月牙儿”是个胖大娘，笑起来眼睛眯成一条线。“青山绿水”是一个黑脸老汉，“老牛破车”文质彬彬，据说他曾经是大学教授。所有的菜肴都被拍成照片在群里展览，参加聚餐的人品尝每一道菜肴，然后匿名投票排名次。她的酱牛肉被评为第一名，奖品是“老牛破车”捐献的耐高温陶瓷砂锅。

她向“老牛破车”致谢。

“老牛破车”说：“不用谢，这是实至名归。重阳节快到了，我们一起聚餐过老人节，这次你一定要来哦。”

她没吱声。重阳节她要去墓园看亡夫，逢节必聚是很久以前和丈夫说笑时讲定的。去年重阳节因故没去，晚上便梦见他说冷，第二天她赶去墓园为他烧了加倍的锡箔元宝，特地送上两束花，白菊花和白百合。

人们称赞他们是恩爱夫妻，但是他刚过五十就撒手人寰，于是人们又说了，不吵不发，夫妻就该吵吵闹闹的携手到百老。

重阳节这天她起了一个大清早，先去花店买了白菊花和白百合，然后跑菜场买新鲜菜蔬，鸡鸭鱼肉，回家煎炒烹炸做了四碗先夫爱吃的小菜。她把菜肴放进藤编盖菜篮，进浴室焚香沐浴，穿上一身素净衣服。

秋意渐深，寒气习习。她从橱柜里取出一条长围巾绕在脖子上，一手捧着花，一手提着蓝，坐出租车去郊外墓园。

她坐在车上看窗外，路边的树叶纷纷脱落树枝，随风飘舞，落在地上无家可归。她在心里叹了一口气。

墓园里人不多。她把菜肴和鲜花放在先夫的纪念墓台上，点燃香火，默默地祭拜凭吊。祈愿先夫的亡灵八方吉祥，天上安康。

娅米走出墓园时太阳正暖，白云悠悠，远处是一眼望不到边际的田野，风水恬静，四方祥和。丈夫在此地安息，她心里安宁。

她站在人行道等候出租车，半晌见不到车辆。她想，反正手上空了，那就省点钱乘公交车回家吧。

她上了车，车厢里乘客不多，空座位不少。她在车子右边找了一个靠窗的座位坐下来，打开手机看微信。夕阳红群的老人们聚在一起过重阳节，桌上摆着各式糕饼，各种菜肴，每个人都笑逐颜开。她看着照片和视频，心里一阵羡慕。

娅米在换乘地铁的时候发现围巾不见了。她记得是在点燃香火之前解下围巾的，却把它忘记在墓地。这是一条浅米底色夹深红格纹的混毛长围巾，已经很旧了，但是她念旧，家里的一针一线都不肯随意丢弃，更何况这条围巾是丈夫送的。

那年丈夫去北京出差，看见马路上的女人戴的围巾很好看，省下差旅费给她买了一条，让她身暖心更暖。她决定返回墓园找回围巾。

娅米踏上通往丈夫墓地的甬道，看见一群人坐在台阶上大吃大喝，顿时眼珠发直。她三步并作两步跑过去，供台上的食物已经不见了。

“天哪，你们怎么可以吃祭品？这是贡献给亡灵的供品。”

一个老头不慌不忙地站起身，对她说道：“妹子别生气。人死了就死了，活人的食物他们是吃不了的。”

“胡说，你们这是对亡灵不敬。罪过，罪过啊！”她流着眼泪，用手抹擦祭台上的食物残渣。

“老妹子，这些食物我们不吃，就会被猫狗虫鸟吃掉。死人不需要食物，我们活人吃不饱才是罪过啊。”老头说着，把几个小孩推到她的跟前：“你看看，这些孩子瘦得皮包骨头，在家里吃不饱肚子，我带他们来这里转转，有时候能吃到一点肉菜。嗳，活着不容易，活得好更不容易啊。”

她看着空荡荡的祭台，默愣了半晌，想起挎包里还有一个生梨，她本打算从墓地返家时吃梨解渴止饿的。从前她和丈夫经常合吃一个水果，起先是因为市场食品不丰富，后来四季都有了新鲜蔬果，他们却老了，胃口也小了，又听说吃什锦杂烩对身体有好处，饭后他们总是分吃一个水果，唯独不分梨。

她忌讳“生梨”的谐音是“生离”，但是他们还是过早地生离死别了。她叹了一口气，将梨掏出来放在祭台上，合十拜了几拜，怏怏地离开了墓园。

一个小男孩追上她，将围巾送到她的手里。她把围巾系在脖子上，摇摇头又叹了口气，自己来找围巾竟然又忘记拿，真是老糊涂了。

二

从地铁站出来已经是黄昏，她肚子很饿。平时她不爱上餐馆，嫌油腻，调味品太多。今天折腾了大半天，她已经疲乏不堪，于是走进了一家小饭馆。

午市已过，晚市尚早，店堂里人影寥寥。她点了一碗虾仁汤面，想了想，又要了一块红豆方糕。正吃着，店堂里响起一个女人的声音：“不好吃，我不要吃。”

娅米循声望去，一个老妇人跌跌颤颤地往店门外走，身后跟着一个老男人。男人低着头弯着腰，哄老妇归座，伺候她继续吃喝，不时地拿纸巾为老妇擦嘴巴。

她看着这一幕，不禁愣呆了。男人察觉到她的神情，对她抱歉一笑。这一笑让她认出来了，她在微信群见过这个男人的头像。她像被鬼使神差了似的走到他们的桌旁，问他是不是“老牛破车”？

男人愣了愣，问道：“你是哪一位朋友？”

“我是美食群的娅米。”

男人眼里闪过一丝惊喜：“哦，你就是娅米，幸会幸会。”

“谢谢你送的砂锅，很好用。”

老牛摆摆手说：“嗳，应该是我谢你。上次聚会吃了你做的酱牛肉，真是好味道。大家让我把剩下的带回家，我老婆吃得高兴，天天念叨着酱牛肉。这不，今天我带她来饭馆吃，她却嫌不好吃。”

她看着老妇，老妇也愣愣地看着她，蠕动着嘴唇对她说道：“妈。”

她尚未反应过来，老牛连忙致歉：“对不起，瑞芳经常胡乱称呼人。”

“没关系。”

老妇站起身，一把抓住她的手，喃喃着说：“妈，妈。”

她挣脱不了，只得抬起另一只手，轻轻地抚拍老妇的手背。

“瑞芳，别这样。”老牛拉开她们，一叠声向她道歉。

瑞芳松开手，眼里滴下了泪水。

她心一软，连忙说：“我陪瑞芳再坐一会儿。”

老牛说：“你还是走吧。回头我找你微信聊天。”

娅米梦游似的拖着脚步往家走，心头有十五个吊桶打水似的七上八下，脑海里哄哄乱作一团。墓园的遭遇，瑞芳呆滞的神情，一幕幕在她眼前交叠浮现。人活一口气，佛争一炷香，丈夫一口气透不过来死了，瑞芳活成这个样子，这口气也太憋闷了。唉，活着不容易，能好好活着是上天的恩典。她走着，想着，心中涌起一阵悲凉，腿骨也软了。她站住脚，歇了片刻，转过身子往菜市场走。

她买了几斤上好的牛腱，连夜烹制成酱牛肉。炖肉的时候，她打开手机看微信，“老牛破车”没来信，群里也没见他发言。她有点诧异，平时老牛是群里的积极分子，不是向人请教家务，就是帮人解答问题。

她给老牛发了一条私信：“我为瑞芳做了酱牛肉。”

老牛很快回信：“怪我多嘴，你太客气了。”

“你明天什么时候方便，我给你送去。”

“嗳，不能再麻烦你了，我来取吧。”

他们约定在梅林公园的池塘边见面。老牛先到，向她快步走来。

“牛教授你好！瑞芳呢？”

“你好啊！叫我老牛吧。瑞芳在睡午觉，我请你吃便饭好吗？”

“不用客气，我已经吃过饭了。”她把一盒酱牛肉递给老牛。

“谢谢你，小米，能请你坐一会吗？”

他叫她小米，现在已经没人这么称呼她了，一瞬间她有点恍惚，又有点儿高兴。

天色蔚蓝，树叶锈黄，秋风送来蒲公英的花絮，一蓬蓬飘舞在寂寞的梧桐树间。他们坐在大树下的绿色长椅上，谈起了瑞芳的病症。那时老牛刚退休，又被学校返聘，于是请来护理工照顾瑞芳。瑞芳闹得厉害，换了四个人都干不下去，老牛只得辞去工作亲自看护妻子。瑞芳脑子糊涂了，食欲却更加旺盛，经常从早吃到晚，又犯了大小便失禁的毛病，伺候她吃喝拉撒成了老牛平生最难做的功课。

“你已经做得很好了，丈夫照顾妻子很少见的。”她由衷地称赞。

“唉，我经常搞不定。”老牛的眼里透着无奈。

娅米最见不得别人示弱，总是想大包大揽帮着把问题给解决了。女儿说，这样的女人从前被称作“花木兰”，如今就是“女汉子”。

“瑞芳还爱吃什么？我换菜式给她做。”

“嗳，小米，不能老是给你添麻烦。”

“不麻烦。我喜欢做菜，有人爱吃我才高兴。”

娅米和老牛约定，每天中午在公园给他们送菜。老牛给她菜钱，她总是备有发票和零钱，一分不多收。

老牛说：“柴油酱醋盐和人工也是钱啊。”

“什么人工？你把我当什么人了？我做的菜不卖钱。”

“不是这个意思，我想说……”

她没等老牛说完便走开了。老牛追上她，保证以后只听她的话，绝不再多嘴。她这才点头笑了。

他们每天在微信聊天，多半是在群里说。两人心照不宣，都能听出哪句话是说给对方听的。有时候老牛不接她的话头，她心里便有点七上八下。她把照得好的相片私下发给老牛，老牛夸她身材苗条，是一个大眼美人。

“哪里是美人？老了，成霉人了。”她嘴里这么说，心里乐滋滋的。

这天她给老牛送菜，老牛又要请她吃饭，她还是说没空。

老牛恳求道："今天是我的生日，我已经两年没过生日了。"

娅米低了一回头，低声问道："瑞芳呢？"

"瑞芳在家里，我请了钟点工照顾她。"

她跟着老牛走进餐厅，老牛预定了一间包房。她暗自嘀咕："还订包房了，我若不来，你一个人来吗？"

老牛一口气点了六道菜。

她忙说："不用那么多，吃不完的。"

"不一定比你做得好，多点几个或许有你能吃的。"

她摇着头说："真的不用那么多。"

"小米，我是取六六顺之意，认识你很荣幸，我非常珍惜。"老牛的语气温柔，声音中带着落寞。她心里一动，抬眼看他时遇上他的目光，忙又低下头，端起杯子喝了一口茶。

"喝酒么？"

"不喝，你想喝就喝吧。"

"我戒酒了，怕万一喝糊涂了，照顾不了瑞芳。"

"你是模范丈夫。"

"怎么说呢，我曾经是瑞芳家乡的插队知青，瑞芳是我的田螺姑娘。"

老牛的目光掠过她的脸，凝固在前方某一点，缓缓地说道："我和儿子的亲妈是同学，中学毕业被分配到农村插队，我们日耕夜作，相濡以沫。"

老牛在农村干了三年农活，国家有了新的政策，招收在工厂劳动，农村种田和部队服役过的青年上大学，名曰"工农兵大学生"。公社有两百多个知青，只分到三个名额，老牛占了一个。知青们对他又羡慕又妒忌，认为他沾了他当官爸爸的光，下乡镀了金就高飞了。他们眼睁睁地看着老牛走出村庄。

老牛走了，知青们还是义愤难平，一起跑到村长家，递上老牛和汪岚的来往信件，揭发他们乱搞男女关系，以致汪岚未婚怀孕。知青们指出老牛的行为不符合大学招生的条件，要求调换新人上大学。

公社派人下访调查，汪岚拒不承认她和老牛发生过关系。村里召开批判大会，汪岚咬紧牙关一言不发，第二天她挺着大肚子，照常下田干农活。

瑞芳是村长的独生女儿，正在公社接受医学培训，通过考核，她可以在乡下当一名赤脚医生。瑞芳周末回到村庄，听说汪岚死了，死在村西的河里，没有人知道她是几时死的，也没有人知道她是故意自溺，还是失脚跌进河里。

公社唁电汪岚家，汪岚的继母说人死了不能复活，就让汪岚留在农村吧，让知青的孩子在农村的广阔天地里茁壮成长。

公社没有表态，村长无奈，只得派人把汪岚的遗体埋在村后面的山林里，把她的孩子送进村里的托儿所。

瑞芳和汪岚一见如故，以姐妹相称。眼下汪岚的孩子成了没娘的娃，瑞芳对父亲说她脑子笨，学不会扎针治病，想去托儿所看孩子。村长拗不过女儿固执的请求，只得应允。

瑞芳当上村里的保育员。她管汪岚的儿子叫“毛毛”，格外用心照顾这个没娘的孩子。瑞芳悄悄地从家里拿来白糖和鸡蛋，用米汤炖得水嫩嫩的，倒入奶瓶喂毛毛。

奶奶说大姑娘这么做不像话，不让瑞芳带孩子回家，以免招人闲话，将来嫁不出去。瑞芳置若罔闻，干脆留在托儿所陪毛毛过夜。

毛毛命硬皮实，一天天长大了，但是毛毛特别爱哭，经常无缘无故地就哭得喘不过气。瑞芳把毛毛抱在怀里，一边走着圈子一边轻轻地摇啊摇，摇得手臂发酸，膀子生疼。

娅米叹口气说：“唉，这事听着真让人难过。你没有当陈世美，现在是你照顾瑞芳了。”

“我欠她很多，没有她就没有我的今天，照顾她是应该的。有时候报恩是一种责任，有时候，你不得不信循环轮回。”

娅米暗自唏嘘：如果丈夫摔了一跤没走，而是卧床不起，照顾他就是自己的责任。她对丈夫谈不上感恩，只有感情，感情是否比感恩更深厚？更能坚持？她没再往下想。

夕阳红群友都知道娅米在为老牛做菜，又从他们的言谈中察觉到他们的亲密。有人半真半假地揶揄他们，也有人不乏撮合之言。娅米是一个容不得暧昧的人，这回倒挺随和，没有生气。

“嗳，这是怎么一回事？老了老了，难道还有这念头？”娅米照着镜子问自己。镜子里的女人眉眼舒展，神清气爽，是一个好看的女人。她又上下打量了一番自己，身上那件灰色毛衣黯沉灰暗，把她衬映得像农妇。她从五斗橱的抽屉里取出一条女儿送的真丝围巾，挂在脖子上缠着绕着，打了一个蝴蝶结。

“他是有妇之夫，老婆虽然痴呆了，但是还活着呢。”一个声音在娅米脑海里响起，她解下围巾，对镜子里的自己摇摇头，希望摇去这些胡思乱想。

三

这年冬天干冷，小城只飘过一场不大不小的雪，已经迎来了新年。除夕之夜，女儿带男朋友回家和她一起吃年夜饭。饭后男友洗涮碗筷，女儿陪她坐在沙发上看春节晚会。看到老年人相亲节目时，女儿笑嘻嘻地问她：“妈，啥时你也带男朋友回家呀？”

“去，过一边去，你要是嫌烦就别回来看我，我不会靠着你。”

“妈，我是认真的，夕阳和朝霞一样美，但是更需要珍惜。”

“你越来越没规矩了。我倒要问问你，你啥时候去领结婚证？”娅米对女儿未婚同居一直抱持意见，却奈何不了时下风气如此。

“妈，你又催了，我暂时不考虑结婚。一张结婚证除了法律束缚，能管住人性和思想吗？两情相悦就行了。”

“傻孩子，你若是个男孩我不会催你，但你是女孩。女人花季短，生孩子也得趁年轻。”

“女孩怎么了？妈，你这旧脑筋该洗洗了。时代不同了，你知道什么是丁克吗？”

她当然知道，看了那么多微信，还有不知道的事？但是她不敢接口。这闺女从小就爱跟她反着来，二十多年的经验告诉她，只有赶紧闭嘴，才不至于让女儿的一丝杂念生根发芽。有时候，她故意顺着女儿说违心话，女儿反而倒过来理解，做了合乎她心意的事情。

“嗳，其实呀，妈也想明白了，人最难过的关不是男女，而是子孙。血亲的爱最无私也最狭隘，还是无儿无女一生轻。”娅米一字一句地说道。

果然，女儿霍地从椅子上站起来：“妈，你后悔生我了吗？我哪里让你沉重了？我今年结婚，明年就让你抱孙子，怎么样？”

“你看你看，这不是血亲的压力是什么？我可没逼你哦。”娅米嘴里说着，心中暗自得意。

“好了啦，妈，你现在真能撒娇，一定有男朋友了。”

“又没大没小了，过了年看我怎么收拾你。”

娅米撇开女儿走进厨房，碗筷锅盆都已经被洗抹得干干净净，整整齐齐地归放在橱柜里。她心里一阵欣喜，这小伙子做事干净利落，看来女儿找男朋友还有点儿眼光，将来应该有点闲福。

她泡了一壶柠檬红茶回到客厅，女儿和男友已经不在了，电视屏幕里出现了她曾经喜欢过的名嘴主播。自从主播和女医师的婚外绯闻曝光，娅米看见他就觉得虐心。

她“啪”地一下关了电视，耳边是女儿房里传来的一阵阵喘息和嬉闹声。她摇摇头，叹一口气，重新打开电视，名嘴还在那里道貌岸然地说着什么。她转了一个频道，又转了一个频道，“啪”地一下再次关了电视。娅米看电视的兴致已经殆尽。

大年初一的上午，女儿和男友吃了她做的汤圆和春卷，向她挥了挥手，双双出门而去。娅米站在阳台上，眼睁睁地目送着他们的身影走出视线。

房间里面空空落落，娅米的心里也是空空落落。她打开手机看微信，群里也是空空落落。她往群里发了几条新年贺词，没有人回应。她想，大年初一老人们被儿孙缠绕膝下，都在忙着给孙子发红包吧。

娅米决定去老牛家拜年，久久下不了决心。她对老牛放不下又忘不了，但是进一步不能，退一步又不舍，就这样走不出来，苦苦地折磨着自己的心绪。

挂钟的时针落在 11 点，娅米打开冰箱，把为老牛做的几盒凉菜放进麻编提篮，拎在手里走出家门。

腊月里的天气，虽是晴空万里，依然寒气袭人。她穿着女儿送的绛红色呢大衣，围着那条老旧的长围巾，不疾不徐地往老牛家走去，打算给他一个惊喜。

娅米经过花店时，店堂的音响喇叭正在播放腊梅花歌：“春前百花先，花黄如香腊，腊梅花呀腊梅花，春开幸福来……”

娅米停下脚步听完歌曲，走进花店挑了几支开得正艳的腊梅花。她一手抱着花，一手拎着提篮，拐两个弯已经到了老牛家的大楼门口。

正是串门拜年的时候，大楼门前人来人往，娅米跟在人们身后上了电梯，找到 403 室，按响门铃。

没人来开门。她又按了几下门铃，里面传来“嗯嗯呜呜”的声音，还是没人来开门。

“出什么事了？怎么会有这种声音？”娅米心生疑惑，放下提篮和腊梅，击掌敲门。房内的“呜呜”声更响了，还夹着几下“噗噗”声，似乎有人在跳脚。

“老牛！瑞芳！”她大声呼唤。

“小米，你怎么来了？”老牛拎着几个塑料袋，跨着大步从过道走来。

“老牛，你回来啦？你家怎么了？”

老牛没作声，掏出钥匙开门。娅米跨进门，蓦地愣住了，瑞芳嘴里含着手绢，手和脚都被布带紧紧地捆绑着。

“瑞芳！”她快步上前，掏出瑞芳嘴里的手绢。

瑞芳直愣愣地挨近她：“妈，妈…”

娅米吃了一惊，不觉倒退了小半步。瑞芳半张着嘴，呆呆地看着她，没有再出声。她心头一酸，连忙放柔声音说：“我来帮你松绑。”

“你别动，让我来。”老牛将塑料袋放在吃饭桌上，跑过来为瑞芳解绑带。

娅米问老牛："是你绑的吗？为什么要绑她？"

老牛没答话，将布带折好收起，放进橱柜。

"你为什么绑她？"娅米心头冒火，提高嗓音问。风度翩翩的老牛是在虐待妻子吗？那他就是一个伪君子。

老牛瞥了她一眼，压低声音说："今天是大年初一，你轻点声。"

"饿，我饿，吃饭。"瑞芳的咕哝打断了他们的对话。

"好，我们马上开饭。"老牛拿碗放筷，从塑料袋里取出几盒外卖食物。瑞芳张着嘴，等待着老牛把饭菜送进嘴里。娅米看着这一幕，不禁又愣住了。

瑞芳吃着吃着打起了瞌睡，头歪倒在椅背上。老牛这才回头对她说："钟点工过年休息，我绑住她才能出门，不然她会弄伤自己，乱跑走失。上次瑞芳走失，费了老大劲才把她找回家。"

老牛说完，抱起瑞芳往里屋走。娅米坐在沙发上嗒然若失，看来错怪老牛了，竟然对他大吼大叫。老牛从未冷待过她，此刻满面冷漠，一定生气了，也许把她视作泼妇了。她恼自己欠思考，又恨自己大失态，懊恼像虫子似的爬进心里。

娅米站起来又坐下去，坐立不安。她默楞了一会儿，走出老牛家的大门。

一阵寒风夹着一缕幽香扑面而来，是她放在过道上的腊梅花香。娅米蹲下身子，轻轻地抚摸着金黄色的花瓣，微凉馨香。

"小米。"身后响起老牛的声音。

娅米站起身，没回头，低声说："对不起，我这就走了。"

"别走，我有话对你说。"老牛走到她面前，握住了她的手。

老牛从没握过她的手。这些年来，她除了自己左手握右手，没有触摸过任何人，几乎忘记了肌肤之亲的滋味。老牛的手热乎乎，像一道电流窜入她的体内。她张了张嘴想说什么，声音却卡在了嗓子眼里。

老牛牵着她的手回到室内，和她一起坐在沙发上。四周静悄悄，暖气吹得她恍恍惚惚，娅米心里涌起一种不可名状的悲暖情愫，不知不觉中泪满盈眶。

老牛柔声说："对不起，刚才我让你难过了。"

"不关你的事。"娅米挣脱了老牛的手，低声说道："你去陪瑞芳，我该走了。"

"小米，别走。瑞芳这一睡总要两个小时，我的话还没说呢。"

"那，你说吧。"

"你的脸，要不要去洗一洗？"

娅米这才感觉脸皮紧梆梆的，想必是凝干的泪斑。她脱下大衣，解开围巾，走进洗手间洗了脸，又照着镜子理了理头发，这才返回客厅。

老牛站在客厅中间，手里捧着一个礼盒，满面笑容道："小米，过年好！岁岁平安！"

她讶异一瞬，不禁笑了，拱了拱手说："真是的，我还没向你拜年呢。过年好，春节快乐！吉祥如意！"

老牛递上礼盒，含笑说道："打开看看好吗？"

盒内是一条浅米底色夹深红格纹的羊绒围巾，和她那条旧围巾十分相似，但是这条围巾色彩润泽，质地无比细腻柔软。娅米知道，这是英国的大名牌巴宝莉。

"你，咳，我有围巾的，你给瑞芳用吧。"

"小米，这是我送你的。认识你这么好的人，我每天都感恩。"

娅米的心突突直跳，忙说道："不，真的不。我都老了，这条新围巾太漂亮，我戴不了。"

"年龄不是问题，怎么想才是关键。记得你曾经说过，人生就那么几十年，每活一天都是上天的恩典。"老牛拿起围巾给她戴上，她想推，推不了，却闻到了一股骚臭味。

娅米寻溯一看，瑞芳笔直地站在她的左前方，头发凌乱，衣衫不整。

"瑞芳！"她低低地唤了一声。

老牛回过神，走到瑞芳跟前说："你怎么醒了？又尿裤子了？"

"我，我……"瑞芳半张着嘴，看看老牛，又看看娅米，突然上前一步，猛地拉下娅米脖子上的围巾："这条围巾是我的。你走开，你不是我妈。"

娅米浑身一震，石柱似的凝固在原地。

瑞芳摔下围巾，歪身倒在地上，嘤嘤哭泣。

"瑞芳别闹，快起来。"老牛搀起瑞芳，半扶半抱着她走进洗手间。

尿臭的气味渐渐地消散了，瑞芳的哭声也嘎然而止。娅米怔怔地站在原地，泪水又一次涌出眼眶。她问自己今天怎么了？仿佛做了一场梦。

娅米擦干眼泪，穿上大衣，将那条老旧的围巾绕着脖子打了一个结，开门走出老牛家的大门。

过道上的腊梅花在寒风中轻轻地摇曳，霞明玉映。娅米把篮子里的几盒熟菜放在老牛家的窗台上，一手拎着空篮，一手抱着腊梅花，往电梯走去。

（原载于《青岛文学》2019 年第 5 期）

创作谈：爱在夕阳下

汤 蔚

《娅米的围巾》的创作灵感两位丧偶老人。他们与伴侣大半辈子相濡以沫，失去另一半难免心生哀怨，但又不知如何排遣精神上的孤寂。我想凭籍两代人不同的婚恋观，反映社会和人生价值观的变迁，丧偶老人也该拥有新的爱情，夕阳正红。

读者点评：

俞敏：此篇小说既联系了当今网络之与人际关系的千丝万缕之发展历史背景，又细腻地描写了人性的心理微妙情愫，同时也无情地揭示了在人面对生老病死或残障时的选择：只能直面，无可迂回，没有对错，却有底线。小说展示了丧偶者面对异性友好的梦幻甚至暧昧的可能性，描写了即使痴呆女人也有的与生俱来的敏感。结尾女主的选择是孤傲的腊梅，也是选择了善良和慈悲。短小精悍，却引人思考。

提几个疑问：这个小说里有两个东西是它的导线，一个是娅米喜欢美食；一个是那条旧围巾。旧围巾与新围巾的更换是这篇小说的灵魂，春节的概念表达值得推敲。老牛说新年好，似乎春节好或过年好更恰当。新年好，多指元旦。瑕不掩瑜，《围巾》是一篇好小说。

英之韵：写得细腻无比，却不琐碎，一直抓着读者的注意力。作者很善于心理描写。娅米含蓄淳良，却拥有涓涓情愫。跟女儿的对话也充满智慧，其实是一个内心活泼的女人。这样的女性往往是婚姻生活幸福的，一生都有爱情的惠顾。小说也有很精致的曲折，饭店的巧遇，以及对老牛破车的误解等，都让人读起来兴趣盎然。

伊莉嘎：作者在小说里以娴熟细腻的文笔把读者带入一个轻纱缭绕的感情世界。从细致入微的生活琐事中挖掘出动人心弦的故事。这种对细微感情的捕捉能力与坦然自如地淡化伤感的描写尤其吸引女性读者。揭开轻纱，引人入胜，通过女主人公娅米的平凡却又波折的生活经历，作者缓缓拉开剧幕。出现在读者眼前的是一位温柔雅致的贤妻良母。

透过娅米对老牛及脑残妻子的言行举止，作者巧妙地潜入娅米的内心世界：含蓄之中流露出对生活和家庭的挚爱；孤独之中隐藏着对男性伴侣的眷恋与渴望。作者成功地塑造了一位血肉丰满具有个性的中国妇女。相形之下，作者笔下的男主角老牛显得有点黯然失色。作为传统的理想男子，将家庭的责任和义务感放在首位，以感恩来取代一切，似乎超越现实，力求完美。

无论作者笔下的人物事件处于何等低潮、何等困境，作者总能妙笔生辉使整个故事的格调让读者感觉轻松自然，并领略其内在之美。故事结尾的伏笔留给读者极大的想象空间，使其按照自己的理解和生活经历来填充。这也是此作品的另一魅力。

应 帆

70后，江苏淮安人，现居纽约长岛。应帆1998年于中国科学技术大学自动化系研究生毕业，同年赴美康奈尔大学深造，2000年取得机械和航空航天工程系硕士学位，此后谋生于纽约。

应帆90年代开始发表文学作品，于2003年出版长篇小说《有女知秋》（长江文艺出版社）。他的中短篇小说作品见于《青年作家》《鸭绿江》《文学港》等处，代表作有《漂亮的人都来纽约了》等。

应帆目前为北美中文作家协会理事，并长期担任网络文学月刊《新语丝》编辑。

阿姆斯特丹的最后一夜（照片作者：木公）

阿姆斯特丹的最后一夜

应 帆

一

阿姆斯特丹临运河的街道围栏上，各式各样的自行车一辆挨一辆、密密匝匝地锁靠在一起，构成一道蔚为壮观的风景。那景象让艾美想起了中学和大学的自行车棚，一样的自行车的海洋，仿佛那时亲密的同学和朋友们，常常不分彼此地倚靠在一起，瞧不出他们会有如何不一样的将来。

麻将看到这么些自行车时，十分美国而小儿科地惊叫："我的天啦，他们怎么辨认哪辆是自己的车呢？！"

艾美笑话他："你这小傻瓜，他们都有自己的牌照的啦。这阵势跟中国比，还是小巫见大巫了。再说了，美国那么多汽车，相似的也多，大家不还是认识自己的车嘛？！"

麻将不好意思地笑起来，却还是揶揄地回了一句："Yes, You smartass！"

艾美有瞬间的发怔，弄不清楚麻将用"smartass"这么个词是表明他们的亲密无间，还是多少包含了一点嫌恶她自以为是的聪明过头。有时她很迷惑，对于已经讨论订婚甚至结婚的她和麻将来说，他们之间的亲密和理解到底是在什么程度？就像美国人喜欢在各种问卷里要求答卷人在 1 到 10 之间选一个数字，艾美常常自问：关于她和麻将的爱情之深浅浓淡，她可以选 1 到 10 之间的哪一个数字？

两人拖着行李箱进入酒店房间。虽然早就听说欧洲的酒店房间偏小，但是真正身在其中的时候，第一次到欧洲旅游的艾美还是有点惊讶。不过麻将很满意，说跟他八年前住的青年旅社的大通铺相比，已经完全是天上地下的区别了。

这次来阿姆斯特丹是艾美的主意，也是她送给麻将进入而立之岁的生日礼物。两个月前艾美刚刚拿到绿卡，总算可以相对自由地出入美国。本来她计划第一次用绿卡的权利是回中国探亲，毕竟算起来，她从出国读研究生开始，已经有八年多没回去过了。

只因那次朋友聚会，麻将慨叹“我真是怀念大学毕业那年在阿姆斯特丹的疯狂日子了”，艾美记在心里，悄悄准备了自己的申根签证，订了两人四天三夜的旅游套餐，并在他在康州老家的生日宴上把这个惊喜和盘托出。麻将很兴奋，在餐桌边搂住她亲吻，喊道：“谢谢你，我的女生！你最理解我！但是，我猜我必须要和事务所请两天假，虽然年底时候很忙。”

那个“但是”，像个讨厌的尾巴叫艾美不舒坦，仿佛麻将到底不是百分之一百地惊喜，不是百分之一百地情愿来阿姆斯特丹的。她知道对于这个年龄的、他们这样的异族男女来说，也许根本就不可能存在任何百分之一百的纯粹，就像回答问卷调查的 1 到 10 的要求，她选择不了 1，也选择不了 10 一样。可是，总有那些苍白无奈的瞬间，她希望他们还是纯粹地、百分百地付出和投入的。

麻将对于阿姆斯特丹的美好怀念，是她的大麻和性。按他的说法，他是美国青少年里的好孩子，大学毕业居然还没碰过大麻，而性经验也极为有限。于是在他就要循规蹈矩地开始在投资银行做法律顾问的那个夏天，他和朋友们要疯狂一次，放纵一次，而且不留任何可能的麻烦。

麻将还说，他们当初以背包客的方式在欧洲游走了一个月，而最后一站选择在阿姆斯特丹；出了大车站，他们就按图索骥直奔旅游手册上介绍的咖啡店，吞云吐雾到飘飘欲仙；然后，他们转战红灯区，流连忘返并最终登堂入室销魂了一刻钟；在青年旅馆度过在欧洲的最后一晚之后，他们第二天几乎弹尽粮绝地飞回了纽约。一个星期后，开始了他们体面的华尔街生涯。

二

就在这次抵达市中心旅店的第一晚，麻将回忆起八年前的那场旅行，依然兴奋不已。他躺在床上喃喃不停："其实那次我在阿姆斯特丹只呆了二十四小时不到。哦，可是，那真是身在天堂的感觉！那一个下午和晚上，我难以置信地高，难以置信地快乐，觉得那是我这一生中最美妙的一段时光！"

艾美有些吃惊，问他："你们到了阿姆斯特丹，甚至都没有去看梵高的博物馆，没有去看安妮小屋，没有去看大风车和郁金香，就吸大麻和嫖娼了？"

麻将有点骄傲地不否认，艾美只有叹气的份。虽然这次来阿姆斯特丹的初衷是让麻将快乐，重温八年前的快乐，艾美还是害怕他们把几天的短暂旅程全部耗在吸食大麻这样无意义的事件里，于是她坚定执行先去郊外农场看风车、木屐鞋子和奶酪的计划，后来在城区也是先参观几家博物馆，再坐船游运河。到临回的前一天下午，艾美才终随着麻将，忐忑不安地走进了他念念不忘的售卖各式大麻香烟和蛋糕的、一家所谓的咖啡馆。

艾美和麻将都自诩是社交性的烟民：他们不会对香烟迷恋不舍，但是偶尔也能应景地抽上一棵，且不觉得烟味难闻。在咖啡馆，他们叫了两块看上去又甜又黑的布朗泥小蛋糕，十分小心细腻地一小块一小块地送到嘴里，动用舌头和牙齿，咀嚼混和这褒贬不一的加了麻醉剂的甜点，再慢慢送到消化通道的下一区。麻将不时歇下来，专心致志地卷他们买的一包大麻烟丝，又间或抬头，微带笑意地问艾美："你感觉到了什么没有？"

艾美吃下一小块布朗泥，微笑道："也许，有那么一点，有点高，有点幸福，仿佛看见外面行走的人群，还有这店里人'不干我事'的态度，都让我觉得满意。世界是美好的，欧洲是美好的，阿姆斯特丹是美好的，这个咖啡馆是美好的，这稍微隐蔽的临窗位置是美好的。但是，我在度假，和你一起度假，我不应该感觉一切美好吗？"

说话间，麻将递给她一支细细的、白白的烟卷，示意她叼在唇间，然后拿了桌上的火柴盒，"哧"地一声，划出一道磷气散发犹如特殊香味的火苗，给她点着火。

艾美轻轻吸了一口，满足地闭上双眼，仿佛这动作可以帮助她更高效率地吸食那烟卷里的一切成分。等她睁开眼，却无意中瞥见那个丰满性感的女服务员和她脸上满满的鼓励的笑意，艾美一时也微笑起来。

等他们走出咖啡馆时，两人都像喝了酒一般，脚底飘飘地有些醉意。麻将按照事先说的，带艾美去红灯区看热闹。有一家叫"红磨坊"的店，门口安置了些造型夸张的生殖器模型，特殊形状的霓虹灯急不可耐地闪烁着招徕客人。两人不觉停下来，东张西望了一番。

艾美忽然听到有人讲中文，回头一看，原来是个中国人导游带着一群中国游客。导游是个中年女性，看上去优雅而有涵养，听她一会儿跟游客们说中文或英语，一会儿又自由切换到法语和荷兰语跟看门的沟通，艾美倒十分好奇起来。

末了，导游告诉大家有一个小时的自由活动时间，有兴趣的可以一起在这家店看性感的真人表演，团体票价还可以略有优惠。导游又说："大家不是天天都能到阿姆斯特丹来旅游，更不是天天能有这样看真人秀的机会。而且，真的没必要有什么顾虑：人家表演的人都不怕，我们怕什么？另外，他们的表演十分专业，看了就知道其实也没什么。还有，这边过了河就是阿姆斯特丹的唐人街了，不喜欢红灯区的团员也可以去那边走走看看。记住了，一个小时之后，我们在这门口集合。"

导游挥了挥手中的小旗帜，就又转身和看门的说话了。一时，旅游团的客人们叽叽喳喳地议论。其中有父母带着小孩来玩的，就自觉先走开，剩下的一些有单身的、成双成对的，有的义无反顾地跟导游说要买票，有的互相商量了半天还是拿不出一个统一的意见，更有一对夫妻闹情绪，女的往前走了，男的却恨恨地不愿跟上。

麻将笑道："看这些中国人，兴奋得跟什么似的！"

艾美道："我也是中国人。"

麻将回道："你不算了，你是个纽约客，是个美国化了的中国人。"

艾美不再与他辩，只问："我们要不要进去看看？"

三

看完了真人秀出来，大家都急忙往外走，似乎要表明自己跟这个地方的关系到此为止，就像一夜情的男女主角完事后各奔东西一样。天色渐晚，在这初冬的微寒和萧瑟里，这一区的灯红酒绿散发出的气息倒更有温暖和暧昧的意思。艾美和麻将信步而走，脚底飘飘的，心情高高的，一时就到了有许多橱窗女郎的街区。他们边看边评，麻将说这些女郎多是从东欧过来的，因此金发碧眼的居多。艾美笑道："为什么没有男人站橱窗呢？还是不够男女平等。"

正说着，麻将却在一个黑人女郎的橱窗前停下了脚步。那女子先以为麻将是单身，就微微作羞状，侧了身，低了脸，嘴角却绽放出一朵妩媚的笑。待她看见艾美紧随着麻将，那笑意又渐渐地冻结，她的视线也转向别处了。艾美看麻将神情痴迷，不觉也多看了两眼那女郎。她的肤色倒更像黑白混血的结果了，五官综合了两个种族的长处，立体感十足，一双眼睛和两片嘴唇都似笑非笑地，骄傲和妩媚完美地融合在一起，.的确是个美人。

咖啡美人见他们一对，早就转了视线不看麻将和艾美。艾美也继续信步往前，走了几步，忽然意识到身边没人，一转肩，发现麻将落她身后，就疑惑地停下来。

麻将跟上她，沉吟一刻，终道："你曾经跟一个黑人约会过……"

艾美有点不耐烦地冷笑，道："得了吧，什么约会，一夜情罢了。一夜情也算不上，健身馆里的一时冲动而已……"

麻将笑着大叫道："对了对了，一夜情都算不上，就是兴之所致……"

艾美忽然警醒，在夜色里，盯住了麻将的脸眼，问他："你是不是……"

麻将更加不自然地笑："你说什么呢，可别多想，我什么都没想。那个男的健身教练叫什么来着，迈克尔·威廉姆斯，对不对？”

艾美不笑，不说话，只继续往前走。

麻将无趣地跟上，沉默了片刻，还是忍不住开口，小心翼翼地讪笑，试探着道：“是不是有那么一点点不公平，你有过和黑人一起的经历，而我却还没有……人家都说‘一黑到底’，你怎么想？”

艾美一时冲动，停下来，面对麻将，抱住他，语气平静地道：“亲爱的，如果你喜欢那个巧克力女郎，你可以去找她，寻点欢乐……”

麻将错愕地愣住，又忙搂紧她：“我不是要你伤心，也不是要你胡思乱想。我想我有点高了。你不是认真的吧？”

艾美却笑起来：“我是认真的。只要你不爱上她。注意安全措施。就这么一次，不是吗？你只是好奇，想试试，不是吗？”

“你知道，我在初中的时候，有一个很要好的黑人女同学……”

艾美推开他，笑道：“去吧。也许问她的名字，说不定她也叫 Felicity 呢！”

麻将把她拉进怀里，喃喃道：“你瞎说什么呢。我刚刚又瞎说什么呢。我爱你，艾美，艾美艾，你这个中国女孩！”

艾美眼中几乎有泪泛起。她抬起头，他们的唇碰在一起，双双通过对方的唇意识到零度寒冷，于是双唇粘在一起贪婪地吻着，急速地升温。

半晌，艾美道：“我也爱你，我希望你快乐。如果你去找那个黑人女郎，会十分快乐的话，我愿意你去找她，过一个快乐的夜晚。不，那也许太贵了，也许快乐的一小时、半小时？”麻将睁大眼睛无辜而不解地望着她，圆滚滚的、淡蓝色的明亮眼球似乎要滚出眼眶来。艾美不由伸手去摸，作势要把即将出轨的眼球们抵回去，又笑道："多么可爱的眼睛，多么可爱的眼睛啊！"

麻将忙作势捂住了自己的双眼，笑道："求求你，不要只爱我的眼睛！"

艾美曾经给麻将讲过荆轲和燕国王子之间"但爱其手"的故事：王子请荆轲欣赏宫女跳舞，荆轲盯着其中一位女子看得目不转睛；王子问他喜欢那个美女什么地方，荆轲说"但爱其手"。艾美用英文讲这句时，用的是"多么可爱的双手啊，多么可爱的双手啊！（What lovely hands，what lovely hands！）"

那个故事的结局是：燕国王子把美女的双手剁下来，装在锦盒里，送给荆轲。当艾美把这个结局讲给麻将听的时候，他惊骇交加地大笑道："我从来不知道你们中国人从几千年前起就这么变态、残忍！"

艾美笑他："其实我觉得这更像个寓言故事，告诉我们爱一个人或者一样东西，并不一定非要拥有他、她或者它。有时候，给爱的人自由，远远地观看生命美丽绽放，或许是更人性的选择，也是更懂得爱、更爱的表现。"

这一刻，自己曾经振振有词说出的高尚言论，在艾美脑海里一闪而过。她努力不去想，却笑着发力，作势要扒开麻将捂着双眼的手掌，要拥有他的双眼。麻将却忽然反拉住她的双臂，道："也许我们可以有个君子协议，就像拉里·戴维德和他的妻子，在《管制你的热情》(Curb Your Enthusiasm)里面的约定，拉里可以有一次婚外行为，希瑞也可以有一次，就一次？"

艾美也想起电视剧《管制你的热情》里面的这段情节，她几乎脱口而出"我不需要这么一次机会"，话到嘴边，却换了口气和内容："好主意，也许我也会在某个时刻碰到一个让我欲罢不能的美男子呢。再说，我们还没结婚呢。那么，现在，趁我还没改变主意，你去吧，炯纳森·马龙力！现金足够？安全第一？我要去唐人街那边转一转，回头给我电话？"

艾美从麻将的怀里脱出来，举起右手，做了个打电话的手势，然后转身急步往前走，面上带着笑容。两个游客迎面而来，他们在远方就曾见麻将和艾美缠绵，到最后以为他们闹分手，却忽然看见艾美脸上的笑容，不由得极不自然地交换了一下眼神，又满腹狐疑地看了看呆在原地的麻将。

四

艾美一边往前走，一边戴上耳机、调大音量，一时耳朵里灌满艾美·怀恩豪斯的歌声。这两年，这个造型奇特的英国女歌手忽然红遍大西洋两岸，艾美也不觉喜欢上她的歌。起初还是麻将把她的专辑"Back to Black"当作生日礼物送给她，说因为她也叫艾美。艾美不喜欢她的夸张造型和诡异出格的作风，却渐渐喜欢上听她的歌，新买不久的IPOD里面则几乎收录了怀恩豪斯的所有歌曲。

有时候艾美暗自在心底把怀恩豪斯的姓翻译成"酒居"，仿佛一个日文的姓。她喜欢这样的文字小游戏，就像当初把麻将叫成"麻将"：其实他的全名是Jonathan Maloney。当他要艾美给他一个中文名字的时候，艾美取他姓和名里的第一个音节，找到两个相当的汉字，又按中国人的习惯把姓在放在前、名字放在后，于是成就了"马炯"。后来发现这发音和"麻将"很接近，于是他就成了一副"麻将"。

此时此刻，在欧洲的一个灯红酒绿的都市，初冬的寒意才起，酒居艾美在艾美的耳朵里，拿慵懒而性感的声调唱出尖锐的情感和生存问题，忽然让艾美艾觉得她离这个歌手和她歌声里的故事，似乎都更为接近起来。她唱“You go back to her, I go back to black”，或者“Amy Amy Amy, Where is my moral parallel？”或者“and I question myself again: what is it 'bout men'？”或者“Love is a losing game……”每一首，每一句，都仿佛是在想和艾美对话。

可是，艾美到底听不进这样的歌词和旋律。她感觉自己思绪复杂心情混乱，一面判断自己的所作所为，一面要分析麻将的言行举止，而这一切像一场她不曾期待和计划的 drama。是的，是她要给他一份生日礼物，完美的生日礼物，然而她没有料到麻将的“得寸进尺”，也没有料到自己居然大度地“成人之美”。那个调查问卷里的问题重新浮回艾美的脑海表面：你爱麻将的深浅浓淡，到底可以选择 1 到 10 这些数字之间的哪一个？

艾美拒绝细想。她一边坚决地走，一边快进歌曲，快进到那首“我的眼泪它们自己干”（Tears Dry on Their Own）的时候，她忽然下意识地伸手摸了摸自己的眼角，并没有泪，只是冰冷的肌肤之触，让她再次想起这是阿姆斯特丹的夜晚，十一月底的夜晚。

此刻，对于“酒居艾美”的音乐，艾美已忍无可忍，毅然关掉了包里的 IPOD。她转头四顾，发现自己原来早已过了桥，到了唐人街。一人置身在熟悉又陌生的、满眼中文招牌的街道，艾美再次觉得整个人从里到外地凉起来，冷起来。她决定了自己需要食物和温暖，这些生存所需的更具体、更实在、更可以量化的元素，而大麻和爱情不在此列。

艾美信步走进一家叫“得月楼”的饭店，脱了大衣坐下来翻弄菜单。年轻的男伙计殷勤地走过来，拿着纸笔等她点菜。艾美先要了酸辣汤和葱油饼，又斟酌着点了个扬州炒饭。伙计收了菜单，搭讪着笑道：“一个人来阿姆斯特丹玩？”

艾美这时仔细打量他，发现他长得硕长秀气，一身黑裤黑衫又透出几分玩世的冷酷，看着倒不像一般的伙计。艾美因问他：“你们这里的酸辣汤和葱油饼怎么样？”

艾美到所有中国饭店都喜欢点这两样，因为这是她母亲最拿手的两样家常菜，只是她妈妈并不叫那个饼“葱油饼”，而是简单的“鸡蛋摊饼”。母亲很得意地说过，当年有个下乡的医生，特别喜欢吃她做的汤和饼。其实，母亲的汤和饼，都带有家乡的地方特色，正如每个饭店的酸辣汤和葱油饼也都有变化一样，比如有的汤里面放鸡丁，有的汤里面加了金针菇，有的饼里面葱叶多一点，有的饼里面鸡蛋成分少一点等等。她对这两样菜的固执，与其说是她对每一家中餐馆基本功的检验，不如说是她对已和她渐行渐远的故乡气息、口味和记忆的凭吊与追缅。

伙计莞尔一笑，说：“这么大众的、不算菜的菜，有什么好与不好？”

艾美也笑，却道：“也许不是你的菜，却是我的菜。就这几样吧。”

伙计一时有些尴尬，却也去厨房叫菜了。艾美看了一眼他的背影，不觉微笑。三样吃食上得倒快，伙计如同武林高手一般，一趟就全送了来，回头又笑容可掬地说了句：“您的菜上齐了，请慢用！”，又去招呼别的客人。

艾美先喝酸辣汤，微酸中辣，倒是对她胃口的，更对胃口的是它带来的热气，让她一时又全身心地活络和温暖起来。她夹了葱油饼蘸酱吃，倒也是她喜欢的口味，薄而脆，而且葱叶多。她吃了几口，胃不再那么空落落地难受，心里也似乎有了底，却开始慢慢回溯她和麻将这一趟旅行，是不是从一开始就有不对劲的地方。

对于大麻，艾美原来只有有限的书本和电影体验：那些小说和电影里的人物们似乎总有这样的经历，甚至历届美国总统也常被曝在青少年时代做过这样的放荡事体。当麻将最初提起他在阿姆斯特丹吸食大麻的经历时，艾美并没有大吃一惊，但是这一次当他怂恿自己一起来体验时，艾美还是犹豫不决的。她觉得自己是个有底线的人，她害怕会上瘾，更觉得对她这个“好女孩”来说，这是一种堕落甚至毁灭。

麻将于是向她保证吸一次或者两次绝对没有上瘾的可能性，又振振有词地给她科普欧洲诸国、加拿大还有美国的一些州有关大麻、至少医用大麻的合法化争议，当然最关键的是他们将在阿姆斯特丹“作案”，合法、安全而不会留下任何麻烦。

麻将最后的说词是：“吸点大麻，那滋味，比做爱的感觉更美妙，你会喜欢的。好女孩，做一次坏女孩，就算陪我这个好男孩，再做一次坏男孩！天啦，我都三十岁了。我想，过两年，等我们结婚生孩子了，可就再不能任自己疯狂放纵了。再不疯狂，再不放纵，我们就中年了，就老了，我的亲爱的！你爱我，对不对？我们必须一起做这件事儿！”

艾美最终妥协，答应麻将临走的最后一个下午尝试一下咖啡店的大麻烟和大麻蛋糕，似乎唯有这样才能表明自己是爱他的。她不忘取笑麻将道：“我觉得叫你‘麻将’太对了，因为这个中文词可以解释为：大麻小将，你就是一名喜食大麻的小将！”

麻将似懂非懂，却抱住她亲吻，说：“你是我的女生！”

艾美想到这里，笑，然后觉得可笑。是啊，十几个小时之前，麻将蜜里调油地说她是他的女生，十几个小时之后，他又油腔滑调、欲说还羞地喜欢上一个橱窗女郎，而且似乎大义凛然地以她和迈克尔·威廉姆斯的旧事为理由、为自己的嫖妓行为找借口。“真他妈的荒唐！”艾美不自觉地摇头、苦笑之后，继续吃她的扬州炒饭。

五

一盘子扬州炒饭，艾美吃掉一半就饱了。她让侍者把剩下的打包，又寻思着这半盘子饭够不够给麻将当夜宵，就又要了一份早先在菜单上看到、觉得还不错的寿司，却又旋即暗笑自己的愚蠢和“深情”：自己真是一个没救的女人了，忘记了尊严，脑子也进水，这个时候居然还想到要给那个负心去寻欢的花心男人带夜宵回去？她想叫住侍者，告诉他算了不要打包、也不要寿司了。最后那一声“嗨”却没喊出来，搁浅在喉咙口，艾美也就任由那侍者去了。

艾美瞄了一眼账单，正想是用信用卡还是身上已经所剩不多的欧元，却突然看见给客人的拷贝账单上多了几行小字，不觉拿起来仔细看，发现上面写的是汉字：“很喜欢你。可否交个朋友？”后面还附了一串当地的电话号码，和一个中文姓名：马克，最底下又加附了他的 MSN 账号：Mark Ma。

艾美愣了愣，想不到此时此地碰到这么大胆直率的中国年轻人，觉得几乎超出了自己的想象力和承受力，甚至自己的理解范畴。有那么一刻，她忽然想他其实倒是清秀漂亮的，名字也有意思。

艾美数出二十欧元，到底把那张有马克联系信息的账单收进皮夹。她起身的时候，感觉下身一热，有细微异样的气流在体内窜动。她知道自己的大姨妈要来了，比预想的提前了一两天。她本来满打满算，料着不会在旅途中被大姨妈突然造访，也就没有带任何卫生巾之类，不想这下要措手不及。

马克过来收钱和账单，脸上有点不自然的笑意。当他看见给顾客的那份账单已经不在桌上时，脸上的笑意就更得意而诡秘起来。他离开桌子时，意味深长地对艾美说："谢谢！"

艾美道："不好意思。请问，你知不知道附近有没有什么，那种卖女性用品的商店？"

马克愣了一下，忽然明白过来："有的，有的。我可以陪你去一趟。"

艾美道："那倒不用，又怎么好意思？你告诉我怎么走就行了。"

马克道："没事的。我正好要下班了。这个区，这么晚，一个女游客也不是特别安全。你等我一下，我换下衣服。"

艾美穿好衣服，拿着打包的扬州炒饭和盒装的寿司，一边等侍应生，一边走近了看墙上的字画装饰。饭店的一面墙上挂了四美图，分别是西施浣纱、贵妃醉酒、昭君出塞和貂蝉拜月。站在一个西方国家的中国餐馆里，看着雪白的墙上挂着的这些色彩清丽、意象丰富的遥远的美人和她们的故事，艾美只感到令她绝望的遥远和不伦不类，一时不觉苦笑。

男子过来时，艾美发现他穿着和自己身上一系的巴宝莱大衣和巴宝莱的彩条围巾，心底微微地诧异。另外几个男男女女的伙计打趣地跟他挤眉弄眼，似乎嘲弄，又似乎羡慕嫉妒恨。艾美只装作什么也没看见，微笑着等他一起往外走。

他替她拉开门，彬彬有礼地笑道："我叫马克。"

艾美"噗嗤"一笑，马克也笑，道："我知道你笑什么。很多人都开玩笑，说我姓马，又叫这个英文名字，多别扭啊。可是，我老爸当初就给我起的这名字啊。"

艾美伸出手去要跟他握手，马克莫名其妙，却还是跟她握了握。艾美注意到他长着一双十分漂亮的手，十指洁白修长，仿佛不弹钢琴都可惜了。她连忙转移自己的注意力，笑道："知己，知己！我叫艾美艾。啊，实际上中文就姓艾名美，英文名叫 Amy，所以连起来就是 Amy Ai。有时连我自己也糊涂了，所以常常脱口而出就叫自己'艾美艾'了。"

马克也笑起来，用英文道："为这个，你得给我一个 High Five！"

两人双手相贴之际，艾美感受到他手掌里的温度和空气的冷度。街上也越发华丽越发冷了，艾美不由缩了缩肩。马克若有所思地问她："你是从英国来的？还是从美国？"

艾美想告诉他自己来自美国纽约，话出口时说成"美国曼哈顿"，心底暗笑自己的虚荣。马克本来意气风发，如今却不自觉地叹了口气，感叹道："我本来也想去美国，去纽约、那个新阿姆斯特丹去瞧瞧的。"

艾美就问他："你是哪里人？怎么到欧洲、阿姆斯特丹、这个旧阿姆斯特丹来的？"

马克道："温州人。大学毕业后不知道干什么好，在家浑浑噩噩了两三年，后来就跟着前辈出来闯荡，看看世界。巴黎呆了两年，罗马做了一年，到这边也快一年了。"

"哦？大学读什么的？"

"声乐，一无用处。"

艾美又"哦"了一声，心想怪不得他看着似乎不同流俗，也怪不得他不像一般的伙计。

两个人的话题断断续续，倒也不觉得尴尬。不一刻，也就到了一家中国人开的小超市。艾美和店主打听了一下，很快找到自己要买的东西，又在显眼处看见荷兰最有名的特产糖浆华夫饼、雪佛瑞特起司以及花花绿绿的小木屐等物品，因想到麻将的母亲宝琳应该会喜欢这些，就顺手多拿了几样。

艾美到柜台付账的时候，发现老板娘不收信用卡，自己的欧元又所剩无几，一时有些不知所措。她正准备退掉卫生巾以外的用品，却不期马克从皮夹里拿出几张欧元来付账，笑道："我先借你吧！"

艾美忙笑道："真不好意思。也好，我给你一些美元现金吧。"艾美想起这层，忙又问老板娘："那您这里收美元吗？"老板娘矜持地摇了摇头。艾美粗粗清点了一下钱夹里的美元，发现一样所剩无多，只好对马克道："看来不借你的欧元还不行了。我这个小钱包里的美元似乎也不够还你了。你得跟我走一趟，去我的旅馆，我取了钱还你。"

马克笑起来，道："别总说钱，多俗气啊。我也没事，送你回吧。"

艾美也笑起来，一时两人拿了东西，出了小店。艾美兀自觉得好笑：怎么就变成这样"难分难舍"了似的，好像自己成心有意地要做什么一般。不过她原本对自己能否一人按图索骥走回旅馆去也存很大的怀疑，如今心底又隐隐约约地想这么做是不是因为麻将那么做了，一时倒有点心事重重。她不想自己心事重重，就一直不停地找话来说。

六

马克也掩饰不住地兴奋，一路给艾美讲每处地标和典故，又问她玩了这里没有玩了那里没有。艾美偶尔分神的时刻，觉得他的笑容和话语如同一路经过的街道夜景还有闪烁的霓虹灯，似乎光辉灿烂，却又暧昧不明，仿佛有触手可及的温暖，却又隐藏着时刻准备偷袭的危险和疯狂。

马克因在杂货店里看见她的 IPOD，就问她听谁的歌，艾美就说最近听了些酒居艾美的歌，不想他也曾听了不少，还特别喜欢那一首“薇乐丽（Valerie）”，说它模棱两可的叙事给人许多联想。马克说着说着，就小声哼唱他最喜欢的那几句：

你怎么不到我这里来呢
别再逗我了
你为什么不来呢，薇乐丽？

薇乐丽
薇乐丽
薇乐丽

有时我一个人出门
我的目光穿越水面
我想许多事情，想你在做什么
我在我的脑海里描一幅图画
……

哼唱完了，马克定定地看着艾美。艾美倒有些不好意思，转头看向运河对岸的灯火，笑道：“果然是学声乐的。没想到你能把这个唱得这么有腔有调，不过这个本来也有男声版的吧？看着我干嘛？按照歌词，此刻你的目光应该‘穿越水面’啊！”

马克也笑，却道：“我正忙着‘在我的脑海里描一幅图画’呢……”

艾美本要开口问他是什么样的一幅画，话到嘴边，却又不说了。对岸的街道上却突然有一辆警车滴溜溜地叫了几声，又呼啸着向前去，不知道在追赶什么人事，艾美倒听得心里凛凛的。

等市声恢复正常，马克忽然又道：“我也喜欢你的头发，喜欢你把头发盘成髻的样子，让本来年轻的你显得又干练又成熟。”

艾美大笑：“你怎么知道我年轻不年轻啊？！”说着，她却伸手把头发放下来了。夜风掠过，几缕及肩的黑发飞过眉眼之间，一阵不可忽略的痒痒。艾美伸手理头发，不想碰到马克伸过来帮忙的手。她不着痕迹地轻轻打开。

马克把手收回，尴尬一笑，又道：“这样，更美。”

艾美耸耸肩，就绕开话题，说自己喜欢听的一些歌和歌词。“其实，我很喜欢那句‘Amy Amy Amy， Where is my moral parallel？’，不仅因为里面有‘艾美’这声呼唤，也不仅因为那句诘问，更因为这英文词组‘moral parallel’。我稀里糊涂的理解就是 moral parallel 比灵魂伴侣、soulmate 低了一级的情感关系，虽然英文字面上似乎可以有别的理解。你认为呢？我们这个时代的人，还可能寻找灵魂伴侣、soulmate 吗？还是必须接受有一个 moral parallel 在生活中就不错的现实？”

马克愣了一下，然后笑起来，道：“这问题太大了。确实，很多年没有人跟我说起 soulmate 这个词了，甚至在年轻的日子里，也很少有人跟自己这么讨论过吧。”

艾美也笑："也许生活里的熟人和亲人，更容易讨论衣食住行，精神层面的东西，反而被搁置在脑袋深处。"

马克道："你这么说，我倒想起那两部电影了：《日出之前》和《日落之前》，就是 Ethan Hawke 和 Julie Delpy 演的，两个陌生人的邂逅。哈哈，是不是有点像我们的邂逅……"

艾美暗自冷笑，却道："他们 1995 年拍了《日出之前》，九年后的 2004 年拍了《日落之前》。据说还有续集要拍，估计又要等九年，那得到 2013 年。你觉得下一部会叫什么名字？"

马克笑道："有趣，我还真没想过。也许可以叫'Before Midnight（午夜之前）'？已经讲了下半夜的故事，白天的故事，底下应该是黄昏到午夜的邂逅了吧。就像我们邂逅的时间段？"

艾美大叫："你太能扯了！两个人一边走，一边说话，怎么好像就很快到酒店了？过了这座桥，转弯，就是我住的酒店了。"

等红灯的时刻，艾美注意到马克眼里飞速掠过的失望和希望，暗笑自己怎么总喜欢这样的暧昧，心想应该不要再误导他、让他以为自己也在期盼着一场艳遇呢。

七

进了酒店大厅，马克四下看了一眼，笑道："这家啊。据说他们大堂的酒吧很不错的，还时常有乐队现场表演。要不要去喝一杯？我请客。"

艾美笑着摇头，又道："心意领了。我真地是累了，想上楼回房休息了。"

到了楼上，开了房间门和灯，放下手里的东西，艾美故作惊讶道："咦，这人怎么还没回来？"

马克也放了他帮艾美拎着的两袋东西，愣了愣，问道："谁还没回来？"艾美也顾不上邀请马克坐下，只忙着找了自己的大钱包，取了几张美元还给他。马克难进难退地站在门口，笑道："这会子，怎么感觉你在打发一个送外卖的似的？"

艾美几乎脱口而出"难道你不是？"，却终是含笑不答。

马克倚着门框笑问道："你不是一个人来这里玩啊？"

艾美道："跟男朋友一起来的。今儿下午我去唐人街转转，他正好有事，要见个老朋友喝一杯。应该马上就回来了。"

马克脸色难看，把钱随意塞进裤兜，旋即又笑起来，"这样啊。这么洒脱地扔下女朋友不管的人，想来应该是个老外？"

艾美听出挑衅的意味，也在生活中网络上听过看过一些有关中国人对于中国女人外嫁的言论，包括那个起初听起来十分刺耳刺心的杂拼词汇：外F。她淡淡笑了笑，道："是不是老外，有什么分别吗？"

马克倒有些不好意思，冒了句英文"Sorry"，转身欲走，又回转来，道："我看你包里有名片，留我一张吧。真地蛮想去纽约玩玩的，到时候说不定还请你看在同胞的面子上，给点帮助？"

艾美想想，就从皮夹里抽出一张名片给他，笑道："你眼睛倒蛮尖的。"

马克接了，扫了一眼，夸张地点头翻白眼，道："哇，投资银行的副总裁啊！了不得！"

艾美作势要关门，勉强道："我很累了，需要休息了。谢谢你帮忙，希望以后可以回报。"

马克扬了扬手里艾美的名片，嘴角上翘着笑，道："很荣幸认识你，也很荣幸能为艾美艾女士效劳。咱们纽约见啊！"

艾美关了门，不由长吁了一口气，如释重负的感觉之中，却又裹挟着点淡淡的失望涌上心头。她看了看手机，依然没有麻将的来电或短信，又恼怒，又担心。一个人独处时刻，下身的不适感似乎更迫切更严重起来。她坐在马桶上，心想这次大姨妈提前到来会不会是自己身体对大麻的一种反应呢，就像鼓励麻将去找橱窗女郎，就像自己在过去的两个多小时里和马克有意无意地暧昧？

八

艾美洗完澡，走出卫生间，才发现麻将早回来，躺在床上看电视，因为很多台不是英语，他不停地调换频道。

艾美一边用干毛巾擦头发，一边问他："什么时候回来的？我都不知道。"

麻将放下遥控器，看了她一眼，淡淡回道："有一会子了。我吃了几块寿司。希望你不要介意。"

艾美不出声地叹了口气，"我就是给你买的。全吃了吧，我在饭店里已经吃好了。"

麻将重新坐到桌边，打开寿司盒子，笨拙地用筷子夹着吃。艾美坐在他对面，一壁继续擦头发，一壁又忍不住笑，终道："你用手吃就好了。这个时候，又装什么绅士。"

麻将放了筷子，笑道："就是，应该把这筷子留给你插头发。我最喜欢看你在夏天时候用一根筷子把头发盘在脑后，简直是艺术。"

艾美一时顿住，心底有细细的温暖和感动，却终于问："怎么样？"

“什么怎么样？”

艾美转身站起来，觉得自己心肠也忽然硬起来，必须要把这个问题问出去。“就是你和那个橱窗里的巧克力女郎啊。”

麻将吃完寿司，收拾盒子，随手也把那副简易筷子折成两截放进了盒子，又把寿司盒子放进塑料袋，系紧袋子，起身把袋子塞进垃圾桶，又伸脚进去压了压快塞满一桶的垃圾。

做完这一切，麻将定定地看着艾美，说：“我不想谈论那事儿。”

艾美一时不知说什么，拿了梳子梳头发。

麻将忽然又问：“你刚刚有客人？”

艾美愣住，“你什么意思？”

麻将顿了顿，终道：“我回来时候，在楼下酒吧里坐了一会儿，喝了一点。看到一个亚洲家伙也坐在那里独自喝酒，却一直盯着手里的一张名片看。我忍不住好奇，偷偷瞄了一眼，觉得像你的名片。怎么会这么巧？”

艾美恍然而悟，几乎脱口而出“是送寿司的中餐馆外卖”，却终是选择了实话实说，道：“哦，是那个中餐馆的服务生，帮我付钱买了点东西。我没钱还他，又怕迷路，就让他送我回酒店了。他非跟我要一张名片，说要保持联系。哈，说得跟真的似的。”

麻将“哦”了一声，忽然道：“我也要冲个澡呢。”

艾美躺在床上听歌，不觉快进到那一首“薇乐丽”，隐约之间似乎听出以前不曾听出的感想和困惑，比如那句“看向水对面”，今晚可以理解成阿姆斯特丹城里的小运河，明日回到纽约，是不是就变成大西洋了呢？而今天和过去、未来和现在之间是不是也同样隔着这有水的鸿沟？到最后，每个人也只能独自前行，在水边也只能隔岸观火罢了。

她迷迷糊糊地睡着，再醒过来时，却发现麻将伏在身边，一边拿手抚摸她，一边亲吻她的耳垂和脖子。艾美愣了愣，却终是翻转身，背对着麻将，道："对不起，我没有心情。"

黑暗里，艾美感觉麻将的手僵持在半空，他的一口呼吸也仿佛僵持在半道。她想象他的脸色急遽地变幻，却没想到他突然问道："你有没有和那个中国人上床？"

九

艾美惊讶得差点坐起来，却终于压住心底的怒火，冷笑道："你疯了。我不想说话。我要睡了。明早八点二十的航班，我定了五点半的闹钟。"

也不知过了多久，麻将终于也躺下来，却忽然喃喃道："你知道吗？我并没有和她做爱。我没法子和她做。"

艾美一时无法入睡，想了片刻，冷笑道："为什么？是器质性的障碍还是精神性的障碍？"

麻将捉住她的双肩，把她扳过来面对自己。黑暗里，他双目炯炯，几如两团燃烧的火焰。麻将低声嘶嘶道："因为我爱你。"

艾美愣住，张口道："但是……"

麻将却忽然放开了她的双肩，黯然道："但是，你爱我吗？"

艾美坐起来，怒道："你什么意思？"

麻将看着她，忽然笑起来，他洁白整齐的牙齿在暗夜里闪烁着细小、转瞬即逝的、凶狠的、兽质的光芒。"如果你爱我，你为什么会同意、甚至鼓励、甚至把我推向今晚的这种局面？你快速地离开，几乎是想摆脱我。你到底有没有和那个中国人上床？想没想过和他上床？你怂恿我去找那个橱窗女郎，是不是因为你心底就在盘算着你的计划？你知道你有前科的。现在，你又为什么不想、不情愿和我做爱？”

艾美忽然说不出话，屈辱、悲愤、可笑、疯狂、失望，五味杂陈的泪水忽然要涌满双眼，她生生地忍住，说了一句：“我没有。我例假来了。亲爱的，太晚了，明天一早还有飞机要赶。晚安。”

因为时差的关系，艾美这几日都睡得不踏实，这一晚她也不知何时睡着，梦却断断续续地来骚扰。第一个梦居然是她和马克重走那段从唐人街到酒店的路，没想到的是，在她偶然回首的瞬间，她发现麻将居然一直尾随着他们。她一时惊醒，朦胧之间睁眼，看见睡姿凌乱的麻将就躺在身边打鼾，一副心无城府的样子。看了一回，艾美就不由低低地叹了口气。

她再次睡去，依然睡得不安稳，又不知为什么在梦里和麻将争论，最后是麻将甩出这么一个问题，“那么，艾美艾，请你告诉我，在 1 和 10 之间，1 代表毫无感情、几如路人的关系，而 10 代表极端喜欢、甚至愿意付出生命的爱恋。你对我的爱是哪一个数字？”在梦里，艾美拿着笔做计算、作分析，却仿佛经历她生命中最困难的一场考试、最纠结的一场面谈、最尴尬的一场问答。她眼睁睁地看着时间流逝，却无法作答，而居高临下的麻将脸上渐渐浮出一样且灰且冷的笑意……

十

第二天一早，艾美早早起来洗漱，麻将赖了几分钟床，却也终是飞快地把自己和行李收拾妥当。去机场的路上，麻将和艾美几乎一路无话，只默契地打出租，把行李搬上搬下，办理登机、行李托运手续。等他们终于在飞机上坐定，艾美拿出手提电脑，准备在飞机上打点低级无脑的游戏，杀一点无聊的时光。

她习惯性地检查自己的电子邮件，却赫然看到一封从 MSN 发过来的通知，是马克马说希望和她做朋友。艾美飞快地退出信箱，自觉脸红心跳，却尽量不动声色地瞄了一眼坐在边上的麻将。

麻将却似乎没看见什么，正聚精会神地研究航空杂志上的问卷调查。艾美看见他拿随身带的圆珠笔标下了一个又一个数字，似乎有七，有八，也似乎有五，有六，甚至还有一两个九分。

因为早上没来得及剃胡子，麻将满脸胡茬。逆着光，艾美发现他一水青的胡茬里似乎冒出了一两根白色的胡须，十分地扎眼。她想说什么，却被前面演示救生步骤的空姐给吸引了。

年轻的空姐演示完毕，又有一位年纪略大的黑人空姐拿着话筒讲话，满面诡谲的笑容，时而眨眼，时而做鬼脸，滑稽而亲切。

“女士们，先生们，我们马上就要起飞，飞离阿姆斯特丹，飞向新阿姆斯特丹。我希望你们都曾在阿姆斯特丹度过了一段美好的时光，不管你们做了什么，或者没做什么。记住，如果你不说，就没有人会知道。为什么不让我们把那些发生在阿姆斯特丹的事情永远留在阿姆斯特丹呢？当然，也许，有些人想要在脸书上分享他们的快乐或者悲伤。要记住，电子时代，什么都会留下印记的噢。不管怎么说，我们要去新阿姆斯特丹，对某些人来说，是另一个令人激动的旅途目的地，对另外一些乘客来说，或许就是他们甜蜜的、甜蜜的家乡。无论是哪一种，我希望你们有一个愉快的六小时航行。最新的天气预报显示，我们的目的地纽约，可能会迎来今年冬天的第一场暴风雪。不过，在那之前，你们由我们照料，大可不必担心大西洋的另一边发生些什么……”

她最后绽放出一个大大的、鲜红的笑容，感谢大家选择他们航空公司、祝大家旅途愉快，就消失在经济舱和头等舱之间的幕帘后面。客舱里许多乘客大笑鼓掌，艾美和麻将不约而同地对望彼此，又一起心照不宣地笑起来。

麻将道："多有趣的空姐！第一次遇到这样的。我得把调查问卷的那一项从七分改成九分。"

艾美按照广播提示收起手提电脑，正襟危坐，却到底不由自主地脱口说了一句："我也希望事情像她说的那样，在阿姆斯特丹发生的一切，就让它们留在阿姆斯特丹。"

正说着，飞机已经开始加速，滑离跑道的同时向天上飞去，艾美又一次体验类似失重的惊惧，不觉抓紧了扶手。麻将的手及时伸递过来，艾美反握了他的手，感觉他手心里较高的温度和那温度带来的安全感，它们丝丝密密地传递到自己的手臂、心脏进而整个身体。

飞机飞得越来越高，越来越快，然后倏地穿透了最低矮的云层，白晃晃的太阳光从窗口直照进来。这样的强光里，满舱的座位和座位上的乘客都变得虚无缥缈、难以辨认，而头顶上标志座位排号的阿拉伯数字和代表座号的英文字母却忽然异常清晰起来。一阵晕眩之中，艾美不由举起一只手遮在眼前。麻将看她一眼，体贴地拉下了他右首的遮阳小窗板。

短暂的适应期之后，艾美眼前的一切，似乎又重归正常。

（原载于《青年作家》2017 年第 3 期）

团圆（插图由网络图片合成制作）

团 圆

应 帆

一

孔献科到美国的那一天是个风和日丽的八月天。他走出飞机，进入候机大厅时，看着周围熙攘人流里比例很高的白色人种，却不知怎么在骄傲的同时又混搅着点自卑的感觉。好在周围还颇有几个同机而来的中国学生，十几个小时的飞行后，看上去赶得上自己精气神的还真没两个，他便又有些兴奋起来。再想到黛珊就在外面等着，他心头就又涌上点不安、焦灼之类的情绪。

排着长队，到头却只被问了几句，就入关了。出关手续终于办完，取了行李走出时，按照黛珊的嘱咐，一个劲地说自己什么都没带，又前后左右地谢了好几回，到底走到出口处了。他四方环顾，就看见吴黛珊正在人群里向这边张望着。他想要挥手喊她，却忽然失语般发不出声。他后来仔细回想这个细节，觉得自己是不知道用中文还是英文了，却又想也许更是黛珊的样子让他多少有点吃惊吧。

两年没见，黛珊竟然真的有点显老了。她的肤色依旧是白，却是有一点苍白的意思了，以往偶尔可见的红润和光滑竟无影踪了；笑着时，她的眼角开始涌出明显的、细细的鱼尾纹，带得笑容里也有几分沧桑的样子了。黛珊一时也不知说什么，看献科果然有了微微凸显的啤酒肚子，想说句笑话，却到底没说，最后道："赶快走吧，车还停在那儿呢，按时间算钱的！"她提了献科的随身行李，又帮他在后头推另外一只大箱子，忽然想及这两年的孤独和等待，如今献科就在眼前，却带着点陌生的痕迹，眼角就有些酸痛的感觉。

回去路上，献科暗里打量黛珊，见她自然地戴上墨镜，映着苍白的脸，就有点酷酷的味道；再看她前瞻后顾，然后果断地换道加速，上了高速，黛珊就一副气定神闲的样子，献科就更觉得惊讶，倒不想她这么"能干"了，想她在国内骑自行车让人让己都胆战心惊的呢。他又羡慕又佩服，却又不免有点酸酸的。他一时又想自己用不了三月五月的，大约也可以这样了，只恨在国内时到底没有认真考出驾照来。这么一想，思绪就拐到典典身上去了。

献科此时已经忘了两人怎么开始的了。也许是有一次下班后他还在公司里看英语、背单词吧，典典好奇地过来看，两人聊着聊着，就一起出去吃饭，慢慢就成了朋友。献科一直疑疑惑惑的，不知道自己为什么要出国，难道只是为了和黛珊团聚吗？国内的安适让他总也不能全身心地投入，和典典好了后，他甚至考虑彻底退出这场出国的战役了。却没想到典典撇了嘴，说："人家跟你好，就指望着你能出国呢！"献科想起黛珊在国际长途里的询问和催促，就想到"腹背受敌"这个词来。只是有了典典那样的可人儿作陪，他本又是聪明的人，到底跟托福和"鸡阿姨"（GRE）又亲密接触了一回，并拿到了美国一个三流大学的全奖。典典的快乐犹甚他自己，黛珊却似乎不如想象中的热情，只说什么好在两人学校离得还不算太远的话。献科想到又可以毫无顾忌和典典联系，心底的喜悦升涌。这次却是坐在黛珊边上了，所以他又有点可耻的感觉，忙着打发掉。

献科正胡思乱想着，却不料黛珊沉默了这么半天，到底开口说话，问他道："你饿了吗？"献科在飞机上吃了点东西，也说不清楚自己是饿是饱，或许竟都不是，只是被黛珊这么一问，想了想便道："好像有点儿了，也好像没有。没感觉。"黛珊就说回家先吃点饼干垫一下，晚上再出去吃饭。她盘算着待会儿该带他去哪家中国馆子吃饭，却也拿不定主意。到了家，黛珊一边帮着献科搬东西上楼，一边跟他说这个一室一厅的房子是她才租下来的，以前是和另外的女生合租一个两居室的。献科喘着气道："你其实不必这样的。我在这边也住不了几天的啊，一下子多了一百五，一千两百块人民币呢！"黛珊心里要冷笑，又想哪个刚来时不是这么条件反射似地乘八换算呢，就叹口气算了，只道："原来的房子也不好，那个 roommate 又脏，要是我们两个人跟她一个人住一起，她说不定只肯交三分之一的房租呢，那也一样了！"献科也就不再罗嗦。两人搬定了，献科就开箱拉包地拿东西出来，黛珊看他还是带了一些她嘱咐不必的衣物过来，就问他怎么还是带了。献科一想都是典典的主意，只开口要说"是我妈非要我带上的"，却又觉得不好，只讪笑道："有同事胡乱建议的：都说不怕一万就怕万一呢！"黛珊笑道："瞧你那一打长内裤什么时候穿吧！"献科讨好地拿出黛珊要的一包剪纸、几张苏绣等道："这是你要的！"黛珊便接过来，一边看一边道："这些东西送老外最合适了，又省钱又有品位……"

两人正说着话，电话却响了，黛珊忙着接了，果然是何梦越打来的。两人一时不知说什么好，梦越只用英语道："你接着他了？一路都好？"黛珊也用英语回道："是的，是的。一切都好。"梦越想想也不能催逼她什么，也就要挂，却都用中文说了

“再见”。献科听到电话响，一下子想到要给典典打电话的承诺来，寻思了一会儿，看黛珊挂了电话，就笑道：“先听你说英语，还以为是老外呢，最后又说‘再见’了。是中国人？”黛珊想到献科不是不懂英语，就几乎脸红，勉强镇定道：“是台湾人，一个同学，问我接机顺利不顺利。你要不要冲个澡？”

黄昏时，两人忙着出去吃饭。路上黛珊问献科是吃川菜还是上海菜什么的，献科笑道：“瞧你这人，我刚从中国来，你就请我吃中国菜。我可想着吃吃外国菜呢！”黛珊一时愣住，笑道：“我倒没想到这个——一般中国人出去吃饭都是去中国店的，又对胃口，价格也便宜。”献科想她这半天几次说钱不钱的事了，想多说点什么，却也只道：“那，随便你吧。”黛珊想起曾经和梦越去过一家意大利店，两个人五十块钱该是能打下来的，就在下个路口拐了出去。

两个人在店里坐下来时，都有些不愉快，却又竭力去忘记，拼命找话时却又没话说了。要饮料时，黛珊只要冰水，献科看各样价格吓人，就说：“一杯可口可乐。”那侍者却听不明白的样子，献科很奇怪，就又慢慢道：“COCA—COLA。”侍者还是不知所云，献科又一个字母一个字母地说，侍者就问他是不是“COKE”，献科摇头，一边向黛珊看过去。黛珊忽然从神游中惊醒过来，忙着说“是”，又跟献科解释他们不说“可乐”只说“COKE”。献科就笑道：“第一回吃饭就出了个洋相！”黛珊也笑道：“这不是‘洋相’，是‘土相’！”话一出口，她就觉得说得造次。献科果然不悦道：“是啊是啊，我现在是土包子了，尽出‘土相’了！”黛珊忙道：“得了，谁刚到美国不是闹了很多笑话啊？自我解嘲，自我解嘲！”献科勉强笑了笑，好在侍者端了饮料来，两人也就假装忘了这一茬。

吃饭时，献科的睡意忽然开始上来，不停地打呵欠，黛珊说他的时差开始发作了。回去路上，献科便迷糊上了。黛珊开着车，不时看他一眼，想四年前两个人开始恋爱的情形，两年前她出国前两个忙着办结婚的情形。这两年，献科的外貌其实并没有特别惊人的变化，却不知为何让她觉得有了很远的距离感和很强的陌生感，或许是自己心里有鬼的缘故？第一个学期，两个人还是电话邮件地每天联系，渐渐地就有些松懈下来，从三两天一回问候到一个星期，若不是今年献科到底办了出来，只怕联系更要疏离了。她忽然想起何梦越送她从教堂回家的晚上，车子在夜色里飞奔，她坐在梦越边上，心底有一种莫名的安全感。她曾经多么渴望能够坐在开车的献科身边啊，如今却是献科昏昏睡在了自己边上……

停车时，她不小心轻轻碰了一下地上的长石条，献科也就醒过来，迷糊道："怎么到家就醒了？！"出了车，天边是一牙刚升起来的月亮，四下里虫声唧唧，远处似乎还有蛙鸣声，听得献科只发愣，一时笑道："冷不丁地，还以为在乡下呢！"黛珊也就笑道："不说美国就是大农村，留学就是洋插队嘛！没来时，都以为在美国过着什么花花日子呢！其实真不如国内呢！"献科叹气道："你从没在国内工作过，都觉得国内好；要是工作过呢，就也不想出来了！"黛珊笑道："又怨我把你拐出来了？我想一人苦，不如一起苦，所以一定要你出来呢！"献科笑道："你啊……"又想国内是早上了，典典等电话要等急了，就忙着跟上楼去。

黛珊开了电视来看，正是十点档的新闻，献科先还想听听，却发现自己几乎一条也听不明白，跟着字幕看，也跟不上速度，又比播音慢一拍，又想看画面，费半天劲大约明白一些儿；看黛珊似乎能明白很多，就又有点不自在，不一会儿，就失去了耐心。黛珊要去洗澡时，献科到底问道："打国内电话怎么打的，给老头老太报声平安啊！"黛珊忙道："Damn it！我怎么忘了。电话卡没钱了，你就直拨吧，现在这家公司也就两毛钱一分钟！"献科就拨给家里，黛珊也等着和他父母说了两句，末了，又给自己父母通报了一声，这才去卫生间洗澡。献科听到水响，忙着拨了典典的电话。那边典典一听他的声音，就撒娇要哭道："你怎么才打来啊？人家一夜都没睡好，等你的电话！都急死了！"献科不免劝慰一番，说不方便的话。典典就问道："那她现在干什么去了啊？"献科道："洗澡呢！"典典沉默了一会儿，忽然道："今天晚上你不许跟她做爱！不允许！"献科一时哭笑不得，也不知如何回答。典典忽又道："你们是不是已经做过了？"献科道："胡说八道！我都累死了，哪有那个心情？"典典"哼"了一声，道："你说话这么小声，我都快听不见了！——没有？她憋了这么久，见了你也不着急？不会是早给你戴了绿帽子吧？"献科被典典捅着久未触动的神经，一边尴尬地清嗓子，一边思考黛珊出轨的可能性，忽然听到水声停了，忙道："她洗完了，我挂了！"典典也着急，忙着说了一句"记得给我发妹儿联系！"话没说完，已听得献科挂了。

二

夜里，献科又因时差关系在客厅看了会儿书才进房躺下来，黛珊似乎已经睡熟了，献科也就闭眼求眠。他醒醒寐寐的，也不晓得梦里跟典典还是黛珊吵什么怄什么的，忽然听到她哭了，一下子惊醒，睁了眼睛，转身一看，果然是黛珊背对着他肩膀一抽一抽的，却竭力压抑着哭声。献科一时愣住，转念却就明白了，说到底他和黛珊还是两年没见的年轻夫妻呢。他调整了情绪，就轻轻翻身，把黛珊搂到怀中来，一边抚摸，一边柔声道："我还是太累了，一上床又睡着了。对不起……"黛珊一时忍不住，哭声忽然大起来，又觉得羞耻，便也抱紧了献科的身子，一壁哭哭啼啼的，一壁回应着献科的动作，褪他的T恤和短裤……

后半夜，黛珊却又睡不着了，一个人轻轻悄悄地起来，喝了点水，拉窗看了看天边要落的牙月，远远地听见似有警车的呼啸。她叹口气，便坐在沙发上。本是她觉得委屈向献科求欢的，只是献科的动作让她惊奇了，她只再不好意思说什么。两年前结婚时，两个人虽然有过性经验，却总是在宿舍里仓惶地完成的；这一夜，献科却是老练如此了，让她满足的同时又起了疑惑。这两年，她是为他守着的，却又忽然想，其实他知道不知道呢。想想那一回梦越送她回家，吻到深处，她还是要他走，看他委屈地下楼去，心头是久不曾体验的揪痛。如今独坐在夜里，也不晓得是该庆幸还是遗憾：献科到底是在身边了。

快中午时，献科才醒。黛珊一面忙着理前日买回来的韭菜，一面招呼他道："你饿不饿？吃点 cereal 和牛奶吧？"献科不知道 cereal 是何物，黛珊便给他讲了，又给他兑了牛奶。献科道："你牛奶也不热一下？我在国内一喝生牛奶就拉肚子的！"黛珊怏怏地放了碗，不晓得该怎么办，有点生气，就又回头理韭菜去。献科从卫生间回来，打开冰箱看见一碗剩饭，就道："倒想吃泡饭了……"黛珊便让出地方道："你自己煮吧。"一边想起自己刚刚看到这一碗饭还说中饭就不要再新煮了呢，却是还按一个人过日子计算了。献科能手能脚地拿了锅，接了水，就放灶上去烧水。黛珊看他一会儿就拨饭进去，问他："怎么这么快水就开了？”献科得意道：“我放的是热水！美国水就是好啊，热的冷的都有，还都卫生！”黛珊急道：“美国的冷水能喝，热水却不能的！都不知道跟洗澡水是不是一个管道的！”一句话唬得献科也不敢要吃了，黛珊就端了那已经泡散泡软的 cereal 道：“你还是老实点吃这个吧！美国的牛奶能生喝的；要不然，这也倒了，重热一杯牛奶吧？”献科忽然意兴阑珊，道：“算了，等会儿吃中饭算了，我也不很饿！”

黛珊的厨艺实在不怎么样。她又因来美第一年胖了点，就下了决心少吃便宜的鸡肉、猪内脏而多吃蔬菜了。这一顿因献科刚到，她还特意买了很贵的西红柿、台湾黄瓜、中国芹菜、韭菜之类的蔬菜，却不料这些都是献科在国内看不上眼、也鲜入口的东西，黛珊又做得一般，他便也勉强吃几口填了肚子罢了。吃完了，黛珊也不收拾碗筷，心想自己做了半天饭菜，该是献科主动去洗碗了；其实她也不是不能一手操办了，只怕给献科养出个不良习惯来。献科坐了一会儿，看黛珊没有洗碗的意思，就明白了她的心思，笑了笑，却问道：“你怎么还没买电脑？想上网都……”黛珊道：“计算机的价格一直在跌，也不晓得什么时候是个底儿。而且在家用机器的机会也不多，平常都是半夜才回来的。以前的 roommate 倒是买了一台，在家就忍不住上网找人聊天，自己恨不得要卖了呢。才一个月，价格就跌了好多，谁愿意买她的二手货？你要上网，待会儿我带你去学校上好了。你又要看什么？国内新闻？你在国内也不怎么上网的呀，给我写信都有一封没一封的。哦，在国内倒是不要上网看新闻的……”献科听她唠叨了一通，有点讪讪的，只道：“我随便说说罢了。”黛珊又道：“这两年也没余下钱来。省下的一点奖学金，还出国时借的钱就去了一部分，你出来又花了不少……”献科就烦躁起来，收拾了碗筷往厨房去，道：“我来洗碗吧！”黛珊抿嘴一笑，却忙又收敛了。

黄昏时，黛珊带着献科去参加在华人教堂举行的迎新会。临去路上，献科就取笑道：“你不会也要成教徒吧？”黛珊看他一眼，道：“又不是你想入人家就要你了！”献科冷笑道：“怎么还跟入党似的，要先经组织考察考察？”黛珊气道：“你说什么呀？我觉得基督教真没什么不好的；刚来的中国学生要不是教会组织的各种活动，真不知道怎么开始生活呢！”献科就嘟囔了一句什么“幸亏不是法轮功”，黛珊也就笑出来。

到了教堂，已经有很多中国人在那里，衣服上贴了名字，手里拿着食盘什么的四处走动。献科一眼看到昨日同机的几个人，尤其是几个女生，似乎都被很热烈地关照着，想到种种说法，就不由笑了笑。两人去倒果汁喝，却忽然走出来一位老太太，跟黛珊问好，又道：“这是你的男朋友？”黛珊微微红了脸，却只把话题岔开去，跟刘太太说些天气、身体的套话。黛珊刚来美时，虽是梦越接的机，却也有其他的男生试探性地围上来，黛珊第一回说自己“已婚”，有几个男生也就再不睬她了。后来她就留了个心眼儿，跟人要么虚与委蛇不说真话，要么就说自己“在国内有个男朋友”给人留存点模糊信息，却不料今日被这个台湾教授的妈冷然一棒打中。好在孔献科似乎并没有太注意刘太太的话，只忙着倒薯片吃了。

黛珊也看见梦越了，跟几个女生交谈着。她安慰自己地想梦越只是跟人一般礼节性地交谈，却又想他是不是也跟别的男生一样有意识地去找新生的。其实梦越也许都不算追过自己吧：第一次在机场看到时，没想到他那样的清瘦修长，后来听说他是台湾来的，也就有点释然，似乎台湾的青年男子都是清瘦修长的似的。梦越带她去参加教会的活动，才晓得他是虔诚的基督徒，在这边的教会里弹钢琴。第一次感恩节活动，大家唱完了赞美诗，就分组做游戏。每人抽了写了话的纸条，来自《圣经》同一段落的人就分成一组。黛珊和梦越的纸条联在一起：一个是“我来了”，一个是“（我来了，）为的是让你的生命更丰盛”——平常的话，忽然暗示什么似的。黛珊那时到了美国三个月，渐渐地适应了不睡午觉的作息，能够比较顺利听课了。一组的人交流心思，向教友、向主说这一年的得和失，黛珊忽然就有些感动，说：原来这一年还是发生了很多事情，研究生毕业，结婚，出国留学……还认识了一些重要的朋友，比如何梦越。那夜照例是梦越送她回家，到了楼下，小雪粒“蓬嚓蓬嚓”地落在车玻璃上。黛珊微开了门，回头一笑，用英语道：“感谢上帝，终于把今年的雪给我们送来了！”梦越却有点正色地说：“我也感谢上帝在这一年把你送到了我的生活里……”黛珊吃了一惊，惶然道：“我是结了婚的……”梦越诧异地看她，黛珊心慌意乱地出去，道了“晚安”，嘱咐了“路上小心”也就进楼了。到后来，梦越忐忐忑忑地试探着问她丈夫的事情，黛珊就吞吞吐吐地回避着，倒像她是被父母一手包办进了一桩老式婚姻似的……

黛珊到底把梦越和献科互相介绍了。寒暄后梦越就不知道说什么好，倒是献科不知怎么来了兴趣，问他对台湾独立、对共产党之类的看法。梦越敷衍着说了几句，也就被人叫走，献科转头时就“嗤”了一声：“这小白脸！”黛珊看他一眼，想他刚才还面上堆笑的，却只道：“你当初不也被人说是小白脸的嘛！现在倒说起别人来了！”

到了晚上九十点，大家也就各自散了。黛珊洗澡时，献科犹犹豫豫地拨了好几次典典的号码，却总是未等到接通，就又自行挂断了，握着话筒独自发呆，想想上海和典典，忽然有那样遥远的感觉，远得让他难以置信他是前天才离开的了。

第二日一早醒来，黛珊就有点感冒的样子，不知是昨日在外面吹了风还是夜里闹的缘故。献科也就忙着开自己带来的一包药，又按黛珊的指示烧热水、冲板兰根等等。黛珊看他忙忙碌碌的，想春天到美后的第一次感冒时无人问津的惨状，心底不禁有点暖意融融起来。吃过饭，她因献科念叨着上网，她又想给他去查查要去的学校中国人的学生会组织之类的情况，就强打精神地开车带他去了实验室。

三

一路上，黛珊又不免絮叨些她老板的事情，说他是一个怎么和善体贴的独身老头，说她刚来时要等开学了才有奖学金，导师就要借钱给她暂用，又主动开车送她去找房子，又怎么关心她的生活起居，在治学上又严谨又温和……献科听得有点不屑，冷笑道："他不会对你有什么想法吧？"话一出口，就觉得轻薄了，却又没法收回，只扭着头看窗外。黛珊气得苍白的脸色也发红起来，瞄了一眼边上的献科，就又专心看路，却笑道："人家有女朋友的。第一次在系里的 barbeque 上他给我介绍他的女朋友，张口说'Dysan，my girlfriend，Nina'，我都有点失态——不习惯老美们七老八十的还 boyfriend、girlfriend 地称呼……"献科又道："我觉着你适应得挺好的嘛，英语比在国内时真是不可同日而语了呢！"黛珊不懂他话里的意思，看前面红灯，就慢慢停下来，看见过路的行人，就又道："自己刚来时也走路回家、上学校好几回呢。那时看身边来往如飞的车子，就觉得自己特悲壮似的。"献科忽然道："不会吧？一个女生居然没人照顾？而且，你说了，有个教会里的人常带你的呢！”黛珊换踩了油门，冷笑道：“那时当然都是报喜不报忧的，哪里又有那么多的免费午餐呢！”

到了实验室，黛珊开了台机器给献科用。献科摸索着上了网，看了会儿国内的新闻，等黛珊出门办什么去了，就忙着开了雅虎的信箱去看信。典典果然写了好几封信来了，先是傻乎乎地问“你到了美国吗？飞机上饿着没有？睡没睡好？想没想我？”到今天的信，她已经有点情绪了，先大骂他“是不是已经把我忘了，忘了你对我承诺的‘一个学期里和她离婚、春节回来跟我结婚带我出去’的话了？你还是人吗？”然后又自我安慰了一番，写什么“我真地想你，想吻你，想你在我身体里的感觉……”献科看的不免心跳脸红，却又莫名地兴奋，慌慌张张地给她回了几个字，一时激动，把黛珊的电话号码也告诉她了，只叫她过两天方便了趁白天黛珊不在家时打过来。

黛珊买了咖啡回来，献科就问她买电话卡的事情。黛珊就说回去路上去中国店里买一张就是了，却又忽然笑道：“着急慌忙地来上网，都干什么了？”献科尴尬道：“有什么呀？有几个同事还问候呢，回了一声平安呗，叫人家放心。”黛珊就冷笑一下道：“没想到啊，还有这么多同事关心你！”献科道：“你以为呢？我们可不是生活在人情冷漠的资本主义社会啊！”黛珊也就笑道：“这倒也是，在国内烦人和人之间太亲密吧，在这里又嫌人和人太疏远了！”两人说了几句，黛珊就忙着找献科学校的中国学生通讯录，又发了封信过去，问住宿之类的情况。

回去路上，两人就拐了趟中国店，黛珊自然又是一场精挑细拣，献科只不耐烦，说什么国内同样的东西可便宜多了。到了出口处，黛珊又要了一张电话卡，献科却忽然说要两张。黛珊问他：“干嘛一下子要两张？一张二十块钱呢！”献科没想到这么贵，道："我到那边去，总得买卡……"结账的小姐就说他们新进了些十块一张的，黛珊却笑笑，要了两张二十的。两人正等着，何梦越却也转到出口处来。黛珊有点窘，却还是笑着招呼了，又看他买了一包烤鸭似的，就笑问他："怎么也要吃荤了？"梦越道："这是素鸭。"又跟献科点了点头。三个人出了门，也就各自上车。黛珊看梦越的红色马自达开出去了，忽然想起以前梦越带她来买菜的情形，想这结账的小姐幸亏换了人，不然还不定认出什么来，倒有点后怕的意思，却又旋即耻于自己的后怕，觉得对不起梦越的那一份感情了。献科却问道："怎么，他还是个素食主义者？"黛珊道："Yes。"献科讨厌她时不时地夹句英文，又心不在焉的，就道："还吃什么素鸭！还是想吃嘛，还拼命压着自己的欲望不吃，这骗谁来呢！"黛珊听得句句刺耳，忽然叫道："你说什么呢！好像人家跟你前世有冤今世有仇似的！"献科愣了愣，脸灰气丧，却又故作幽默地笑道："倒不像我跟他有什么，倒像你跟他有什么似的……"黛珊气得说不出话来，只猛地踩了油门上路。

到了近家的 mall，黛珊想起献科说家中家俱的寒碜，就又拐进去。两个人在 SEARS 等店转了半天，什么床架啊、餐桌啊、电视柜啊还是贵得人心疼，到底空着手出来，想想回家大约没兴致做饭，就买了两份外卖的麦当劳带回来。

夜里早睡，黛珊只在献科身上乱摸。献科就道："你都感冒了，明天又要早起去实验室，歇着吧！"黛珊就撒娇说轻微感冒也没什么的话。献科就翻身躲她，却一不小心翻到地毯上去了，悻悻地爬回来，道："你还笑？这个小破床垫！"黛珊平躺下去，冷笑道："我也不知道你什么意思，到了这边横挑鼻子竖挑眼的。你没想想刚来时的惨样，一张床单铺在地上不也就睡了，两三个月没有电视不也就过来了……你倒好，嫌没有床架了，沙发太旧了，电视老土地放在纸箱上了，没有正式的餐桌了，做个爱好像也是你赏赐我什么似的……”献科就又惭愧，怕她识破了什么似的，只道：“就不兴男人不行、没情绪的时候？”黛珊不语，献科就又凑到她耳边低语几句，黛珊红了脸，骂道：“做梦去吧，你！”又翻身睡去了。

星期一早上，黛珊跟还在睡着的献科交代了一番早饭中饭之类，就匆忙出门赶去学校的班车了。献科待她走了一会儿，盘算着国内是晚上了，就起来用电话卡给典典打电话。两人一时要哭要笑地谈了半天，典典就道：“你跟她有没有吵架？她有没有不耐烦了？”献科就嗫嚅着说不出话来。出国前，典典给他出了几个和黛珊分手的主意：察言观色，看看黛珊这两年有没有红杏出墙，如抓到了把柄，什么也不用说，自是交割了以往的账务，就可以离婚了；要是黛珊没有把柄可抓，到了美国献科就和她没事找事吵吵闹闹的，日子过不下去自然也会离婚；实在不行，献科只好说出和典典的事情来，承认对不起黛珊，只是感情无法勉强，让她放他们一条生路……献科本来也没太当真，到了这边更觉得这些主意天真可笑，却不料典典追问不休，一时就没了说话的情绪。典典听他不言语，就软了声音道：“我是不是逼你太紧了？人家想你嘛，想早些和你在一起嘛……”献科经不住她言语挑逗，不免又笑起来。两个又叽咕了半天，直说得献科饥肠辘辘的，一看表已经十二点了，就忙着挂了。他刚挂了，电话却又响起来，忙着跑去接了，一心以为典典舍不得，果然又用 IP 电话打来了，开口“喂”了一声，却是黛珊的声音，不免吃了一惊。

黛珊本要嘱咐他中饭的事情，却不料整早上家里都占线，这时通了，早没了好脾气，气急败坏地问他跟谁通电话呢。献科就扯谎说给国内的朋友，还有这边的朋友打电话报个信儿什么的。黛珊只是不信，在实验室又不好太大声说话，就没好气地挂了。

晚上回家，献科讨好地做了晚饭等着，虽只是勉强可以下咽，黛珊却也心情好了很多。献科就要她带他去学开会儿车。黛珊说他没有学车执照，不可以的；却禁不住献科的求肋，推托不过，就带他到 mall 的停车场去。

天色渐渐黑下来，她便开了车灯，给他讲了一通。献科在国内学了几回，自以为上手容易，转了圈直开的速度就挺快，害得黛珊尖叫了几次。天全黑的时候，也就准备回家，献科说要开回去，黛珊也欣然应允。刚刚一倒车，就听"砰"的一声响，紧接着是女孩的尖叫声，两人都唬得面如土色，忙着熄了火下车。却原来是一家美国人趁傍晚带了女儿来练车，还没换上人呢，就跟他们要倒出去的车碰了一下，那女孩跟她妹妹两个瑟瑟发抖缩在后座。献科话也说不周全，只听黛珊跟人叽哩呱啦了一通，似乎双方都是虚惊一场，也就算了。

底下两日，献科就不提学车的事，在家里却又一刻不安份的样子，黛珊反催逼鼓励着，要他出来练胆量。出来了，一教一学，自然又是口角不断。黛珊想别人说的千万不能教亲密的人学开车的话，倒有些信了，自发誓再不教他，让他到了新学校自找驾驶学校好了。

周末时，黛珊送献科去新学校。事前黛珊帮他联系了两个找室友的老生，到那儿看了看，选了个离学校比较近的，就签了合同。第二日又带他去报道，顺便在校园逛了逛。周日时先去几家 garage sale 挑了点家俱，又到商场买了点基本用品，算是把他安顿下来了。献科这时方体味一事一物都要亲自去办的难处，想自己站着说话不腰疼地批评黛珊家中的寒碜，就不禁面上讪讪的；

又看黛珊这么忙来忙去的，倒像他当初去上大学时，母亲忙前忙后地给他安排床铺，又有几分不舒服的感觉。黛珊要赶回学校上课，献科送她到楼下，忽然觉得凄楚，也不敢不想露出来，只挥手看她开车走了。

四

黛珊回去路上，一场秋雨却无声无息地落了下来。天黑得已经有些儿早了，一路都是蜿蜒的山间高速，两旁的树色在绿黄杂陈的底调里不时点染出一团一片的艳红来，在这暮雨里，却又蒙上点凄清的灰暗。

黛珊这时又不由想自己和献科的事情，似乎过去几天献科整天在眼前倒逼迫得她无法思考了。本来献科可以提前过来的，黛珊心里有鬼，就没主动提出，没想到献科也不提，直拖到八月份才过来。黛珊如今一想，再想他这几天并没有表现出她期盼的两年之别后的兴奋和狂热，心里的疑团就愈发大起来。她胡思乱想着，脑子里不知怎么冒出最近偶尔翻翻的《神雕侠侣》里裘千尺的名言来：丈夫丈夫，一丈之内，方为丈夫；想着笑，就又想起献科以前说的“老婆”的笑话儿，不觉叹气，想献科既不在一丈之内，自己也还不算老，难道竟有些意味？她又笑自己迷了心窍，也不愿细想，调大了收音机的音量，车速也不觉加快了。

开了学，每周从星期一开始就无法停下来了。献科因和老生住，两人立刻就电话联系上了。献科说了第一次见老板的事情，感觉很不好，黛珊想他初去乍到的，凡事紧张些也算正常，不定还是好事。到了周末，黛珊方意识到有一个星期没见着梦越、也没有收到他电话了，就也胡想了一阵子。

星期六一早她去附近的 yard sale 看东西，倒看见一家人卖有垫有架的床，还有不错的茶几等等，跟人还了点价，就忙着定下来了。卖主倒答应用家用货车给她送过去，只是她怎么弄上楼却可能是个问题。黛珊想了想，就借用阿瑟家的电话，给梦越打过去，问他有没空过去帮忙。梦越自然不好拒却，就开车去黛珊楼下等着了。

梦越和阿瑟把东西搬了上去，黛珊付了钱，那美国老头阿瑟就乐呵呵地上车，还不忘笑说了句：“Enjoy，young couple！”黛珊不觉脸红，却笑道：“这老头，晚节未保！”梦越问她这话什么意思，黛珊道：“本来这半天对他印象很好的，也很感激的，这最后一句不得体的话……我请你吃饭吧？”何梦越忽然看到她手指上的婚戒，心思乱动，也顾不得追究她的话，只淡淡道：“那好吧。上去帮你把这家俱顺便摆好吧，那当咖啡桌用的纸箱子也早该扔了！”两人就又上楼，忙着收拾了。铺好新床，黛珊就坐在上面试了试，弹性硬度等等果然不错，不禁欢欣雀跃的。梦越看她两眼，道：“这旧床垫要不要待会儿也扔掉？”黛珊看着那床垫，不知怎么竟有些留恋之感，就道：“先放着吧。”梦越要笑她道：“怎么一个人还要睡两个床不成？”听了这话，黛珊只觉得有些刺耳，就不睬他。梦越也觉失言，就帮她把纸箱子拆开摊平，拿到楼下去，又顺便把那一套《射雕英雄传》搬上来，还给黛珊。

黛珊趁空进卫生间洗弄一番，想了想，还是把那只最近献科来了才常戴的白银婚戒除下来收好。等她出来，看到梦越把书放在新买的旧茶几上，就笑道：“这武侠小说看了，可有什么读后感？”梦越一时脸上放彩，道：“真没想到这么好看呢！以前总以为这些武侠言情啊都是很无聊的读物，没想到也有文化和人生在里面！”黛珊看他那份兴奋劲儿，又听他一口软甜的国语，倒忍不住要笑，却道：“世俗中国人的世俗乐趣吧！像您这样不食人间烟火的自然稀有……”梦越回头诧异地看她，黛珊就道：“要不要看下面的《神雕侠侣》？”梦越就道：“不敢看了。一开学就忙了，也就暑假有点空，才敢看。”黛珊不由笑道：“真是乖孩子……”梦越要抗议，黛珊忙道：“走吧，我请你吃饭去！”

梦越开车，两人先是好久没话说。半晌，黛珊到底先开口道：“最近一切还好吧？”转而觉得自己问得可笑。梦越勉强笑了笑，道：“你们一切都好？”黛珊便叹气道：“他刚过来，还有许多要适应的地方，只能慢慢来……”何梦越听她那样说话，想起当初天真的幻想：等她丈夫过来了，他们会商量分手的事情，自己可以等着黛珊的自由……等见到了真实实在的她的“丈夫”，他就知道那样的想法果然是幻想，而且天真。他思前想后地下了决心，今天就把她的书带过来还了；这时想到要和黛珊说，就一时狼狈地想哭。

到了日本店樱花馆，两人都要了一客素食。梦越看着餐巾纸上的樱花图案道：“也许只有纸上的樱花才是不凋谢的……”黛珊夹了一只素喜，却又放下来，也意味深长地道：“也许，……”她想说什么素食的人终究吃不了荤什么的，却只觉要言不达意，就半路停了。梦越继续道：“我从小就受了洗的，最近更觉得自己是个罪人，一直努力地在忏悔……”黛珊心里一阵疼，却缓缓笑道：“是啊，我打小是个无神论者，这么努力了两年，还是难以相信许多东西……”

这一顿饭怎么吃完的，黛珊竟不记得；梦越怎么送她回家，她也不很清楚。一个人回家睡觉，居然睡得黑天昏地的，直到晚上献科的一个电话叫醒了她。两人闲说了两句，献科就问道：“你一早一中午都去哪里了？”黛珊就说早上出门买了点东西，后来又去实验室做了会儿事情。献科疑惑道：“我中午给你实验室打过电话的，也没人接。”黛珊心里一凛，道：“可能出去吃饭了吧。怎么想起那时打电话？”献科就有点沉默，半日道：“今天去图书馆看了一天的书，累死了。回到家，想起来忘了跟小陆出去买菜了，这一个星期不晓得吃什么呢……”黛珊就安慰他几句，让他明天去步行可到的地方买点牛奶饼干之类的食品存着，下周别再忘了就是。献科一一答应了。他想和黛珊说这一周的遭遇，却欲言又止，黛珊又仿佛有点心不在焉的，就到底没说。

黛珊挂了电话，就弄点吃的，却寡然无味，只觉胸口有闷痛压迫着。她忽然想这其实是不是有点失恋的意思：她和献科在学校里算是没费什么周折的，到毕业时结婚，也似乎是水到渠成的事情；只是没想到和梦越就这样了断，虽然心底某处有些轻松的感觉，她却还是觉得难受了。她又想即使退一万步来说，她可以和梦越去发展，又能发展出什么呢？她要为他去入教，也许要忍受他家人对媳妇也上班的不满，而他要忍受她不是素食者、是已婚女子等等事实……梦越甚至以前没有读过金庸的小说，最近才在她的怂恿下借看了《射雕英雄传》。这些奇怪而陌生的差别仿佛是当初彼此吸引的因素，如今再想，却也更是要让彼此因缺乏共同语言而难受的距离……黛珊这么想着，又想献科的好处，想上大学时的圣诞他曾怎么捧着红玫瑰顶着寒风在女生楼下等着，那个通宵舞会上她怎么疲累地第一次睡在男孩的怀里，本来不大去教室自习的献科和她恋爱后怎么每晚去教室里陪她坐着看书，在看书的间隙里陪她出去散步；两个糊涂人怎么稀里糊涂地忙着一个月里完成毕业、结婚、就业和出国的大事情；她来了一年，他给她海运过来一整套的金庸全集和四大名著；甚至她可以和他讨论台湾的问题，说台湾要不要独立除了要看岛上两千三百万中国人的意愿，也要看看大陆十几亿中国人的意愿啊……而这些，她和梦越是从不去说的，也可想象彼此的分歧……黛珊沉沉叹了口气，想自己到底是个学理工的人，而感情这东西大约是经不住多少分析的。

周日忙着买菜、洗衣服、做三四天的饭菜等等，时间转瞬而过，然后又是开始了就无法停止的一周。底下一个周日晚上，黛珊正一人在家看电视，梦越打来电话。两人不咸不淡地说了几句，就有点尴尬地沉默着。梦越忽然道："已经好几个星期天没见你去教堂了……"黛珊不由凄然一笑，道："我害怕自己既是叶公好龙，又是滥竽充数……"又沉默了一会儿，梦越突然问道："你是不是从来没有，爱过我？"黛珊不由愣在这头，转头四顾，却不答他的话。梦越断断续续地道："这些天你不去教会，我都感觉失魂落魄的……上个星期跟你说那些话，你为什么那么平静，什么反应都没有？你是不是早就准备好了：等他过来，你就用不着我了，也就该分手了……"黛珊一时生气，就挂了电话，却忍不住哭了起来。梦越却又立刻打了过来，开口就道："是我，不要挂……对不起！"黛珊不由抽噎不已，梦越就喃喃道："你说，我们到底有没有希望在一起……"黛珊短促地哭了一声，却到底缓缓说道："没有……"

挂了梦越的电话，黛珊又愣了一会儿，也就开始整理这个月的账单。翻开电话账单，却吓了一跳，直比平常多了四十多块，仔细看了一下，原来献科刚来那两天除了给家里电话外，还给另外一些人打了，有一个手机号码他打了两三次，时间都还不短，费率又高，一时心里就疑窦丛生。

写好了支票，她就给献科打电话，却没人接。到临睡前，就又试了一次，到底找着他，开口就问他上海的那个手机号码是谁的。献科吃了一惊，强自镇定道：“我正准备告诉你呢……”黛珊一时提了嗓门道：“告诉我？告诉我什么？你打国内的手机也不跟我说一声，一分钟就是五毛多呢！你怎么这么晚才回家？”献科就说他又去学校图书馆看书了。黛珊就笑道：“你还真够用功的啊，又爱上学习了？”献科满腔苦楚，沉默了半天，到底嗫嚅道：“这个学，我怕是上不下去了……”

五

黛珊只道他开玩笑，不由笑他道：“现在你也知道留学的苦了！但也不至于这么一个月不到就感慨‘上不下去了吧’！”献科道：“也许是我太笨了？详细情况也一直没敢告诉你……”黛珊听他语气悲观，不觉止了笑，问他到底怎么了，献科唉声叹气了半天，到底从头说来。

献科第一次和老板见面的感觉非常好：他去办公室找夏普里奥教授时，惊讶地发现对方比他大不了几岁，又开口就让献科不叫他夏普里奥教授，只叫他名字杰夫瑞的简称“杰夫”，还认认真真学习了一把献科的名字发音，虽然稍慢一些就成了“西安科”，比起一般的不知所云或者直接询问可不可叫他“科”的美国人，也算强了不知多少倍了。中午，杰夫又带着献科和另外一个美国的硕士生去吃中饭。席间，问起长江的水位、中国的小煤矿现状、上海的最高楼和中国这些年令人讶异的GDP增长等等，饭后引着献科和托德去买咖啡时，又神秘地跟献科眨眼说“我们都是上了毒瘾的人”。献科初到美国又离开黛珊的阴蠡心情几乎一扫而空。再回办公室，杰夫就开始问献科都修过什么课，研究生时做过什么项目，工作两年又学到了什么新东西，献科用蹩脚的英语勉强应答了。杰夫说他的方向是化学物理和生物、甚至电子工程都有触及的交叉学科，基础要求比较坚实，说着，就在墙上小白板上写了个热交换的方程来，要献科写出解答过程和解来。献科对着白板，脑袋一片空白，画了两三行“X＝”“Y＝”，就只好红着脸承认自己记不得三四年前学习的数理方程了。杰夫就很不高兴，又问献科的研究生论文到底做了什么实验获得了什么数据推论了什么结果，献科心里紧张，许多英文词就想不起来，更加说不周全。杰夫强忍着脾气，沉思了一通，让献科先回去列一个他曾在学校修过的课程清单，问了他住的地方，说下了班，就去那里和他讨论选课事宜。

献科逃出杰夫的办公室，就忙着赶车回家。正好小陆要出去买点东西，献科就跟着他去了。再到家不久，杰夫就真开车找过来了。献科带着他上楼，到了自己独桌独椅的房间，忙又尴尬地到小陆房间借了一只凳子过来请杰夫坐，又要开新买的罐装可乐给杰夫。杰夫一一笑着推却了，就坐在地上，说了声“公寓不错，挺开阔的”，然后就问献科的课程清单列得如何了。孔献科第一次体会“希望有个地洞可钻”的感觉，却只好实话实说，讲自己刚刚搬来，没车又不熟悉环境，只能跟着室友的计划而动，实在还没时间整理出那个清单来……夏普里奥教授的脸色不由遽变，道：“你知道你在干什么吗？第一，你没有遵守你的诺言；第二，这样做是在浪费我的时间。我想，今晚我们也没什么好谈的了。明天一早你拿着清单来找我吧！”献科这时已完全说不出话来，只点头哈腰地把杰夫送到楼下，看他开车去了，就忙着回房工作。

第二天一早，献科把熬夜翻箱对照着成绩单抄出来的一份课程清单送给杰夫去看。杰夫笑笑瞄了两眼，放到一边道："我又看了看你的成绩单，分数都不低，怎么一些简单的问题却答不上来呢？"献科只好说从研究生二年级到现在就大多是很具体的实验工作等等，所以很基础的理论东西忘了不少。杰夫就道："怎么可能？我到现在我记得我在麻省理工第一年修的数学课讲了些什么……也可能你的英语不够好吧，有些东西表达不了？"献科庆幸杰夫给他找着一个更体面的台阶下，却又不免暗骂自己怎么笨急到没想到这么个现成的借口。杰夫也不再追究，却拿了一本厚厚的学校课程录来，找到标好的页码，和献科讨论起要选的课程。杰夫说本来以为献科第一年就可以上手干活，现在看来不行，要多选选课，勾来划去的选了五门课，包括一门英语。献科不知高厚，只忙着一一点头应了，然后就匆忙地揣着校园地图去找当日十一点到一点的那门数学课的授课教室了。

他在国内午休惯了，或者中午大家闹一闹也罢了，这一堂正中午的数学课只上得他"欲"坐针毡，似乎这样才能把睡意稍稍打消一点。不明不白下了课，就跑到书店去买推荐的两本教科书，一下子就是一百多元，吓得他午饭也不敢奢想了，买了一只苹果暂时填了填肚皮，就一路小跑去英语系上下面一堂英语课。这一堂课亏他肚子饿得直叫，那老太又很神经质地或笑或叹，一时喧哗一时耳语，才没有睡过去。下了课，又不那么饿了，就跑到图书馆看那两本数学书到底讲些啥，不觉就天黑，又急忙去赶校车回家。

到了家，慌忙用小陆的电饭锅蒸上饭，再看着冰箱里的东西却无从下手，想着西红柿炒鸡蛋应该好整，也不想西红柿的价格了，就忙着洗切。刚要下锅时，小陆哼着小调进了门。献科想着要让出厨房，紧张巴巴地炒了几下，想着加盐加油的，却一不小心就已经满锅是水了，就忙着盛出来。他端了饭菜到客厅，对小陆道："我煮了一锅饭，你就不用煮了吧！"小陆不冷不热道："不用吧……"献科心下踌躇，就又放了碗筷来厨房找家伙盛饭，完了，又忙着洗电饭锅，却又沾了底，费半天劲才忙着递给似已等得不耐烦的小陆。

献科好不容易咽下去一顿饭，又把剩余的包好了放在冰箱。小陆也做好了饭菜，就一边看球赛一边吃饭，献科站着跟他说几句闲话，说两本数学书就买了一百二十块钱的事情。小陆不由诧异看他一眼，笑道："嘿，没看出来哥们是个款爷啊！都说现在出来的人带了很多钱了，我先还不信呢……"献科也不晓得他是开玩笑还是说真话，却不由面红耳赤，道："我听说中国学生很少买新书的，可是这书都是今年才出的，也没有旧书啊……"小陆就笑道："你赶快去复印一本再退回去吧！还没见你这么傻的，还买新书！"献科再红了脸，却依旧带笑道："这复印，一页一毛钱，一本也要三四十呢！"小陆一下想他可能还用不了系里的复印机，一时踌躇着不知要不要开口接茬，到底道："可以去图书馆、系里复印啊，实在不行，到底还是便宜将近一半啊！"

献科垂头丧气，勉强又笑着跟小陆说了两句，更看不懂小陆关了字幕的棒球赛，想着第二天的课，就忙着回房去看书，却哪里看得下去。一时躺倒在床，不由胡思乱想，想着来到这新地方还没给典典打过电话来，就不由惭愧。起身找了电话卡，拨完了免费号码和密码，却又踌躇起来，不晓得接通了又能和典典说什么，再想到那钱，就更心疼，这么一愣，按下去的却是黛珊的号码了。

黛珊听说他买了书，也说他一顿，却又道："最好不要去图书馆复印，而且我怀疑一般图书馆也要收钱的；即使能免费，人家看见你印一本书，也要起疑的，知道了怪丢脸的。你问问你们系的老生，一般都有系里复印的户头的吧？实在不行，跟你老板要系里复印室的钥匙和户头吧，就说你要……唉，你又不做ＴＡ，也不是很好开口呢！真要不行，买就买了吧，不然一班的人就你拿着复印材料，也不好。你收好发票吧，说不定两个月里都可以还的，你再找找门路就是了！”献科一听她提及老板，再想她说她老板多么好来，心底就有点若羡若妒的情绪要滋生，却忙着压住了，只一一答应了她的话。又不免说起小陆吃饭跟他分得清爽的事，黛珊就笑道：“老生都知道的。刚来的新生，常常一起合伙吃，过了三月两月的，就矛盾百出了，最后还是要分。小陆这么做也是为你好！”献科听她这么说着，就有点厌烦她的指导，却道：“明天三堂课呢，要睡觉了！”黛珊就又问他选了什么课，一听他说选了五门课，就尖叫道：“You are crazy！谁叫你第一学期选这么多课的？”献科道：“你叫什么啊？老板选的，我有什么办法？”黛珊道：“那就是你老板疯了！你还没交选课单吧？听两周看看，赶快和你老板谈谈，至少 drop 掉一门！不然，你到时候要吃不了兜着走，想退都退不掉的！”两人说了半天，才挂了。

好不容易熬了一周下来，献科果然觉得吃不消。周六睡了个懒觉，又想和黛珊商量退课的事情，却找不到她，犹豫了半日，到底给典典打了过去。典典自是不高兴，冷嘲热讽他怎么这时想起给她打电话了，不是连电子邮件写得都很吝啬了嘛。献科就要说自己的情形，却又说不出口，只推刚开学、功课紧、生活苦罢了。典典不由冷笑道：“我看你是乐不思蜀了吧！”献科又分辩了几句，屡屡听到小陆提电话的声音，想是要用电话，又觉现在跟典典诉苦几类于对牛弹琴，一发呆，一狠心，也就把电话挂了。

第二周开始，各门课的作业就不停发下来。献科选的几门课，除了英语之外，多是跟外系的高年级本科生或者刚入学的研究生一起上，有时都不明白作业布置的是什么，只好厚着脸皮去问看着像是亚裔的同学。到图书馆，匆匆查回信，果然有典典的，又哭又闹又后悔，说什么“也知道你可能很忙，可是一个星期没接到你电话，你知道是什么滋味吗？你为什么就不为我想一想？何况，你现在算是在你‘老婆’那边了，我却一个人在这里，痴痴地等着你遵守你的诺言……”献科看到“诺言”两个字，不由眼圈一红，想了一会，到底不知怎么回，忙着找了座位去看书了。

六

孔献科一直自认是个聪明人，却不料被这留学生活这样弄了个下马威。如今在典典和黛珊之间，献科倒觉得是聪明反被聪明误了；又想典典远在大洋那头，大约好打发点，只是如何向黛珊启齿却是个难题了，更怕她已然怀疑到了什么。在这陌生的土地上，他的洋插队之苦也只能跟黛珊倾诉了，也只有她才能理解的了。想到这里，献科就忽然对黛珊有点敬意起来，想她一个女人这两年怎么顶过来的。转念一想，如今自己这么狼狈，这种诉苦是不是有伤自尊，再一想黛珊是自己的妻子，就又有点释然。“自己的”，献科有时玩味着这三个字，想想这世界上真正是“自己的”东西究竟有多少，就不禁要感慨万千起来。在电话里跟黛珊说了半个多月的苦楚，感觉就好多了，似乎又积攒了足够的信心和勇气去对付将来的一周。黛珊还说在他们学校的图书馆找到了献科要用的教科书，在系里复印室各印了一份，下一周就可开车给他送过来。

周五晚上，献科抽出时间来和典典讲了一回长长的电话。他本来计划好了，怎么跟典典摊牌，临到说时，满耳是典典的甜言蜜语，就全没了主意。末了，就慌不择言道：“你跟我好，是不是就想出国啊？”典典本来还迷迷糊糊躺在床上，这时如雷击电掣般，只要破口大骂，却到底强忍着愤怒道：“孔献科，你以为你是谁？我想出国，随便找个人还不照样出去？为什么非要找你这个有妇之夫？而且你当时还不在国外？”献科就又软了，强笑道：“我怎么知道……”典典哭起来，道：“是不是美国真的不好？你生活太苦了，要不，还是回来吧？好吗？我不在乎你在哪儿，我只要跟你在一起……”献科长叹了一口气，道：“哪里那么容易呢！今天我爸妈还说准备过来探亲呢！”典典道：“那你到底怎么想，想怎么办吗？”她话没说完，就听到电话卡里提示只有一分钟了。献科顿了一下道：“我想，我们还是断了好吧……”典典刚说了个“你”字，电话就断了。献科满腹惆怅之余，又不禁略感庆幸，拿着话筒，呆想了半天，也就洗漱了睡觉。典典心里愤懑，着急慌忙找了早买了却从未用的ＩＰ电话卡，有点胆颤心惊地拨了献科给的美国号码，却不料是个女人声音，一时就发愣，硬着头皮道：“孔献科在吗？”黛珊道：“他开学了，不住在这里……你是谁？找他有事吗？”典典想起来献科只给过她他老婆的号码，一时慌张道：“我是他的同事……同学，没什么事……我挂了！”黛珊不觉心里犯疑，想打电话问献科，看表已是近十二点，想着明天要过去，也就算了。

第二日她吃了午饭出发，开了两个多小时，也就到了。献科在家里等着她，倒是迎宾似地准备了许多饭菜。黛珊看献科似乎真有些瘦了，不觉笑，道：“成长迅速嘛！我听说你们这儿有个不错的中国 buffet，晚上去那儿吃好了……”献科要开口说她浪费，话到嘴边却道："也好。我做的，就下个星期带到学校吃吧！"黛珊也就帮他收拾了，又带他出去，买了些他这三个星期发现很紧要却没有的生活用品。

小陆踢球回来，他们便问了他中国自助店的地址，虚请了小陆一回，也就自开车去了。两人大快朵颐了一顿，饭后每人又吃了一小碗免费的冰激淋，都歇在座位上不想走。黛珊这时想起昨晚的那个电话来，就试探着问献科："什么人啊？还说是我们同学，怎么会不知道我名字？"献科就红了脸，半日才吞吐道："是以前的一个同事吧……"黛珊又问："是不是你刚到美国就打了好几个电话的那个？"献科料是瞒不住，就偷工减料地给她讲了讲，只说典典和他因为一次醉酒发生了关系，后来典典就缠着他不放，幸亏他及时出了国终于摆脱了云云。黛珊呆若木鸡，两眼发直地看着对面低了头不敢直视她的献科，想说话，却说不出来，嘴唇颤抖了半日，眼泪就无声地流下来。哭了一会儿，她起身去了趟洗手间，照镜子时，忽然想起梦越来，有一种电石火光的轻松和惊喜掠过心际，却不敢多想，就又忙着擦净脸上的泪痕。

两人不声不响上车回去，到了半路，黛珊道："现在回去还早，不如去看场电影吧。"献科自然同意。看完电影，黛珊的心情似乎好些，献科也就渐渐话多起来，电影虽没看懂多少，还是跟黛珊微微争执了几句。到了家，又百般殷勤地侍候着黛珊，黛珊也就不好再板着个脸儿。献科洗了澡，上床来好好温存，黛珊先还拿这拿那地推拒他，渐渐也就缴械投降，只随着献科的动作起伏……

完了事，献科把她搂在怀里，一手轻轻弄她的头发。黛珊不觉叹气道："也许当初实在不应该把你一人留在国内两年的……"献科道："又有什么办法呢？我没申请着，至少得等一年吧。那时要办Ｆ２出来，又要交公司的违约金，又要交培养费，肯定凑不出来的……等了这两年，公司的合同期也满了，培养费也不用交了，正好我也申请到了学校……”他还想说什么几全齐美的话，却到底忍住了。黛珊也就不言语，渐渐地似乎睡着了。献科倒睁眼想了会儿，最后轻轻把胳膊从黛珊颈后抽了出来，也平身睡了。

第二日早上，献科带着黛珊去校园、系楼看了一回，又顺便去书店把几本书给退了，倒没费什么周折。献科只乐道：“一下子多了两百多块钱，感觉好爽！”黛珊看他满脸笑容，倒有一股孩子气，不觉也笑。吃了午饭，她也就忙着回去。只过了三两个星期，路两边的树色就红艳了许多，被微风吹拂着，就如一面面小小的血红旗帜翻扬飞舞着，竟刺目得很。黛珊自又要想献科和典典的事情，有点诧异自己的平静，又暗暗想：自己和梦越的事情大约是可以不用告诉献科的了。忽想起网上看来的一种言论：夫妻关系，应该和总统选举之类的一样，几年一选决定换届与否，大约世上也就没有那么多不幸福的婚姻了……黛珊不觉一笑，想她和献科算不幸福吗？似乎不像；那么算不算幸福呢，却也很难说了；这么乱想着，不觉又苦笑了一回。

底下的一个星期天，她起得早，没什么事情耽搁，倒去参加了教堂的礼拜。梦越还在那里弹钢琴，琮琮的琴声伴着大家的歌唱，却也让人平和安详起来。礼拜结束时，她慢腾腾地跟着大家出来，就有刘太太等人问她好几个周末没来的事情，她勉强找借口支吾了。人群渐渐散去，她进了车，远远看见梦越带着两个像是新来的女生出来，隐约听见她们声声亲热地叫着“丹尼”，就不由出了一回神。转头看了看外面的蓝天红叶，到底不想打招呼了，就径直开了车回家来。

黛珊和献科间的电话如今倒也多起来，你来我往的竟要一两天一次。一个多月下来，献科虽然渐渐适应了这边的节奏，接踵而至的作业考试等等却压得他喘不过气来。夏普里奥教授更上一层楼，给了献科实验室的钥匙，又同时分配给他许多杂活：诸如整理实验室的资料柜、洗刷试管、整理仪器等等。献科在国内没接触过许多实验仪器，自然又笨拙不堪，又时常被逼着要打电话去找制造商的技术支持讨教，因此倒不敢去实验室了。

又一周谈话，献科斗胆提起五门课压得他喘不过气来的事。杰夫就很不满意，就问他道：你从中国那么远的地方跑到美国来读书，不就是为了能尽可能多学点知识吗？五门课太多？你有没有全身心投入每门课呢？“西安科”的意思是“献身科学”，你真的有这样的勇气和决心吗？你有没有意识到你现在能够一天学习十个小时是莫大的财富和幸福？……献科灰头土脸地离开他的办公室，书包里一门只得了五十分的小测验成绩单更重了许多，几乎像是五十磅的重担压着。

电话里说起，黛珊也只有陪着献科说几句他老板没拿到永久职称之前穷凶极恶罢了。黛珊自不免时时又问起典典的事情，献科就忙着保证说真断了，再没联系过，黛珊只不全信。献科就道：“我也没别的法子证明给你看了；要是住在一起，你就相信我了！”黛珊笑道：“那你转到我们学校来好了……”虽是玩笑着说，两人却又都不禁心动。

话说着，又一门期中考试下来了，献科又只得了个五十多分，虽然周围还有不少得了三十、二十的美国学生，他还是又羞惭又害怕的。跟杰夫见面时，献科就嗫嚅着说了两门期中考的情况。杰夫自是失望，又道他还没有怎么给献科课程之外的任务，而且献科下学期的奖学金也是要根据这学期的成绩来最终确定的。献科回去路上，想想他老板的话，又想自己对这课程专业真是说不上很强烈的兴趣的，为这五门课夜也没少熬觉也没少睡，也实在算尽了全力的，颇有点心灰意懒，却又担惊受怕得不行。

晚上黛珊又打了电话来，说起放秋假的事情，问献科想不想跟着去附近的国家公园看看。献科就苦笑道："得了吧，我秋假后还有两门期中考试呢，假前还有三份大作业要交……"黛珊就问他考试情况，听说他两门期中考都是B以下的成绩，不由也为他担心，却道："我看你这老板实在不是什么善辈，你以后跟了他少不了苦头吃。要是想转学，不如趁早，耗上两三年就不值得了。你又不是很喜欢这专业，四五年赔进去再出来，找不找得到工作还是个问题——不如转学到我们学校来学计算机好了，虽然学校的计算机专业排名不是特别高，也还说得过去；按州内学生的配偶身份注册，还可以省点儿学费；读两年，我还可以和你一起毕业，一起找工作；两人住一起，也可以省了好多房租吃饭的费用……"献科初到之人，只狠不下这心来，就道："我以前又不是计算机专业的，能成吗？"黛珊笑道："得了，这还有许多原来学文科的F 2改了计算机呢。你计算机又玩得熟，编程序的经验也不少，难道还不如他们不成？"献科被她说得心动，却道："再说吧，再考虑考虑吧……"

献科忙着准备期中考试，自又不方便回来，黛珊便决定了还去看他。临行前，又跟他说了一遍转学换专业的利害，献科就也说那便准备着吧。黛珊就找出他出国前准备的申请材料，准备带过去。秋假又逢上中秋节，黛珊就去中国店买了月饼、桂花糕、菱角、芋头之类的秋令食品带上。

小陆趁着秋假出去玩了，黛珊献科也就更加自由自在些。两人在家做了饭，又去阳台上摆了桌椅，一时放了买的和做的食品，倒也满满一桌。献科又开了白天买的一瓶葡萄酒，两人就坐下来小酌以贺。献科强劝着黛珊喝了几杯，黛珊不胜酒力，脸就红烧得厉害。献科隔桌看她，原本苍白的面色染了红晕，逆着如银的月光，煞是娇媚，不由心动，就夸了几句。黛珊也笑，却觉得头重脸热的，侧耳听了一回楼下草地里的秋虫咏唱，伸手试了一回栏杆上有无露水，就回头去看那刚升到树稍以上的月亮，却道："刚才一不留神，还以为那盏又大又白的琉璃灯就是月亮了呢！"献科就笑道："你没醉吧？呵呵，那灯和月亮还真有点儿像！你还别说，这他妈的美国的月亮，还真是又大又圆呢！"

（原载于《鸭绿江》2018 年第 6 期）

狗嘴象牙（由网络照片合成制作）

狗嘴象牙

应 帆

一

星期五傍晚，谢楚樵从波士顿去纽约。上车之前，他买了一份中文《世界日报》，准备在路上做消遣的阅读。这家叫风华的运输公司，这两年的业务看样子是蒸蒸日上，载客的车从小型货车到中客再到大客，谢楚樵几乎是看着它一路升级和发迹上来的。然而仔细去想，却又弄不清楚他们究竟是什么时候鸟枪换炮的：恍如生活里的变化，就像不知道什么时候他和小瓷似乎已经“习惯”了波士顿和纽约间的“长途”关系。当然也许是“厌倦”。谢楚樵被自己的这个想法吓了一跳，同时又觉得有点畏疚，就忙着就外面还亮着的天色来看报纸。

他浏览完了各类政治新闻，美国的、大陆的、港台的，似乎跟自己都很关切，却又都很遥远。倒是又胡思乱想了一阵子各种国家大势大事，仿佛事事关心，又仿佛事事与己无关，最终也就是叹了一口气。他接着看娱乐新闻，又是谁和谁分手、谁和谁秘密约会被狗仔队偷拍什么的，一边笑骂，一边还是津津有味地看完了那些八卦。

大致翻完了报纸，车也出了城。谢楚樵翻报纸的当口，注意到身边坐着一个橄榄色皮肤的女人，就着暗淡的光线在看书，就小心地把报纸压低，让窗口的光亮无大碍地传递到女人的书本上。女人似乎感觉到变化，抬头对他一笑。谢楚樵匆忙回了一笑，就又开始看一些内版的社会新闻。大陆的版面上，倒有一条有趣的，说现在中国各大医院接受亲子鉴定的案例越来越多，几可称“火爆”。文章又说，“有关人士认为，‘亲子鉴定业务’的火爆从一个侧面反映出当前社会家庭关系的不稳定，很多家庭存在着信任危机……”谢楚樵不禁莞尔。

外面天色渐渐暗了下来。谢楚樵已经看不清楚报纸，也就摘了眼镜来擦拭，借机多看了两眼边上的女人。她看着倒是很像亚裔的，肤色之外，脸型、头发都不像白人的，却又不全像亚洲人，具体不像在哪里，他却也想不出来。女人戴着一对菱形的耳环，质地倒也罢了，却是那形状，不同流俗，摇晃之间，似乎也比一般的圆形耳环多出了一点别样风韵。女人看一本书，谢楚樵费了半天功夫，才看清楚是一本关于舞蹈的教科书，更觉惊讶，心里猜测她必是哪个舞蹈学校的，学芭蕾舞什么的。

女人似乎也看累了，合上书，闭了闭眼睛，然后看窗外。楚樵也就跟着向外看。天边正是红彤彤的一片，偶有几朵飘流的浮云也染上点羞色。路边的树影都开始由绿变黑，变成一丛丛惹人联想的剪影。小车大车在两边道上呼啸而过，仿佛在为一个繁忙的周末加注脚。

看了会儿，他转过头来，见那女人虽然还在看着，却不是那么专心致志的神态，他就壮了胆子鼓足勇气，问她道：“你不是中国人吧？”

女的说不是。楚樵就又问她怎么知道中国城这便宜的长途巴士的，女的就说听朋友讲的。两人打开了话头，就聊了起来。

谢楚樵这才知道女人原来叫玛丽亚，从秘鲁来的；又说她老公是智利人，两个人在纽约的地铁站里跳舞讨生活，准备在纽约呆一阵子后再去伦敦、巴黎、罗马的大街上和地铁里跳舞。谢楚樵内心暗笑方才自己对她职业的美丽幻想，却还是礼貌地保持着谈话，听玛丽亚讲他们秘鲁人如何重视传统，而智利人比较开放，因此她和老公乃至双方家庭常常会有各种各样的矛盾……

刚过八点时，汽车在一个路边的麦当劳停下来，让大家稍事休息，众人就排队去厕所，然后排队买吃的。谢楚樵要了个汉堡，当了晚饭。飞快吃完了，又给小瓷打了个电话，无非是告诉她自己十一点才能到她那里。小瓷正跟什么朋友在下东城的一个酒吧里，也不知道是不方便讲话，还是听不清楚讲话，两人不过空喊了几句。楚樵本想问她到底有什么事情要告诉自己，想想也就两三个小时的路程了，到了纽约再说吧，因此说了句“再见”也就挂了。

再上车，楚樵和玛丽亚说了几句闲话，也就没什么好说的。车里车外都是昏暗一色，外面只有单调的车流声音，里面的乘客却十有八九在打瞌睡，前面有个女的在用广东话打电话。楚樵试了试顶灯，果然太暗而不适合看东西，也就死心，闭了眼睛准备睡一会。只一会，却觉得右边肩上沉重，脖间又痒痒的，睁眼一看，原来是玛丽亚打瞌睡倚到他肩膀上了。他想了想，也不去推她，就继续闭眼求眠了。

到了曼哈顿大桥桥堍下的车站，正好是十点过了些。下了车，大家就四处散了。楚樵和玛丽亚一起沿着行人冷清的运河街走到伊丽莎白街，她也就要向南去，两人就互道“再见”。楚樵一边往六号地铁站去，一边假设和猜测自己跟玛丽亚要电话号码成功的可能性和荒唐性。快到车站时，抬头一看，倒见一弯月亮挂在西边，不觉停下多看了几眼。

二

等他转换地铁到了小瓷在上东城的单房公寓，已经是十一点多些。放下背包，他就不由自主开始收拾零乱的房间。一边收拾，一边觉得可笑：仿佛大家在这方面都是“严于律人，宽于待己”。小瓷每次去他那儿，也是骂他脏乱差的，也总忍不住要把他的脏衣服归类到洗衣筐去，把沙发上的靠背放得整齐规矩，把他摊在厨房柜台上的碗碟放到壁柜里……自然在收拾的过程中，也不时可以发现一些小秘密，比如双方过去一两个星期里新买了什么东西，买东西的账单，吃饭的账单，一般来说没什么价值，但是总是让人好歹因此有点踏实的感觉。

楚樵匆匆收拾完了，就去洗澡，洗完了，小瓷也已经回来了，正光着脚坐在床上看电视。小瓷穿着简约的黑色衣裙，一头黑发精心地零乱着，戴了隐形眼镜的眼睛里又流露着一点水汪汪的疲态和慵懒。

楚樵看在眼里，心里不是特别舒服，却故意眯起眼睛笑道：“耶，今天晚上很性感嘛！”

小瓷兴奋道：“真的？——头发再擦擦干！”

楚樵就又一边拿毛巾擦头发，一边取笑道：“没看我没戴眼镜嘛，雾里看花，总是朦胧美！”

小瓷不满地“哼”了一声，就下床往卫生间来，嘴里道：“就知道你狗嘴里吐不出象牙来！我也赶快洗了睡觉了，困死了——你不觉得，有人觉得！哼，今天差点带了个帅哥回来！”

楚樵摸了床头柜上的眼镜戴上，拿着毛巾返到卫生间门口：“那怎么没带回来啊？”

小瓷正在用牙线，瞄他一眼，又抽空道：“心情不好！——

今天晚上真地碰上这种美国人呢。就跟他说了几句话，就问我住哪里，可不可以跟我一起回家什么的。我说我没问题，就怕我那从波士顿来的男朋友有问题……”

楚樵愣了一下，旋即笑道：“就是就是，要搞三P，也得带个女的回来啊！”小瓷扔了牙线又骂道：“狗嘴里吐不出象牙！”

楚樵一时得意，又道：“看你以前老和伊琳勾肩搭背的，好像一对里斯本的亲密状，我就说过我不介意来那么一下的……”

小瓷听他说得越发不像话，又用英文骂了一句：“去死吧！”

两人一夜无话。早上楚樵先醒了，肚子饿得“咕咕”叫，到厨房找了半天，只得一根烂香蕉，吃了，又上床看书。

小瓷模糊醒来时，似乎忘了楚樵昨晚来的，问道：“你什么时候到的？”

楚樵反问她：“你什么时候回来的？”

小瓷想了想，感叹道：“昨天那个钢琴吧还真挺不错的，尤其喜欢那个鼓手。在那边闭着眼睛摇头晃脑，身体上上下下地起伏，那个投入，好像跟他的鼓做爱似的……”

她一边说，一边就不经意地把手放到楚樵的胯部来。楚樵却要惩罚她一般，拗着自己的勃起，把她手给挪开，道：“对对对，回来路上还有白人帅哥要跟你一起回来……”

小瓷翻了个身，“哧”地笑道：“原来你还是会吃醋的啊。”

楚樵看她慵懒妩媚，就探手握了她的小巧而结实的乳房来把玩。小瓷却没了兴致，扭开他道：“放手，你这个下流的樵夫！”然后自起身去洗手间方便了。

过了半小时，小瓷打扮停当了出来，对又躺着的楚樵道：“快起来！我们去中国城吃早中饭吧！家里什么都没有了，鸡蛋，牛奶，大米，要啥没啥！”

楚樵道："我是早调查过了！"

小瓷又道："回头给我扛二十磅红国宝回来。一个女孩子拖着一袋米在地铁里漂泊，真是要多狼狈就多狼狈！"

楚樵就道："噢，敢情你就是喊我来纽约帮你扛大米的啊？要说的就是这事儿？"

小瓷反唇相讥道："你别不识抬举了！我要找人扛米，还非得要你啊？！我在纽约有的是有车有力气的朋友。真要想，一声招呼，人家还不乐颠颠的帮我扛呢！"

谢楚樵发现自己衬衫上的钮扣掉了一枚，一时骂了句娘，就又换了一件T恤来穿。他一边穿衣服，一边又赔笑道："得得，我不就跟你开个玩笑嘛！值得那么威胁？"

小瓷也笑起来，"你就是狗嘴里吐不出象牙来！人家要你来，是因为今天晚上有个聚会，我想让你跟他们见见。你老问我跟谁一起玩，人家也老问我到底有男朋友没有，我想这下结了，丑媳妇见公婆吧，以后可就没事了！"

楚樵抗议道："谁是丑媳妇啊？这话得说清楚了！"

小瓷拉他起来，"快穿你袜子吧！尽把我好心当作驴肝肺！"

楚樵也不再纠缠，却道："您可真行啊，这中国话一串串一溜溜的，不像在美国呆了几年说话洋气得好像忘宗忘祖的那帮破留学生！走吧？"

楚樵先出来，跑到电梯门口按了扭等着。小瓷在后面带上门，过来拉了楚樵的手，低声道："小傻子，我想我可能怀孕了！"

三

楚樵心里一"咯噔"，几乎不敢相信自己的耳朵，回头看了一眼小瓷。她正低着个头看地面，好像犯了错误的小学生等待老师惩罚似的。楚樵调整了一下呼吸，却还是不知道要说些什么。幸好电梯铃声切合时宜地响了。

两人进了电梯，也没别人，楚樵就问道："真的假的？你查了没有啊？"

小瓷苦着脸道："还没有。我月经迟了一个多星期了，都。我一个人不敢查，太紧张。所以想你过来。今天下午咱们买检测试纸回来查吧。"

楚樵道："我们一直很安全的啊。是吧？买套子买药的，可没少花钱。"

小瓷放开他的手，瓮声道："人家说了，没有什么是百分之一百安全的。"

在去中国城的地铁上，两个倒是大多数时间沉默着。楚樵努力回想哪一次做爱可能导致了怀孕，却无论如何想不起来。这两年因为两地分居，他们做爱的频率已经大幅下降；即使做，也大多是例行公事，很少像黄片里那样激情四射的。正因如此，楚樵几乎想不出来任何一次值得回忆的做爱过程了，更不要说可能导致怀孕的过程，心里不觉闷闷的。

等他们进了百利龙虾坊，正被服务生指引着去座位，边上一个女的却忽然尖声叫了起来："Baby china！小瓷，是你嘛？！"

小瓷楚樵转头去看，却是一个中国女人和一个白人男子坐在一张大桌边，边上杯盘狼藉，显然是跟他们同桌用餐的客人刚刚离去。楚樵想了一刻，也就认出那女人来，原来是一起在波士顿读书的李纹，又喜欢自谓 Coco 的。她自己喜欢叫自己 Coco 还不够，还要求别人也叫她英文名字，同时又喜欢给别人取英文名字，比如小瓷的"baby china"，连当初跟她谈对象的张宾都变成了

“Eric Zhang”。

要说小瓷名如其人的话，她那娇弱的样子，细腻光滑的皮肤，多多少少还有几分“瓷”的特征。李纹呢，皮肤暗黄，长了个扁平鼻子，又是一对“单缝”小眼，不仅跟那个洋气的 Coco 丝毫不沾边，和那个名歌手也是相差十万八千里。当初在哈佛念书，张宾跟她半真半假地也谈了几年。等到一毕业去了硅谷，立马就把李纹给甩了，就是因为觉得她长得对不起大众和未来的公婆。楚樵倒想起不久前张宾还从加州给他打电话的，说他怎么才回去娶了个杭州美女，而且比自己年轻七八岁，如今可享了艳福了。只是这两三年来，他们一帮子人也不知李纹在哪里漂泊的，更不清楚她是何时也流浪到纽约来了。

小瓷把肩上的坤包扔到楚樵手里，转身跑着小碎步过去跟李纹拥抱在一起了。楚樵尴尬地跟旁边的白人一笑，介绍了自己。那人忙着回敬，说他叫亚当。两个人无话可说，都望着两个热烈交谈的女人，似乎在分享她们老友久别重逢的欢乐温馨。

小瓷和李纹两个叽叽喳喳了半天，又是英语，又是中文，还不时搀杂着点广东话。到最后安定下来，小瓷跟楚樵道：“我们和他们一桌子吃吧。”楚樵点了点头，告诉了边上的服务员，也就在亚当旁边的位置上坐了下来。

小瓷李纹正式将他们又介绍了一遍。小瓷又主动向亚当介绍自己，说完了又道：“你找上我们 Coco，可是运气了你！Coco 是个很棒的厨子啊！”她转向李纹，问她：“你们经常出来吃早中饭嘛？”

李纹忙道：“哪里呀，我们很少出来的。一般周末哪里起得来啊，所以家里有什么就吃什么罢了。周末的地铁线路也经常变来变去，不出来也罢。不过今天很特别啊，又碰到你们，真是神奇！你们怎么样，经常出来吃嘛？”

小瓷叹气道：“才不呢。这人还在波士顿那边呢，隔周来一次就不错了。我最讨厌一个人在外面吃饭了，一点意思都没有！”

她一边说，一边把一只手搁在楚樵的胳膊弯里。

亚当插嘴道：“那很痛苦吧，维持这么一份长途关系？”

李纹面露不悦之色，问道：“那你们周末都干什么呢？”

谢楚樵听他们说英语，早就觉得很别扭，这时用中文道：“饮食男女吧。”瞬而觉得不妥，就又用英语向亚当解释道：“就是吃饭和做爱的意思。”

大家似乎都吃了一惊。小瓷放开楚樵的胳膊，皱眉冷笑道：“这人现在说话总是一点正经没有。别理他！”

楚樵也觉得自己说得不妥，却也不愿就此闭嘴，于是争辩道：“这可是孔夫子说的，‘色食，性也。’再说你也说了，一个人吃饭就是没有两个人吃饭有趣，就像一个人手淫没有两个人做爱有意思一样。当然啦，饭吃多了，可能就要变成朋友关系了；爱做多了，可能一不小心就弄出个小孩来……”他忽然感觉自己信口开河得过分，就闭了嘴。

小瓷脸色红红白白，也不说话，就低头喝她的酸辣汤。李纹给了个不予作评的微笑，然后夹了只鸡爪优雅娴熟地手撕嘴吮。

亚当大笑，拍了一下楚樵的肩膀道：“哥们，你可真够风趣的！”

小瓷也抓了一只鸡爪，一边吃，一边用中文跟李纹抱怨道：“跟你说了吧，这人现在就是狗嘴里吐不出象牙来！”

亚当也笨手笨脚地拿了筷子去夹鸡爪，又向楚樵示意剩下的那只该是他的。

楚樵摆手道：“我不吃鸡爪的。这是女士食品，真的。”

亚当吓了一跳，问他“真的？”，一边也就放下了筷子，随着楚樵等他们点的其它小吃。

四

这一顿午饭吃得完全超出预计时间，到他们分手时，已经是下午三点。李纹亚当两个要去犹太博物馆看展览，於是大家就在百利龙虾坊门口作别。

等他们两个走出视线，小瓷就抱怨道：“还真没想到她居然找了一个白人男朋友！真不懂这些白人怎么想的？李纹有什么好看的嘛！张宾当初甩了李纹，还不是因为她长得不好看？得，现在人家吃香了。好像是真的啊，这些白人男的跟亚洲人的审美观念不一样的，我们就刚刚见识了一个活生生的例子！”

楚樵笑道：“我还以为你是真心为人家李纹高兴呢！原来是有点嫉妒啊？得了，反正十个亚洲女人里头，六到七个想嫁个白人吧？我跟你说了没有？张宾回了趟国，找了个杭州美女，老婆刚过来就怀上了，又刚买了房子，现在可美着呢！——这其实是一个完美的生态系统，大龄男青年回国去找漂亮的，大龄女青年嫁个老外，这样大家问题都解决了，可不是个完美的食物链嘛！”

他几乎要加一句“像你和我啊，就一起凑合着算了”，到底没有说出来。

小瓷笑道：“别卖弄你那点生物知识了！李纹可说了，她其实想找个中国人呢，说她和亚当两人之间差异太大了。不过他们的小孩会很漂亮噢！”

楚樵道：“那可难说了。人跟人之间总是有差异的。好笑呢。昨天汽车上有个秘鲁女人，说她老公是个智利人，还说秘鲁要比智利更传统一点，因此他们也有很多问题。你上回不是碰到个一个什么意大利和日本的美国混血儿嘛？还是个艺术家吧，他玩什么乐器来着？大提琴还是小提琴？你们后来联系了没有？我记得你说你们交换了电话号码和电子邮件的。”

小瓷不答他话，却加快了脚步往北去。路上经过一家报亭，楚樵不由停下看了看，橱窗里倒是挂满了各式各样的杂志，中美港台的，娱乐八卦的，色情文图的，政治观察的，文艺风雅的，倒也是琳琅满目。柜台上放着的是各类报纸，英文的《纽约时报》《华尔街日报》，中文的《侨报》《星岛日报》《世界日报》等等。看到《世界日报》，楚樵忽然想起昨天报纸上亲子鉴定的文章来，心底忽然被什么钩了一下，一个念头冒到脑海中来。他吓了一跳，不愿那么想下去，那念头却越发坚决地盘踞在他的脑中。楚樵一时僵在来来往往的人潮中，感觉他忽然被吸进一个有无限可能的深渊中去。

小瓷回头找他，见他呆在那里，就喊道：“你干什么呀，怎么不走了？”楚樵反应过来，忙道：“我想买份报纸带回去看。”

小瓷道：“商场里有的是报纸，一会儿一起买吧。别磨蹭了，都三点多了！晚上还有聚会呢！”

两人在万昌超市逛了一个多小时，买的东西又比计划的多了许多。这些中国人开的商场很能抓客，不仅东西卖得便宜，而且总是能进口一些他们许久不见的中国食品，让他们每次来都要流连忘返，结果总是超载而归。

出来时，楚樵一手提了一袋二十磅的红国宝米，另一只手也是满满的一塑料袋食品。小瓷双手也没闲着，又是水果又是零食，还有一些卤菜熟食。

小瓷看楚樵拎东西的狼狈样子，笑道：“沉不沉？你还行吧，书呆子？”

楚樵叹道：“这些米啊鱼啊韭菜啊倒不沉，就是他们包含的那一份乡愁啊，真是沉甸甸的沉！”

小瓷笑道：“得了吧，你还酸起来了！”

他们走到地铁站，这才发现要回去的慢线地铁周末改成快线，因此要先去联合广场转车。两个人等车时候，楚樵就道：“怎么周末只有快车了，我们反而要走更远的路呢？欲速则不达，还真给中国古人说对了！”

小瓷讥笑道：“什么跟什么啊，纽约地铁经常周末改线的，不改才不正常呢。你那科学家脑袋有时也很浆糊，依我看。”

楚樵笑了笑道：“是啊，是啊！”心里却想道：这可不像你怀孕嘛，怎么突然就进入快线了；两个人又不知道怎么办，还不晓得要走什么弯路呢。他一时想到要换工作，要搬到纽约来，要结婚……自己把自己吓得够呛。

他回头看了一眼沉默的小瓷，见她还是如往常一样苍白瘦弱，提着两袋东西靠着廊柱，一副根本无力说话的样子，也不晓得她在想什么。楚樵想想，觉得自己几乎有点害怕知道她在想什么的，心道：也许她根本没有怀孕，一切不过是一场虚惊罢了。

到了联合广场，他们转了快线地铁，折腾了一圈下来，又比平常多走了许多路，才回到小瓷的住处。刚进房间，小瓷的手机就响了。打完电话，她解释说是那帮朋友讨论晚上聚会吃饭喝酒的事情，又说时候不早，洗漱一下就得出门了。楚樵累得不行，把东西放到厨房和冰箱，就倒在沙发里闭眼休息。等小瓷从卫生间重新收拾了出来，他长叹了一口气，作势拉住小瓷的手方才站起来。

五

后来楚樵才闹清楚，原来那晚上一帮子人聚会是为一个家伙过生日。大家一起去中国城吃了顿饭，回头又去附近的一个酒吧喝酒。过生日的家伙慷慨解囊为每位女士买了酒，男士们只好自掏腰包了。楚樵倒和一个同是湖北来的老乡颇聊了几句，不过很快也就没什么好说的，那老乡只忙着拿眼睛往女人堆里瞄。

楚樵听了一会儿别的一帮人高谈阔论，都是什么股市行情，油价涨落，租房买屋，热门酒吧，新张饭店之类的话题，他很快也觉得了无趣味。他倒想起一些政治话题，比如海峡两岸关系，香港民主自治问题等等，可是一想一帮人鱼龙混杂，有大陆的，还有港台的，乃至 ABC 之类，干脆自缄其口了。闲得无聊，只到处找小瓷，却听见她跟几个女人聊得花枝招展兴高采烈，也不晓得为什么快乐事体，也懒得过去问，省得再落个看得紧的罪名。

他们回家时又是快午夜，自是没有时间买什么怀孕试剂。洗了后亲热，楚樵倒有些担心，小瓷却道没事。因喝了两瓶啤酒的缘故，楚樵自觉似乎勃起得更加容易些。

第二天早上，楚樵先醒过来，到厨房煎蛋、烤面包、热牛奶吃了。小瓷在他后起，匆忙洗漱了就跑到楼下一趟，买了试剂回来。楚樵端了早餐给她，却发现她坐在那里缝他衬衫上的钮扣，一时倒有些感动。

小瓷笑道："你放茶几上吧，我马上就给你缝好了。都 N 年没有做过这个女红了！"

楚樵笑笑，心想也许这就是他们未来的家庭生活了：男人和女人，丈夫和老婆，片刻的安宁和温馨，幸福是一种可能，而其他的一切牺牲都变得可以忍受了。

他把早餐放在桌子上，笑道："您也别太辛苦了！快吃吧，待会儿别都凉了！"

小瓷把线头打结，又张口用牙咬断了多余部分，把衬衫扔给楚樵道："这就好了。回头换上这件吧。还挺合身的！对了，我刚才下楼买了验孕棒了。现在应该有点尿了，我要不要测试一下？马上就可以出结果！"说完，她紧张地一笑。

楚樵就道："得，还要留什么悬念呢！您请进去尿吧！"

小瓷进了浴室，转身虚掩了房门。楚樵在沙发上清楚听见她小便的声音，等她完事就迫不及待地跑到卫生间，看见小瓷放在盥洗台上的验孕棒，不由对着那两三条浅红、深红的细线发呆。

半晌，他嗫嚅道："这到底什么样儿表示怀孕啊？双平行线，还是十字线？浅红还是深红？"

小瓷道："我也不知道。你自己看说明书嘛！"

楚樵就站在那里一边翻说明书，一边对照验孕棒的线形线色。小瓷净了手，也把头凑过来看，两人把小小的卫生间挤得满满当当。他们把说明书和验孕棒对了又对，换了背景再对，对得两人脸色都发白，却最终得出一个结论：阳性，小瓷怀孕了。

楚樵叹口气问道："这东西的准确率有多高啊？"

小瓷夹了颤音回道："说是99%以上啊，谁知道啊。他们也建议一两天之内再做一次测试以确保无误。"

她犹豫了一下，接着道："我知道，这很突然，我也一时难以接受，真的好害怕……"

楚樵长出一口气，出了卫生间，双手蒙面地坐在沙发上。小瓷也跟出来，在他身边坐下来。良久，她说："唉，现在希望自己是在中国就好了！打个胎算什么呀……"

楚樵吃了一惊，睁眼看她责备道："你在说什么呀？！"自己又拿手擦脸，长叹了一口气。

这时他忽然意识到事到如此，小瓷却没有一句埋怨自己的话，完全不像电影电视里的女人，矫揉造作地举着粉拳打男友，嘴里喊什么“都是你坏嘛，害得人家这样”。只是他转念一想，一时也不知自己是该感激小瓷这样的理智宽宏，还是应该怀疑她的不埋怨其实另有原因，毕竟，只有她知道肚子里的孩子到底是不是楚樵的。

谢楚樵被重新飘回脑中的疑云吓了一跳，却无法排遣，又不能在这时候言为心声——按照老美的说法，这时吵架盘问，那是完完全全的“政治不正确”和“道德不正确”。哪怕他表示一点点的疑惑，也不晓得什么样的潘朵拉魔盒在等着被打开呢。

楚樵决定此刻还是什么都不说为妙，却又想：如果哪天我也扛不住了，也跟那报纸里人学习，带着儿子女儿偷偷去做个亲子鉴定吧；到那时，是真是假，是分是合，都由鉴定结果说了算了。他这么想着，一边觉得人性可悲，一边又觉得这主意荒唐可笑，就跟演电影似的，一时倒哭笑不得的感慨，面子上却不露出来。

小瓷却急了，问他道：“那咱们怎么办啊？”

楚樵道：“怎么办？不能再花天酒地了吧，至少不能再像昨天晚上那样喝酒了，即使有慷慨男士豪爽赠酒也不行，对不对？”

小瓷低声道：“其实我这两天晚上并没有敢喝酒，都是果汁类饮料……”

楚樵就握了小瓷的手，又转而笑道：“得了，也别胡思乱想了。这事儿还不知道准不准呢，说不定是一场虚惊呢。万一是真的，那也没什么，咱就准备扯个结婚证啊，总不能弄个非婚生吧？咱得存点钱，搬到一起住吧？看来我得换工作啊，也得搬到纽约来，买个房子，得争取成为一个纽约客，放弃一辈子做个波士顿城郊农民的崇高理想……”

他说着说着，倒被自己开出的清单吓倒了，一时就住口。

小瓷倒破涕为笑道：“你还说笑话似的呢，大坏蛋！”

六

两人看了会儿电视，又翻昨天买的《世界日报》看。小瓷看那娱乐版面，看得津津有味，还要读给楚樵听。“你看，这个刘嘉玲四十老几了吧？怎么还准备怀孕呢？可能吗？”楚樵漫不经心地回了一声。小瓷就又说其它的花边新闻，说某某明星夫妻闹离婚，男方忽然对儿子是否亲生产生怀疑、目前正在等待亲子鉴定的结果呢。

楚樵听得心烦，一时站起来道：“你不如再上网古狗古狗怀孕必读之类的吧，别尽看这些小道消息花边新闻了。对了，你衣服洗了嘛？我去做午饭吧。”

小瓷喜出望外，转头看他，笑道：“今天这么好，做了早饭，还要做午饭？”

然后似乎害怕楚樵改变主意，小瓷忙站起来跟着他到厨房，把围裙给他系上。

楚樵就淘米煮饭，又把昨天买的鱼拿出来解冻，切好了豆腐块，准备弄个豆腐鱼汤。饭也上锅了，鱼也下水了，楚樵又洗葱剥蒜，把韭菜、豆芽、蘑菇什么的拿出来清洗。

小瓷中途进来看他，夸张地拿手在鼻子底下扇来扇去道：“真是地地道道的鱼米之‘香’啊！”

楚樵得意地自笑起来，道：“我可以做个很合格的老公的！”

下午两人又去看了一场电影，算是补周六晚上的。回到住处楚樵就开始整理东西，把他的衣服和书放入背包。小瓷在体重计上量体重，然后痛心疾首地叫起来：“天啦！怎么可能啊？我怎么又长了一磅肉啊！我在为这个大吃大喝的周末付出代价了！”

楚樵一时口急，就笑道：“得，不定是‘婴儿肥’吧？”

小瓷乜他一眼，兀自道：“今儿这晚饭是不敢吃了。我得去健身房跑步去，非把这一磅肉跑下来才行！”

楚樵笑道：“你都说不定‘有了’，怎么还能再跑步？”

小瓷道：“我又不是傻子。不过走几步热热身而已，回头主要是上瑜伽课。”

楚樵本不要小瓷送他，小瓷却坚持跟他一起出门了。在电梯里，她扬了扬手里的地铁月票卡，笑道：“这一下又省你两块多钱呢！”

路上经过一个学校操场，不少年轻的父母推着婴儿车在那里谈笑风生。小瓷忍不住停下来，跟人家小孩挤眉弄眼，回头又说：“小孩子真可爱！”

楚樵就道：“你选择性近视啊，没听那边那个哭得震山响的？”

小瓷拉他胳膊的手用力掐他一下，楚樵就龇牙裂嘴道：“你干嘛啊你？昨天夜里虐待得还不够啊？”小瓷脸红而笑，却又掐他一下。

到了地铁站，小瓷嘱咐道：“你上了车，到了家，都给我打个电话吧。我回头再做一次测试，尽快告诉你结果。”

楚樵拍了拍她瘦弱的胳膊，道：“你别不吃晚饭，啊？咱们做的菜足够你吃一星期的了。另外，你去健身馆，多注意点啊，就像你说的，慢慢走几步，也就是了。”

小瓷摇头晃脑似应非应的。等到楚樵已在栏杆那边，她又欠着身子，在他脸上轻轻一啄，然后转身离开去健身馆。

楚樵下去等车。一走到底层站台，就感觉一股纽约地铁特有的味道迎面扑来，在那难闻的气味中，他却突然有一种奇怪的如释重负的感觉，甚至觉出一种奇特的新鲜感。一辆地铁很快轰隆隆地驶进了站。

等他到了中国城，又是一大帮子人在等车，等着去波士顿，等着去他们生命中的一个老地方或者新去处。楚樵四处转转，发现这街上居然有座寺庙，名字赫然就叫“大乘寺”。他不觉信步走进去瞧瞧。寺庙里面虽然不热闹，但也不冷清，时不时见善男信女进出，又见不少人磕头、烧香、祷告。楚樵倒暗暗心惊，想不到纽约这现代化城市里倒还藏着这样的地方，一时想起“出家人不打诳语”的话，竟有些心乱，又担心开车时间快到，也不及细看，就退了出来。

上车前，楚樵给小瓷打了个电话。她正在跑步机上“走路”，答电话却依然是上气不接下气。楚樵挂了电话，忽然想那个健身馆里会不会有很多男人，很多白人男子？这么想着，他不由自主地四下张望了一下，看见两三个白人男子混在人群里，又想起前不久的事情。那次小瓷来波士顿，他开车去接。小瓷下车时，跟那个意日混血的美国音乐人聊得花枝招展的，当时心里倒是一阵醋醋的。这么想着，他不由又把人群里的几个假想敌打量了一番。

客车准时离开曼哈顿。这次楚樵边上坐了个中国女人，两人不久就聊了起来。女人说她在波士顿的一个高科技企业做事，周末来纽约看一个朋友。

女人滔滔不绝道：“我真的很喜欢纽约！吃得好，玩得好，热闹，像中国。我太嫉妒我的朋友了。其实三年前我也有机会来纽约上班的，最终还是选择了我现在的公司。”

楚樵就问她：“那为什么没选择纽约呢？”

女人道：“怎么说呢？也许因为我是从小地方出来的吧，那时总觉得纽约那么大，那么繁华，我能handle得了嘛？再说了，波士顿也很漂亮，很nice，我也挺喜欢在那边读书工作的。也许就是人家说的这山望着那山高吧，邻居的草坪总比自家的绿……”

楚樵不由仔细看她一眼，倒是清秀周正的女孩，也不那么俗气。他却是被她的谦卑感动。这份谦卑，甚至谦虚，在逐渐美国化的小瓷等女孩身上是越来越少见了；在小瓷的眼里，这个世界是她们的，一切都是在等待着她们去征服和攫取的，遗憾的是她们的机会还不够多，来美国也不够早……

他打断思路，笑道：“你真会说话，我也一直这么想的，模模糊糊的感觉，可是从来没表达出来过，尤其是用中文。”

女人脸色微微一红，笑问道：“那你来纽约干嘛的呢？”

楚樵道：“跟你一样，也来看一个朋友。对了，我叫谢楚樵，‘谢谢’的谢，湖北湖南的那个楚，‘渔读耕樵’的樵。”

女人几乎惊呼道：“你的名字好好听啊，还很诗意呢！我叫戴露，‘穿衣服戴帽子’的那个戴，‘露水’的露。我的朋友都叫我‘带路’，就搞我的笑！我的英文名字叫露西，Lucy。”

楚樵一时奉承道：“露到露西，好自然，好聪明啊！”

他伸出手去，和戴露握了握。

风华运输公司的大客车载着这满满的一车人，慢慢地驶入高速公路的入口处，然后逐渐加速，逐渐汇入来往不绝的车流，向着波士顿，向着越来越浓的、无边的暮色驶过去。

（原载于香港《文综》2016年夏季号）

创作谈：爱情和生活的切片

应 帆

按时间为序，《团圆》是我较早的作品，生活场景停留在留学生活的早期。刚出国的丈夫献科和早两年出国的黛珊在异国他乡“团圆”，却必须面对彼此缺席另一半生活的两年时光带来的背叛和伤害，以及如何面对新的情感、学业乃至生活的困境。

留学生活的书写中，“陪读夫人”曾经是一个热门主题。这篇小说稍微反转，以一个近乎陪读先生的人物切入故事，希望给读者带来不一样的阅读体验和人性剖解。这一批世纪之交的留学生生活，大多已不用经历他们前辈在物质和金钱方面体验的困苦和挣扎，但是同样还需面对文化冲击，学业压力和情感的变调。

“团圆”这个标题表面上是写物理意义上的团圆，但也有更深层次的、精神意义上的反讽：有时，团聚只是分手的开始。

《狗嘴象牙》则是留学生结束读书生涯后初入职场面临情感危机的应对故事。和《团圆》一样，故事以一个在外地的男朋友谢楚樵来看纽约上班的女友小瓷为挈机，通过日常生活细节和突如其来的生活变化来考验他们的情感和信任。

这也算是我一篇向纽约致敬的小说。这泱泱大城有八百多万芸芸众生，女主人公小瓷看似游刃有余的白领生活，一份虽然辛苦却也看似满意的长途关系，因一场意外怀孕而带来了困惑和改变。小说的结尾，恋爱中的男女似乎找到了如何继续生活的承诺和答案，其实他们自己都未必信服于这种承诺和答案。

这篇小说最早用题《周末》，并翻译成英文和创意写作班的同学讨论。受讨论的启发，小说改名为《狗嘴象牙》，指谓文中女主人公几次三番用中文“狗嘴吐不出象牙”来调侃男朋友，在英文语境里也因此有了彰显文化的意味。

《阿姆斯特丹的最后一夜》则是工作稳定的艾美和已经谈婚论嫁的男朋友“麻将”在一场阿姆斯特丹之旅中发现美好爱情的脆弱和其间可能丛生的疑窦。

某种意义上来说，这篇小说也许是我第一篇完全虚构的作品：人物是从自己一直想写、在写的长篇小说中抽离出来的，去阿姆斯特丹旅游、尝试大麻、搭讪橱窗女郎和中餐馆用餐等情节则是无中生有而来，也是妄图在我之前更习惯的描绘平淡如水的生活的节奏中跳出来，呈现给读者一些更惊心刺激的情节。

这也是一篇关于异国恋情的小说：麻将是个美国人。这个因子也给两性关系注入了新的、更复杂的文化和心理层次上的冲突与和解，即使只是暂时的和解。很显然，这篇小说的结局和《团圆》《狗嘴象牙》也有相通之处：表面上男女主人公回归正常的生活，却又似乎走向了更令人心悸的下一步。

从地点来看，这三个故事从无名的大学城、到纽约（包括波士顿）、再到阿姆斯特丹，不仅反映和追踪了我本人的生活和旅游轨迹，也表现了我在书写城市白领阶层情感故事方面的困囿和突围。

人物方面，黛珊和艾美都是我反复书写的女性主人公。黛珊的柔弱与复杂，艾美的“前卫”和自由，也都在《团圆》和《阿姆斯特丹的最后一夜》里有所体现。《狗嘴象牙》里的小瓷是个不好捉摸的异数，即便于我而言。

这三篇小说，与其说是爱情，不如说是描写人和人之间的信任或者不信任，是把爱情在某个时空里切了一片来放在显微镜下观察和研究。当然，与其说是爱情的切片，也不如说是生活的切片，留学生活，婚姻生活，远程恋爱和异国恋爱等等生活的一种切片。

我不是想象力特别丰盛的作者，但我自认对生活的观察和感悟有值得书写的地方。每一段生活时期，都给我们留下不可磨灭的印记。如何从个体经验来书写普适的大众体验和故事，留下爱情和生活的切片，大约是我创作的动机。选在这里的三篇小说或多或少反映了我的生活历程和创作企图。对这些切片的观察和描写，如果对读者来说有些许新意甚乃价值，作者如我也就可大感欣慰了。

常少宏

北京人，毕业于中山大学哲学系，读书期间开始为校内外刊物撰稿。毕业后在中国做了六年记者，中级编辑。1995年一月赴美，分获咨询与电脑科学两个硕士学位，现居美国佛罗里达州。2015年恢复中文创作，作品被海内外诸多报刊书籍收录出版。作品见于《作品》《三联生活周刊》《中国青年》《南风窗》、香港《文综》、美国《侨报》、网刊《新语丝》等处。著英文译版《遇见——仓央嘉措情歌》（青海人民出版社），个人诗集《城门下的烟雨》（四川民族出版社）。已签约出版中：长篇纪实文学《冰球少年成长记》（广东教育出版社）。诗歌与纪实文学获海外文学著述奖。

萨莉（照片由作者提供）

萨　莉

常少宏

清晨细碎的阳光透过松枝照耀在我家后院的土山坡上，光线洒在我的脸上就像无数小针头轻轻地刺着我的眼皮，发痒。我揉揉眼睛，抬起眼睑，环顾四周，发现自己被几棵白桦树包围着。那一层又一层的树皮几乎剥离树干，装饰着白桦树上一只又一只黑眼睛。所有的目光都直愣愣瞪着我。白桦树高而挺拔，树干粗壮，尼龙网吊床绑在两棵树中间，我就躺在尼龙网床兜里。

我知道自己一定是又梦游了，半夜起来走到这里躺下又睡，被子也被我一起卷了下来，严实地裹在身上。真是不可思议。

我的思绪飘回了10年前，那是我第一次遇到萨莉的时候。

一

在我的记忆里，那一天，漫天飘舞的全是悬浮在半空里的落叶，它们在空中静止一阵子，然后突然纷纷摔落到地上。分不清是风把落叶吹起来了，还是残存的叶子终于被剥离了树枝，在微风中悬挂，不舍农家院里的那棵老槐树。落叶们好像知道，一旦落地就会被踩碎，被混杂在泥土里。老槐树的枝条下是用木板搭建的一个狗窝，约三尺见高，两米见宽，窝里垫着几寸高的干稻草。窝外，绕着大树周围十米方圆是半人高的铁丝栅栏。我能闻到空气里隐约飘着的一股狗屎味，在傍晚的阳光下伴着清晰可见的尘埃，迎面向我扑来。那气息让我至今记忆犹新。九只还没满月的小猎犬围着狗窝旁的大树不停地转圈，像毛绒绒的小球一样滚来滚去。狗妈妈独自趴在窝边，她把两只前爪直直地向前伸展，她的头安静地趴在两只爪子上。她的双眼圆睁着，眼珠追随着她的孩子们；她的两片大嘴皮子向上微微翘起，好像在微笑的样子。

那是我的宠物狗萨莉出生的地方。那一年，我七岁。我的爸爸妈妈是九十年代从中国大陆来美国的留学生，双双在大公司里做电脑工程师。

在我三岁的时候，我妈说想给我生一个妹妹做伴，让我给妹妹起个名字。那时我幼儿园班上有个名叫萨莉的女孩，对我很关照。她总跟在我后面大声呵斥或者招呼别的男孩子们，男孩们却总还喜欢追在她身后，一个个像个跟屁虫。我在前，她在后，不知情的人还以为那些男孩子是在时时刻刻追随着我。女孩比我大一岁，她金色的长发在阳光下像金子一样闪亮，她的一双眼睛像海水一样深蓝，波光粼粼。我毫不犹豫地回答妈妈：

“如果我有一个妹妹，就叫萨莉吧！”

我长到七岁的时候，爸妈也没给我生出个妹妹来。幼儿园那个叫萨莉的女孩，后来上小学时在我的隔壁学校，我那年在镇上的游泳池又见过她一面。她正在换牙，两个门牙都掉了，笑起来时嘴里仿佛有一个深不见底的黑洞，让我联想到妈妈给我读过的童话故事里的女巫。我不再喜欢她了。但是“萨莉”这个名字我一直很喜欢，她可爱的模样停留在了我的幼儿园时代。

七岁那年感恩节前的几个月里，我每天从学校图书馆借各种关于狗狗的书，回家后拿给妈妈看。我知道，家里的大事必须妈妈点头同意。无论是妈妈在做饭、拖地板，还是在洗衣机前整理衣物，我总是随时出现在她身边，抱着一本当天借来的有狗狗照片的小书，向她介绍那本书里又写了或者画了哪种狗的什么有趣的故事。

我追着妈妈问：你喜欢什么样的狗啊？……长毛还是短毛？……大狗还是小狗？……

爸妈终于禁不住我这样的痴心痴意，同意养一条宠物狗，给我这个独生子做伴。

我们在网上找啊找啊，终于找到了这家自己培殖小狗的农庄。一个身穿围裙的老妇人接待了我们。

她穿着沾满尘土的松垮垮的男式绿色宽格子衫，一条黑色的裤子，同样是松垮垮的，沾着泥巴。她的脚上是一双高到膝盖的红色雨靴，重重地踩在她脚下的松软的碎叶子里。她说话的语调很高，尖细，语速飞快："你看看，这可真是纯种的小猎狗！是黄白相间的颜色。它可真美哟！"

老妇人头发蓬乱，脸上爬满了粗粗细细的皱纹。她的两片嘴唇细小但是鲜红，说话时上下飞快地翻动。她的眼睛也不看着我们，声音和面部都是硬梆梆的，自顾自不停地说："我可是花了大价钱，找到德克萨斯一家狗农庄的纯种公狗配种，结果只生了一条小黄，其它全是可恶的全身长得黑乎乎的猎犬！谁知道这狗爸爸在几百年的杂交史中出过什么变异？这个时代，还有什么奇怪的事情是不可能发生的呢？"

老妇人终于看着我们讲话了，她用目光把我们从上看到下，又从下看到上，低着嗓门说："你们从中国来的吧？听说你们中国人还有养狗为了吃狗肉火锅的？当然你们不像那样的人……小黄这样的纯种可以卖八百！这些黑乎乎的家伙们，嗯……顶多就值三百……"

我在内心里冲着那妇人嚷起来:“我们买狗是做宠物!是 Pet!P、E、T!”但实际上我一句话也没敢说，我有点怕她。我心里已经把她看成了给白雪公主吃毒苹果的老巫婆。躲在妈妈身后，我拉着妈妈的衣角小声说：

“他们广告上可是放了小黄的照片，说是三百美元的……你看！那条黄色花纹的狗狗简直就是 Underdog！”

“Underdog”是那年爸妈带我看的一个电影的名字。电影把一条狗描述成像超人一样，可以上天入地，抓坏人救好人，帮着警察叔叔破案。扮演 Underdog 的是一条小猎狗，与眼前的这只小黄狗长得简直一模一样。

“萨莉！萨莉！”我决定把我那没等来的妹妹的名字安在我的宠物犬身上。当我冲着那条唯一长着小黄花纹的猎狗拍手大叫时，它在疯跑中突然停了下来。它歪着头，瞪大两只像黑宝石一样的眼珠，盯着我。它的两只大耳朵耷拉着，耳朵根子一上一下地动着，那样子好像在问我：

“喂！我们过去在哪里见过吗？”

它的嘴巴和鼻梁周围连着脑门儿的地方，毛发是洁白的颜色；它的两只眼睛周边和脸庞连着大大的扇风耳朵处，是像金毛犬一样的黄色。它的脊背连着尾巴的地方也是黄白相间。它的四肢雪白，粉红色的鼻头湿漉漉地吸动着，让我真想跑过去摸摸它的头，把它抱起来。它看上去活泼、健康，很有生气。它就是我心中的 Underdog 啊，是我心里的萨莉!

可是大人们争执了很久，价格还是没有谈拢。

爸爸说：“三百美元变成了八百美元，太离谱了！我们明天再去别处看看吧……”

当爸妈拉着我进车要离开时，我难过死了。车一启动，我的眼泪就唰唰地流了下来。我在车里回头，趴在座位上，使劲向我的萨莉招手告别。萨莉站在原地一动不动地望着我。我想她那时一定也很想跟我回家吧？

之后一周，爸妈天天带我去看别的狗狗。跑遍了方圆几十里的大小宠物店，我心里只想着萨莉，没有其它任何一只狗狗让我中意。

我后来干脆不下车了，我说我只要萨莉，只要小黄，只要小猎犬，只要 Underdog！爸妈只好再去打电话，与萨莉的主人交涉价钱。

去接萨莉那天正是感恩节的前一天，我家住的美国北方康乃迪克州的橙子小镇下了那年的第一场雪。天不冷，雪花落到地上就化成了水，水与地上的土和成了泥。爸妈与狗的主人谈钱的事情时，我急切地跑到围着狗窝的铁栅栏外。狗儿们都挤在窝里躲雪，我连连地呼唤："萨莉……萨莉！"

有两只小狗探出身，它们的脊背是黑色的。

我问："小黄呢？萨莉呢？"

终于，萨莉扭扭捏捏地摇着尾巴走出笼子，犹犹豫豫地向我走过来。一条又一条小狗跟在萨莉后面，它们全向我走来，都向我摇头摆尾。我对它们说：

"对不起！对不起！我妈妈只允许我带一条狗宝宝回家……"

我很难过。爸爸说：狗的命运和那些飘在风中的落叶一样，都不能自已掌控。人们大多喜欢买五个月以内的小婴儿狗狗，如果到了一岁还卖不出去的小狗，狗农场的主人可能会对它们实行安乐死。然后农场会再繁殖下一窝小狗。听着爸爸的话，我禁不住跑过去，把萨莉紧紧地抱在怀里。

二

萨莉入住我家的第一晚，一整夜叫个不停，不肯单独睡在为它铺的狗窝里。那是爸爸专门准备的一个铺满了报纸的大纸盒子。萨莉把报纸咬成了细条条儿之后，又把纸盒掀翻，把自己盖在了底下。然后它拖着纸盒子，在地板上东西南北地挪动，不知道它怎么会有那么大的力气。

第二天开始，爸爸只好陪着萨莉在客厅沙发上睡觉。萨莉四肢伸平，仰身，肚子朝天，得意地睡在爸爸的臂弯里。萨莉一有动静，爸爸就抱着它往门外跑，怕它在沙发上解决大小便问题。两周后，爸爸瘦了十几磅，萨莉领悟了：一旦需要方便就去抓门，要求出去解决，回来后有饼干吃。再后来，萨莉就可以与我枕着同一个枕头睡觉了！我有时也把萨莉当成我的“枕头”。我轻轻枕在它松软的脊背上，睡得格外香甜。

第二年七月的一天，我决定为萨莉过第一个生日。十几个小朋友来为萨莉庆生，它收到了不少礼物。其中有一只白兔棉布娃娃，萨莉一咬，就会发出吱吱的声音。它后来成了萨莉的最爱。爸爸说：“这是满足了小猎犬喜欢抓兔子的天性。”

萨莉生日那天，七月的阳光火辣辣地直射在我家前院的草地上，一个蝴蝶状的水莲蓬铁管被插在草地的土里。莲蓬转着，好像蝴蝶飞着，清凉的水喷洒出来。小朋友们追着萨莉，在喷水下疯跑。萨莉最后被追累了，趴在草地上大口喘气。妈妈心疼得把它抱在怀里，它却在妈妈怀里左踢右踹，一刻不停地扭动身子。妈妈只好又把萨莉放回到草地上，让我给它去端点水喝。

望着萨莉大口喝水几次被呛住的样子，妈妈摇头叹息：“这条狗买错了，可不是一条能让人安生的宠物犬！”一旁的一位小朋友爸爸说："小猎犬都是这样啦，爱它们的人爱得要死，恨它们的人也恨得要命。出名的不驯服，也是出名的聪明！走失的流浪狗里小猎犬最多，其实都是主人无法控制它们，敞开大门让小猎犬'走失'。你们最好再买一条狗，给它做伴……"妈妈听了更加忧虑地说："一条狗已经把家里人搞得不安生了，再养一条狗，日子还怎么过？"那时萨莉的小身子挤着妈妈趴着，它的小肚子压在了妈妈的一只脚上，脑袋枕着自己的两只前爪，大耳朵耷拉在草地上，黑眼珠不停地左右转动。我觉得它能听懂大人们的对话。

那天晚上，我抱着萨莉去敲爸妈卧室的门，里面问："是不是萨莉又出什么问题了？"我推开门，把萨莉放到妈妈身边。我敲着萨莉的鼻子说："你，不！许！闹！今天开始，你要陪着妈妈睡觉！"我走出来，轻轻地关上门，然后把耳朵趴在门上。我怕萨莉闹出什么大动静，随时准备冲进去拯救我的 Underdog。我听到爸妈在屋里"扑哧"一下双双笑出了声。

过了几天，在晚餐饭桌上，妈妈对我说："萨莉夜里很乖，它紧紧地贴着我的后背，那感觉让我想起你两岁时，老喜欢半夜从你房间跑来，跳上我们的床，贴着我的后背，一直挤着我……"这时萨莉正不停地围着客厅的茶几转圈，我对它大声说："萨莉，你听到妈妈夸你吗？"听到我喊它的名字，萨莉就突然在狂跑中停了下来，好像我第一天见到它时一样：歪着头，瞪着两只像黑宝石一样的眼珠盯着我，两只大耳朵耷拉着，耳朵根子一上一下地动着，好像在问："喂！你们在议论我什么？"

从那个时刻开始，我心里不再担心萨莉会"走失"成为流浪狗，虽然它后来又闯了许多祸。比如在妈妈四十岁生日派对的前一天，它把妈妈的 280 美元买的名牌新舞鞋后高跟咬得稀巴烂；

比如它兴奋地扑到爸爸身上时，爪子把爸爸的高级皮夹克抓了一个大口子；又比如，它总是喜欢跑到隔壁邻居家，去扒人家的纱窗门，找人家的长毛狗玩耍，害得人家不停地修补被它抓坏的纱窗门，最后只得换了一个玻璃门……

萨莉的斑斑“劣迹”，许多我已经记不清了。但我依然爱它如初。为了它，我还和别的小朋友动过拳头。

有一次，我足球队里最要好的一个小伙伴到我家来玩儿。他有一张像吹得鼓鼓的气球一样的脸，长腿小身子。这让他成为我们足球队里跑得最快的队员，我觉得是因为他的圆脸可以让他的身体飘浮起来，减少了人体在空气中的阻力。而且他的气球脸让他看起来一直在笑，这让我曾经认为他是一个友善的朋友。那天我们追着萨莉在院子里转圈，那家伙自己在一个有坑凹的地方绊倒了。他爬起来，一瘸一拐地伸着膝盖到我面前，气球脸半瘪着说：“你瞧，膝盖出血了！该死的萨莉！我要宰了它！”

萨莉闻声停下来，走过去用鼻子拱那个小伙伴，亲他，表示安慰。没想到，小伙伴一把抓住萨莉的两条后腿，把萨莉头朝下提了起来，并开始转圈儿。我真怕他随时会把萨莉扔出去！我跑上去，一拳头把那家伙推倒在地。我把萨莉抱在怀里时，看到它两眼发直的样子，我很心痛。萨莉一定是被转晕了。我忍不住又踢了倒在地上的小伙伴一脚，他可能是摔疼了，竟然大哭起来！后来他的妈妈来告状，我妈妈让我道歉，我坚决不服。从此我再也不请那个家伙来我家玩儿了，虽然我们后来仍然是挺不错的朋友。他家有一条德国犬，样子很凶，我一直有点怕。小伙伴对他的德国犬也很凶。

妈妈说，像小猎犬这么闹腾和德国犬那么凶的狗，如果是在外婆过去下过乡的中国农村，一定“好景不长”。

三

我四岁之前，外婆从中国来过美国好几次，加起来总共住过两年。

外婆喜欢我们过去住在爸爸读书的大学城附近，两房一厅的出租公寓，下了楼就能见到别家的中国老人。她们也是来探亲，帮着儿女看孩子。大家每天一起聊天，东家长，西家短，一起推着婴儿车去逛附近的公园。后来，爸妈买了乡下五千英尺的大房子，外婆说太寂寞了，周围几条街除了遛狗的，看不到别的邻居。知道我们养了狗后，外婆更不肯来了。妈妈说外婆年轻时被狗咬过，“有心病。”

萨莉九岁那年，外婆答应“最后一次来美国”，我们都知道是因为小姨想来。小姨曾经申请来美国许多次，都因为“有移民倾向”被拒签。这次借口陪年事已高的外婆来探亲，小姨终于拿到了签证。

外公已经去世，外婆过去是医生。妈妈说外婆懂得保养，一定能长命百岁，只要小姨不要总“啃老”。妈妈总是埋怨小姨经常会花外婆的退休金，让外婆为她补贴家用，比如每天买菜的钱，每个月的水电费；而小姨的钱却都花在了为她女儿上各种补习班。小姨成家早生孩子也早，她的女儿已经上了大学。妈妈说小姨很想让她女儿到美国来留学，但是妈妈拒绝帮忙联系学校。“他们一家都难缠得很！”妈妈总是对爸爸这样提起小姨一家：“这次来美国买飞机票还是我出的钱，她也真好意思！”妈妈的心结在小姨来之前就这样打上了。

外婆和小姨来那天，我和爸爸正在车库从车里往外拿行李。只听楼上小姨、外婆和妈妈一起大喊大叫，我冲上楼去，看到外婆两手笔直地贴着裤子两边一动不动，嘴里大叫："让它走开！让它走开！"萨莉围着外婆转圈，外婆被吓得全身僵硬。萨莉一边跑还一边咧着嘴，好像在痴痴地发出欢快的笑声。萨莉是"人来疯"，它其实是因为看到人多而高兴。小姨和妈妈在一旁弯着腰追赶着萨莉，一面追一面叫。

小姨终于抓住了萨莉，妈妈一把抢过来，塞给我，严厉地命令我："把它关到车库的狗笼子里去！"萨莉已经长成到了30多磅重的中型犬，家里只有我还抱得动它。我把萨莉抱进了车库，那里有一个爸妈从宠物店买来专门关狗的铁笼子。它顺从地走了进去，一双黑眼珠一动不动地看着地面。它好像知道自己又闯祸了。每次家里有大聚会时，有人怕狗，有人对狗毛过敏，或者大家怕萨莉太吵，我们就把它关到车库的铁笼子里，它往往叫一阵子后就睡觉了。

可是这天，萨莉叫个不停，小姨脱口说了一句："姐，你就是心狠，跟小时候一样！"小姨跑下楼去看萨莉。妈妈吩咐我："你小姨一直想在北京养狗，可是她从来也没真下决心负起养狗的责任！你快去看看，萨莉那么闹腾，你小姨不一定管得了！"我进了车库，看到小姨在温柔地抚摸着萨莉的脊背，对萨莉说着什么。我说："小姨，我们一起去遛狗吧！"

七月乡间的街巷里，许多人家都外出度假了，留下一栋栋的大房子，还有房前屋后的草地和大树，周围显得寥无人烟，连空气和土壤里仿佛都滞留着寂寞的气息。萨莉踩着欢快的脚步，四只小爪子啪啪地交替着打在柏油马路路面的声音和它雀跃的身影，打破了四边的沉寂。

小姨坐飞机还穿高跟鞋，出来遛狗也不换鞋，是个爱臭美的人。她的皮肤洁白细嫩，眉眼勾勒的非常清晰，一袭紧身的牛仔裤，白衬衫，满头乌发高高地盘在头顶，走起路来一摇一摆的，好看极了。她好像比妈妈年轻十几岁的样子，但是我知道她们其实只差三岁。妈妈曾经不止一次说过：自己一个人来美国，又读书又打工，没有老人帮忙带孩子，很辛苦……可能这就是为什么妈妈不想再生一个妹妹的原因吧？小姨夫在大学工作，他们一家住大学区，天天在学校食堂吃饭，小姨不用做饭，孩子也有双方的老人带，妈妈羡慕小姨："她们过日子可比我省心多了！"

小姨和我跟在萨莉身后，拉着家常。我问小姨："你为什么说我妈像她小时候一样心狠？"小姨告诉我，她三岁时与我妈抢北京糖炒栗子吃，被我妈推了一把，头磕在一旁的玻璃茶几角上，血流不止，至今眉毛上还有一个不太明显的疤痕，是妈"欺负"小姨"抹不掉的证据"。

"那外婆又为什么怕狗？她有什么'心病'？"我继续问。

小姨被萨莉拉着走得快了起来，她那样子像走，又像跑。难以置信，她穿着高跟鞋还能走得那么快。她气喘吁吁断断续续地向我讲述了外婆的"心病"。

外婆年轻时支援农村建设，下乡做医生。有 次傍晚出诊看病后，天快黑了，她独自回乡下的医疗所，不想生病那家人的黑狗从出门就尾随着她。外婆越走越快，黑狗越追越近；外婆开始跑了起来，黑狗索性三两步就扑到了外婆身上，一口咬住外婆的左小腿肚。这时外婆才想起来，她的大白褂口袋里装着黑狗主人送的一个窝窝头菜肉团子。那家女主人为了感谢，硬塞给她的。外婆掏出肉团子，用力扔出去，黑狗瞪着外婆，犹豫片刻后，恶狠狠地跑开，去找菜团子了。外婆的小腿被黑狗隔着裤子咬掉了一块皮。

从此以后，无论见到什么样的狗，外婆都怕，远远地绕着走。

外婆和小姨在我家里住了一整个夏天，其间妈妈和小姨简直就像两个没长大的孩子，无论什么事情都争论不休。小姨说妈妈自私，上大学从北京跑到南方，毕业没几年又折腾出了国，根本没孝敬过父母！连外公心脏病突发去世时，妈都没能回去奔丧，推脱说读书没钱，又怕签证出问题回不来美国。这些年都是小姨一家人照顾外婆。妈妈说小姨斤斤计较，“小聪明有余，志向不够高远。”“当初既然想来美国留学，就不应该怕嫁不出去！自己早早结婚生女，怪不得美国大使馆说她有移民倾向，多次拒签，意料之中……”

然后她们总要缠着外婆“评评理”。外婆说这是因为生妈和小姨时没算好日子，她们一个属龙，一个属虎，“龙虎斗”“一辈子掐”，“这就是命！”

每当妈和小姨缠着外婆“评评理”时，趴在沙发另一端的萨莉，正在一点一点地向外婆坐的沙发这一端靠近。外婆看着萨莉，听着妈和小姨拌嘴，她谁的队也不站，坚持不评理，只是眯起眼睛小声对着萨莉说：“养一条宠物狗真不赖，无论你怎么嫌弃它，它总是无条件地向你示爱，摇头摆尾。过去我被狗咬，都是因为那个年代太穷了！人都吃不饱，狗肯定更是饿坏了！现在日子倒是过得好了呢，可是亲姐妹之间怎么就这么多的苦大仇深？”

萨莉趴在沙发上，每天靠近外婆一点点，很快就挤着外婆一起坐了。看看外婆没有像过去一样吓得赶紧站起身走开，也没有再用手扒拉它说：“快让它离我远点儿！”萨莉的眼睛仿佛不经意地盯着地板，慢慢地把头搭在了外婆的腿上。外婆不但没害怕，竟然还用手轻轻地抚摸萨莉的后背。萨莉眯起眼睛，好像睡着了，一动不动。它咧着嘴，像是在暗暗微笑。家里人都说：萨莉治好了外婆的“心病”。

康乃迪克的冬天漫长而寒冷，夏天却是短暂而又闷热。为了外婆和小姨住得舒适，爸妈让我搬到二楼住，腾出我一个人住的一楼的卧室，加上旁边的一间书房，给外婆和小姨住。爸妈说夏天一楼凉快，又省得外婆进卧室睡觉还要爬楼。家里没有像往年一样开中央空调，也是因为外婆不习惯。

房子里每个门窗大开，晚上自然风吹进来，倒是也很清凉。

二楼爸爸的书房成了我的临时卧室。挨着爸妈的房间，一墙之隔，爸妈的悄悄话被窗外吹进的清风捎出他们的房门，拐个弯儿就进了我的房间。我隐约地听到妈妈向爸爸抱怨：过去回国探亲只是两三个星期，小住，大家你好我好都好，一家人团聚很亲热。没住够时就该回美国了，并不觉得有什么分歧和矛盾。反而这次小姨来长住几个月，妈妈几乎用光了自己的假期，陪她们到处游玩。开车出去烧的汽油，住的旅馆，吃吃喝喝，哪一样不是钱？这样住下去，每个月不经意间就多出不少额外的开销。两个月下来，付家里的各种账单都觉得捉襟见肘了！自家房贷、车贷，茶米油盐水电气，哪一样不要钱？关键外婆还老喊累，呆在家里嫌美国乡下闷，出去玩觉得累；“小姨更是不好侍候！我怎么做都不会让她满意！说中餐馆的饭不好吃，说乡下没有人气；去了纽约中国城，又嫌那里‘异常的脏乱差’……还说我当年出国出错了，说美国没什么好的，话里话外还看不上美国人了……”

妈妈的声音越来越大。我真担心，不要让楼下的外婆和小姨听到才好。我于是重重地翻身，把床压得发出吱吱呀呀的响动，希望让妈妈知道她吵到我睡觉了。但是妈妈好像全无觉察。她继续说：“她忘了当初，她是怎么抱怨我没尽力帮她办留学了。要来美国定居，可是她那么着急结婚，还要把她老公一起办出来，当然是明显的移民倾向！三次签证被拒，她怎么能怨我呢？这还搬出我小时候不懂事时误伤她的事来，真让人伤心透了……”

我好像听到妈妈在低声哭泣，说自己还不如萨莉，不如一条狗更能讨小姨和外婆的欢心。我听到爸爸说：“无论什么关系，相处近了都会出矛盾，这很正常。你难不成还嫉妒一条狗？”

这时，萨莉正趴在我和爸妈两个屋子门中间的过道里，打着小呼噜。它睡得很沉，不时地从嘴里吹出一股又一股气息，偶尔还轻轻地汪汪叫两声。也许它在睡梦里回到了前世，也许它正在狩猎？是否追到了小野兔子？

看到妈和小姨天天这么闹别扭，我庆幸自己是独生子，不需要面对兄弟姐妹之间的可能的各种矛盾。我再也不遗憾爸妈没给我生个妹妹了。我有萨莉就足够了。

那个漫长的夏天终于要结束了。小姨离开美国回中国的前一天，特意给萨莉洗了澡。出浴后，小姨给萨莉系上了红色的方围巾，独自带着它出去遛了很久。最后萨莉走不动了，也不知小姨哪里来的那么大力气，她一路把萨莉抱回了家！

外婆和小姨离开那天，爸妈和我都觉得她们最舍不得的其实只有萨莉。

四

外婆和小姨走后，家里仿佛显得异常清静，日子也显得过得极度缓慢。萨莉尤其安静，总是睡觉，似乎老了很多。爸爸有时会对妈妈说：“亲人之间过日子拌拌嘴，亲亲热热，今天远点明天近点，可能那才是红火。美国什么都好，就是离国内的家人朋友太远了，缺了点人气，缺了点亲情。看看，连萨莉都不习惯家里的冷清呢！”

萨莉十岁了。它一天天变老，身上的黄毛和胡须变白了，眉毛也几乎变白了。夜间它越来越频繁地扒门，需要出门方便的次数越来越多。晚上睡觉时，我不再让萨莉进我的卧室，这样我就不需要起夜为它开关房门，不用等着它出去解决问题。萨莉经常一夜一夜地趴在我的卧室门外守候。

去年我 17 岁，面临高中毕业。申请大学的压力，等大学录取通知的不确定性，还有即将离家去读书的孤独和恐惧，那一切让我变得越来越烦躁。

每天一听到我回家的脚步声，萨莉就已经在门口等着了。一见到我，它总是兴奋地扑到我身上。我总是迅速地闪开，走进卧室，砰地一下关上门，把萨莉挡在门外。听着它断续地小声地用鼻子哼哼几声，还有一两下用爪子抓门的声音，我当作没听见。我只想一个人关在房间里，与朋友视频聊天，解压。

白天时，萨莉喜欢躺在后院门口的平台上晒太阳。它睡觉的时间越来越长，呼噜也打得越来越响，依然会做梦，会在梦里汪汪地叫唤，可能又梦到了前世在哪里狩猎？

这一天，天黑了，爸妈下班回来不见萨莉，还以为它像往常一样躺在后院门口的平台上。但是吃晚饭时也还没见萨莉像平时一样扒门进屋，我出门查看，萨莉不见了！下午我放学后，几个小时前，萨莉在客厅里向我低声抗议，它老得跳不上去沙发了。平时总是我把它抱上去，它喜欢挤着我一起坐。可是那天那时我正在电视上与一个网友玩游戏，萨莉走来用两只前爪不停地抓我的膝盖，它想到沙发上来坐我旁边。但我无暇把萨莉抱上沙发，就不耐烦地用腿顶了它的胸口一下，然后又用脚一次次把它推开。萨莉坐在我的脚前，安静地望了我一会儿，后来它就去扒门了。我开门放它出去，心里有点不再被它纠缠的如释重负的感觉。

狗狗也会因为不开心而离家出走吗？

爸妈和我开着车出去找。我们在每个街巷、小树林附近下车，不停地叫着萨莉的名字。我仿佛听到它在周围低声呻吟，可是走近了，却什么也没有。妈妈说那是我的幻觉。

一连找了几天，警察局一直说没人报告有小猎狗走失。爸爸说：“狗老了，都是不喜欢麻烦主人，它们会找一个不为人知的角落，静静地死去。”我家附近有许多密密的森林，林子里有大大小小看不见的暗河道。如果萨莉走进那里去了，我们无法找到。

小姨和外婆回中国后，与妈妈的电话通话比过去少了许多。直到妈妈告诉她们萨莉走失了，“也许在荒郊野外死去了，连尸体都没找到……”妈妈说小姨和外婆在电话的另一端都哭出了声。

萨莉失踪后，妈与小姨和外婆每周有事没事总是打好几次微信电话视频，每次小姨和外婆都会问：“萨莉找到了吗？”通话结束时，她们总是互相安慰：“也许哪天萨莉自己就回来了呢！”

我相信萨莉还活着。我觉得它只是要用离家出走的方式让妈和小姨与外婆和好。它该不是生我的气了吧？还是上帝把它召唤走了？因为我不再像过去一样爱它？

爸爸与我在房子后院的山坡上挖了一个大坑，钉了一个木箱子，里面放了萨莉喜欢玩的玩具小兔子，它用过的皮带，项圈；它穿过的小坎肩，还有它睡觉时喜欢铺盖的几条花毯子、小被子。掩埋木箱时，妈妈也来铲土填坑，她捂住嘴哭得弯下了腰，最后无力地坐在了地上。我和爸爸也都流泪了，但是心里还存有希望：希望萨莉还活着。

* * * * * *

我上了大学，去年的今天萨莉失踪。昨天我特意从纽约坐火车赶回来，路上我在想：萨莉会不会突然自己回家呢？

此刻在我家后院，我躺在“树床”上。晨光凝视着我，而我直面盯着不远处一个小土堆，那是一年前我和爸妈一起为萨莉建的空空的“坟墓”，我们一直没有找到萨莉的尸体。紫色的花朵和杂草不知何时已经从坟墓中疯长出来，在晨风里左摇右摆，仿佛在一边与我打招呼一边询问：“咦？你是谁？我们过去在哪里见过吗？”

这些植物和花叫什么名字？我一个也不知道。

萨莉，你在哪里？

（原载于2021年五月《作品》杂志，被评选入围《青年文学》杂志社主办的2021年“城市文学”排行榜）

创作谈：狗的命运在人手中

常少宏

我家养了十年的小猎狗名叫萨莉，它前两年去世了，之后我一直想写一些东西纪念它。许多朋友说再养一条狗吧，那样会好受一些。但是我其实虽然很想念萨莉，可对于养好一条宠物狗的责任，我是不留恋的。尤其儿子已经上了大学，我空巢了，乐得自由自在几年。但我还是想念萨莉。于是萌生了写关于狗的小说的想法，从狗狗的角度看人的生活、反应狗狗眼中人的世界。于是我构思了《我是一条狗》的故事情节：一条狗的一生经历了三个主人，三种不同的命运。

这是其中的一篇，通过一条狗（萨莉）反映移民家庭的矛盾冲突，还有中外不同年代对狗的态度：一条狗帮助一个移民家庭成员之间跨越文化与地域的隔阂，重建感情联系的纽带。最后狗狗是失踪还是死掉了？小说留了悬念。

这篇小说最早投给了美国的杂志《汉新》一年一度的小说征文赛，"颗粒无收"，对我的打击还是不小的，怀疑自己是否会写小说？我于是更不敢投稿了。后来北美著名的作家、编辑、许多文人的伯乐（发现木心的第一人）王渝向我约稿，受版面约束，只能发五千字，我发了简写版，王渝马上说"喜欢"。就这样此篇最早登在了纽约《侨报》副刊，那是 2018 年的五月。我于是恢复了一些信心，继续把自己的创作主要集中于小说，私底下越写越多。我喜欢小说这种文体，它给予了我最大的创作空间，我把自己对诗歌写作的冲动也融入了小说的创作之中。

这一版是我在 2021 年 2 月还在改的版本，从首发到五千字，拓展到了一万字，加入了更多的细节。承蒙著名诗人郑小琼约稿，发表在《作品》杂志 2021 年五月版。

每个努力挣扎中的码字人都需要伯乐。郑小琼和王渝都是颇有成就的诗人，都是我小说创作路上的伯乐。

萨凡纳猫（由网络照片合成制作）

萨凡纳猫

常少宏

Savannah Cat（萨凡纳猫）由非洲猫（父系）与家猫（母系）杂交而成，毛色呈金黄、棕褐或浅黄棕，浑身皮毛柔软，斑纹亮丽。它身型呈流线体，瘦高，款款走来时的一颦一动，让人自然联想到T台上的模特：古灵怪精，野性十足。然而它又气质高雅，拥有与生俱来的王者风范。萨凡纳猫的繁育之难是出了名的，物以稀为贵，一只猫价格不菲。由于它高贵的气质和漂亮的皮毛，萨凡纳猫深受迪拜、卡塔尔、摩洛哥等皇室的喜爱，更是一些意大利黑手党家族的象征动物。

“你美得简直就像一只 Savannah Cat！”

胡丽此刻坐在萨凡纳市中心的 Market 广场，前面湖边的歌者唱起卡朋特的《Yesterday Once More》，想起十年前老比尔第一次见到自己时，说自己美若萨凡纳猫，她感觉仿若隔世。那时比尔试图与胡丽搭讪，正是三月中旬乍暖还凉的 St. Patick's Day（圣帕特里克节）大游行前一天。

圣帕特里克节是每年的3月17日，为纪念爱尔兰守护神圣帕特里克设立。这一节日起源于五世纪末期的爱尔兰，随着爱尔兰的后裔们遍布世界各地，圣帕特里克节已经变成世界范围的爱尔兰人狂欢日。美国从1737年3月17日开始庆祝圣帕特里克节，它的传统颜色为绿色，象征着春天降临的生机勃勃。

美国的南方小镇萨凡纳是东海岸最大的庆祝圣帕特里克节聚集地。整个城市在那个周末张灯结彩，周围十个几州甚至全美各地的爱尔兰后裔们纷至沓来。许多人住不上旅店，就睡在车里或者临街的店铺里，昼夜狂欢。满大街是提着啤酒瓶子的各年龄段的男男女女们，他们的衣服或者帽子、围巾、手套等一定有一样穿戴是绿色的。

圣帕特里克节那周的星期五一早，著名的“霍夫曼拍卖与评估行”里聚集了来自世界各地的亚洲古玩鉴赏和收藏家们。胡丽那时正盯着下一幅要被拍卖的作品：

画中亭榭架于水泊之上，四周柳树成荫，空空楼台间一中年男子正襟危坐，湖中飘荡着一只鲜花缠绕似花轿般的小船儿，船中一妙龄女子抱琴弹唱。画中留白处占了左面大半个画面，是意象中的水面，微微小楷题字于角落：

锦瑟无端五十弦，
一弦一柱思华年。
此情可待成追忆，
只是当时已惘然。

主持拍卖会的男子开始叫拍：“下一幅中国山水人物画，明代徐祯卿作。说起明代江南四才子，我们常常说到唐伯虎唐寅，其实徐祯卿的字画价值和才情远在唐伯虎之上，这幅《此情可待成追忆》正是徐据唐代李商隐诗作《锦瑟》而画。当然业界一直有说这幅画实际是出于当时一青楼女子之手，借徐祯卿的小楷而闻名。因无从考究，也就更加价值连城。拍卖起价 5 万美元……”

就在这时，比尔挥手在胡丽面前晃了晃，冲口而出：

“我的美人儿，你美得简直就像一只 Savannah Cat！”

一只用活标本制作的萨凡纳猫将是下一个要被竞拍的艺术品。

“这是什么人这么无礼？”被说像一只猫，胡丽内心颇有不快。

此刻的拍卖会场挤满了人，胡丽和比尔都站在大门口，方便可以随时退场的地方。比尔能用中文表达这么准确的信息，着实把胡丽吓到了，仿佛怕自己被对方看穿了似的。胡丽不自觉地用余光打量身边这个男人：带有一双清澈天真的眼神的脸，个子不高，很结实；没有一丝褶皱的薄羊皮黑色外套，拉链敞开着，里面是当年最新图案的 Gucci 丝绸衬衫(胡丽买过一件送给爸爸做新年礼物，知道价格是 1500 美元一件)。他的头发是金红色，卷发长过宽厚的耳垂，让他的气质显得潇洒又飘逸。他的微笑里有自然的幽默和亲和感。与他并肩而立，胡丽感到身边这个男人气场强大，浑身洋溢着光芒四射的成熟男人的性感。

胡丽觉得比尔也在打量自己：白衬衫，紧身牛仔裤，质地精致的豹皮纹羊毛大披肩围住了她整个的脖颈和肩膀，宽宽的豹纹 Gucci 皮带束在腰间，脚蹬高跟过膝长皮靴，也是豹纹图案。长长的大波浪披肩头发衬托出线条精致的温柔的典型的东方美女面孔，鲜艳的红唇像一只熟透了的樱桃。胡丽站在那里，眼神坚定，好像可以看穿一切，给人高不可攀的感觉，这更增加了比尔想征服这个女人的欲望。

下一件被拍卖的萨凡纳猫真猫标本出现在大屏幕里，胡丽一看，心跳瞬间加快：“这只猫的神态真眼熟！像是……每天穿戴妥当准备出门时镜子里的……自己？”胡丽不自觉地把脸转向身边这个男人。没等她开口，比尔已经伸出手与胡丽相握：“我是比尔.霍夫曼，我觉得我们前世就认识！”典型的美国男人，向陌生女人示好这么直接！

“哦！我们中国古董收藏圈都知道你，大名鼎鼎的‘中国皇室’后裔！”胡丽说。她知道这个拍卖行就是霍夫曼家族的产业。比尔的太祖母曾经是大清公主的英文教师。太祖母家势殷实，加上犹太人会经营，为大清皇室工作不要钱，只要宫里的物件儿，尤其是古代流传下来的东西。

胡丽放下了心中的戒备，两个月以来的孤独感让她生出了想与人交流的强烈渴望。

“听说你小时候随父母回访中国，你父亲在北京大学教英文，你去学中文……怎么现在说话还是美国腔儿？”

“离开中国太久了！我很想念那里。我现在雇了一个中文老师，学中文。不过你可能成为我最好的中文老师哦。”

比尔一边说一边举着手里的竞拍牌子，开始拍那只萨凡纳猫标本。胡丽在另一边想着自己的身世，不由得心生感伤。

胡丽的家世按说也是旗鼓相当，但提起发家史，她却颇有难言之隐。坊间传闻胡丽的曾外祖母是清朝某大太监在外面养的小，大太监从宫里不断地往外宅敛财，自然少不了宫里的青花瓷器、古玩字画。后来大清朝倒了，大太监被赶出宫，胡丽的曾外祖母答应给大太监养老送终，自己转身嫁给了家里年轻英俊的长工。一家人搬到香港，开古董店做生意，柜子里锁着的是家里的珍品物件儿，用来揽客，真正出手的却多是长工出身的曾祖父仿制的赝品。所谓“长工”，那门手艺学的就是仿造古董。胡家赚了钱就在繁华地段置办房产，香港弹丸之地，寸土寸金，财富享不尽用不完，子孙满堂。家训是不可私自买进古玩，不可投资股票市场。

胡丽从中学就去了英国读书，回到香港后，嫁给追随自己而来的英国同学威廉。威廉的爸爸是中国人，在伦敦经营一家中国餐馆，妈妈是来自美国的印地安人与英国后裔的混血儿。靠着一路学业优异，威廉自己奋斗拼搏，成了投资银行合伙人。

威廉的职业行当坏了胡丽家不许炒股的规矩，所以胡家上上下下都对威廉不冷不热的，有戒心防着，没把他当家里人。

胡丽试图劝过威廉："你要不要转行？可以包揽房地产工程，也是很赚钱的行当，比股市稳定。"不料一向对胡丽百依百顺的威廉却非常硬气地说："告诉你爸爸我养的起你，我不是上门女婿。我来香港一是为了你，更主要的是香港机会比我在英国更多。"这话把胡丽噎得内心从此与威廉有了隔阂。

2008 年底，美国次贷引起全球经济危机，股票大跌，威廉的资产一夜间缩水。2009 年新年刚过，胡丽和威廉为了一点小事大吵，她赌气自己离家上路，周游世界去了。

她在欧洲转了三个月，听说萨凡纳有亚洲古董拍卖会，就飞了过来。这一路她都在想：是不是什么时候要回去了？要离婚吗？她一直想要个孩子，可是威廉早出夜归，每天应酬，经常醉醺醺地回来，倒床就睡。胡丽怕酒精影响受孕，生出的孩子会不健康，很少与威廉有床第之欢，自然怀孕的机会微乎其微。彼此生理上得不到满足，加之经济缩水的矛盾，婚姻好像走不下去了。

"我已经出来两个多月了，威廉甚至没有打过一次电话来，问问我转到哪里了？看来威廉也不想我，我死在外面他都不会知道！"半路上，倒是一个闺蜜打来电话问候，胡丽忍不住大发牢骚。

闺蜜也是发现了丈夫在大陆养着一个"小三儿"，但是她舍不得能赚大钱的丈夫提供给自己和儿子的优渥生活，想睁一眼闭一眼，实在不行自己也找个年轻帅哥养着，或者加入胡丽的旅行周游世界。

“可是我儿子怎么办呀？”闺蜜说：“还是你好，没有孩子拖累。”

“你不要身在福中不知福呀。女人有了孩子就是孩子第一，老公只要能赚钱养你就好了。女人有了孩子还要男人有什么用？深圳不是有你这样的富婆可以去玩乐、解决生理需求的地方吗？听说那温柔体贴劲儿可比丈夫强多了！”胡丽一边安慰闺蜜一边自嘲：“去年总有一个女人往家里打电话找威廉，说是生意上的朋友，说不定威廉早已有别的年轻女人投怀送抱了呢！”

在香港时，闺蜜们经常在每周聚会的午餐桌上开胡丽的玩笑：“把你家金龟婿看紧一点！现在大陆来的女孩子要身家有身家，美貌学位也不差，就爱威廉这样没有孩子无牵无挂的熟男……”胡丽总是底气十足地反唇相讥：“我还巴不得再谈一次恋爱！最好威廉先找到下一个归宿。省得我先背上不忠的骂名。”

胡丽的胡思乱想被身边的比尔打断了，他已经拍到了那只萨凡纳猫标本，此时正站在胡丽面前微笑不语。

胡丽主动问比尔：“那只猫你已经拍下来了，想不想出去一起喝杯酒？”胡丽早就注意到比尔的手上没戴婚戒，自己也早已经脱下结婚戒指放在了化妆包里。她压抑得太久了，眼前这个男人不讨厌，甚至很有魅力，她需要有一个人说说话，聊聊天。比尔涨红了脸，说：“啊，我的小猫！走走走，我们今天就要鸳鸯蝴蝶，沙滩，夜风，去过一个最浪漫的夜晚！”比尔去拉胡丽的手，她的心里好像被电了一下，手指尖在颤抖。

他们穿过几条石子路铺的街巷，来到 Market 广场的一间酒吧，落座。比尔举起左手，熟练地用拇指和食指一滑，打个响哨：“我要‘沙滩情侣’！”酒端上来，一个梳着长马尾的男侍者冲着比尔会心地微笑，仿佛是老熟人了。酒杯又圆又大，玻璃杯中间被隔断成两边，女方一边的酒是粉色，男方的酒调成蓝色，分别有一只樱桃架在酒杯边缘，杯底有干冰散发出彩色的雾气。

两个人用吸管喝着各自一边的酒。他们喝了很多杯。恍惚中，胡丽看到远处马路对面有一匹白色骏马慢慢走来，马眼睛被两块黑布蒙住，车的四周挂满各色鲜花。她问比尔："你见过中国的花轿吗？看那辆马车，就是那样的！""走！我们去坐花轿车！"比尔顿时兴奋得像个小孩子。他抛下一张百元美金现钞，压在酒杯下面，起身拉住胡丽的手，胡丽发现自己惊奇地顺从，他们一路跑着向马车的方向挥手，顾不上周围人投过来奇怪的目光。车夫看到了他们，吆喝着白马，停下等待。车夫是一位老妇人，脸上的皱纹像潮水冲过的沙滩，细细的，显得很柔软。她脸色黝黑，穿着大红麻布刺绣马褂，扎着裤脚的黑色宽马裤，脚蹬长靴，像个饱经风霜的牛仔。她用温柔的目光望向这对看起来很般配的中年人。

踏上马车，刚落座，车夫就拉起了车上的丝绒莲蓬，让胡丽和比尔顿时感觉有了一个私密的空间。胡丽就势把头靠在比尔的肩上，比尔伸手揽住胡丽的腰，他们舒服地靠在马车的后背上。比尔把嘴唇热烈地贴到了胡丽的嘴上，胡丽没有躲闪，她觉得有股暖流迅速流过全身。比尔吻着胡丽的眼睛，脸颊，鼻头，嘴，停在了她的耳垂，低语："我的小猫，我带你去看海，你会喜欢那里……"看到胡丽脸上有了泪光，比尔的声音更加柔软，在胡丽的耳朵里响起，是那么幽远，似乎不是来自现实里的声音。胡丽知道：自己真的是喝的太多了！恍惚中胡丽觉得自己下了马车，坐进了汽车。汽车在狭窄的车道行驶，两边都是海水。她紧紧地抓住比尔，她觉得自己一松手就会落入汪洋大海里。

第二天，在比尔位于 Hilton Head Island 的海边别墅里，醒来时两人相拥着躺在壁炉边的地板上，白色北极熊皮毯包裹着他们。壁炉的火苗温暖跳跃，房间里弥漫着新鲜松木的芳香。胡丽已经记不起怎么来到了这里。那一夜发生了什么，还是什么也没有发生？她觉得全身每一根神经每一寸肌肤都是酥软和舒适的。比尔满脸通红地看着胡丽，小心翼翼地亲吻她的眼睛，好像怕自己的心事被胡丽那仿佛能洞察一切的眼神看穿。然后比尔突然跳了起来，略显羞涩地搓着双手说："走，我们去看日出！"胡丽这时发现，两人昨天穿的衣服都还完好地穿在身上，应该什么也没发生，她内心想亲近比尔的渴望更加强烈了。

比尔拉开落地玻璃门，走下宽大的阳台，对面就是海浪和沙滩。跟在后面的胡丽忍不住伸开双臂，做出要飞翔的动作，轻轻地踏着舞步，赤着脚，舞上了沙滩。阳台边横竖堆放着几辆各色单车，他们骑上单车，并肩行在广阔的海滨。晨光在海的另一边渐渐露出了脸，一轮朝阳缓慢升起，很快地坐在了海面上。阳光照耀海水，把海水染成了鲜红的颜色。此刻，胡丽在内心打定主意："回去跟威廉离婚！"身边这个男人打动了她，她甚至不知道他的年龄，是不是单身？有没有孩子？他应该是五十几岁吧？胡丽觉得自己突然就明白了世间所有的所谓男人"出轨"是怎么发生的，这种魔力是如此强大，而人的自控力量又是多么渺小。

他们在海边别墅里住了十几天，每天叫外卖吃。晚上各自为对方读福克纳的小说，坐在满天星光的阳台上一起弹吉他，唱歌。比尔甚至让来送外卖的人去给他买油画布、颜料和画架。他们在阳台作画，让各种原色颜料把画布涂得厚厚的。胡丽画落日、朝阳，和心里的福克纳小说中南方橡树庄园的模样；比尔画海、帆和船。他们讨论古董、名画、世界经济、金融政治、世界末日、机器人科技……，但是从来不讨论两个人可能的未来。

分别的日子终于还是来了，胡丽不想这样不明不白地生活下去，她想给自己的未来一个交代。她决定先回香港看看，再决定下一步是否要与威廉离婚。

“我美丽的小猫，我离不开你了！离开你我真的会死的！”在萨凡纳机场，送胡丽回香港时，比尔紧紧地拥抱着她，终于问道：“丽，你还会回来吗？”胡丽知道，他们彼此都没有承诺一生的思想准备，或者他们已经过了那个冲动承诺未来的年龄。

没想到那一别就是十年。

此后胡丽与比尔做过一笔交易，再无联系。胡丽不敢相信，十年后的今天再来萨凡纳，却是来参加比尔的葬礼！她一直把与比尔在萨凡纳生活的那些天珍藏在心底最柔弱的角落，她以为她可以随时回来找比尔，她以为比尔会永远停留在 2009 年三月的那个拍卖会上，性感、幽默、慧智。

回到香港后，一见面，威廉就痛哭流涕，哀求胡丽卖几件家中祖传的青花瓷器，挽救他的资金运转，祈求公司起死回生。胡丽觉得威廉此刻的卑微伤害了自己的自尊，外人会说胡丽是因为丈夫破产而抛弃他，胡丽不想背上这个骂名，她想帮威廉度过难关后再讨论离婚的事。此后威廉每天到点下班就回家，辞掉了菲佣，说要与胡丽过二人世界，每天给胡丽变着花样做饭吃。一个多月后，胡丽发现自己怀孕了。“这可能就是命运吧？人是抗不过命的！无数的家庭不都是这么平平淡淡地生活吗？”胡丽觉得无奈，但是又欣喜自己终于要做母亲了。她去找父亲求助，没想到父亲很痛快地拿出了几件官窑瓷器，眼神躲闪地看着地面，向她交代：“你找国外的拍卖行，能拍更高的价格。即使是中国人买回来，他们也还是更相信国外流回来的东西。”父亲交代胡丽如何对买家编故事，“顶级的官窑瓷器，最主要是要交代有据可查的出处。”

胡丽自然首先就想到了比尔。此前比尔打过几次电话来，胡丽都不敢接。她拨通比尔的电话，铃声只响了两下就接通了。

“……比尔，我怀孕了……我已经快四十岁了，再不生可能就永远也生不出孩子了，我需要给孩子一个完整的家……”胡丽在电话里很艰难地解释，没想到在电话线另一端的比尔却满不在乎地开玩笑说：“希望能生一只像你一样漂亮的萨凡纳小猫咪！哈哈哈哈……”胡丽觉得恨不能找个地缝钻进去！“原来比尔根本不在乎我！”她突然想起比尔在萨凡纳第一次带自己到Market广场时，他第一件事做的是让胡丽给他与性感的玛丽莲梦露塑像合影，还有他那么熟练地在酒吧点“沙滩情侣”鸡尾酒，他一定也与别的女人喝过！“自己真是鬼迷心窍了，与美国老男人谈爱是不能认真的！”想到这里，胡丽轻松地与比尔讨价还价起来。她很快就让比尔相信他是捡了一个大便宜。

“如果不是为了救市，胡家是不会出卖家产的！”比尔让胡丽拍几张青花瓷的高清照片，寄到他的邮箱里。几天后，比尔把现金打到了胡丽的账户里。胡丽千恩万谢，此后两人就断了联系。

“就是那几件赝品瓷器害了比尔！”胡丽现在独自坐在Market广场的酒吧，喝着苦涩的啤酒，想起下午在殡仪馆里比尔的遗体告别仪式上，律师告诉她：“比尔后来拿着那几件瓷器去找苏士比拍卖行鉴定，发现是用宋代陶器和明清碎瓷片回炉制作的土制作而成，即使机器也检验不出是赝品！是中国有个鉴宝节目上不小心打碎过一件类似的器件，发现内里有奇怪的签名，才发现这些高端科技造假！这让比尔在古董行里丢尽了脸面，他不再过问生意上的事情，全留给前任太太的两个儿子去打理……”

“拿到苏士比拍卖行被鉴定为赝品后，骄傲的比尔就不再在古董界露面了，没人再见过那几件瓷器，包括他的家人。比尔的身体越来越不好，他每天不停地喝酒，经常倒在萨凡纳街头哪家已经打烊的饭店或者酒吧门外，总是警察打电话找家人带他回去。时间长了以后，他的儿女都有点厌烦他了。他后来独自住在Hilton Head Island海边的屋子里，有一条小狗作伴，人们说经常看到他带着狗散步。然后狗跑丢了，他就更不出屋了。不久前不知他又从哪里高价买了一只萨凡纳猫，用拴狗的绳子，每天在沙滩上遛猫。”

听着律师滔滔不绝地讲比尔生前的事情，胡丽强忍着眼泪，她觉得这声声都是对自己的控诉！是自己毁掉了比尔！难怪父亲把那几件瓷器交给自己时有点鬼鬼祟祟的样子，而且还一再叮嘱要拿到国外去拍卖！父亲大概也是吃不准的，他一定知道那是来路不明的东西。胡丽觉得周围人的眼光好像针扎一样地刺在自己身上，她一直没敢去走到比尔的棺木前，她不敢跟他告别。

胡丽想起那片海滩的日出和落日都是血红颜色的，照在海面上，把海水都染红了。律师接着说：“比尔的遗嘱里有你的地址、电话，说一定要邀请你来参加自己的葬礼，还把自己收藏的两件东西留给了你：一只栩栩如生的标本萨凡纳猫，还有一幅中国山水画，他说是你喜欢的那幅落款为徐祯卿的《此情只待成追忆》。”律师说着交给胡丽一封比尔的亲笔信。胡丽迫不及待地当着律师的面把信撕开：比尔还是称她“我亲爱的小猫”，他说无论过去发生了什么，他已经原谅她了。“……你是我从小在东方的那个梦想，你是我的归宿，在那个归宿里，我是快乐的，幸福的。也许未来在另一个世界，上帝会让我们再度相遇。……”胡丽的心颤抖了，她浑身都在打颤！

她不知自己怎么跑出了殡仪馆，不知不觉的走到了Market广场，走到十年前她和比尔坐在那里喝“沙滩情侣”鸳鸯花酒的地方。坐在广场那间比萨饼酒吧外，听着同样熟悉的乡村歌手的歌声，四面喧闹。

胡丽此刻坐在 Market 广场，看着对面不远处那个歌者，她在内心感触：十年前很年轻，现在怎么看着也有点发福了呢？但是他的歌声依然年轻，充满了好听的磁性。歌者正在唱《Take Me Home，Country Roads》，

乡村小路
带我回家
到我所属于的地方

“家在哪里？”胡丽在心里问自己，她觉得心里空空的，空虚的恐惧像洪水一样在心里漫上来，仿佛要淹没了她。一个中年侍者走来，胡丽问：“十年前，我在你们这里喝过一种情侣酒。女方的是粉色的，男方的酒调成蓝色。分别有一只樱桃架在酒杯边缘。好像叫‘沙滩情侣’？你们还有吗？我想要一杯。”侍者微笑着摇摇头说：“没听说过，我们这里的酒经常会换的。为了简单，今天只有啤酒。”

“那就来一杯吧，你随便给我选一款啤酒就好了，有你们当地特色的。”胡丽尝了一口端上来的啤酒，有一丝苦味，很干，她有点情不自禁地苦笑：“生活呀，不就是这个味道吗？”她想，她为什么要回来这里？只有十年，仿佛很漫长，又很短暂，十年间比尔竟然心脏病突发，这么意外的就去世了！胡丽要了一杯又一杯苦涩的啤酒，渐渐地，她觉得周围仿佛一切都不存在了。胡丽看到比尔向自己走来，她激动地站起身，她想她要与他从相识

的地方重新开始，从曾经错过他的地方走回旧时光里。她走向前，眼里涌起了泪花。比尔仿佛也向她迎面直来，左手握着雪茄烟的姿势是胡丽熟悉的样子。他们彼此向对方走来，当胡丽正要开口时，她已经想好要说什么："亲爱的比尔，我想清楚了，没有你这些年我一点儿也不快乐。我回来了，我要留下来，让我们共度未来吧！"当她马上就要开口时，比尔却从她身边轻轻擦肩而过，目光里有着慈祥并且倦怠的微笑。胡丽竭力眨眨眼睛，再定睛去看：原来比尔并不是向她走来，也不是冲着她在微笑，而是被她身后的什么东西一直吸引着。她转身，看到广场上那座玛丽莲·梦露的白色石头塑像，裙摆被风吹起，街头一览，裙底春光乍泄，梦露双手按下裙裾……

"比尔！"胡丽脱口而出，她控制不住自己了，眼泪像断线的珍珠，一颗颗滚下脸庞。她的眼前又浮现出第一次在萨凡纳古董拍卖会上的那幅中国山水画，还有上面的题词："此情可待成追忆，只是当时已惘然。"胡丽心里积压了太久的泪水，终于奔泻而出！她知道自己陷入了恍惚中，那个夹着雪茄烟从她身边轻轻飘过的是另一个男人，或者只是比尔的灵魂？比尔已经死了！此刻的她，无限追悔。

突然，胡丽回头看到一个熟悉的身影，是下午在殡仪馆时见到的那个男孩儿，是比尔的外孙。下午在殡仪馆门外，胡丽第一次见到男孩时，觉得他怎么这么面熟？！可是胡丽知道，自己从前肯定没见过他。胡丽问男孩这里是不是比尔·霍夫曼的葬礼？男孩儿把胳膊藏在衣服里，让两只空荡荡的袖子在身前晃来晃去，乍一看去，还以为他失去了双臂。男孩儿脸上异常严肃，目光里闪着让胡丽害怕的寒气。他怔怔地站在那里，不回答"是"还是"不是"。此刻那个孩子跟在一个妇人身后，手里牵着一只萨凡纳猫，用拴狗的绳子。见到胡丽，男孩儿停住了，一反下午刚见面时对她有点仇视的目光，男孩儿现在冲她微微笑了一下。那只萨凡纳猫也回头盯着胡丽，昂头挺立，岿然不动。男孩儿用力拉了拉栓狗绳子，把猫拉得转过头去。胡丽从那只猫的身影里又看到了自己……想起第一次见到比尔时，比尔说自己“美得像一只萨凡纳猫”，莫名的，胡丽心头涌起了一股暖流。然后，突然又有一股寒意莫名地袭来。看着男孩儿和萨凡纳猫一起转头走掉的背影，胡丽的心突然加速跳起来，那个男孩！比尔的外孙，他的背影为什么那么像自己9岁的儿子？难道？难道自己的儿子不是威廉的？他是……自己与比尔的孩子？是的，是的！他们都有介于红色与金黄之间颜色的头发！威廉还曾经打趣说：要查一查这是他母亲家里祖上哪一代的变异？难怪威廉与儿子之间好像一直隔阂着什么！

此刻，乡村歌手正在弹唱当晚的最后一首歌，是Luke Bryan的《Drink a Beer》（《喝一杯啤酒》），一首被称为“最冷的最悲哀的歌”：

“所以我将坐在这里
在这个码头的岸边
看落日渐渐消失
并且喝一杯啤酒”

（本文删节版原载香港《文综》2019年秋季号）

创作谈：在旅游中完成了一个命题作文

常少宏

小说《萨凡纳猫》入选了《2019 北美中文作家作品选》。感谢刘倩、陈瑞琳和宣树铮老师对我此作品的认可。

感谢白舒荣老师 2019 年三月向我约稿。这是一篇命题作文："此情只待成追忆"。我当时正值空巢第一年，儿子上了大学，我这个在过去 20 年里 100%"儿子控"的妈妈心里没着没落的，我的先生也因工作性质经常会短期出差。我不甘心一个人守着美国乡下的房子"留守"，于是我说走就走，开车"浪迹天涯"去了。路上喜欢哪里就停停住住。在萨凡纳市（Savannah，乔治亚州首府）住了一周。看古董、研究当地的风土人情，加之从先生那里学到的一点古董收藏知识，我绞尽脑汁，杜撰了这个故事。几易其稿，交给白老师时已经是约文结稿日近了。白老师说排不上了，版面满了。我以为不会有下文，于是此篇与其他我过去写过的小说一样，安寂在了我的电脑里。没想到白老师还没忘，登在了 2019 年九月号的《文综》香港杂志。

我这几年写了几十篇小说了，但是一直写写改改，然后放置一边，不敢投稿。我相信"厚积薄发"，想再多写一些，至少把小说改到自己满意。也许这只是我对自己缺乏信心害怕被退稿被拒绝的借口，而已。这两年我有家可归地到处"流浪"，遇到许多风土人情，结交到来自于各个族裔的不同年龄段不同性别的朋友们。（截至 2020 年，美国有 11 种性别了。如果您不太清楚是哪 11 种，欢迎您今后关注我的小说创作。我有写到。）不少小说构思待付诸于写作，不少半成品。但我还是不敢投稿，尤其从 2019 年开始我在远程网上系统学习大学英文创意写作课程。再回头看自己的旧作，我更觉“处处是雷”，需要继续修改。

我希望自己的小说不止是写一个故事，更重要的是要在语言与写作技巧、布局结构、人性表现与挖掘等方面有对自己而言的不断的创新与突破。

写作，终究是因为热爱。记录我们的时代。

脱臼（由网络图片合成制作）

脱　臼

常少宏

多年前，在北京的一个早晨，我站在一栋看得见外面灿烂阳光的 28 层大楼顶楼里，在落地窗前俯视外面马路上小蚂蚁和大蜘蛛一样移动的人流和车流，我宣布自己要去美国留学了。众多记者朋友们纷纷表示要为我设宴饯行。

那天席间我一个人喝了一整瓶茅台酒。在座一位大报社的夫子说："你没什么大才气，要红早红了，留在国内写写小豆腐块儿文章还能勉强谋生，再不济就当一回我没过门儿的媳妇，我找找关系，把你调到国报党社之类的，铁饭碗、吃食堂、住公楼。出国干什么？你那点码中国字儿的武功，出去就废了！"我知道他是酒后吐真言。

还有一个声称暗恋我许久的小屁孩，浑身上下每块骨头好像都是软塌塌的，说话时喜欢翘起兰花指，并伸出食指点戳着对方脸的方向。他面相姣好，总是挂着微笑，一身名牌，干净养眼，我其实不但不讨厌甚至还有点喜欢他。我怀疑他所有的工资全用来买那一身名牌行头了。他大学毕业才两年，人送外号"小 K"。借酒壮胆儿，小 K 上来搂着我的肩膀，轻声细语：

"姐姐，你过两年会不会给我带个黑人姐夫回来呀？"

"滚！"我一把甩开小 K 的手说："你姐我不会忘本的，要嫁还得嫁咱中国男人！"

“唉哟嘿，我们都还有机会！”

“等她衣锦还乡那天把我们娶了吧，把我们一个一个都顺到美帝国主义去，把那里变成共产主义，让我们有机会拯救处于水深火热里的美国兄弟姐妹们。”

……

迷迷糊糊里，十几人的圆桌酒席间，我听到众多应和的声音从喝醉了之后打着弯儿的舌头底下流出来，此起彼伏地涌入我耳中。我那时才发现：当天来的全是男记者。不知为什么，我那时真TMD没有女性朋友。

“来来来！接着喝呀，不醉不归！”我站起来，绕着桌子逐一敬酒，因为我知道出了国再难得喝到这么正宗的茅台了(听说国外卖的名酒全是假货)。当我咧着嘴大笑时，下巴又脱臼了，笑容僵在了那群男记面前。

“看看，要去美国了，高兴得下巴都笑掉了！”

男记们继续起哄，而我则不慌不忙地双手拖住两腮，捧着笑脸做桃花盛开状，轻轻把下颚向左一拖，咬紧牙关，脱臼的下巴咬合回了原位。

这一连贯的动作我已习以为常。

我想继续咧嘴开笑，但是一阵疼痛把我从梦中拉回到现实。上面的场景其实都是我的梦，是这些年我反复做的一个梦。那时候北京哪有28层高的楼呀？“站得高摔得狠”。

我暗自叹息时睁开了眼。四周漆黑，下巴隐隐作痛——我在梦里又把下巴笑得脱了臼。

“几点了？今天要去伊莎贝拉老公的追思会。可别迟到了！”我心里嘟囔着，意识到自己昨晚又在地下室里看着电视蜷在沙发里睡着了。我的白人老公 Tom 对我最近总是不去卧室睡觉很是不满，但我知道自己下意识地在躲避与他的任何身体接触。我也说不清为什么。

“你应该去看心理医生，大概是生了性冷淡的毛病。这美国乡下老宅地下室四面无窗，潮湿暗淡。总睡地下室，你迟早在梦到天使之前会先遇到魔鬼，小心被勾了魂儿去。”Tom 最近反复对我发着类似的牢骚。

我闭上眼想继续做梦，当年男记者们对我众星捧月般的场景又像过电影似的在地下室的黑暗里闪出光芒。到美国多年，每当人生低谷，这个梦总来光顾我的睡眠。想起那天酒席上那些话，我就咬牙切齿，因为全被言中了。

到美国前十年到处觅食，打工读书找工作，找老公：目标盯住美国白人，拿绿卡一步到位。35 岁了才成家生子，做的是试管婴儿。幸好女儿聪明、健康、活泼，我万幸了。后十年就像一条冬眠的蛇，蜷缩在美国寂寥的伊利诺伊州乡下，熬过冷彻骨髓的漫长冬季，度过沉闷的夏天，年复一年。做着一枚电脑码工，天天早九晚五，下了班回家做饭带孩子，周末开车到处找派对，打打纸牌。其余无所事事，行尸走肉般地活着。本应似溪水潺潺流淌的小日子，让我时常过出了惊涛骇浪，电闪雷鸣，风平浪静的小河沟里也差点让所有的关系都要翻船。

近些年美国经济下滑，我竟然曾经不得不一度为柴米油盐算计。

Tom 这种标榜为艺术家的人从来就没有过正儿八经的工作，肯娶能干的中国女人的老美白男，大多是这种不太靠谱的人，可是他善良，温柔。当年我与 Tom 在一次教堂周日礼拜会上偶遇，座位挨着，我们免不了开始攀谈。我是身份与工作都不稳定，拿不定下一步怎么办，到教会活动，希望能找到一点心灵寄托。Tom

是虔诚的基督徒，人长得干干净净，身高一米八不止。穿西装打领带，更显得英俊。他长着一头金色的卷发，脸色红润，说自己从小打棒球，大学拿到了体育奖学金，学古典艺术绘画。他从一家商业广告公司辞了职，专心作画，立志要开自己的画廊。他说自己致力于画抽象派油画，正在筹备画展。后来的那个周末，Tom打电话请我去酒吧。我们都喝得有点大了，荷尔蒙上升。那晚我们就有了一夜情。我顺势开始与 Tom 拍拖。30 几岁左右的男女，解决生理需求的欲望不亚于肚子饿了需要天天吃饭。听说我因为学生工作签证到期不得不回中国了，才约会了一个月，Tom 立马决定与我结婚，让我有身份可以留在美国。那时我被感动得痛哭流涕，心里暗暗发誓我要誓死爱这个男人，无论富贵贫贱、生老病死。但是这几年房贷、车贷、女儿的学费，各种账单，压得我喘不过气来。Tom 则只是天天在家不紧不慢地画没人看懂的抽象画，还梦想着哪天哪个大画廊会高价收购。

“Tom，我们离婚吧！”

这话在我心底蹦出无数次之后终于溜达到我的嘴边成了口头禅。(据统计至少 80%的已婚妇女都想过是否应该离婚的问题。)

“哦我的甜点！你一定又有什么不开心的事了吧？告诉我，倾吐出来就好了。”Tom 会在我脸颊吻一下，顺势给我一个拥抱。有时那个吻会移到嘴边，直到激起双方的荷尔蒙。于是两个人相拥着滚到床上，一阵剧烈的喘息和“肉搏”之后，拿出床头柜里的葡萄酒与酒杯，举案齐眉。

我记不清有过多少次这样的周而复始了，Tom 每一次都可以化险为夷。

这样想着时，我心里烦透了！甩甩昨天刚烫过的一头碎花小卷长发，我彻底从梦境里走出来，爬到楼上，以最快的速度洗浴，穿上为了参加追思会新买的一套黑色套裙。我端详镜子里的自己：身材依然姣好，只需记住要时常深呼吸收起有些突兀的小腹；脸上暗色的口红衬得皮肤反而显得有点白皙；头顶那根前两周才拔掉的白发又刺出了新芽来，它顽强地站在头顶，从镜中藐视着我，更像是在挑衅。白发太短了，而手指又太粗，我拔不掉。“随它去长吧。去追思会这样的场面，头顶两根白发也许更合适。”我习惯着自言自语，在心里充分肯定了自己的形象。

三口两口吃下两片法式面包，又喝了一杯速溶咖啡，之后我推开女儿房间的门：“今天是艾米爸爸的追思会，你去不去？”

女儿在床上翻了个身，背冲着我说：“不去，我怕我会哭晕了。太难过了。”她的声音里全无一丝难过的腔调。

来到主卧室门前，我举起手想敲门，心理陡然觉得滑稽：“这也是我的卧室，为什么我进屋要敲门？”Tom 在前一晚已明确表示不去，他一向不喜参与女儿学校家长之间的社交活动，这让我在许多场合感觉自己像一个离了婚没有丈夫的女人，或是一个从未结过婚的单亲妈妈。在那些场合，我经常要在说话时把右手举在半空中打着手势，或者不自覺地挥舞着我的右手，一次次地把脸旁的头发撸到耳朵后面，目的只是为了显示我右手戴着的结婚戒指。

这时望着手上闪亮的一克拉钻石戒指，想想这还是纽约第五大道一家珠宝店破产关张前我托朋友给自己买的，Tom 买的那个实在显得廉价，我心里黯然神伤，坚决地收回了才要敲门的手。

走下楼去车库，经过地下室时，望了望里面漆黑的空气，梦境里喝了一整瓶茅台酒的感觉让我心里发酸。钻进那辆最低型号和标配的红色宝马小轿车，在 GPS 里输入追思会教堂的地址时，想到黑人朋友伊莎贝拉的老公托尼上周突然心脏病发作去世，我内心的悲凉感像无数的小虫子一样瞬间从后脊骨钻出，爬满了全身。

“TMD单程一个小时！美国大乡下，随便去什么地方都得一个小时，生命全耗在路上了。”我边想边开车倒出了车库。

初秋的太阳已经懒洋洋地升到了天上，稀稀落落的阳光透过路边树木把大片阴影洒在地上，被我的车轮无情地碾过。我下意识地左转右转，车子跟着GPS的指示上了高速公路。沿途绵延没有人迹的山脉把阳光挡在了山的另一边，这让我开往的方向一直落在阴影里。我心中冒出了更多的凉意，被自己能否在走入追思会教堂的那一刻表现出足够的悲伤而焦虑着。对于失去亲人处于极度悲哀中的人，我总是不知道如何安慰，好像无论说什么都是不恰当的。我已经躲过了前一天的遗体告别仪式，那多是留给逝者的家人或亲密朋友的；今天的追思会我是不能再躲了，否则显得我不够朋友，也不近人情。

车子在车流里行驶，我的思绪随着车轮飞转，被我与伊莎贝拉过往的交集交往充斥着。

第一次见到伊莎贝拉是女儿小学五年级开学第一天。下午三点半放学时，我与家长们照例围着操场站了一圈，等着孩子们从教学楼里出来。一位四十开外的白人男子正与一位金发碧眼的妈妈交谈甚欢，只见那个妈妈被逗得笑声不断，前仰后合。白人男子穿着一身黑色短袖短裤运动装，露出浑身上下雄壮的肌肉。他一个光头脑袋在下午的阳光里熠熠生辉，脸上线条圆润，好似漂浮着一幅中国山水图般柔和，与他身体肌肉的棱角鲜明形成反差。那就是托尼。没过两分钟，伊莎贝拉出现了，她有着男性般高大魁梧的身材，一袭白亚麻宽腿裤和过膝的短袖黑丝长衫让她显得潇洒飘逸。她的五官像雕塑一样很合比例，面容坚毅，肤色比大多数黑人更黑。特殊的是她有一双如海水般湛蓝色的眼睛，让人不得不多看几眼，很难从她的目光里躲开。她与人打招呼的声音清澈而明亮，散发出的气场无人可以忽视。众目睽睽之下，托尼与伊莎贝拉同时把脑袋伸向对方，嘴唇自然地碰到一起，接了个吻。

那天女儿一上车就小嘴叽喳不停说："全班同学中午与老师一起吃饭时，伊莎贝拉的女儿艾米领着大家写五步诗，每人走五步说一句，凑起来就是一首诗。"我那天特别注意到艾米，她虽然是黑白混血，但肤色黝黑，长着一头浓密的卷发，完全是一个黑人孩子模样，这让我不禁感叹伊莎贝拉的基因强大。

不知是否因为都是少数族裔的关系，在这个很白人化的 S 小学，伊莎贝拉与我很快就成了朋友，我们俩人的孩子也成了至交。女儿每天放学回来不断地向我发送极具冲击力的新闻：伊莎贝拉的父亲几十年前就是哈佛大学的毕业生！那时黑白人种之间的种族隔离还没有完全解决，她父亲后来在美国国防部任要职。女儿认为艾米将来一定会是黑人中的政界精英，因为她是如此爱好长篇大论地谈论政治，即使她才只有 10 岁。

后来艾米和女儿联手一起提议了一条有关儿童权益的立法，当然是通过艾米的黑人祖父层层递交了上去，居然还被国会通过了！这条法律要求："美国所有的中小学老师不可以任何名义剥夺学生课间休息时间，每个小学生必须被保证每天在校 40 分钟的课间娱乐性锻炼时间，分上下午，各 20 分钟。"两个十岁的孩子，一个华人加一个黑人的提议，政治绝对正确。女儿和艾米的照片上了地方报纸，被电视台采访，被称为"未来的政治之星"。我也跟着风光了一把，被周围几个中文学校请去讲座，"传授如何引导小学生参政议政。"

女儿小学毕业前一年，美国第一位女性参加总统竞选，就是希拉里·克林顿。艾米每天在校园里扛着一副“Yes We Can”（是的，我们可以做到）的模样，而我每天逼着女儿学习美国私立学校的小升初标准考试，要求必须满分。伊莎贝拉带着她女儿经常逃课，去首府DC参加民主党的誓师大会，给希拉里助选。后来希拉里意外落选，支持者们第二天哭作一团，导致许多大中小学停课“哀悼”：“一个民主的黑暗时代即将来临”，美国仿佛要走向末日。

川普登基成为美国总统，虽然政见不同，但是为了团结黑人精英，川普的团队邀请伊莎贝拉全家去参加就职典礼。我听说伊莎贝拉很是纠结，但还是去了。典礼回来后，艾米以少年诗人的名义在美国最具影响力的文学期刊《纽约客》发表了一首诗：

《沉默》

……

孤独者对另一个孤独者说：

以一个沉默开始吧

他们最终

以另一个沉默结束

……

那个时刻我在想：作为华人我是没有任何根基的，女儿一定要与艾米保持最亲近的友谊，以后女儿也许可以靠艾米提携人生，不要像我一样什么都得靠自己苦苦拼搏。

我一路边开车边胡思乱想，在高速上早下了一个出口之后又拐错了一个左转，到达追思会的教堂时晚了十几分钟。

教堂的白色大理石台阶和门柱在直晃晃的白太阳照射下刺

痛了我才刚刚躲在墨镜下的双眼，那建筑物的辉煌和伟岸让我觉得有些恍惚，分不清自己是在走进教堂还是伊莎贝拉与托尼在S小学附近的家里。

艾米11岁生日那天，女儿被请去参加派对，我沾光也拿到了请柬。那天站在伊莎贝拉家门口白晃晃的大理石台阶和门柱前，我愣住了。虽然早就听说伊莎贝拉是在学校附近最贵的一条街买了一座古屋，然后几乎是推倒重建，相当豪华；但是眼前那座白色砖房的独特与扑面而来的贵族气息还是让我震惊。它让我瞬间想到美国中部著名的橡树庄园的气派，那是长篇小说《飘》的原型之一，虽然那是在南方，但是两栋房子的风格与气派有异曲同工之妙。当我推开两扇半开半掩着的厚重的拱形木门，我感觉自己走进了神秘的城堡：客厅的房顶极高，数盏水晶吊灯闪着荧光，周围墙上布满了现代派的雕像、油画或者黑白色调的摄影作品，许多内容都似与非洲有关：或山水瀑布或飞奔的动物或着奇特服饰的人物，还有残墙断壁的古堡遗迹。对着后院的一堵墙全是落地窗玻璃，窗两边挂着深红和黑色的两层丝绒窗帘，带着滚边，像是两位风格奇异而身材颀长的模特站立两侧，雍容华贵的气质给房间更罩上几分艺术性的凝重色彩。窗外后院的草地和花坛又是另一番绿地鲜花与各色树木精心搭配的风景。

屋里两位金发碧眼的白人女士在人堆里穿梭不停，宛若两只美丽的蝴蝶飞来飞去，给大人和孩子们倒酒、倒饮料，递上各式小点心……她们20出头，身材凸凹有致，妆容优雅，气质甚至盖过了派对上的白人妈妈们。我好奇地与她们热聊了几句，她们不叫自己是“保姆”，而是自称“行政人员”，平时在伊莎贝拉家一个管家务，一个处理信件等对外事务。我内心禁不住感慨：黑人最初本来在非洲热带雨林生活，白人非要把人家当黑奴运到美国做了一百多年奴隶。如今可好，一切倒过来了：伊莎贝拉家不但请白人保姆，而且一下子请了两个。我偷偷观察白人小朋友父母们的脸色，也许是我多心，但我真觉得他们并不是很舒服，脸上的笑好像都是挤出来的。席间伊莎贝拉见我驻足在看一幅刚果瀑布的照片，她走上来端给我一杯马提尼，告诉我墙上那些关于非洲的东西全是托尼的艺术创作，他把照片做成油画的效果。伊莎贝拉告诉我说她与托尼是同时加入一个回非洲寻根的旅游团时认识的："托尼有一颗古老的非洲灵魂，他的祖先是最早抵达非洲加纳的英国上尉，在英格兰有白人妻子，生下了托尼的一支白人血统；在加纳又娶了当地族长的女儿，生下我家的一支混血后裔。再后来我的祖上被绑架，踏上了黑奴船，在美国繁衍下来。当惊奇地发现我们是远房兄妹时，我们之间就有了奇异而美妙的感觉。"

伊莎贝拉说她曾经也做过记者，也是在首都。她小的时候就喜欢写诗，中学时还得过中学生诗歌比赛大奖。工作后偶然的机会她又开始写诗，意外发现自己真正的天赋还是诗歌创作，《纽约客》等杂志迅速发表了她的诗作。于是她毫不犹豫地辞了职，去哈佛大学读文学博士。我心想：哈佛大学就是为人家这样的精英开办的，无论什么时候，想进就进。那时两幅画面浮现在我的脑海里：当我在美国中餐馆为了多拿几个小费而身穿旗袍脚蹬高跟鞋为高尚区白人送腰果鸡外卖时，伊莎贝拉优雅地走在哈佛大学校园里漫步吟诗："To be, or not to be"生存还是死亡，这始终是一个问题。

走进教堂，在最后一排最边角的地方落座了很久，我的思绪还徘徊在回忆里。台上站着伊莎贝拉和艾米，还有我不认识的黑黑白白的一行人，想必都是托尼的亲人们。虽然我知道对逝者的追思会经常会是高朋满座，但是现场的座无虚席还是让我觉得相当惊奇。不但座位满了，教堂两边走廊与后边贴着墙边都站满了前来吊念的人们，都穿着笔挺考究的黑衣礼服或裙装。大家上台发言，笑中带泪，泪中带笑，追思逝者生前的逸闻趣事，表达怀念、悲哀和告别与不舍，那时我的心里免不了会与中国哭作一团的追悼会场面默默地做着对比，我不知道哪种形式会是逝者更想要的？

听着台上的发言，我在心里迅速组织自己的思绪，并且问自己：我要不要上台去说点什么？我算不算是伊莎贝拉比较亲密的朋友？是吧？但是现场几乎座无虚席的人里，除了 S 小学的校长和几位家长，我几乎全不认识。

几天前伊莎贝拉的电话让我至今处于震惊的情绪里。我那时正坐在芝加哥大学医学院附近的一间印度餐馆，与一群中国来的医学博士后们吃着午饭。我希望女儿以后能够学医，收入稳定，头衔体面，即使再发生第三次、第四次世界大战，女儿也是可以留在大后方救死扶伤，不用上前线充当炮灰。为了这个目的，除了从幼儿园起就给女儿灌输医生职业的好处（洗脑），我还得早早地拉关系，让女儿初中就可以去芝大中国教授的实验室实习，最好是研究癌症的，要是能发表一篇中学生医学论文之类的，将来申请常春藤大学就有了敲门砖。这时候，伊莎贝拉的电话打了过来：

“今天放学你可以接艾米一起回你家住一晚吗？我不希望她回来面对这里。托尼在地下室的健身房里去世了，他应该是早晨送走艾米后，回来在走步机上锻炼，突发心脏病，猝死。你是我在这个学校唯一信任的妈妈，她与你女儿也是最好的朋友。我正在处理后事，我听到门外救护车的声音了，我会再给你打电话。

请不要告诉艾米，就当什么也没发生。明天我会去学校接她的。谢谢你！”

伊莎贝拉的这一串话像机关枪一样突突突突地扫过来，那时我正坐在印度餐馆里，服务员刚端上我最喜欢的像中国油饼一样的 puffy，是一个鼓得像气球一样的面饼。伊莎贝拉与我的交往从来就不平等，总是她的话多，而且她说话声如洪钟，令人不可置疑，不得我插嘴。往往是她表达完了，我们的聊天就结束了。我只是“喂”了一下，她那头已经挂断了电话。我下意识地拿起叉子，一下子插在鼓鼓的印度油饼正中间，puffy“噗哧”一下泄了下去，扑了我满脸热气，很烫。在后面整个的饭局上，我心不在焉、魂不守舍，好在医学博士后们吃性正浓，每天与尸体和人类的各种问题打交道的人不敏感，没有人对我察言观色。

当天我去学校接女儿时顺便接了艾米，她疑惑地问我：“你确定我妈妈说让我今晚住你家吗？我妈妈说过永远不会让我在任何人家里 sleep over（过夜）的。”

“你妈妈说她只信任我。”

我不假思索地回答着，一手拉着一个孩子，像绑架一样匆匆地把她们塞进了车。我仿佛看到身后其他父母们奇怪的眼光，他们应该还不知道托尼去世了。

第二天中午伊莎贝拉又打来电话，让我去学校接艾米来我家再住一天，她说怕女儿受不了突然失去父亲的打击，她照顾不了她。她说祖父母过一天会飞过来帮助料理后事，还有其他的亲戚朋友要从七八个不同国家飞过来。她说她昨晚一个人在医院的停尸房里，看到托尼的尸体光着身子躺在冰冷的铁床上，被一张白被单盖住。她说她掀开白单子，看到丈夫像一根脱去树皮的粗树干一样光溜，那个曾经总是挺拔的只属于她一个人的私处如今干瘪而柔软地歪在树干的一边，她禁不住伏在那个地方痛哭起来。然后她就挂断了电话。

我可以上台去说说托尼灿烂的祥和的笑容曾经如何让我印象深刻吗？

突然教堂里台上台下一阵哄堂大笑打断了我的思绪，我不知道自己是否也应该跟着笑？我完全没有听懂，为什么这么好笑？这让我觉得焦虑，就像我这些年来在办公室里看到老美老板和同事们为了前一天的一个电视节目或者体育赛事哈哈大笑时，我却never get it（完全没搞明白）。我离开座位，靠墙站着，用目光寻找着班上其他小朋友的父母们。我看到不少人在交头接耳。这让我莫名其妙地想起了伊莎贝拉不止一次对我说过："虽然你也是少数族裔，但是中国人一直是美国的模范少数族裔。黑人内心深处的痛苦是你永远无法感同身受的……"她对年轻时的经历至今不渝的抱怨让我一直震惊不已。

有一次在S小学的操场上，等待接孩子时，明晃晃的大太阳底下，伊莎贝拉突然泪眼蒙蒙地向站在旁边的我敞开心扉。我估计她那天可能遇到了什么特别不开心的事情，而我这个"局外人"是她可以倾诉的最安全的窗口。我不敢多问。她有点激动地对我说：

"我从来也没有爱过美国这个国家！我从来不觉得自己真正属于过这里！你永远也不可能理解作为一个黑人内心的痛苦、挣扎与抗争。我的母亲很早就把我送进了一间私立女校，全是有钱的白人家女孩子。没有人搭理我，没有人要与我做朋友。我每天顶着巨大的压力和周围异样的眼光，那时黑人的社会地位比现在更低。他们一定都觉得我是学习差、家里穷、智商低。其实我有着惊人的记忆力，对读过的东西过目不忘，所以我的成绩很好，我同时被七所常春藤大学录取。但是我的大学教授们并不看重我，他们以为我是被种族配额照顾进去的。我的女儿以后无论多么优秀，也将被戴上‘种族配额被照顾’的标签。比起你们华人，我还更希望我被‘逆向歧视’，被要求高分入学，那是成功的表现。所以你们还状告哈佛大学入学苛刻、歧视亚裔，其实‘被照顾的黑人’才更可悲！”

一个中年白人男士上台开始讲话时，他的标准而动听的英国绅士腔调把我的思绪拉回了现场：“大家谁记得托尼是什么时候怎么开始剃了光头吗？”

台下又是一片哄笑。

黑人与白人之间两百年的种族恩怨，如今是不是只是微妙了而已？在这个追思会的台面上，黑白人种之间的关系显得如此融洽，这真实吗？我免不了想起S小学师生家长一起外出的那次火车之旅。

S小学毕业的传统旅游节目是毕业班孩子坐火车去华盛顿首府，三天住宿加参观，各种活动。在伊莎贝拉的安排下，孩子们将可以见到第一夫人甚至川普总统。我以为白人孩子的父母们会非常感激，都会在火车上围着伊莎贝拉问东问西……但是根本没有！在几个小时的火车行驶中，白人们自己聊得火热，伊莎贝拉与另一家黑人精英（芝加哥大学犯罪法学教授）坐在一起，与白人们隔了两排。除了我偶尔穿插于黑白父母之间搭讪，在那节牛气哄哄的开往DC首都的车皮里，黑白之间谁都不鸟谁的味道熏得我非常困惑。

在女儿班上18位同学的妈妈中，伊莎贝拉为什么会选择我成为她的好朋友？这件事我一直没想明白。

我在教堂里坐立不安，整理着自己的思绪，最终意识到我其实并不了解托尼，所以无法上台追思。终于熬到教堂里各色人种的大家们排着队去与前台的伊莎贝拉握手告别了，我也就排了队。轮到我走到伊莎贝拉面前时，见她过去高大挺拔的身材仿佛缩小了，黑色面孔显得苍白。她没有直视我。我内心开始后悔前一天没去遗体告别，她一定怨恨我了吧？她的海蓝色的眼睛里满是泪水。我想起她曾经开玩笑说自己祖上两百年的黑奴历史，不知道是哪条遗传基因变种生下她，有着最原始的黑皮肤，却长着一双纯白人才会有的蓝色眼睛。她说托尼就是迷上了她的蓝色如宝石又似海水一样的眼睛。如今托尼没了，一夜间就没了。当我的手犹豫地伸向伊莎贝拉时，我的眼泪哗啦啦落了下来，我泣不成声。她应该是被我感动了，紧紧地抱我，我们哭作一团。那一刻我觉得伊莎贝拉就是我的亲姐妹，我们失去了共同的亲人。时间在那时可能静止过。不知过了多久，我感觉到后背上聚集了众多的目光，目光拧成的力量像激光一样射穿了我的身体，直达我的心脏，要探究我这个东方面孔的女人为什么会对一个黑人的丧偶之痛体会如此深切？

我后来怎样离开了托尼的追思会？怎样随着车流去到了墓地？如何看着托尼的棺材入土下葬？我完全不记得了。我只记得下雨了，开始是细雨，然后越下越大。我没带伞，我被雨淋得湿透了。之后我没跟任何人打招呼，独自开着车往回走。我又迷路了，车子开了两个小时才回到家。我闯进主卧室，脱光了所有的衣服，倒头便睡。许多梦出现在睡眠里。

我梦到了小 K。他对我说："姐姐，听说你并没有给我找一个黑姐夫，我倒是找了个黑情人儿。你可能听说了吧？你走后我就辞职去了广州，在那里我遇到了梦中情人托尼。他是几内亚一个部落的黑人王子呢！你知道吗？几内亚可是非洲最富有的国家。托尼在深圳的酒吧驻唱，嗓音堪比麦克杰克逊，带着童音和磁性……”

“小 K，祝福你呀！……你呀……呀……”我听到自己的声音像是从深山底的溪谷里发出，带着久远的回响。

“托尼？！伊莎贝拉的白人老公不是名叫托尼吗？小 K，你是不是搞错啦？我找不到伊莎贝拉啦……她老公的追思会之后我就找不到她了……我哭了呀！我怕我哭不出来，显得我不够真诚，所以我没有去前一天的遗体告别，第二天的追思会我可是去了呀！我去晚了，我去的时候大家已经在排着队与伊莎贝拉握手告别。我说了好几句话安慰她，我不记得我说了什么了……”

“姐姐你说什么呀？我听不懂。”小 K 说。

我抱着小 K 失声痛哭：“小 K，你理解姐姐吗？我到美国 20 多年了，伊莎贝拉是与我交往最深的真正的美国人，而她是一个黑人……”

突然，电话铃响了，看到 1-866 开头的中国电话号码，我忽地一下子从床上坐起来。除非中国父母家里出了急事，谁大半夜地打电话过来？iPhone 的荧屏光线照出我的手颤抖着，左手食指在触屏上划来划去，电话就是接不通。我换成拇指在手机屏幕上重重地一划，点击免提键，不等我出声，另一端已经传来迫不及待的声音：“喂喂喂，姐姐！我是小 K，我小 K 呀！姐姐还记得我吗？姐姐，我过两天去纽约旅行，与我的男友托尼一起去，我们要去美国结婚啦！你可以到肯尼迪机场来接我们吗？”

我感觉有点气急败坏，内心又找回了 20 年前在北京文学圈里熟悉的痞气和畅快：“神经病！我还以为是我妈又高血压发作进医院了！否则这年头谁还打电话？尤其是半夜三更的！知不知道中国和美国有十几个小时的时差？知不知道美国有多大？我住的伊利诺伊乡下，去纽约接人？我还要花一天时间赶飞机呀！”我心里这样想着，嘴上却说：“小K呀？当然记得！好弟弟，姐这里是半夜，我再睡一会，早上给你回电话好吗？我的微信就是我的中文名字，你加我一下，过几个小时我们用微信聊。”

挂断了小K的电话，盯着窗外一轮满月亮晶晶地贴在黑乎乎的夜幕上，想到刚才的梦境，我有种跨越了多维时空的异样的感觉，更多的是空虚。小K的电话，我和伊莎贝拉的交往，躺在床上的我，哪一个才是真实的？Tom 呢？我的丈夫 Tom 呢？此刻赤身裸体的我是多么希望 Tom 可以给予我温柔的爱和抚摸。今天我睡在卧室了，Tom 却没在。他不会是睡在了地下室吧？

秋更深了，我心里觉得发紧，发冷。窗外天边的圆月冷冰冰地凝视着我。想到伊莎贝拉现在一定比我更深觉秋天带给人的肃萧和凄凉，我忍不住开始流泪。我睁着眼睛，黑暗中浮现出伊莎贝拉那张线条分明的面孔，我忍不住伸手去摸她，但是什么也摸不到。我闭上了眼睛，希望自己能再沉入梦乡，但是脑子里乱极了。索性抓起手机，拨通了母亲的电话。我才刚刚“喂”了一声，电话那端母亲的声音就突然提高了八度，她显然是因为高兴而兴奋。

“喂！小红呀！你干嘛呢？吃饭了吗？我正跟你四姥姥她们打牌呢！我午觉刚醒，刚下楼。”

“妈您挺好的吧？我都想您了！”

“想我就回来看我呗！”

“公司上班忙，没有假了，去年回国四次把过去几年攒的假期都用完了。每个月只有一天半的假，我还得再存上半年才能回去两周。春节回去看您吧！”

“你哥说春节不去三亚了，明年春节去北海。他说现在三亚的春节人越来越多，物价也越来越贵，天气又热。你三姥姥儿媳妇妹妹的婆婆家在北海买了房子，让我们春节过去随便住。说是随便，哪能不给人家钱白住呢！？”

“妈，您的血压还高吗？”

“不高，没事儿了！上次是家里的血压计出问题了，量错了！医生说我如果高压那么高脑袋还不得爆炸喽！回来我就把那个血压计扔了，你哥给我又买了一个新的。我听医生的，按时吃药。没事儿！”

“妈您过马路要小心呀！两边都看看再走。我们家那个小区的车越来越多了，危险！我老做恶梦。”

“放心吧闺女，我就在家楼下走走，买东西也不用过马路。那什么，你的下巴还老是脱臼吗？你还是去看看医生吧？这么多年了，也许美国医生医术高，能去根儿？”

我下意识地揉揉下巴，那时还好。我本来想说：“我现在是心灵脱臼，来美国后的感觉一直有点拧巴，说不上为什么，一切都是脱臼的感觉，可能这辈子也治不好了。”但是我与母亲说这些只能让她为我担心，所以这种话只是在心里想想而已。

“妈，我这里半夜，我累了，再睡会儿。”

与妈妈的聊天让我心情放松下来，眼皮在打架了。

“也许伊莎贝拉会再出现在我的梦里？”我看着窗外依然冰冷的月光，闭上了眼睛。梦中感觉心里在下雪，梦到伊莎贝拉又打来电话，让我去学校接她女儿来我家再住一天，

第二天醒来，下颚一阵疼痛，我知道自己的下巴又脱臼了。这次不是因为笑得，是哭得，枕头上湿乎乎一片泪染。

过去经年，人们都以为我的下巴脱臼始于我出国前喝大了笑得太厉害而导致，其实是我小时候喝酸奶时总是喜欢把嘴巴张得

太大去覆盖住奶瓶的大口子，终于在一个湿淋淋的夏天，当我站在发奶站的门口叼着奶瓶一口气喝完整瓶酸奶之后，我的下巴脱臼了。从此就落下了病根。

小 K 在夜里真的打过电话来吗？哦小 K，你的黑人男友真的也叫托尼吗？

打开手机，我看到一个 1－866 开头的中国号码，“小 K 应该真的打过电话。”我想。

抓起床头柜上的笔，我匆匆写下脑子里挥之不去的来自于梦中的诗句：

《致伊莎贝拉》

我与一个腐朽的灵魂对话许多年了
灵魂里住着寒风
无形，无影，无声

他在山峰倒立的平原
约会前世的爱恋
在山谷间告诉世人
不要为我悲伤
请庆祝我曾经的辉煌
又或凋零的叹息
……

（本文删节版原载香港《文综》2020 年冬季号，海外小说专栏。文中诗句选自作者个人诗集：《城门下的烟雨》）

创作谈：心灵与生活中的“脱臼”无所不在

常少宏

我一直希望自己的写作题材可以不局限于男女之情、出轨之类的，英文说叫 Cliché—“陈腔滥调”。它其实源于法语 Cliché，是指一种表达方法、概念、或是艺术相关作品具备的元素，因为被过于频繁地使用，以至于丧失了它原本的意义或原先想表达的效果，甚至于已经毫无新意、无趣而且烦人的程度。尤其在这个概念本来被认为是很有意思的或是创新的情况下。比如许多诗歌总是写什么太阳、月亮、永远、无限之类的。

美国是一个多元化、多民族种族的移民国家，在民族种族之上再加上人性的冲突，有许多故事可写。

这篇小说是有原型的，许多人物、情节甚至说的话都来源于生活，是众多的人物的组合之后再糅合的艺术形象。我很怕对号入座，所以做了有意的从性别到种族到性取向等多方面的排列组合。

脱臼是我出国前去做胃镜检查时导致的，后来又有好几次。脱臼其实不太痛，俗称就是“下巴习惯性脱落”，左右一推就合上了。这里有用“脱臼”预示一种生活中常有的轻微的不适应、一种别扭的心态，婚姻中的夫妻、朋友关系的微痛，种族间的不理解……都有点像脱臼的感觉：怪怪的，不被自身之外的人所理解。

同样在结构布局上，我不甘心只是从头到尾讲一个故事，我引入了梦境和倒叙，讲述主人翁“我”的一天：去参加好友过世的先生的追思会，前后的心理活动。淡化情节。我在短篇小说写作中刻意追求一种布局：发生在一天、一个点、一个人的事，但是运用梦境、思想、回忆、倒序、插叙等等手法，拓宽小说的容量和内容。有的朋友说我的小说读起来比较费力。我想小说应该是艺术品，不同于平铺直叙的故事或者纪实文学，“读起来比较费力”，可能不是坏事？

香港《文综》副主编白舒荣老师组稿 2020 年海外小说专刊，向我约稿。当时正值美国大选和 Black Lives Matter 运动如火如荼，有感于种族间的敏感，我于是想到了这篇几年前写的杂文，2018 年修改成的小说习作。白老师说这篇作品的人物有典型性：“作为黑人，一个哈佛大学的教授都会有如此强烈的种族敏感，更何况普通黑人。”白老师从来没有当面夸过我什么，但是听说她在背后会说希望转告我坚持写下去。这种知遇之恩，我心领神会。平日我也“无事不登三宝殿”，绝少去打扰。

在文友之间，我不是一个“长情”的人，不喜欢有事没事刻意维持某种关系。我希望自己能安静地过自己的日子，在创作中找到幸福感，“以作品说话”，不断突破自己。

www.ingramcontent.com/pod-product-compliance
Lightning Source LLC
LaVergne TN
LVHW050923080826
845145LV00001B/182

* 9 7 8 1 9 4 0 7 4 2 6 4 9 *